ZUSTER BRITTA ZET DOOR

Hans de Groot-Canté

Zuster Britta zet door

Moeder uit liefde

Een sterker band door tegenspoed

Maar de twijfel blijft

Uitgeverij 'Westfriesland'

Eerste druk in deze uitgave 2000

NUGI 340
ISBN 90.205.2514.X

Omslagillustratie: Herson
Omslagontwerp: Van Soelen Reclame

MOEDER UIT LIEFDE

HOOFDSTUK 1

Britta's derde huwelijk begon op een grijze decemberdag. Een vale motregen bleef zonder ophouden neervallen, maar Britta's gedachten waren die vroege morgen van de zevende van de laatste maand van het jaar niet bepaald bij het weer.
Ze was al heel vroeg wakker en één blik op haar wekkertje vertelde haar, dat het pas vijf uur was. Ze kon niet meer slapen en wat bleef anders over voor een jonge vrouw van tweeëndertig jaar dan filosoferen over het verleden, waarin toch zoveel gebeurd was.
Als een film trokken de evenementen van haar leven aan haar voorbij: haar grote liefde voor de Engelse beeldhouwer en schilder, Anthony, die ze in haar heel jonge jaren ontmoet had. Ze waren door een dom misverstand uit elkaar geraakt en hadden elkaar pas weer ontmoet, toen zij haar eerste huwelijk gesloten had en ze de kleine verkommerde Griekse vondeling had aangenomen. En later kwam de ontdekking dat ze eigenlijk alleen maar getrouwd was met dokter Jan Verhoef, om het kind een vader te geven. Ze had zich gewoon verbeeld ooit van Jan gehouden te hebben. De ontmoeting met Vincent, de antiquair, die haar overhaalde haar beroep van kraamverpleegster op te geven en hem te helpen met het restaureren van antiek, had toen een uitkomst geleken. Maar Vincent bleek een vrijbuiter te zijn; hij vond de kleine vondeling wel aardig, maar hij kon onmogelijk een vaderfiguur zijn voor de kleine Anthony, die Britta genoemd had naar die ene grote liefde.

Vincent was eigenlijk onverwacht naar Frankrijk verdwenen en Britta was weer helemaal zuster Britta geworden en het lot had haar opnieuw in Loenen aan de Vecht doen terechtkomen, de plaats waar ze tijdens haar huwelijk met dokter Jan Verhoef, Anthony weer had ontmoet. Ze voelde nog het warme geluk door zich heen stromen als ze eraan dacht, dat hij het kind gezien had, dat naar hem vernoemd was. Hij woonde in Australië, was na het grote misverstand getrouwd en had drie dochtertjes. Ook hij had een verkeerde keuze gemaakt, maar

om het kleine drietal zou hij nooit gaan scheiden. Dat alles wist Britta.
En na haar korte verblijf in Muiden met Vincent, was ze dus weer in Loenen terechtgekomen in een klein oud huis aan het Zandpad. Na de nodige verwikkelingen had ze kennis gemaakt met de nieuw benoemde dokter Harm Jaarsma. Vrij gauw nadat hij de honingblonde Britta met de fluweel-bruine ogen had leren kennen, had hij, de eenzame man met het kleine dochtertje, dat inmiddels vier jaar was geworden, Britta ten huwelijk gevraagd. Maar Britta was aanvankelijk erg terughoudend geweest. Ze had hem verteld van haar mislukkingen en ook van Anthony in Australië, die ze een paar keer per jaar enkele regels schreef. Maandenlang had ze Harm op een afstand gehouden, maar eindelijk was ze gezwicht. Hij wist dat Britta geen kinderen kon krijgen, maar hij betwijfelde dat nog, hoewel het geen enkel verschil voor hem maakte. Een paar maanden geleden had Anthony totaal onverwacht voor haar deur gestaan. Hij had niet binnen willen komen – alleen een blik geslagen op de slapende Tony en toen waren ze in de nacht langs het vertrouwde Zandpad gaan lopen. Daar, aan de Vecht, hadden ze weer alles tegen elkaar uitgesproken en onmiddellijk daarna was hij met z'n huurautootje verdwenen, nagezwaaid door Britta tot ze niets meer van de wagen had kunnen onderscheiden. Hij was het geweest, die haar gezegd had niet alleen te blijven, ook al had ze die twee mislukkingen achter de rug. Hij kénde haar en wist dat ze niet de 'rots' was waarvoor veel mensen haar hielden. En hij had gezegd, dat het niets uitmaakte voor hun liefde of ze weer zou trouwen. Ze blééf van hem, wat er ook gebeurde.
Britta had zich na die korte ontmoeting ontzettend gelukkig gevoeld, maar het aanzoek van Harm had ze niet meteen aangenomen. Maanden had ze erover gepiekerd en hij had haar rustig de tijd gelaten; hij begreep haar aarzeling.
Intussen had ze meer dan anders met Anthony gecorrespondeerd. Nú had ze hem geschreven wat ze doen moest en hij had haar gevraagd zo veel mogelijk van Harms karakter te vertellen. En uiteindelijk had hij haar geschreven dat het goed was.

Hij voelde dat ze méér dan sympathie voor Harm koesterde en hij zou niet jaloers zijn. Op de eerste plaats had hij daar geen enkel recht toe, maar wát er ook gebeurde, ze blééf van hem en dat wist ze. Britta had met Harm uren gepraat over Anthony; ze vond eenvoudig dat hij van haar gevoelens voor die man in de verte op de hoogte moest zijn, maar hij had haar zacht over het blonde haar gestreken en gezegd: „Ik begrijp het en ik aanvaard het."
En Britta had op dat moment beseft dat het bij Harm een waarachtige aanvaarding was, in tegenstelling tot Vincent, haar partner in het laatste kortstondige huwelijk. Ook hij had gezegd dat hij alles begreep, maar hij was jaloers geweest op de onbekende man.

En nu zou ze vandaag weer trouwen en voor haar gevoel zou dít een definitief huwelijk worden. Ook daarom had ze Harm tevoren gevraagd of ze in haar betrekkelijk kleine huis aan het Zandpad langs de Vecht konden blijven wonen. Naar het oude doktershuis wilde ze niet meer terug. Harm had het begrepen en er was aan de achterkant van het huis een flinke kamer aangebouwd, waar Greetje, Britta's trouwe hulp, nu zetelde. Greetjes oude kamer was nu voor Harms bijna vijfjarige dochtertje, Dénise, ingericht. Tony, haar eigen aangenomen kind, was nu ruim drie jaar en Britta was ontzettend blij dat het haar gelukt was de achternaam van de kleine weer veranderd te krijgen in haar eigen meisjesnaam: Johansson. Door haar eerste huwelijk had de kleine automatisch de naam van Jan Verhoef gekregen en aangezien het huwelijk was mislukt en Jan verder niets met het kind uitstaande had, vond Britta het zo beter.
Harm wilde eerst nog, dat ze zou proberen het kind op zijn naam te laten zetten, maar Britta had geweigerd.
„Het zou fout zijn," had ze gezegd. „Ik heb zelf dit kind als pasgeboren baby indertijd uitgezocht en hij zal mijn naam verder blijven dragen."
Britta peinsde over haar beroep. Het was fijn dat Harm erop gestaan had dat ze zeker voorlopig bleef werken. Ze had deze

week en de volgende week vrij kunnen krijgen; bij haar collega Ria in Breukelen logeerde haar vervangster.
Harm had een deel van zijn inboedel – hij noemde het 'zijn eigen inbreng' – naar Britta's huis laten brengen. De rest van het meubilair, dat de keuze was geweest van zijn eerste vrouw, had hij verkocht. Hij had zich in die entourage nooit thuisgevoeld en de sfeer van Britta's eenvoudige woonkamer vond hij weldadig.
Voor zijn praktijk had hij een deel van het groene kruisgebouw kunnen huren en deze scheiding van wonen en werken hadden beiden prettig gevonden.
Britta keek op haar wekkertje. Halfacht al... over enkele uren zou ze de wettige vrouw van Harm Jaarsma zijn. Ze voelde over dit feit geen vreugde en geen tegenzin. Ze zou het niemand durven vertellen. Ze had het gevoel of ze in een soort vergulde berusting leefde en ze zou niemand hebben kunnen uitleggen wat dat precies betekende, maar het zou allemaal wel goed zijn zoals het nu ging. Het gaf Britta een geweldige rust dat ze alles tevoren met Anthony per brief had kunnen bepraten. Ze voelde zich door hem gesteund en dat maakte ook dat ze nu bijna zeker wist dat dit huwelijk zou slagen.
Ze stapte uit bed omdat ze Tony hoorde en Greetje in haar verre kamer niets van hem kon horen. De afspraak was dan ook gemaakt dat Greetje op Tony's kamer op een stretcher zou slapen als zijzelf voor een bevalling zou worden weggeroepen. Britta waste het zwartharige jongetje en kleedde hem aan. Ze liep met hem mee naar beneden en stak het licht aan.
„Ga maar vast even spelen; Greetje komt zo en mama gaat zich aankleden," zei ze en ze streek liefkozend door zijn krullen.

Ze zouden in alle stilte trouwen en Britta had erop gestaan dat niemand van tevoren wist dat het huwelijk juist vandaag zou plaatsvinden, op zeven december. Ze kleedde zich zorgvuldig aan en lette op alle details. Ze droeg een heel simpel zachtgroen jurkje, geen nieuwe ring of armbanden, slechts de gouden speld, die Harm haar gegeven had en de oude ring van Anthony, waar Harm nooit de herkomst van gevraagd had. Het

dikke blonde haar hing tot op haar schouders en het viel volmaakt in een natuurlijke slag. Ze trok een paar nieuwe schoentjes aan en als ze straks weggingen zou ze haar korte bontjasje aandoen, haar handschoenen aantrekken en haar tasje pakken.
„Zo kon een huwelijk ook zijn," bedacht Britta, maar er was geen bitter gevoel in haar hart. Ze had alleen maar de sterke wil om van dit huwelijk iets te maken, een goed gezin te vormen, dat een steun zou zijn voor Harms dochtertje en voor haar Tony.
Klokslag halfelf kwam Harm binnen; hij was al in het bezit van een huissleutel. Britta had hem niet horen aankomen, want Tony en Greetje waren nogal luidruchtig in de keuken bezig. Harm bleef in de deur staan en hij zag hoe Britta, volkomen verstild, naar de achtertuin staarde.
„Mogen we binnenkomen, Britta?" vroeg Harm bijna verlegen. Hij kon er niets aan doen, maar hij had op dit moment een vreemd soort medelijden met Britta. Hij voelde haar angst. Angst voor een nieuwe mislukking en hij kon die angst zo goed begrijpen, ook al was hij geen ogenblik bang voor het welslagen van hun huwelijk.
Ze draaide zich verrast om.
„Ik hoorde jullie niet."
Ze knielde eerst bij Dénise neer.
„Jij weet nu waar je eigen kamertje is, Dénise, en al je speelgoed staat er. Vandaag mogen Greetje, Tony en jij heerlijk samen spelen en allerlei lekkere dingen eten. Pappa en ik komen vanavond thuis."
Het kind keek haar een beetje weifelend aan.
„Jullie blijven echt niet weg?"
„Voor geen goud," zei Britta, „je kunt ons eerlijk helemaal vertrouwen. In het vervolg wonen we met z'n allen in dit huis, dus het is ook jouw huis."
„Jullie gaan trouwen," zei Dénise en Britta zag een vreemde uitdrukking in de ogen van het kind. Ze begreep die blik niet. Harm had de laatste tien dagen in een hotelletje gelogeerd en Dénise was zolang bij zijn zuster in Aerdenhout geweest.

Zijzelf had ook kennis gemaakt met Mathilde toen ze het kind erheen brachten. Mathilde had erg enthousiast gedaan over hun huwelijk, maar Britta had haar toch, op een onbestemde manier, niet gemogen. Dénise vond het heerlijk om bij haar tante te gaan logeren, want er waren daar drie nichtjes, iets ouder dan zijzelf en ze werd er altijd danig verwend, had Harm haar al verzekerd.
„Ja, we gaan trouwen," antwoordde Britta.
„Word jij dan mijn moeder?" Het leek of ze iets dat haar voorgezegd was, nazei.
„Nee," zei Britta, „iedereen heeft in zijn leven maar één moeder. Jouw moeder woont niet hier, maar toch bestaat ze. Zeg jij in het vervolg maar gewoon 'tante Britta' tegen mij."
De blauwe ogen keken Britta aan en Dénise vroeg: „Maar Tony is ook jouw eigen kindje niet en hij zegt wel mamma."
„Ik ben Tony's echte moeder," zei Britta. Ze wist eenvoudig geen beter antwoord. De moeder van Tony kon leven of dood zijn, maar in ieder geval had ze nooit geleefd voor dit kind; ze had het te vondeling gelegd en daarmee had ze elke betiteling van 'moeder' verloren.
Britta voelde zich gekwetst. Ze wist heel goed dat er een dag zou komen waarop ze Tony moest vertellen waar hij precies vandaan kwam. Maar nu, op deze prille leeftijd, mocht hij niet van een klein meisje te horen krijgen, dat zij niet zijn eigen moeder was.
En weer zei ze uitdrukkelijk: „Tony is mijn eigen kind; ik ben zijn echte moeder." Het kleine blonde meisje keek Britta weifelend aan: „Tante Mathilde zegt… ze zegt dat jij niet zijn echte moeder bent."
Op dat moment greep Harm in. Hij knielde bij zijn kleine dochter neer.
„Jij moet goed luisteren, liefje. Tante Mathilde kent jouw nieuwe tante Britta nog helemaal niet goed. Ze heeft haar maar één keer gezien met Tony. En Tony heeft zwart haar en tante Britta niet. Maar de vader van Tony had net zulk haar. Tony lijkt precies op zijn vader. Jij zelf hebt blond haar en ik ben donker, maar toch ben jij mijn kind. Begrijp je het?"

„Dus tante Britta heeft Tony zelf gekregen?"
„Ja," zei Britta en haar stem had een vreemde, donkere klank. „Ik heb hem zelf gekregen."
Dénise was voldaan en kondigde opgewekt aan dat ze naar Tony en Greetje in de keuken ging. Britta streelde even over het blonde haar en liet het kind toen gaan.
Harm pakte Britta bij haar schouders. „Je bent vandaag mooier dan ooit," zei hij teder.
Ze glimlachte een beetje triest.
„Je trekt het je toch niet aan... dat gevraag van Dénise?"
Britta keek hem recht aan.
„Dénise is een klein kind, maar van je zuster vind ik het gemeen om zo tegen haar over Tony te praten. De eerstvolgende keer dat ik haar zie, zal ik zeggen dat ik het voor buitenstaanders eerst niet heb willen weten, maar dat Tony een onwettig kind van mij is. Ik wil niet dat hij alles over zijn leven hoort vóór hij op een leeftijd is dat hij er tegen kan. Jij moet me daarbij helpen."
Hij trok haar naar zich toe. „Dat doe ik in ieder geval, daar kun je op rekenen... Britta... toe, wees een beetje blij. Ik begrijp best wat er in je omgaat, maar probeer nu alvast een beetje gelukkig te zijn."
Haar ogen waren vochtig toen ze hem aankeek. „Ik probeer het eerlijk, maar ik heb het een beetje moeilijk."
„Dat is logisch," vond Harm. „Kom, we gaan, even de kinderen en Greetje groeten."
Ze liepen naar de keuken en vonden daar Dénise bovenop de aanrecht, met zwaaiende benen. Tony zat op een laag krukje en beiden keken vol aanbidding naar Greetje, die het ene kinderversje na het andere zong. Ze hield op toen ze Harm en Britta in de deuropening zag en ze kreeg een kleur toen Harm zei: „Je hebt een mooie stem, Greetje."
Britta zei alleen: „Wij gaan nu en jij zorgt voor alles, Greet?"
„Maakt u zich maar nergens ongerust over. Als u thuiskomt, liggen ze als tevreden rozen te slapen."
Harm merkte ondeugend op: „Heb jij wel eens een ontevreden roos gezien?"

Britta kuste Tony en toen Dénise en ze trok Greetje aan haar haren. „Tot vanavond dan allemaal," zei ze rustig.
Even later stapten ze in Harms wagen en het drietal zwaaide hen door het grote raam in de woonkamer na.
In de auto gaf Harm haar een paar prachtige zachtroze anjers, bijeengehouden door een lint in dezelfde kleur. „Dat hoort er toch bij," zei hij verlegen. „Jij bent geen vrouw, die mag trouwen zonder bloemen."
Ze keek hem alleen maar aan en dat was voor Harm al voldoende.
De korte plechtigheid in het raadhuis was snel voorbij. De burgemeester voltrok zelf het huwelijk en wenste hen geluk. Meteen daarna liepen ze hand in hand naar buiten en stapten in de auto.
„Waar gaan we heen?" vroeg Britta.
„Naar de zee en ik vertel niet naar welke plaats."
Britta glimlachte. De wagen trok snel op en zette koers naar het westen. Al gauw had Britta in de gaten dat Harm richting Alkmaar reed, maar ze deed, of ze niet op de borden lette.
Ze was wel eens in deze buurt geweest, maar dat moest beslist lang geleden geweest zijn en verder dan Alkmaar was ze nooit gekomen.
Harm reed in de richting van Bergen en stopte eindelijk in het hart van dat dorp bij een gezellig restaurant. Hij trok haar mee naar binnen en zette haar gewoon op een stoel aan het raam. Hij hing hun jassen weg en schoof naast haar.
„Hier ben jij nooit geweest," zei Harm vol trots. Ze keek hem verbaasd aan. „Hoe weet jij dat?"
Harm lachte. „Ik heb je de laatste weken zo uitgehoord, dat je er helemaal geen erg in had en ik kreeg voldoende informatie van je."
Britta knikte. „Je hebt gelijk, ik heb er niets van gemerkt en ik ben hier nooit eerder geweest." Ze keek naar de oude ruïne tegenover het restaurant.
„Het is wel een uniek plekje hier." Harm bestelde koffie en Britta leunde behaaglijk achterover.
„Nog geen spijt?" informeerde hij en hij keek haar onderzoe-

kend aan. Britta pakte zijn hand en liet de hare erin verdwijnen.
„Dat dacht je zelf niet," zei ze zacht.
„En ik wil er ook niet bang voor zijn," zei hij en zijn gezicht stond ernstig.
Britta keek weer uit het raam. „Ik vind het hier fantastisch," zei ze. „Ik wil meer van dit dorp zien, mag dat?"
„Natuurlijk." Harm stond op, rekende af en hielp Britta in haar jasje. Ze slenterden door Bergen en Britta bleef telkens verrukt staan.
„,Zou jij hier willen wonen?" vroeg Harm en hij sloeg een arm om haar schouders. Ze keek hem aan.
„Waarom vraag je dat?"
Harm tuurde voor zich uit en antwoordde: „Ik heb je expres hiermee naar toe genomen. Als ik wil, kan ik hier een praktijk overnemen."
Britta voelde zich vreemd verward en hakkelde: „Dat weet ik niet."
„Goed, we gaan verder kijken," zei Harm alleen.
Ze liepen terug naar de auto en Harm koos feilloos de weg naar Bergen aan Zee. Britta zag de beroemde Eeuwigelaan, de uitgestrekte duinen en dan de zee. Het regende, en er stond een straffe wind. Geboeid keek ze naar het wisselende schouwspel van wolken en zee. In een karakteristiek klein restaurant aan de doodstille boulevard, aten ze een kleinigheid en bijna voortdurend keek Britta naar het wilde water. Ze voelde zijn hand op de hare.
„Wil je hier wonen en werken, Britta?"
Ze bleef naar buiten kijken; haar stem klonk zacht toen ze zei: „Nee, ik zal altijd een beetje heimwee voelen naar dit dorp, naar deze omgeving en naar de zee. Maar ik hoor thuis in Loenen. Kun je dat begrijpen? Of wil je per se hierheen?"
Harm zweeg even. Dan zei hij: „Ik had hier voor jou naar toe willen gaan, om je het verdriet en het verleden wat te laten vergeten."
„Er is verdriet dat een soort geluk is en dat wil je nooit vergeten," zei Britta en haar stem had een hese klank. „Je weet pre-

cies wat ik bedoel en ik praat er niet meer over. Maar iets dat leeft in je ziel, laat je niet los. Als jij ook graag in Loenen blijft, dan zal ons thuis daar altijd zijn. Hier wil ik graag vaak komen; meer niet."
Even trok hij haar dicht tegen zich aan. „Het is goed zoals jij het zegt, Britta."
Ze voelde zich ineens minder bedrukt en ze genoot van het restaurant en het uitzicht op zee. Ze praatten honderduit over de kinderen en hun werk.
De weergoden waren hen genadig, want het werd na de middag droog en een flauwe winterzon werd zichtbaar. Ze maakten een grote duinwandeling en Britta genoot van de wijdheid en de schoonheid van deze duinen. Toen ze ergens in een beschutte duinpan stilstonden en om zich heen keken, zei Harm: „Britta, vind jij het erg dat je van jezelf geen kind hebt?"
„Ik heb Tony," keerde ze zich fel naar hem toe.
„Dat weet ik, lieverd, en hij is je dierbaarder dan een kind dat je zelf ter wereld had gebracht. Maar ik bedoel eigenlijk dit: zou jij een kind van ons samen willen of vind je alles wel goed zoals het nu is?"
Ze keek hem verbaasd aan. „Je weet toch dat ik geen kinderen kan krijgen?"
„Ik ben er niet zo zeker van," antwoordde hij. „En alleen als je het zelf wilt, maar ook dán alleen, gaan we samen eens naar professor Halvertsma. Die man is fantastisch en ik ben ervan overtuigd dat hij je helpen kan. De laatste twee jaar is er op dit gebied zo'n vooruitgang gemaakt, dat ik ervan overtuigd ben dat het goed komt. Maar ik zeg dit allemaal op de eerste plaats voor jouzelf. Jij hebt Tony en ik heb een dochter en als jij dat voldoende vindt, wel, dan heb ik er vrede mee."
Britta keek haar man aan. „Maar jij zou zelf wel graag een kind van mij hebben?"
Nu was híj het die haar blik ontweek. Dan zei hij: „Ik weet dat ik gelukkig met jou en onze kinderen zal zijn, maar als je diep in mijn hart kijkt... Ja... dan zou ik het geweldig vinden als wij ook samen een kind zouden hebben. En daar komt nog iets bij..."

„Wat dan?" drong Britta aan.
„Dénises moeder is indertijd weggegaan. Het land uit met een ander. Maar ik weet dat ik toch altijd de kans loop, dat ze het kind weer opeist."
„Maar ze is jou toegewezen?" zei Britta verbaasd.
„Dat weet ik, maar toen was het kind nog bijna een baby. Ik merk nu dat ze soms precies op haar moeder lijkt en mocht mijn ex-echtgenote onverwacht toch een moederlijk gevoel krijgen en moeite gaan doen om Dénise terug te krijgen, dan zal ik niet weigeren. Als ik tenminste een behoorlijke zekerheid krijg dat ze dan goed voor het kind zal zorgen. Ik heb indertijd bij de scheiding beloofd elk jaar een foto van Dénise te sturen. Ik vond dat een redelijk verzoek en hoewel ik nooit met haar correspondeer, weet ik dat ook zij ziet hoe het kind op haar gaat lijken..." Hij nam haar heftig in zijn armen. „En dan... jij in jouw beroep... altijd maar weer leg je een nieuwe baby in de armen van een moeder en zelf heb je dit nooit meegemaakt..."
Britta glimlachte mild. „Je bent eigenlijk nog een kleine jongen," zei ze teder. „Goed, ik ga met jou naar die prof, maar ik zeg je nu al, dat hij me niet kan teleurstellen, want ik geloof er niet in. Hij zal heel wat vrouwen geholpen hebben, maar nee, ik geloof niet dat ik ooit een kind ter wereld zal brengen."
Hij kuste haar. „We gaan naar die man toe en verder wachten we af. Goed?"
Zij knikte en met zijn arm om haar heen liepen ze verder.

Laat in de middag reden ze naar Amsterdam en genoten ze van een feestelijk dineetje. Het was bijna tien uur toen ze thuiskwamen. Een slaperige Greetje zat voor de televisie en was kennelijk blij dat ze naar bed kon. Ze feliciteerde hen beiden hartelijk en verdween via de keukendeur en een klein tussengangetje naar haar eigen kamer.
Met haar jas nog aan, zette Britta haar roze anjers in een sierlijk vaasje. „Ik hoop dat ze bijtrekken," zei ze zorgelijk.
Harm lachte hartelijk. „Je krijgt morgen nieuwe van me."
Britta knikte hem afwezig toe en liep naar boven, eerst naar

Anthony. Later had ze niet kunnen zeggen hoe lang ze bij zijn bedje gestaan had. Ze had alleen maar heel zacht gefluisterd: „Little Anthony." Plichtsgetrouw controleerde ze daarna de kleine Dénise. Net sloot ze de deur van de meisjeskamer toen Harm naar boven kwam.
„Wat moet er gebeuren met de katten?" vroeg hij huisvaderlijk. „Moeten ze in de kamer blijven?"
Britta snelde al naar beneden, pakte eerst de kleine roodbruine poes op en zette hem met kussen en al in de keuken; de andere kwam er zelf bij liggen. Dan deed ze de lichten uit en heel langzaam liep ze de trap weer op.
Op de echtelijke slaapkamer gekomen, sloot Harm haar in zijn armen en hij zei een beetje tragisch: „Alsjeblieft Britta, wil je een beetje gelukkig zijn?"
Ze streelde door het donkere haar en fluisterde: „Dat bén ik, lieverd, heus. Kom, we gaan gauw een douche nemen."

HOOFDSTUK 2

Het werd een vreemde week voor Britta. Ze was er niet aan gewend hele dagen thuis te zijn en alsmaar huisvrouw, echtgenote en moeder van twee kinderen te spelen. „Spelen" was misschien verkeerd uitgedrukt, maar vooral die eerste dagen had ze sterk dat gevoel. Ze gingen veel met de kinderen uit en verschillende avonden trakteerde Harm haar op een etentje buiten de deur en op een film of schouwburgvoorstelling in Utrecht of Amsterdam.
Toch was Britta blij toen zij beiden de maandag daarna weer normaal dienst deden. Greetje had het weekend vrij gehad en zong in de keuken. Ze had eerst samen met Tony Dénise naar de kleuterschool gebracht. Tony wachtte nog tot er plaats kwam op de peuterschool, maar Britta was blij dat hij thuis was.
Harm was al vroeg naar zijn spreekuur vertrokken. Het liep al tegen tienen en Britta was net van plan koffie te gaan zetten, toen de telefoon ging.

„Een bevalling," ging het door haar heen. Maar ze hoorde de verre stem van een telefoonjuffrouw, die een gesprek met Australië aankondigde.
Met bonzend hart en een spierwit gezicht wachtte Britta.
Als er maar niets gebeurd was met Anthony... Maar ze bedacht snel dat er dan niet gebeld kon worden... zoiets zou hij alleen zelf doen. Maar misschien had hij een vriend in vertrouwen genomen... Dan hoorde ze van heel ver de bekende stem, die zei: „Little Britta, ik weet dat je het nu moeilijk hebt, misschien moeilijker dan ooit, maar máák er iets van. Het klinkt zo egoistisch als ik zeg, dat ik me anders schuldig voel. Jij, Britta, jij begrijpt me toch?"
„Ik begrijp jou altijd," zei ze zacht.
„„Je bent nu alleen thuis?"
„Ja... met Tony," zei ze.
„Ik wist wat er in je omging deze dagen en daarom bel ik je op. Lieveling... tussen ons is er niets veranderd, ook al zien we elkaar nooit meer. Dat weet je toch, hè?"
„Ik weet het."
„Echt, liefste, doe je best. Die man van je moet een goed mens zijn; dat heb ik uit je brieven begrepen. Ik groet je nu uit de verte en jij weet wat dat betekent... Over een halfjaar schrijf ik mijn gewone briefje."
Britta huilde toen ze zei: „En jij weet wat mijn groet aan jou betekent. Ik zal echt mijn best doen. Dag liefste."
Heel zacht zei hij: „I kiss you, dearest on earth."
Het gesprek was afgelopen en Britta holde naar boven.
Ze huilde hartbrekend, maar het luchtte haar op. Het was goed, dat Anthony gebeld had; het vreemde schuldgevoel, dat ze sinds haar „ja-woord" had gehad, was verdwenen. Ze werkte de laatste sporen van haar tranen weg en ging in de keuken koffiezetten.
Tony zat op de aanrecht terwijl Greetje naast hem stond en aardappelen schilde. Ze vertelde hem een verhaaltje. Glimlachend luisterde Britta. Greetje kon geweldig met kinderen omgaan en ze vond het heerlijk.
Britta maakte voor Tony een bekertje chocola en met haar

blad vol verdween ze naar de kamer, gevolgd door de anderen. Opgewekt keek ze naar het kind en naar Greetje en even wenste ze dat Harm nu in de kamer was, omdat ze iets liefs tegen hem wilde zeggen, daar ze zich niet zo geremd voelde als de vorige dagen. Maar de grote spelbreker, de telefoon rinkelde.
„Zuster Britta," zei ze kort.
„Lieverd met mij... Er is werk aan de winkel. Dat vrouwtje Vervoort heeft alarm geslagen. Ga jij direct? Ik ben nog even bezig en dan kom ik ook."
„Goed jongen," zei Britta mild. „Zijn er nog bijzondere aanwijzingen? Ik ben er nog niet geweest, want ze hadden me niets gevraagd."
Harm aarzelde. „Ja, je moet het toch weten, Britta. De echtgenoot is een week of twee geleden weggelopen, dus het zal wel misère zijn met huilende moeders of schoonmoeders. Houd je goed, ik kom zo gauw het mogelijk is."
„In orde," antwoordde Britta. „Tot straks."
„Greet, schenk nog gauw een kopje voor me in, terwijl ik me verkleed."
„Komt voor elkaar mevrouw," zei Greetje en stond op.
Britta haastte zich naar boven en kwam even later, omgetoverd tot kraamverpleegster, weer naar beneden. Staande dronk ze haar kopje leeg en drukte Greetje op het hart om op tijd Dénise uit school te halen. Ze schoot in haar jas, pakte de vertrouwde tas en haastte zich de deur uit.
Haar wagentje startte meteen en ze reed met een behoorlijke vaart weg. Gauw nog wuifde ze naar Tony en Greetje. Ze hoefde gelukkig niet ver. Aan de andere kant van de Vecht lag een gloednieuwe bungalow, waar het jonge echtpaar Vervoort nog niet zo lang geleden was ingetrokken. Toen Britta voor het huis stopte, zag ze dat de overgordijnen nog gesloten waren. Ze stapte uit en belde aan. Het duurde vrij lang vóór er een reactie kwam. Even zag ze een gordijn bewegen alsof iemand stiekem keek.
Eindelijk hoorde ze een knip van de voordeur wegschuiven en piepte de deur langzaam open.
Meteen stond Britta binnen en ontdekte achter de voordeur

het hoogzwangere jonge vrouwtje, dat spierwit zag keek met grote angstogen naar haar. Ze knikte haar bemoedigend toe.
„Dag mevrouw Vervoort, ik ben zuster Britta... Ik kom u helpen."
Een kleine hand werd naar een bleke mond gebracht en de jonge vrouw bracht alleen maar een benauwd geluidje voort.
Britta trok haar jas uit en hing 'm aan de kapstok. „Waar is de slaapkamer?" vroeg ze vriendelijk.
De vrouw pakte haar hand en trok haar mee. Ze liep heel voorzichtig, zoals Britta zag. Ze was nog gekleed in een wijd nachtjaponnetje en liep op blote voeten.
In de slaapkamer wees alles op paniek. Britta legde haar voorzichtig in bed en dekte haar goed toe. Ze schoof een stoel bij het bed en pakte een koud handje.
„Luister nou eens goed naar mij. U bent vanmorgen natuurlijk erg geschrokken, toen u merkte dat de eerste weeën kwamen en dat u helemaal alleen thuis was. Zo is het toch?"
Er rolden dikke tranen uit de helderblauwe ogen van de aanstaande moeder.
„Huil maar lekker, dat lucht op. U blijft echt niet meer alleen, daar zorg ik voor."
„Maar..."
„Niet praten, ik weet wat u zeggen wilt. Uw man is er niet en het gaat mij voorlopig niets aan waarom hij hier niet is. Als uw kindje er is, mag u mij alles vertellen, als u dat tenminste wilt. Denkt u nu helemaal niet aan andere problemen; die lossen zich vanzelf op. U concentreert zich alleen op de baby, die nu komen gaat. En dat wordt een prachtig gezond kindje, want u bent jong en sterk. Ik ga nu eerst even kijken hoever het met u is en dan ga ik alles voor het kind klaarzetten."
Ze onderzocht de vrouw snel.
„Dat duurt nog wel even," glimlachte ze. „U moet niet zo schrikken als u een wee aan voelt komen. Goed ontspannen en diep ademhalen, dan voelt u minder pijn."
Ze bleef een ogenblik staan en keek nog eens goed om zich heen. Dan zei ze: „U heeft sinds gisteravond beslist niets meer gegeten."

De blauwe ogen keken haar verbluft aan. „Hoe weet u dat?" kwam er eindelijk aarzelend uit.
Britta lachte. „Een vrouw, die op het punt staat een kind te krijgen, gaat niet koken en aan tafel zitten eten. Verder staat hier nergens een bordje of een kopje."
Ze stopte de dekens nog een beetje extra in en zei: „Ik ga allereerst iets eetbaars voor u zoeken en ik zet meteen koffie. Maakt u zich nu helemaal niet ongerust; ik vind alles en blijf pal in de buurt. U kunt me roepen, want ik laat alle deuren openstaan."
De jonge vrouw liet zich in de kussens zakken en sloot uitgeput haar ogen.
Britta zocht en vond de keuken. Ze bleef in de deuropening staan. „Wat een bende!" De keuken was bijzonder luxueus uitgevoerd en van alle apparatuur voorzien. Maar er stonden overal vuile pannetjes, borden en kopjes. De vloer van donkerrode tegels was gewoon modderig. Ze liep naar de woonkamer en ook hier overal vuile bordjes en overvolle asbakken. Ze had nu beslist geen tijd om hier op te gaan ruimen en in de andere vertrekken keek ze maar liever niet. Ze maakte een stuk van de aanrecht vrij en maakte dat goed schoon. Ze waste een paar kopjes af en vulde het kleine koffiezetapparaat, dat toevallig schoon was. Ze vond in de broodtrommel alleen brood waarop de schimmel stond. In een beschuitbus zat nog voorraad en Britta smeerde een paar beschuiten en strooide er maar gewoon suiker op. Op een blaadje nam ze twee koppen koffie plus de beschuiten mee. Met haar voet stootte ze de slaapkamerdeur wat verder open en zette alles op het tafeltje dat in de slaapkamer stond. Ze hielp de vrouw wat overeind en zette het blaadje voorzichtig op de dekens.
„En nou eerst wat eten en zo heet mogelijk drinken." Britta's stem had een bevelende klank gekregen, ze wist dat in dergelijke situaties een halfzacht toontje niet op z'n plaats was.
„Zeg maar Mia tegen me," zei de jonge vrouw eindelijk. „Anders voel ik me nog eenzamer."
Britta knikte. „Goed Mia, laat mij m'n gang gaan, dan komt alles goed."

Britta bleef even met haar kopje koffie zitten. „Is je man al lang weg?"
„Bijna vijf maanden."
„Weet je waar hij is?"
„Ja, maar ik wil niets meer met hem te maken hebben."
„Goed, goed," suste Britta. „Het was alleen een vraag. Maar wat ik wel graag wil weten, is, of je ook een werkster hebt."
Mia knikte. „Ik heb een dag of veertien geleden gezegd dat ze pas terug mocht komen als de baby er was."
„Waarom in vredesnaam?" vroeg Britta verbaasd.
„Nou... ik voelde me 's morgens zo ellendig en dan lag ik vaak tot elf uur in bed. Ze was dan kwaad, dat ze de slaapkamer niet kon doen en ik was ook bang dat zij er zou zijn als de baby zou komen."
„Waarom?"
„Ik voelde aldoor verwijten, omdat ik zo slordig ben en omdat ik nou helemaal alles achter me liet slingeren. Ze heeft beloofd terug te komen zodra ik haar zou waarschuwen."
„Is ze te bereiken?" vroeg Britta kort.
„Ja," zei Mia, „ze heeft telefoon."
„Geef dan maar gelijk het nummer."
Mia noemde het getal zonder aarzelen en Britta, die een telefoon in de woonkamer gezien had, holde naar het toestel. Vlug draaide ze het nummer en ze hoorde een beetje norse, wat oudere stem zeggen: „Met Van Marnix."
„Mevrouw," begon Britta, „ik ben de kraamverpleegster van mevrouw Vervoort... Ja, de baby komt in ieder geval vandaag. Maar ik heb hier zo'n ontstellende troep aangetroffen, dat ik u vriendelijk vraag of u weer wilt komen. Ik maak zelf de slaapkamer aan kant, maar ik heb geen tijd om het hele huis te doen en het is hier werkelijk heel erg."
„Dat kan uitkomen," zei Trudy van Marnix. „Maar ze leek de laatste weken wel helemaal mal geworden en ik mocht niet terugkomen voor de baby er was." Ze wilde nog meer zeggen, maar Britta was haar voor: „Wilt u zo goed zijn om dan nu meteen te komen of schikt het niet?"
„Ja hoor," zei de vrouw goedmoedig. „Ik kom die kleine wel

weer uit haar vuil halen. Ik ben er met een kwartier."
Ze liet kennelijk zonder meer de hoorn op de haak vallen en Britta liep voldaan terug naar de slaapkamer.
Tot haar geruststelling zag ze dat Mia in slaap gesukkeld was. Geruisloos nam ze het blaadje weg van de tafel en begon een beetje orde te scheppen in de chaos. Links en rechts lagen schone en vuile kledingstukken en stof van dagen lag overal. Voorzichtig zette ze een raam op een kier, verzamelde alles wat vuil was en bracht het naar de keuken. Het schone goed werd in de linnenkast gelegd en net toen Britta de deurtjes sloot, ging de bel. Ze liep snel naar de voordeur en liet een forse grijsharige vrouw binnen, die zich voorstelde als 'Trudy van Manix'.
„Ik ben zuster Britta. Wilt u zo vriendelijk zijn om de badkamer en de keuken eerst schoon te maken?"
De oudere vrouw lachte kort. „Ik ben op alles voorbereid."
„Des te beter… tussen twee haakjes: in de keuken staat koffie, neem eerst een kopje."
Britta pakte de stofzuiger, die in een hoek van de gang stond en nam 'm mee naar de slaapkamer. Ze stofte eerst alles af en zoog het vertrek goed schoon. Ook de wastafel kreeg een grondige beurt. Toen riep ze Trudy en heel voorzichtig zetten ze Mia samen in een stoel. Britta maakte het bed opnieuw op met een zeil en schone lakens. Toen Mia weer in bed lag, wenkte Britta met haar ogen de oudere vrouw de kamer uit. Ze trok het smoezelige nachtjaponnetje van Mia uit, waste haar en trok haar een flatteus nieuw gevalletje aan.
Tussen twee weeën door maakte Mia kenbaar, dat ze wat make-up op wilde, maar Britta zei streng: „Nou niet, na de bevalling beginnen we daaraan."
Weer ging de bel over; ze hoorde Trudy opendoen en ze herkende Harms stem. Haastig snelde ze de kamer uit en ze vertelde hem hoe het er precies voorstond.
„We moeten erachter komen waarom die man weggelopen is; ze mag na die bevalling niet alleen zijn, maar ze wil ook geen namen van familieleden noemen."
Harm klopte haar liefkozend op de schouder. „Mijn eigen zuster Britta wordt toch niet nerveus?"

Ze glimlachte. „Ik maak me zorgen."
„Dat hoeft niet, meisje. Ik had al zo het gevoel dat er iets ergs aan de hand was hier. Ik zei vanmorgen wel door de telefoon, dat die man een week of twee geleden vertrokken was, maar ik wist dat het langer was. Ik ben er toevallig achter gekomen, omdat ik haar bij elk controlebezoek gewoon op een slinkse manier uitgehoord heb. Maar wat er precies achter dit alles zit, weet ik niet. Laat het aan mij over... Je zult zien dat het in orde komt."
Britta haalde weifelend haar schouders op. „Een man, die al zo lang weg is... Nee, dat zie ik niet meer zitten."
Hij trok haar mee in de richting van de slaapkamer. Vrolijk in z'n handen wrijvend liep hij naar binnen en opgewekt zei hij tegen Mia: „Zo mevrouwtje, dan gaan we nu eindelijk eens goed beginnen."
Toen ze Harm zag, begon ze weer te huilen, maar hij maakte daar snel een eind aan: „U wilt toch geen huilende baby op de wereld brengen? Doe niet zo mal. Zal ik uw moeder of schoonmoeder opbellen?" Hij vroeg het heel vriendelijk.
Maar Mia vloog overeind. „Nooit! Mijn moeder woont in Leeuwarden en ik zie haar heel weinig. Ze weet niet, dat ik een kind ga krijgen en ze weet niet dat... dat... Onno weg is."
„Rustig maar," zei Harm. „Dan knappen we hier samen het zaakje wel op." Hij keek naar zijn bedrijvige vrouw en zei ineens tegen haar: „Britta, haal jij de wieg en de andere spullen. Het duurt niet lang meer."
„Wat zijn jullie beiden vertrouwelijk tegen elkaar?" bracht Mia uit.
Harm lachte. „Ik ben echt officieel met haar getrouwd, mag het dan?"
Mia staarde hen verwonderd aan. „Dat wist ik niet."
„Dan weet u het nu: de kraamverpleegster en de dokter vormen een echtpaar."
Britta liep de kamer uit en vroeg aan Trudy waar de babykamer was. Ze wees de deur aan en voegde aan haar gebaar de vreemde woorden toe: „Hij is op slot en ze heeft zelf de sleutel. Niemand mag erin."

Britta liep weer terug en beval Mia op korte toon: „Waar heb je de sleutel van de babykamer, Mia?"
De jonge vrouw wees op een tasje naast haar bed.
„Daarin. Er zit een roze lintje aan."
Britta toverde de sleutel tevoorschijn en liep weer naar de bewuste deur. Ze was op alles voorbereid, maar toen ze de sleutel had omgedraaid en de kleine kamer betrad, sloeg ze haar handen ineen. Hier was alles volmaakt schoon, keurig en gezellig. Er stond een pitrieten wieg met een roze bekleding. Er was een commode, die alles bleek te bevatten; een badje, schone handdoeken; enfin, alles wat ze zich maar wensen kon. Het vertrekje was kleurig behangen en op de grond lag een zachte donkerrode vloerbedekking. Alles leek gloednieuw.
Britta stapelde haastig alles wat ze nodig had in de wieg en liep ermee naar de slaapkamer. Mia keek haar onderzoekend aan, maar Britta zei luchtig: „Een complimentje voor de babyuitzet."
Haastig legde ze alles voor Harm klaar, want ze zag wel dat het nu vrij snel ging. Mia gaf geen kik, haar handen klauwden af en toe vertwijfeld rond. Britta ging naast haar zitten en nam de dwalende vingers in de hare.
„Nou opletten," zei ze, „regel je adem zoals ik je zeg, dan is het zó gebeurd. Je bent een flinke meid."
Het duurde nog een moeilijk kwartier en toen hield Harm een spartelende, brullende baby in zijn handen. Haastig nam Britta het kindje over. Voorzichtig maakte ze de baby schoon en ze hoorde Harm tegen Mia zeggen: „Een gezonde dochter, van harte gefeliciteerd."
Mia reageerde nauwelijks en Harm, die dergelijke situaties wel gewend was, verzorgde haar verder. Hij was juist klaar, toen Britta de mollige roze baby aangekleed had. Ze kamde het al vrij lange haar tot een mooie babykrul en legde het kleine meisje in Mia's arm. Mia huilde niet, maar brulde.
Harm keek Britta hulpeloos aan.
Zacht zei ze tegen hem: „Ga jij nu maar weg, ik zal dit met haar uitpraten. Laat haar maar eens goed tekeergaan, dat lucht op. Je moet wel even langs huis gaan en tegen Greet zeggen, dat ik

nog niet weet hoe laat ik thuis kom. Ze weet verder alles."
Hij knikte en wilde haar een kus geven.
Maar Britta wierp snel een blik op Mia. „Niet doen," fluisterde ze.
Harm begreep het. „Ik kom over een paar uur nog wel eens poolshoogte nemen," zei hij zacht.
„Goed, ga maar gauw."
Harm verdween geruisloos. Britta ruimde de kamer op en richtte zich tot Mia: „Je zult even met brullen moeten ophouden. Op de eerste plaats is het niet goed voor het kind en verder moet ik jou wassen en verschonen en natuurlijk ook je bed. Geef mij dat arme kleine kind maar."
„Wát arme kleine kind?" stoof Mia op.
„Nou... pasgeboren en je moeder gaat dan al zo tegen je te keer en je vader is spoorloos. Niet benijdenswaardig, lijkt me."
Ze pakte de baby en legde haar in de wieg, bij het kleine kruikje. Ze had het licht aangedaan, de gordijnen gesloten en de wieg wat van de helle lamp afgedraaid.
„Is het echt een gezonde baby?" vroeg Mia onder het wassen.
„Kerngezond," zei Britta stroef.
„Ben je... kwaad op me?" vroeg het jonge vrouwtje een tikje verlegen.
Britta antwoordde niet. Handig trok ze de vuile lakens onder de jonge moeder weg en zonder haar veel te bewegen legde ze weer een kraakhelder laken onder haar. Ze ging stug verder met haar werk. Toen ze klaar was haalde ze koffie uit de keuken en gaf haar te drinken. „Zo, en nu krijg je een slaappil van me en als die uitgewerkt is praten we verder."
„Laat je me dan niet alleen?"
„Natuurlijk niet. Ik ga de was doen en daarna kom ik bij je terug. Ga maar gauw slapen. Dat heb je wel verdiend."
In de keuken zat Trudy voldaan achter een kop koffie.
„U ook, zuster?"
„Nou, graag." Ze liet zich neervallen op een soort kruk en wachtte gelaten tot het kopje voor haar stond. De vrouw schoof er ook een paar belegde boterhammen bij. „Dank u wel," zei Britta dankbaar. Ze zag de verschrikte blik van Trudy

op de stapel vuil wasgoed, die Britta in een grote plastic mand had gedeponeerd. „Zoet maar," zei ze lachend. „Dat is het werk van de kraamverpleegster. U zult intussen wel naar huis moeten. Ik vind dat u geweldig gewerkt hebt. Het huis is niet meer te herkennen. Komt u morgen weer?"
„Ik was gewend elke dag te komen, dus dat doe ik dan maar weer."
Toen de vrouw verdwenen was, stopte Britta het uitgespoelde goed in de wasautomaat, liet die rustig draaien, ging in de woonkamer zitten en keek eens goed om zich heen. Het zag er echt wel gezellig modern uit. Ineens stond ze op en liep ze speurend door de kamer. Ze ontdekte half verscholen achter een stapeltje boeken een foto. Het was het portret van een jonge man met blond lang krullend haar. Een erg jong, maar sympathiek gezicht. Achterop de foto stond geschreven: „Voor mijn vrouw".
Dus daar keek Mia vast wel eens naar. Britta ging weer aan de tafel zitten en steunde haar hoofd in de handen. Ze móest een oplossing vinden. Ze sloot even haar ogen... ze zou er straks hard tegenaan gaan. Ze keek op haar horloge... bij halfzeven. Die pil zou nu wel uitgewerkt zijn. Zachtjes liep ze naar de slaapkamer en keek om de deur. Moeder Mia wreef zich net de ogen uit en Britta sloot de deur achter zich. „Zo, dat schoonheidsslaapje zit er dus ook op. Even naar de dochter kijken."
De baby sliep vast en had de vuistjes gebald.
Britta lachte. „Dat is een lekkere slaapkop. Zo, en nou ga ik eens een poosje met je praten. Dan gaan we straks wat eten."
Ze ging op een stoel naast het bed zitten. „Waarom is je man al zo lang weg? Is er iets onherroepelijks gebeurd of kan die baby van je d'r pappa nog thuis krijgen?"
De waterlanders kwamen weer tevoorschijn.
Britta zei een beetje scherp: „Doe niet zo slap. Je hebt een prachtkind gekregen en je bevalling is ontzettend vlot gegaan. Je bent jong en sterk. Je hebt moeilijkheden in je huwelijk, praat er dan over. Een mens kan over alles praten en het helpt. Komt er geen oplossing, dan lucht het toch op. Vooruit, vertellen!"

Mia droogde haar tranen met een punt van het laken en begon hortend aan haar verhaal: „We zijn pas anderhalf jaar getrouwd, Onno en ik. We waren stapel op elkaar, maar de hele familie was tegen ons huwelijk omdat we te jong waren. Ik was achttien en hij twintig. We werkten allebei. Ik had een moordbaan op een reclamebureau... Ik ontwerp zo'n beetje en Onno werkt in Amsterdam. Hij zit bij zo'n opvangcentrum voor jongelui, die aan drugs verslaafd geweest zijn. Hij studeert er nog bij; moderne geschiedenis. Hij is geweldig begaan met al die weggelopen kinderen, zoals hij het noemt en ze vertrouwen hem allemaal." Ze zweeg even, vervolgde dan: „Toen we trouwden wist Onno, dat ik bijna niets van het huishouden afweet en we namen een wat oudere hulp, Trudy, die overdag alles in orde maakte en het eten panklaar maakte. Het liep allemaal op rolletjes en 's avonds waren we altijd thuis en we hadden elkaar altijd een hele hoop te vertellen, omdat we totaal verschillende werkkringen hadden.
Onno wilde de eerste jaren geen kind. Hij beweerde, dat ik er nog niet aan toe was. Het huis is vrij duur met een hoge hypotheek die we alleen als we samen verdienen kunnen aflossen. Nou... toen vergat ik de pil en ik werd zwanger. De eerste reactie van Onno was: abortus. Dat weigerde ik. Ik wilde dit kind hebben, omdat ik zoveel van Onno hield. Ik zei dat ik best voor halve dagen kon werken als het kind er was en Trudy beloofde de ochtenden op te zullen passen. Maar Onno zag daar niets in. Hij eiste dat ik abortus zou plegen en nou weet ik wel dat het tegenwoordig als vrij normaal wordt beschouwd, maar ik wílde dit kind. We hebben een kleine vier maanden lopen bekvechten en toen is hij weggelopen na een verschrikkelijke ruzie. Ik was een egoïste, zei hij, omdat ik een kind aan mijn onervarenheid wilde prijsgeven, maar ik heb niet gezegd waarom ik dit kind zo graag wilde hebben. Zoiets begrijpt een man niet." Ze zweeg.
„Of een man zoiets begrijpt, weet jij niet," zei Britta zacht. „Heb je daarna nog contact met hem gehad?"
„Hij belde of schreef af en toe. Maar de telefoon gooide ik op de haak en de brieven stuurde ik terug."

„Je bent een grote stommeling," zei Britta.
„Een jongen van goed eenentwintig ziet het vaderschap natuurlijk niet zitten en jij was, of bent een kluns in het huishouden. Begrijp je dan niet dat die man van je in paniek raakte? Hij zag een abortus als enige uitkomst. Niet uit egoïsme, maar omdat hij bang was voor de baby. Houd je nog van die man?"
En weer huilde Mia met volle overgave.
Britta liep de kamer uit en vond bij de telefoon een alfabetische klapper. En onder de O vond ze 'Onno' staan. Vastbesloten draaide ze het nummer. Ze kreeg een mannenstem aan de lijn en vroeg: „Spreek ik met meneer Onno Vervoort?"
Een jongensachtige stem antwoordde: „Daar spreekt u mee."
„U spreekt met de kraamverpleegster van uw vrouw. Ik wilde u even vertellen dat vandaag uw dochter is geboren; een prachtige baby."
Britta hoorde een ongearticuleerd geluid aan de andere kant van de lijn. „Ik wil weten of u daar nog belang in stelt, want uw vrouw zegt dat u niets meer van haar heeft willen weten, sedert ze zwanger was en zelf besloten had geen abortus te plegen, tegen uw wil in."
Britta wachtte een beetje ademloos. De man was op slag geweldig nerveus geworden en brabbelde: „Is alles goed met Mia...? Kunt u wachten tot ik er ben...? Zeg niets tegen haar; ik kom!"
Britta belde naar haar huis en zei tegen Greetje, dat ze de kinderen na het eten naar bed moest brengen en dat ze voor Harm wat moest warmhouden. Ze keerde terug naar de slaapkamer. Mia richtte zich ongerust op.
„Je hebt... Onno toch niet gebeld?"
„Ik?" vroeg Britta verbaasd. „Kind, hoe kom je erbij; ik moest even tegen mijn hulp zeggen dat ze de kinderen vast naar bed moest brengen."
„Jij hebt kinderen en je werkt?"
„Natuurlijk. Als je beiden verdient, kun je een goede hulp betalen."
Gelukkig ging de bel en Britta wist dat het Harm moest zijn. In

de gang hield hij haar even dicht tegen zich aan.
„Dag vrouw van me. Gaat het een beetje?"
Ze legde haar vinger tegen haar lippen en fluisterde: „Ik heb de jonge vader gebeld. Hij komt eraan!"
Harm applaudisseerde geluidloos en liep dan snel naar de slaapkamer. Hij onderzocht moeder en kind en verklaarde dat het uitstekend ging. Hij gaf Britta haar weekendtas.
„Ik heb begrepen dat je in dit geval hier vannacht moet slapen, dus Greetje heeft je spullen ingepakt."
„Fijn," zei Britta dankbaar. „Morgenochtend hoop ik bijtijds thuis te zijn, want dan is Trudy toch hier."
„En morgennacht dan?" jammerde Mia.
„Doe niet zo kinderachtig," glimlachte Britta. „Dan zien we wel weer. We laten je in ieder geval niet in de steek."
Britta gaf Harm een zoen toen ze hem uitliet en hij hield haar gezicht tussen zijn handen vast. „Britta, ik heb met die prof gesproken. Je kunt woensdagmiddag om vijf uur bij hem terecht; je weet de kliniek in Amsterdam. Wil je dat ik meega? Je weet dat ik het graag doe."
„Ik ga alleen," zei Britta. „Er zijn van die dingen, waarvan ik vind dat een vrouw ze alleen moet doen."

HOOFDSTUK 3

Britta had een eenvoudige warme maaltijd klaargemaakt en Mia had haar bord keurig leeggegeten. Britta had tegen haar zin ook wat genomen en maakte nu het bed in de kleine logeerkamer op. Ze was er juist mee klaar toen er gebeld werd; heel zacht. Ze opende de deur en ze zag een smalle jongeman met lang, blond, krullend haar.
„Ik ben Onno Vervoort… Mag ik… mag ik… mijn vrouw zien en… en mijn kind?"
Britta glimlachte wijs en liet hem zwijgend binnen. Hij wilde meteen doorlopen, maar Britta fluisterde: „Vergeet u niet dat ze pas enkele uren moeder is. Ik moet haar een klein beetje voorbereiden." Britta repte zich naar Mia. „Zo… knap je nou

maar een beetje op. Hier is je toilettasje en je handspiegel," zei ze vrolijk.
Ze gaf Mia nog een extra kussen in haar rug en terwijl de jonge vrouw druk bezig was met haar haren en haar gezicht, vroeg Britta: „Straks de krant en een kopje thee?"
„Ja graag," zei Mia dankbaar. „Je bent lief voor me."
Britta keek scheel. „Er is anders iemand in huis, die misschien veel liever is..."
Mia schoot overeind. „Ik wil hem niet zien, Britta."
„Jij hebt hem nooit verteld waarom je de baby wilde houden en waarom je misschien zelfs de pil vergat..."
Mia leunde achterover; ze had een kleur gekregen.
„Als je alleen dát feit maar vertelt; meer niet. En als hij dán van je weg moet, schop ik hem er wel uit."
Mia hield haar ogen gesloten en ze zag nu bleek, maar Britta beende vastberaden naar de gang, gaf Onno een wenk en liet hem in de slaapkamer. Ze fluisterde snel: „Wind haar niet op. Als het niet gaat, meteen verdwijnen, anders kom ik over twintig minuten binnen."
Ze ging in de keuken theezetten en in vol vertrouwen dat de echtgenoot die avond nog niets gegeten zou hebben, maakte ze een paar sandwiches klaar. Toen ze eindelijk op haar horloge keek, zag ze dat er al een halfuur verstreken was. Ze luisterde eens aan de deur van de slaapkamer... Niets te horen. Ze klopte maar eens flink en Onno antwoordde: „Komt u binnen, zuster."
Voor Britta's ogen verscheen het toneeltje dat ze wel verwacht had: Mia in de armen van Onno. Ze bleef lachend staan.
„Alles opgehelderd, Mia?" vroeg ze.
Mia keek haar aan. „Je had gelijk... Ik had moeten zeggen waarom ik de baby wilde. Alles is volmaakt," zei ze zacht.
Britta keek naar de wieg. „Heeft deze vader zijn dochter al gezien?" vroeg ze ondeugend. Mia sloeg haar hand voor haar mond. „Ik ben een egoïstische moeder," zei ze zacht.
Britta antwoordde niet, liep naar de wieg en haalde het slapende roze bundeltje tevoorschijn. Ze reikte het kind aan Onno. „Hier is uw dochter; wees er goed voor." Ze wist niet

waarom ze die laatste woorden zei, maar ze had zo het gevoel die jongen een beetje te moeten helpen.

Het was toch nog bij halftwaalf vóór Britta op het harde logeerbed kon duiken. Terwijl ze diep onder de dekens kroop, dacht ze dat ze vast de eerste logé in dit bed was.
Britta dacht nog over de afspraak van komende woensdag. Ze zag er tegenop. Ze wist best dat Harm evenveel van haar zou houden als er tegen haar onvruchtbaarheid niets te doen was. Maar stel dat die man het een simpele zaak vond en er een hormoonprik of wat dan ook was, die maakte dat ze moeder zou kunnen worden? Britta zuchtte. Dan kreeg je elke maand dat bittere wachten; ze zag al het vragende, stille gezicht van Harm elke morgen voor zich. O, hij zou nooit iets vragen, maar hij zou haar nauwkeurig gadeslaan en dat was iets wat ze verschrikkelijk vond. Ze maakte diep in haar hart een klein plan en toen viel ze als een blok in slaap.

Bij de familie Vervoort liep de volgende morgen al de hele zaak op rolletjes. Mia en Onno hadden samen alles besproken en opnieuw hun leven geregeld. Na twee maanden zou Mia weer gaan werken voor halve dagen en Trudy zou 's morgens komen en meteen op de baby passen.
De moeder van Mia was opgebeld en ze was hals over kop naar haar dochter gekomen. Beiden waren vol berouw over het gebrek aan contact. De jonge grootmoeder had de leiding van het huishouden op zich genomen. Onno had z'n boeltje weer thuisgebracht en ging opgewekt naar z'n werk.
Britta nam dus de volgende avond afscheid van het gezin.
Mia had erop gestaan dat ze iets moois van haar en Onno zou krijgen, maar Britta had alleen maar gezegd: „Nee kind, ik ben voor dit werk met alles wat eraan vastzit. Ik neem nooit geschenken aan. Ik kom graag nog eens kijken als je weer fit bent."
En zo hadden ze afscheid genomen en Britta reed in de avond met een langzaam gangetje naar huis. Ze zag tegen de ontmoeting met Harm op. Hij zou natuurlijk meteen beginnen over

haar bezoek morgen aan die prof en ze wilde er niet over spreken. Helemaal niet. Maar Britta had zich voorbarig zorgen gemaakt. Toen ze thuiskwam, was Harm alleen. Hij begroette haar teder, pakte haar jas aan en kuste haar. „Dat was een enerverende bedoening daar, heb ik begrepen," lachte hij.
„De mensen maken het elkaar wel eens belachelijk moeilijk," zei Britta. „Ik ben er echt moe van, niet van het werken, maar van de spanningen."
„Ik begrijp het," zei hij. „Wil je nog even naar Tony kijken? Hij is nog wakker."
Britta was de trap al op en ze vond Tony rechtop in zijn ledikantje. Hij rukte aan het hekje en riep: „Mamma moet bij Tony komen!" Ze tilde hem even uit bed en knuffelde hem uitvoerig. „Gauw slapen lieverd, mamma blijft nou thuis."
Tevreden liet hij zich weer instoppen en Britta sloot zacht de deur. Harm stond op de gang en ze begreep hem. Ze liep Dénises kamertje binnen. Het kind staarde met grote ogen naar de deur. Britta boog zich over haar heen en gaf haar een zoen. „Was het fijn op school?" vroeg ze hartelijk. Het kind staarde langs haar heen naar haar vader en mompelde: „O ja, het ging best."
Na een snel „welterusten" verliet Britta ook deze kamer. Op hun slaapkamer trok ze het uniform uit en ging toen douchen. In haar duster, de haren nog vochtig liep ze naar beneden en ze vond Harm in gedachten. Ze streek zijn haar de verkeerde kant op.
„Waar piekert mijn echtvriend over?"
„O... eh... niks."
„Lieg niet," zei Britta en ze installeerde zich op zijn knie. „Ik zet niet eerder koffie vóór je het gezegd hebt."
Hij keek haar niet aan toen hij zei: „Ik kreeg vandaag een brief van mijn ex-echtgenote. Je weet, dat ik haar op de hoogte gebracht heb van ons trouwen en ons adres, omdat ik gewoon vind dat ze moet weten waar haar kind woont."
Hij zweeg en drukte Britta dichter tegen zich aan. Ze zei niets. Ze voelde dat hij zelf verder moest praten, zonder enige aanmoediging.

„Ze heeft Dénise tegelijkertijd een grote pop gestuurd met een kaart eraan, waarop stond: 'Van Mamma'. Dat is het eerste teken, dat het kind krijgt sedert ze verdwenen is en... wel, ze vraagt me of ik het kind aan haar wil teruggeven."
Ze zaten beiden heel stil.
Eindelijk zei Britta: „Het is natuurlijk mogelijk dat haar moederlijke gevoelens laat ontwaakt zijn. De andere mogelijkheid is, dat ze niet wenst dat jouw nieuwe vrouw over haar kind moedert. Maar ik ken haar niet; ik weet niet of ze in wezen toch een goed mens is, ook al past ze niet bij jou."
Hij haalde de schouders op. „Slecht is ze niet en het is mogelijk, dat ze eindelijk echt voelt dat ze een dochter heeft. Ik weet het niet; bij het uitspreken van de echtscheiding is ze automatisch aan mij toegewezen."
„Wat wil je dat ik zeg?" vroeg Britta. „Het klinkt bijna lelijk, maar ik bedoel het niet zo en dat weet je: het kind is niet van mij. Eigenlijk kén ik haar nog steeds niet. Ze plaatst me steeds voor raadselen, soms... dan heb ik het gevoel dat ze erg op haar moeder lijkt. Ik vind niets terug in haar van jou; in het begin wel, toen was ik ervan overtuigd dat ze jouw karakter had. Maar zoals elk kind, verandert zij ook."
„Het is helemaal haar moeder," zei hij kort, „maar ze is ook mijn kind en ik durf haar aan die vrouw niet toe te vertrouwen."
Britta draaide zijn gezicht naar het hare. „Forceer niets, wacht gewoon af. Ze krijgt nu het eerste cadeau van haar moeder en dat maakt een geweldige indruk. Schrijf haar moeder en vertel over haar leventje hier. Dan krijg je een regelmatige briefwisseling en dan kun je toch al een beetje merken of ze oprechte moederlijke gevoelens is gaan koesteren. Zeg tegen het kind nooit iets lelijks over haar moeder en praat niet over het feit, dat ze de kleine indertijd gewoon in de steek liet. Dénise begrijpt daar toch het ware niet van en als je afgeeft op een moeder, die er niet is, zal het kind die moeder des te liever vinden. Onbewust zal ze haar willen verdedigen en ze zal niet snappen dat dat ook komt, omdat ze ineens een prachtige pop gekregen heeft. Wacht gewoon af en als je merkt dat het haar

moeder ernst is, dát ze veranderd is... Wel... zo'n klein meisje hoort bij haar moeder als die tenminste van haar houdt."
„Dan ben ik Dénise kwijt," zei hij en er klonk iets van wanhoop in zijn stem.
Britta zei met een tedere klank in haar stem: „Een kind is geen bezit, dat vergeten zoveel mensen."
Hij kuste Britta. „Wijze vrouw van me. Tussen twee haakjes... Mag ik over je bezoek aan de prof van morgenmiddag praten?"
„Nee," zei Britta en er was iets hards in haar stem.
„Waarom niet, liefste? Ik ben toch je man?"
„Misschien juist daarom niet. Ik reken zelf niet meer op een kind van ons samen, maar jij hebt hoop. Ik ken die prof niet en ik kan mezelf daarom beheersen... Misschien niet als jij erbij bent."
„Maar je weet toch dat het, wat mijn gevoel voor jou betreft, niets uitmaakt?"
„Dat heb je nou al zo vaak gezegd en dat weet ik. Ik ga morgen alleen."
Ze stond op. „Zullen we nog wat drinken samen?" vroeg ze. „Je ziet er moe uit."
„Het was te druk vandaag," bekende hij. „Ik denk er hard over om een assistent aan te trekken."
„Dat zou ik echt fijn vinden," zei Britta warm „Je hebt er niets aan, als je je over de kop werkt en uiteindelijk zijn de patiënten ook de dupe als jij het te druk hebt."

„Maar we verdienen minder," zei hij nadenkend.
„Ik verdien ook en al was dat niet zo, dan hebben we het nog altijd heel royaal met een assistent erbij. Ik vind het toch al niet zo bijster rechtvaardig dat artsen zo ontzettend veel meer verdienen dan andere mensen. Ik wil je niet direct vergelijken met een stratenmaker, hoewel de man die dat vak niet goed doet, verkeersongelukken kan veroorzaken, maar neem nou eens een werkelijk goede kunstschilder. Ik bedoel niet zo'n klodderaar, maar gewoon een goed artiest of een onderwijzer, een journalist. Het zijn allemaal mensen, die we toch ergens nodig hebben, maar hun inkomen ligt mijlen lager dan het

jouwe. Je zult zeggen: 'Bij mij gaat het om mensenlevens', maar er zijn wel meer mensen, die moeten waken over de levens van anderen: ingenieurs, electriciens, allemaal mensen, die geen fouten mogen maken, want een brug kan instorten, je wasmachine kan onder stroom komen te staan... Goed, ik weet ook dat jij vergeleken met allerlei andere beroepen, meestal meer en langer hebt moeten leren, maar het staat allemaal toch niet in verhouding."

Hij trok haar naar zich toe. „Je zit weer meesterlijk op je stokpaardje."

„Ik zit er best," zei Britta. „Wil je iets drinkbaars, zeg het dan."

„Ik heb trek in een goed glas wijn en in crackers met Franse kaas," zei hij en volgens Britta trok hij zijn 'ondeugende jongensgezicht'.

„We doen het," zei ze en ze was de kamer al uit.

Na een goed kwartier kwam ze met een blad binnen, waarop de besmeerde crackers, twee glazen en een flesje wijn stonden.

„Trek jij 'm maar open, daar heb ik geen zin in," zei Britta en ze liet zich lui neervallen. Harm deed een paar lampen uit, stak een kaars aan en ontkurkte de fles. Ze klonken elkaar toe en Britta wist wat hij dacht en wat hij vurig voor haar en hem wenste, maar hij sprak het niet uit en daar was ze dankbaar voor.

Toen ze in bed lagen, trok hij haar heftig tegen zich aan en het leek Britta die nacht of hij haar wilde duidelijk maken, dat zij en zij alleen, op de eerste plaats bij hem kwam.

HOOFDSTUK 4

Woensdagochtend ging Britta nog even naar „haar" kraamvrouw Mia. Ze vond er een trotse grootmoeder, die spijt had dat ze haar dochter zolang niets had laten horen, een gelukkig ouderpaar en een schattige baby. Aangezien de wijkverpleegster de zaak verder zou afhandelen, zoals afgesproken was, nam Britta met een blij hart afscheid van het gezin.

Met de lunch was ze weer thuis en ze hielp Greetje met de kinderen en het huishouden.
Toen ze aan tafel zaten – Harm was verhinderd – keek Dénise haar aan met haar koele blauwe ogen en ze zei: „Jij hebt mijn pop van mamma nog niet gezien."
„Dat is waar," zei Britta spontaan, „haal 'm es."
Het kind stond meteen op en vloog naar haar kamertje. Even later hield ze Britta een bijna levensgrote pop voor. Zij had lang krullend haar en was gekleed in een rood broekpakje.
„Zij is prachtig," zei Britta. „Werkelijk Dénise, ik heb nog nooit zo'n mooie pop gezien."
„Zo één zou jij me nooit geven," zei het kind en Britta vroeg zich af wat er in dat kleine hartje omging. Ze had geen herinnering aan haar moeder. Zou het toch onbewust het gevoel zijn van: „Ik heb lekker toch een moeder en een goede ook?"
Ze koos zorgvuldig haar woorden. „Ik weet niet of ik jou er ooit zo één gegeven zou hebben. Ik heb er nooit zo één gezien."
„Zou ik van jou wel es zo'n grote pop krijgen?"
„Misschien met je verjaardag," aarzelde Britta. „Dat vind ik echt een dag om jou iets heel moois te geven."
Dénise lette al niet meer op haar woorden. Ze wiegde de pop in haar kleine armen en praatte zachtjes onverstaanbare woordjes tegen het starre gezichtje van haar lieveling. Britta lette nu speciaal op de ogen van het kind en ze was blij dat er een zachte uitdrukking in lag. Tóch was de kleine Dénise meer een kind van haar vader dan van haar moeder; op dit moment was ze daarvan overtuigd.
Harm kwam haastig binnen, kuste zijn vrouw en dochter – Tony deed zijn middagslaapje al – en wilde snel een paar boterhammen naar binnen slaan. Hij zat op de punt van een stoel.
Britta trad resoluut op. „Harm, als je overspannen wilt raken, moet je zo doen. Ga rustig zitten en neem je tijd."
„Ja lieverd, maar er zijn zoveel patiënten vandaag."
„Maar je weet, dat je geen bijzondere en ernstige gevallen hebt. Je moet minstens een uur je rust nemen."
Hij streelde haar hand. „Je bent lief en je hebt gelijk. Tussen twee haakjes...: je gaat zeker om een uur of vier weg?"

Britta knikte en haar gezicht stond strak. Harm boog zich naar haar over en zei zo zacht, dat Dénise het niet kon verstaan: „Liefste, als je niet naar die prof wilt, hoef je immers niet. Je weet dat het mij niet uitmaakt."
Britta voelde tranen achter haar ogen prikken, maar ze zei dapper: „Ik wil echt wel."
Hij lachte zacht. „Je bent net een klein meisje. Bang?"
Ze gaf hem een speelse duw. „Doe niet zo mal, Harm."
Britta schudde het dichte blonde haar een beetje naar voren, zodat het spoor van een enkele traan niet te zien zou zijn en schonk hem thee in.
Harm begreep dat hij het onderwerp moest laten rusten en hij vertelde wat ervaringen van de afgelopen morgen.
Na een goed halfuur begon hij weer op de punt van zijn stoel te wippen en Britta maakte een wanhopig gebaar. „Ga dan maar, je hebt geen rust."
Harm glimlachte verontschuldigend. Hij kuste haar en fluisterde in haar oor: „Maak je niet nerveus vanmiddag. Ik zal steeds aan je denken."
Ze kuste hem terug en Harm knuffelde zijn kleine dochter nog even en verdween dan met bekwame spoed.
Dénise staarde weer naar haar pop. Toen Britta de tafel afruimde, zei ze: „Houd je veel van iemand als je zo'n grote pop stuurt?"
Britta begreep haar onmiddellijk en ze aarzelde. Wat moest ze zeggen tegen dit kleine kind, dat toch al heel goed besefte, dat haar moeder haar in de steek had gelaten... Ze antwoordde zacht: „Ik weet zeker dat je moeder veel van je houdt, maar niet alle moeders zijn hetzelfde. Ik bedoel: de ene mamma zorgt de hele dag voor haar kind en knuffelt het, maar er zijn er ook, die dat wel zouden willen, maar door hun werk geen tijd hebben voor hun kind. Dat zijn ook lieve moeders, maar ze zijn een beetje anders. Begrijp je dat, Dénise?"
Dénise keek een beetje verontwaardigd. „Jij werkt ook, maar jij hebt toch tijd voor Tony..."
„En voor jou, ook al ben ik je echte moeder niet," vulde Britta aan.

Het kind kleurde en Britta hielp haar snel: „Er bestaat werk, dat zo belangrijk voor je is, dat je geen tijd meer over hebt en dat zal het geval met jouw mamma zijn. Maar ze denkt natuurlijk veel aan je."
Dénise keek weifelend en Greetje kwam aankondigen dat ze naar school moest. Britta haalde het kind nu expres niet aan; ze streek haar ten afscheid even over het lichte haar, maar ze zei niets.
Toen Greetje met de kleine naar de kleuterschool was, liet Britta zich in een gemakkelijke stoel neervallen. Feitelijk had ze vandaag praktisch niets gedaan, maar ze voelde zich moe. Er was een innerlijk verzet tegen de gang naar de specialist en ze vroeg zich af waar die onwil op gebaseerd was. Ze zuchtte moedeloos en pakte een dichtbundel uit de boekenkast. Lusteloos bladerde ze er wat doorheen, tot haar blik op de volgende regels viel:
'Ze hebben elkaar niet bedrogen,
ze konden elkander niet zien...'
De rest van het gedicht las ze niet meer. Ze dacht na over die simpele woorden, die zo toepasselijk waren op het te vaak in haar herinnering terugroepen van de man uit de verte, bijna nu wel de man uit het verleden. Want Anthony had haar die ene keer dat hij nog geweest was, laten merken dat ze afstand van elkaar moesten doen, elkaar niet meer zien. Slechts die enkele regels op het geduldige papier, meer zou er nooit meer zijn.
Ze wist het en ze had het aanvaard; anders was ze niet met Harm getrouwd. Waarom dan die angst voor het bezoek aan de specialist? Ze zette het boekje terug en liep naar boven. Ze waste zich, trok een donkere lange broek aan met daarop een eenvoudig wollen jasje in dezelfde tint.

Toen Britta haar wagentje geparkeerd had voor de vrouwenkliniek in Amsterdam, bleef ze even zitten. En weer vroeg ze zich af: „Waarom moet ik deze gang maken?" Harm had toch gezegd, dat het voor hem niet uitmaakte; hij zou evenveel van haar houden en daar was ze ook van overtuigd.
Ze stapte uit en liep naar de ingang; langzaam wandelde ze het

gebouw binnen, vroeg naar professor Halvertsma en werd naar een luxueuze wachtkamer gestuurd. Ze zat er helemaal alleen en ze had gewoon zin om een potje te grienen. De deur zwaaide open en ze zag een lange man met verwilderd grijs haar en vriendelijke blauwe ogen. „Mevrouw Jaarsma?"
„Dat ben ik, professor," zei Britta terwijl ze opstond.
Hij reikte haar de hand en stelde zich voor. Ze volgde hem naar zijn kamer. Hij ging achter zijn bureau zitten en wenkte haar in de gemakkelijke stoel tegenover hem.
Britta keek hem zwijgend aan.
„U bent bang," zei hij.
„Hoe komt u daarbij?" Britta's stem klonk scherp.
Hij gaf haar een sigaret, stak er zelf één op en boog zich naar haar toe.
„U hebt mensenkennis door uw vak, maar ik heb het ook en u bent bang. U zag er geweldig tegenop om hierheen te komen."
Britta's gezicht bleef strak.
„Als u het niet erg vindt, zal ik u vertellen hoe dat komt. Op de eerste plaats moet ik bekennen dat ik op de hoogte ben, in grote lijnen natuurlijk, van uw levensloop. Daar heb ik uw man naar gevraagd omdat bij kinderloosheid ook vaak psychische factoren meespelen. U hebt u helemaal ingesteld op het feit dat uzelf nooit kinderen zult baren. U heeft dat aanvaard, u leeft niet elke maand meer in de spanning van: 'Zou het toch soms...' Nee, voor u is dit alles een uitgemaakte zaak, u hebt uw aangenomen kind en u weet, in een tijd waarin zeer vruchtbare vrouwen helemaal geen kind meer nemen, uw houding te bepalen. Het was allemaal tot voor kort geen punt voor u. U helpt het ene kindje na het andere op de wereld en dan bent u blij voor de ouders, maar voor u is het een afgedane zaak. Omdat u van uw man houdt, zit u hier, maar toch tegen uw zin en ik kan u vertellen waarom u angst hebt, waarom u hier niet wilde komen."
Britta keek de man geboeid aan, maar ze reageerde niet.
„Ik onderzoek u, ik kom erachter wat de oorzaak van uw kinderloosheid is; ik ben ervan overtuigd dat ik de oplossing weet en daar bent u bang voor... Elke maand zal uw man u mis-

schien vragend aankijken of hij zál het vragen en u vreest elke maand 'nee' te moeten zeggen en verder weet u niet of u dit allemaal overhebt voor de man met wie u getrouwd bent."
Britta keek de professor verbijsterd aan en heel langzaam rolden tranen uit haar ogen. Haperend zei ze: „Ik houd echt van Harm, maar hij is niet de eerste man in mijn leven. Ik heb mijn aangenomen zoontje, die ik als het geestelijke kind beschouw van een, laat ik zeggen, verre man en mijzelf. Dit kind was mij genoeg, maar met Harm ben ik echt opnieuw begonnen en ik voel dat hij het heerlijk zou vinden als het gebeurde."
„En hoe zou u het zelf vinden als u zwanger werd?"
Britta glimlachte een beetje medelijdend. „Dat gebeurt toch niet."
„Maar stel dát het gebeurde?"
„Dat kan ik me absoluut niet voorstellen, ik weet het niet," zei Britta langzaam.
De professor stond op.
„Mag ik u onderzoeken?"
„Daarvoor ben ik hier," zei Britta kortaf.
Hij ging haar voor naar de onderzoekkamer. Het duurde allemaal behoorlijk lang; er kwamen reageerbuisjes aan te pas, alles werd onderzocht, onder andere haar bloed.
Een assistente nam de buisjes mee naar een laboratorium. En eindelijk zat Britta weer alleen in de stoel bij het bureau. Ze voelde zich een beetje beroerd van het onderzoek; de professor was ook naar het laboratorium verdwenen. Ze hoorde een deur opengaan en een jong verpleegstertje kwam binnen met een kop koffie. „Drinkt u dat maar gauw op," zei ze hartelijk. „U zult zich wel een beetje geradbraakt voelen."
„Dank u," zei Britta dankbaar. Ze dronk de koffie snel op en pakte toen een sigaret.
Eindelijk kwam de professor binnen. Hij lachte haar toe. „Zo mevrouwtje, we zijn er helemaal achter."
Britta zei niets, maar haar ogen stonden gespannen.
„Volgens mij kunt u beslist kinderen krijgen; u heeft alleen een klein duwtje nodig. U heeft toch wel gehoord van 'Moeders voor moeders'?"

Britta knikte.
„Juist, zo'n hormonensteuntje heeft u nodig en ik ben er zeker van dat het helpt."
Hij gaf haar een doosje, waarin vijf tabletjes zaten. Hij vertelde haar, wanneer ze die moest innemen. Hij stond op en Britta deed hetzelfde. Hij klopte haar op de schouder. „En niet piekeren... U heeft in uw leven voor grotere moeilijkheden gestaan."
Britta bedankte hem en gaf hem een hand.
Toen ze in haar wagentje zat, bleef ze nog even zitten. Ze merkte dat ze het bewuste doosje met tabletten nog steeds in haar hand klemde. Ze bedacht, dat ze het onderweg in een sloot kon gooien, maar dat zou een laffe streek zijn. Zorgvuldig stopte ze het doosje in haar tas, streek zich het haar uit de ogen en startte de wagen. Met een kalm gangetje reed ze naar huis. Ze zag er tegenop om Harm verslag uit te brengen.
Maar toen ze thuiskwam, lagen de kinderen al in bed. Voor haarzelf was de tafel nog gedekt en Greetje vertelde, dat dokter nog even was weggeroepen en ze zette een schaaltje macaroni voor Britta neer.
„Heeft mijn man ook gegeten?" vroeg Britta bezorgd.
„Ja mevrouw, hij was net klaar."
„Ga jij dan maar naar je eigen verblijf, kind. De rest doe ik zelf wel. Neem wat lekkers en vergeet het niet."
Greetje verdween lachend.
Met lange tanden at Britta van haar maaltijd.
Al gauw bracht ze alles naar de keuken en vouwde het tafellaken op.
Ze ging op de punt van een stoel zitten en staarde een beetje verwezen voor zich uit en haar gedachten tolden door haar hoofd. Wat zou er gebeuren als ze die tabletten innam? Zou ze teleurgesteld zijn als ze geen baby kreeg? Zou ze blij zijn, als ze wél moeder werd?
De deur ging zacht open en Harm kwam binnen. „Wat zit je te schemeren, lieverd?" Hij sloot de gordijnen en hij liet het licht miniem blijven, ging naast Britta zitten en sloeg zijn arm om haar heen. „Dag vrouw van me."

„Dag lieverd," zei Britta afwezig.
Harm begon opgewekt te praten over zijn patiënten, over de kinderen en tenslotte over het weer.
Dát werd Britta te veel. Ze sprong op en schreeuwde: „Waarom doe je zo idioot? Moet ik soms op gezag van de professor gespaard worden? Mag je niet met me praten over het onderzoek?" Hij kwam naar haar toe en trok haar in zijn armen. „Rustig lieverd, ik zal het je uitleggen. Die prof heeft mij gebeld over de uitslag van het onderzoek. Dat kun je die man niet kwalijk nemen en ik dacht, dat je liever nergens over wilde praten. Hij zei dat je het er een beetje moeilijk mee had."
„Dan zou je er juist over moeten spreken."
Britta's stem was weer gedaald en ze veegde woedend een paar tranen uit haar ogen.
Harm hield Britta stevig vast. „Ik begrijp je beter dan je denkt," zei hij teder, „als je het echt niet wilt hoef je voor mij die tabletten niet in te nemen, dan gooi ik ze zelf rustig weg."
Ze keek hem verbaasd aan. „Méén je dat, Harm?"
„Ik heb nóóit in mijn leven iets ernstiger gemeend," zei hij. „Ik houd van je zoals je nu, op dit ogenblik bent. Als jij ons kind zou krijgen, zou ik niet méér van je kunnen houden. Is dat voldoende, Britta? En ik wil je alleen nog dit zeggen: Je hoeft mij niet te vertellen wat je met die tabletten doet. Ik wil het helemaal niet weten. Ik zou me zelfs goed kunnen voorstellen, dat je ze niet innam. Dit is een besluit dat jouw lichaam betreft en daar beslis jij alleen over. Ik heb je gevraagd naar die specialist te gaan, omdat ik ervan overtuigd ben dat je wel kinderen kunt krijgen. En ook omdat er misschien een moment in je leven komt, dat je spijt hebt, dat je je niet hebt laten onderzoeken en dat het dán te laat is om kinderen te krijgen. Ik zou er misschien nog niet eens over begonnen zijn, als je niet juist kraamverpleegster was. Als ik je zo bezig zie met een pasgeborene, doet het mij wel eens pijn, omdat jijzelf dat nooit meegemaakt hebt."
Britta huilde zacht, maar Harm vervolgde: „We praten er niet meer over en ik wil niets over die pillen horen. Is dat afgesproken, Britta?" Ze knikte.

HOOFDSTUK 5

Kerstmis en nieuwjaar volgden elkaar rustig op na een uitbundige sinterklaas. Dénise had van haar moeder een schitterende poppenwieg gekregen, maar tot grote verwondering van Britta en Harm had het kind er nauwelijks aandacht aan geschonken. Ze was aanhaliger geworden tegenover Britta en het gezin vormde een harmonieus geheel.
De veertiende januari begon met een loodgrijze, kille regenlucht.
Britta was vroeg opgestaan en had snel iets voor Harm klaargemaakt, want een spoedgeval had hem nog vóór het ochtendspreekuur weggeroepen. Ze keek op het kleine klokje; het was pas zeven uur; Greetje en de kinderen sliepen nog. Er was voor vandaag geen werk buiten de deur en ze besloot nog even in bed te kruipen.
Toen ze er eenmaal in lag, bedacht ze, dat ze zoiets nooit eerder had gedaan. Uit bed was uit bed geweest. Ze draaide zich behaaglijk om en soesde weg. Ze schrok wakker toen Tony de slaapkamer binnendraafde in zijn pyjama en even geknuffeld wilde worden. Dénise liep hem als een hongerig hondje achterna en Britta lag in het grote bed met in elke arm een kind.
Greetje klopte bescheiden aan de deur en Britta riep: „Haal die apen maar gauw, Greet. Ze moeten nodig naar school. Ik kom er ook gauw uit, want er kan misschien gebeld worden."
Ze had geen idee wie er zou kunnen bellen, maar ze wilde niet langer lui zijn.
Binnen een halfuur verscheen Britta aan de ontbijttafel, hielp Tony met z'n bordje pap, at een beschuitje en dronk een kop thee.
„U eet voor een zieke kip," vond Greetje streng en Dénise vond die vergelijking met die kip ontzettend leuk.
„Een mens kan niet altijd evenveel eten," vond Britta droog.
„Ja maar, stel dát u weggeroepen wordt, dan moet u iets stevigs in uw maag hebben."
„Kind, ik heb reserves genoeg. Kom Tony, nog twee hapjes, dan ben je mamma's grote jongen."

Spelenderwijs kreeg Tony zijn laatste hapjes binnen, terwijl Dénise als een echte lady met haar vork een boterham at.
„Ik heb best zin om de kinderen zelf naar school te brengen," zei Britta. Maar ze had haar woorden net uitgesproken toen de telefoon ging. Gewoontegetrouw zei ze kort: „Met zuster Britta."
„Britta, wil jij naar mevrouw Karreman gaan? Het zal niet lang duren, ze heeft een miskraam gehad, maar er moet wel even een vakvrouw bij blijven."
„Komt in orde, lieverd," zei Britta. „Tref ik een huishouden van Jan Steen, of is dat in orde?"
„Ik ben er even geweest, omdat ze opnieuw was gaan vloeien. Verder heb ik niet gekeken. Het leek me een flinke vrouw, die de zaken in eerste instantie zelf had aangekund. De echtvriend vertrouwde het alleen niet, dat ze weer was gaan vloeien. Als jij er nu vanochtend even blijft, dan is het verder wel in orde."
Britta noteerde het adres en trok haar uniform aan. Ze reed naar een verbouwd boerderijtje, even buiten Loenen. Ze bleef een ogenblik verliefd naar het huisje kijken; het lag er werkelijk uniek. Ze pakte haar tas, stapte uit en sloot de wagen af. Ze drukte op een belletje, waarin een lichtje gevangen zat.
Het duurde even, maar dan ging de deur open en ze keek in het gerimpelde gezicht van een oudere dame.
„Ik ben zuster Britta en ik zou vanmorgen even op mevrouw Karreman letten," zei Britta tactvol.
De oudere vrouw stak haar hand uit en zei: „Ik ben haar moeder, mevrouw Brouwer. Geef uw mantel maar, dan zal ik u de slaapkamer wijzen." Even later stond Britta bij het bed van mevrouw Karreman, een heel jong en bijzonder knap vrouwtje. Ze stelde zich voor en zei: „Ik kom eerst even poolshoogte nemen, want u mag nu geen vloeiing meer hebben."
„Maar weet u daar dan raad op als het wel weer gebeurt?" vroeg het jonge ding angstig.
Britta knikte haar geruststellend toe. „Ja, daarvoor hebben kraamverpleegsters zelfs iets bij zich. Maakt u zich geen zorgen… enne… ook niet in de put zitten. U bent nog zo jong; er komt heus nog wel eens een baby."

Er kwam een spottende trek op het mooie jonge gezicht. „Voor mij hoeft het niet," zei ze hard.
Britta reageerde niet. Ze verzorgde de vrouw, legde haar wat gemakkelijker neer en sloot de gordijnen.
„Gaat u maar een poosje slapen; ik kom straks weer eens kijken."
Ze klopte aan de deur van de woonkamer en het oude mevrouwtje liet haar binnen.
„Gaat u zitten, dan zal ik koffie inschenken," zei ze vriendelijk.
„Uw dochter is een beetje overstuur, dacht ik," zei Britta, toen ze elk met een kop koffie aan de tafel zaten.
„Overstuur? Mijn dochter?" Er kwam een bittere trek op het gezicht van de moeder. „Vergeet u dat maar. Ze heeft geen seconde spijt van het feit dat ze abortus heeft laten plegen."
Britta stak een sigaret op. Het verraste haar niet wat de oude dame zei. Dat jonge ding, dat nu in de slaapkamer lag te dutten, was té koel, té cynisch geweest. „Ik snap het niet," zei Britta. „Waarom een mooie gezonde jonge vrouw, die in een beeld van een huis woont en kennelijk getrouwd is... ik snap niet waarom zo'n vrouw tot zoiets komt."
„U bent er zeker uit principe tegen?" vroeg mevrouw Brouwer.
„Dat is een beetje veel gezegd," zei Britta ernstig. „Er zijn helaas veel gevallen, waar zoiets een uitkomst is. Er zijn gezinnen, die al te groot zijn en waar de moeder er niet tegenop kan; ongezonde vrouwen; meisjes die eenvoudig te jong zijn om moeder te worden; er zijn vaders, die dronken thuiskomen en voor wie niemand veilig is. Het zijn allemaal dingen die voorkomen en waarvoor we ons hoofd niet in het zand steken. Maar ik begrijp niet dat iemand zoals uw dochter, die toch waarachtig wel zal weten hoe ze een zwangerschap kan voorkomen, tot zoiets is gekomen. Zij zou een kind alles kunnen geven waaraan het behoefte heeft."
De oudere vrouw schudde haar hoofd en Britta zag dat ze huilde.
„Nee, dat zou ze niet, zuster... Ze zou een kind geen liefde geven. Ze is mijn bloedeigen kind en haar vader en ik hebben alles gedaan om haar een heerlijke jeugd te geven en het resul-

taat... door en door egoïstisch. Ze houdt volgens mij ook niet van haar eigen man, maar zoiets mag ik natuurlijk niet zeggen. Ze wil alleen carrière maken; ze heeft een uitstekende baan en dat is haar alles."

Britta stond op om weer naar de slaapkamer te gaan. Ze had ineens geen behoefte meer om met de oudere dame te praten; ze wilde van die jonge mislukte moeder zelf meer te weten komen.

Britta vond haar in tranen. Ze ging stil naast het bed zitten en ze zei: „Wat is er?"

„Niks," zei mevrouw Karreman nijdig.

„Hoe is uw voornaam?"

Een paar wantrouwige donkere ogen keken naar Britta, maar toch zei ze: „Liane."

„Liane, waarom ben je zo ontzettend stom geweest om in verwachting te raken van een man van wie je niet houdt?"

Het was een gok, maar Britta waagde het.

De ogen van Liane kregen iets gesluierds en haar stem klonk hees toen ze antwoordde: „Het gaat je eigenlijk niks aan, maar ik ben de vrouw, die de ideale opvoeding heeft gehad. Ik heb m'n gymnasiumdiploma geruisloos gehaald. Van mij werd verwacht dat ik op de een of andere manier carrière maakte en dat ik ook nog een man zou trouwen, die een positie heeft en geld bezit. Ik heb het allemaal gedaan en nou ben ik eenentwintig jaar. Mijn ouders vinden me egoïstisch geworden en dat ben ik ook. Ik heb een afkeer van de man, met wie ik een jaar getrouwd ben en daarom... daarom heb ik abortus laten plegen. Ik wilde geen kind dat op hem leek... Het zal wel fout zijn wat ik gedaan heb."

„Je grootste fout is dat je blijft bij een man van wie je niet houdt," zei Britta. „En dan ben jij, met jouw intelligentie, een grote sufferd, dat je vergeten bent je maatregelen te nemen vóór je zwanger werd... Het klinkt gek dat ik dit allemaal zeg, want ik ben maar een gewone kraamverpleegster, die babies aanpakt, de was doet en koffiezet. Het is mijn taak niet om iemand de les te lezen of om een nummertje moraal weg te geven. Maar ik heb wel zoveel begrepen van je moeder en jou, dat jij te veel de weg volgt, die je ouders aangeven. Voor de laatste consequentie: een kind van die man met positie ben je teruggedeinsd. Ik kan me dat levendig indenken, maar je had het zover niet mogen laten komen. Je moet een streep zetten achter dit bestaan; weggaan als je die man niet kunt zien. Je benadeelt hem en jezelf ermee. Wil je werkelijk een carrière maken? Ik weet natuurlijk niet wat voor baan je hebt."

Liane glimlachte bitter. „Binnenhuisarchitecte. Ik houd echt van mijn vak en ik heb goed werk... maar als ik de man tegenkwam, van wie ik dacht: 'Jij en nooit een ander', ik geloof dat ik dan alles zou laten vallen en dan zou ik zes kinderen willen, al was het alleen maar om die man in mijn kinderen terug te vinden."

Britta streek met een moederlijk gebaar het verwarde haar uit het kleine gezicht op het kussen en zei: „Het zal wel niet horen, wat ik je nu aanraad: Ga hier weg, zoek een leuke kamer en ga eens je eigen leven leven. Vergeet dit alles; ook deze abortus. Gewoon vergeten, want het mag je verdere leven niet vergallen. Ga weg en doe alles, zoals je het echt zelf wilt en vraag geen raad aan je ouders. Ze bedoelen het goed, maar ze kennen jou niet, dat is gebleken."

Liane keek Britta in opperste verbazing aan. „Ik had gedacht dat ik op m'n duvel van jou zou krijgen en nou ben je de eerste, die me vertelt wat ik werkelijk moet doen. Ik wist het wel, maar ik durfde niet."

„Wél durven," zei Britta rustig. „Ik zal je m'n naam en adres geven en als je moeilijkheden hebt, kom je maar."

Ze schreef op een stukje papier dat ze uit haar tas haalde, snel haar naam, adres en telefoonnummer.

„De dokter komt vanavond nog even kijken, maar ik hoef beslist niet te blijven. Je bent gezond en je krijgt geen vloeiingen meer."

Liane stak haar hand uit en greep die van Britta. „Hoelang zou ik nog moeten liggen?"

„Een dag of drie en met tien dagen ben je volkomen fit."

„Dan ga ik meteen weg," zei Liane vastbesloten, „en ik ben je zo ontzettend dankbaar!"

„Hoeft niet," zei Britta. Ze pakte haar tas en zei: „Lef moet je hebben en het gewoon doen; het valt niet altijd mee, maar jou zal het lukken. Tot ziens Liane."
Britta wachtte geen verder commentaar meer af. In de gang schoot ze in haar jas. Om de hoek van de kamerdeur riep ze: „Dag mevrouw, alles is in orde met uw dochter. De dokter komt vanavond nog even."
Meteen sloot ze de deur en in een wip stond ze buiten. Ze haalde diep adem en keek nog eens goed om zich heen.
Ja, het was een unieke omgeving met een huis om gelukkig in te zijn, maar de bewoners hoorden niet bij dit alles.
Toen Britta haar wagen bij hun huis parkeerde, zag ze de auto van Harm staan en een vreemde rode wagen met een Frans nummerbord. Wie zou er in vredesnaam op bezoek zijn?
Ze keek op haar horloge. Nee, de kinderen konden er nog niet zijn. Ze opende de voordeur en stapte binnen. Voor de gangspiegel ordende ze het lange blonde haar en – je wist tenslotte nooit – poederde ze haar neus en zette haar lippen aan. Ze liep de woonkamer binnen en zag een vrij jonge vrouw met een gezicht, dat veel op dat van Dénise leek. Britta bleef staan, maar Harm kwam snel op haar af en nam haar teder in zijn armen. „Dag lieveling. Was het niet vermoeiend?"
„Dat ging best," zei Britta en onder de ogen van die vreemde vrouw trok ze zich uit zijn omhelzing terug.
Harm zei nu op een beetje norse toon: „Mijn eerste echtgenote heeft het nodig gevonden mij op te zoeken. Ze zegt, dat ze haar Dénise wil zien en ze vraagt me of ze haar mag meenemen."
Britta voelde dat Harm haar expres niet met naam en toenaam voorstelde. Ze schonk rustig voor zichzelf thee in en ging zitten.
„Ik wil me met deze zaak helemaal niet bemoeien," zei ze en haar stem beefde even, „maar wat jullie beiden over het kind ook besluiten, neem één raad van mij aan: laat Dénise nooit zelf kiezen. Zoiets mag je een kind niet aandoen."
Harm knikte haar dankbaar toe. „Dat heb ik ook al gezegd; we willen afwachten hoe Dénise reageert, als ik haar vertel, dat haar moeder haar wil zien."

De vrouw knikte, sprak niet tegen Britta en keek wat hooghartig om zich heen. Ineens viel ze uit: „U kunt dat nooit aan: een baan en twee kinderen grootbrengen.”
„Dat kan ik wel,” antwoordde Britta. „Op de eerste plaats neem ik niet zoveel bevallingen meer aan en verder heb ik een ideale hulp voor dag en nacht, die fantastisch is voor de kinderen.”
Weer keek ze op haar horloge. „Harm, ik kan me nog net even verkleden vóór de kinderen thuiskomen; ze zijn niet gewend me in uniform te zien.”
Ze holde de trap op en trok een flatteus wollen pakje aan. Ze waste haar gezicht en maakte zich opnieuw op. Ze stapte in een paar elegante schoentjes en voegde zich weer bij de twee mensen, die elkaar kennelijk helemaal niets te zeggen hadden.
Britta zag Greetje met de kinderen aankomen en ging de deur opendoen. Ze wenkte Greetje, dat ze een poosje niet in de kamer moest komen en ze fluisterde haar toe wat er aan de hand was. Het meisje knikte begrijpend. Britta trok de jasjes uit van Dénise en Tony, waarna de kinderen naar hun vader toerenden.
Britta probeerde zo tactvol mogelijk te zijn en tilde Tony op haar schoot. Dénise knuffelde haar vader.
„Pappie, wat ben je zalig vroeg… Op school hebben we zo leuk gespeeld en…”
Harm legde even een vinger op haar mondje. „Er is een dame voor jou gekomen en ik denk dat je haar best wilt leren kennen. Dénise, daar zit je moeder. Je eigen moeder, die je dat mooie speelgoed stuurde. Ga haar eens goeiendag zeggen.”
Dénise werd op de grond gezet en leunend tegen de benen van haar vader keek ze de vreemde vrouw aan. Haar moeder breidde haar armen uit: „Dénise, schatje, kom je niet bij mamma?”
Dénise keerde zich tot haar vader: „Ik hoef toch niet met haar mee?”
„Daar hebben we het toch niet over, lieverd. Ik zei alleen dat je je moeder moest begroeten.”
Dénise stampvoette, holde naar Britta en borg haar hoofdje in Britta’s schoot. Ze huilde en zei: „Ik blijf toch bij jou en bij Tony en bij pappa. Die stomme pop kan ze terugkrijgen.”

„Maar Dénise," zei Britta nu, „je kunt toch wel een beetje beleefder zijn?"
Dénise krijste. Met een verontschuldigende glimlach streelde Britta over het blonde haar; Tony keek verbaasd toe.
Eindelijk werd het kind wat kalmer en zonder zich naar haar moeder om te keren, zei ze: „Ik geef geen handje; ze is m'n moeder niet." Meteen liep ze de kamer uit en holde de trap op naar boven.
Britta bracht Tony in de keuken bij Greetje en keerde dan terug.
„Harm, moet ik bij de rest van jullie gesprek aanwezig zijn? Vergeet niet dat Dénise niet mijn kind is... het is tenslotte jullie zaak."
„Nee," zei Harm. „Ze probeert het kind terug te krijgen, nadat ze het als baby in de steek liet. Dénise is mij toegewezen en als het kind enthousiast was geweest voor haar eigen moeder – om wat voor reden ook – of als ze niet van jou, Britta, had gehouden, dan was ze misschien het onderwerp van gesprek tussen haar en mij geweest." Hij gebaarde in de richting van Dénises moeder. „We hebben allemaal gezien hoe Dénise reageerde en ik, haar vader, weet dat ze bijzonder standvastig kan zijn." Hij keerde zich tot zijn eerste vrouw.
„Ik ben niet van plan om haar zelfs maar voor enkele uren aan jou mee te geven. Ik geef toe dat ik aanvankelijk geaarzeld heb door je brieven. Maar ik besef nu na ons gesprek dat je de tijd gekomen vindt om met je dochter te gaan pronken. Anderen hebben haar uit de vuile luiers gehaald en hebben haar door de kinderziekten gesleept, nu wil jij wel. Maar mijn antwoord is 'nee'. Je kunt revisie van het vonnis aanvragen, maar ik ben ervan overtuigd, dat je Dénise nooit toegewezen krijgt. En aan sentimentele bezoekuurtjes doe ik niet. Op de eerste plaats moet je daar steeds voor uit het buitenland komen en verder zou ik je bij dergelijke bezoeken altijd achterna gaan. Ik wens niet, dat het kind op een verkeerde manier beïnvloed wordt en de mogelijkheid bestaat ook dat je haar mee de grens over neemt. Je hebt indertijd gekozen en beslist niet overhaast. Maandenlang heb ik met je gepraat, maar je wilde weg en zon-

der kind. Laat dat nu maar zo blijven en breng Dénise niet in verwarring."
De vrouw stond op, negeerde Britta en liep naar de gang. Harm hielp haar zwijgend in haar mantel, groette en opende de voordeur. Ze mompelde iets dat op een groet leek en haastte zich naar haar wagen. Met een nijdige ruk sloeg ze het portier dicht en pijlsnel reed de rode wagen weg.
Harm kwam de kamer weer in. „Het spijt me dat je nu net thuis moest komen, het was niet leuk voor je, maar Dénise heeft heel duidelijk voor jou gekozen en daar ben ik gelukkig mee."
Ze stonden een ogenblik met de armen om elkaar heen, dan zei Britta op bezorgde toon: „Haal haar beneden, Harm. We moeten gewoon doen. Ze mag geen spoor van ongerustheid bij zich houden. Een kind heeft zekerheid nodig, vergeet dat niet."
Harm was al boven en Britta hoorde Dénise angstig vragen: „Is ze weg? Komt ze niet meer terug?"
„Ze komt niet terug, denk ik," antwoordde Harm. „En áls ze dat doet, nou, dan geef je haar een hand. Er is toch verder niks bijzonders? Jij blijft bij pappa en tante Britta. Je moeder wilde alleen eens zien hoe je eruit zag en of je groot geworden was."
„Ik wil haar niet meer zien," zei de opstandige Dénise.
„Rustig nou maar, kom mee naar beneden."
Britta had inmiddels Greetje weer in de kamer geroepen en door haar houding deed iedereen of er totaal niets aan de hand was geweest. Britta schonk thee in, toen Dénise dichterbij haar kwam staan. Het kind trok voorzichtig aan haar rok en Britta keek haar aan. Dénise fluisterde: „Op school is een meisje door haar pappa weggehaald in het speelkwartier. Toen d'r moeder om twaalf uur kwam, was ze weg en die moeder huilde zo. Ik wil niet weggehaald worden."
Britta antwoordde zacht: „Jouw mamma zal zoiets nooit doen, dat weet ik zeker. Maar om je gerust te stellen zal ik je morgen naar de juf brengen en dan vraag ik of jij bij haar mag lopen in het vrije kwartier. Is het zo goed?"
Dénise knikte opgelucht en Britta begreep, waarom deze kleuter bang was geweest weggehaald te worden. Die kinderen op school hadden natuurlijk op hún manier gepraat over het meis-

je, dat door haar vader, van wie ze totaal vervreemd was, weggehaald werd. Na de thee gingen de kinderen spelen en Britta praatte met Harm over Liane. Hij was het in alle opzichten met haar eens en beloofde, na het eten meteen nog naar haar toe te gaan.

HOOFDSTUK 6

De eerste dagen van februari waren guur en nat; de prille krokussen in de tuin durfden zich nog nauwelijks te laten zien. Een storm raasde over het land.
Een onbewogen Britta deelde die ochtend Greetje mee, dat ze naar een verre bevalling moest en dat ze een paar dagen en nachten zou wegblijven.
„Anders hoeft u toch haast nooit zo ver weg," verwonderde wijze Greetje zich.
„Ik had het die mevrouw al zo lang geleden beloofd en nou is ze verhuisd, maar ik wil haar niet teleurstellen. Ik ben gauw genoeg weer terug enne... mijn man heeft mijn adres."
„Goed mevrouw, ik zorg voor alles; het gaat nu allemaal ook veel gemakkelijker nu u een werkster erbij genomen heeft."
„Je deed al veel te veel," lachte Britta. „Er zijn tenslotte dagen dat je gewoon huisvrouw en moeder moet zijn en een mens kan niet alles. Als ik terug ben krijg je een extra dag vrij."
Britta stond klaar om weg te gaan; ze had een zwarte lange broek aan met een zwarte jumper erop. Ze droeg een lange zilveren ketting. Haar gezicht was licht opgemaakt en de lippen even bleekroze aangezet. Ze trok een kort zwart wollen jasje aan; een felrode sjaal verlevendigde het geheel.
Greetje keek verbaasd naar haar.
„Moet u dan uw uniform niet aan?"
„Natuurlijk kind, dat zit in m'n koffer. Maar ik ga dat hele eind niet als „zuster Britta" rijden. Ik kijk wel uit!"
Het kwam er zo kwajongensachtig uit, dat ze beiden in de lach schoten.
„Ik bel in ieder geval vanmiddag de kinderen even op," besloot

Britta. Ze groetten elkaar en toen zat Britta in haar wagentje en ze wist dat ze enorm tegen lieve Greetje gelogen had. Ze ging niet naar een bevalling... ze ging naar de professor in Amsterdam met angst in haar hart.

Ze reed langzaam, maar om elf uur stond ze toch voor het grote gebouw. Ze had net met de professor afgesproken. Hij had niet gevraagd waarom ze kwam en ze had het niet kunnen zeggen. Op de een of andere manier kwam ze in de wachtkamer terecht. Ze rookte de ene sigaret na de andere, liep heen en weer en keek af en toe eens uit het raam.

Eindelijk ging de deur open en de oude professor Halvertsma kwam met uitgestoken hand naar haar toe.

„Komt u binnen; het spijt me dat ik u zo lang moest laten wachten. Maar als 'vakvrouw' kunt u zulke dingen begrijpen."

Britta knikte. Hij zag haar nervositeit en bestelde per telefoon twee koppen koffie. Intussen vroeg hij haar naar haar laatste bevallingen en Britta voelde zich iets meer op haar gemak.

Toen de koffie gebracht was, zei professor Halvertsma: „U bent gekomen omdat u geen resultaat heeft gemerkt."

Zenuwachtig frommelde Britta in haar tas naar een nieuwe sigaret, ze stak hem op en leunde iets achterover.

„Ik ben doodzenuwachtig... Ik ben vijf weken over tijd en ik weet me geen raad. Het kán niet dat ik zwanger ben."

„Waarom niet?" De scherpe oude ogen keken haar onderzoekend aan. Britta haalde haar schouders op.

„Ik geloof er niet meer in. Ik wil van u zekerheid, dat ik niet in verwachting ben, dat het verschijnsel, wat ik heb... wel, dat het gewoon een onregelmatigheid is. U kunt... dat constateren?"

Hij knikte. „Drinkt u uw koffie op en komt u maar mee."

In de behandelkamer onderzocht hij haar nauwkeurig en vroeg: „Heeft u al ontbeten?"

Britta schudde ontkennend het hoofd.

Hij liet haar alleen, omdat hij in een handig flesje wat urine wilde hebben. Britta waste het flesje zorgvuldig aan de buitenkant af. Ze had zich aangekleed en liep met het flesje naar de professor.

„Ik ga even naar het laboratorium. Ga ontspannen zitten en pieker niet."
Britta ging weer zitten, kreeg van een onbekende fee weer een kop koffie en haar gedachten waren ver weg te ver voor een vrouw, die van haar man houdt. Maar ze besefte dat het heden nu eenmaal gekoppeld zit aan het verleden en ze deed niemand kwaad met haar gedachten. Ze was natuurlijk niet in verwachting en ze zou deze hele situatie uitleggen in haar halfjaarlijkse brief aan Anthony. Tegen Harm, haar man, zou ze niets zeggen; het was te moeilijk. Ze hadden immers afgesproken dat hij nergens naar zou vragen? Nou, dan hoefde ze niets te zeggen, als er niets aan de hand was. Alleen Anthony zou haar nederlaag horen... Was het een nederlaag? Ze dacht weer aan de simpele dichtregels:
'Ze hebben elkaar niet bedrogen,
ze konden elkander niet zien...'
De deur ging open; de professor kwam binnen. Britta keek naar zijn gezicht, maar ze werd niets wijzer. Hij ging bedachtzaam zitten, ging een pijp stoppen en joeg er de brand in. Eindelijk keek hij Britta aan: „Ik weet niet of u verdrietig of blij zult zijn met mijn mededeling... maar u bent ongeveer zes weken in verwachting."
Britta bleef als verdoofd zitten. Dus tóch! Ze had het kunnen weten... die misselijkheid, die ze 's morgens met moeite bedwong, die malle honger af en toe... Was ze blij? Het enige gevoel dat haar overstelpte was eenzaamheid. Een grote eenzaamheid, die meer vrouwen kennen als ze pas in verwachting zijn, omdat ze weten, dat ze die negen maanden lange weg alleen moeten gaan. Geen bemoedigend woord helpt, als je denkt aan het kind, dat komen gaat. Je maakt je zorgen of je een gezonde baby zult krijgen en of alles goed zal gaan. Bij Britta kwam er nog een vreemde eenzaamheid bij, maar ze zou niemand bekennen waar die vandaan kwam.
„Bent u blij?" drong de man tegenover haar aan.
„Ja... ja natuurlijk," zei Britta. Ze stond op.
„Ik ben u bijzonder dankbaar voor uw hulp en ik zou u nog iets willen vragen."

Hij keek haar uitnodigend aan. „Zoudt u mijn man willen bellen en hem alles vertellen? Ik... ik moet dit alles een paar dagen alléén verwerken. Zegt u hem, dat ik in Bergen ben. Hij weet wel, in welk hotelletje ik verblijf. Ik weet, dat hij me begrijpt."
De professor knikte. „Ik begrijp dat u het moeilijk hebt, dat is vaak zo bij vrouwen, die absoluut nooit meer op een eigen kind gerekend hebben... Ik bel uw man en ik wens u verder het allerbeste."
Ze reikten elkaar de hand en Britta liep naar buiten.
Ze had het gevoel of de hele wereld onwerkelijk was, maar eenmaal achter het stuur, reed ze vastberaden richting Bergen. Het leek wel of het nog harder was gaan stormen, want Britta moest haar stuur heel stevig vasthouden. Toen ze het dorp binnenreed, zocht ze meteen het kleine, gezellige hotel in het hart van het dorp. De eigenaar ontving haar hartelijk. Hij wees haar een kamer met douche, waar ze rustig haar koffer ging uitpakken.
Toen ze uit haar raam keek, zag ze dat er bijna geen verkeer langs kwam; de stem van de storm was het enige wat Britta hoorde en het was goed zo.
Ze stond lang voor dat raam, zonder gedachten. Bijna werktuiglijk legde ze haar handen op haar buik, als om het ongeboren wezentje te beschermen.
Ze liep naar beneden, naar een kleine conversatiezaal, waar een open haard grillig vlamde. Er was niemand aanwezig en Britta genoot van de rust. Een meisje met een wit schortje kwam vragen of ze nog wilde lunchen. Britta keek op haar horloge. Het was intussen al halfdrie geworden.
„Dat kan ik u niet meer aandoen," zei ze glimlachend.
„We zullen u dan een uitgebreide thee serveren," zei het meisje.
„Graag," antwoordde Britta en ze zocht een gemakkelijke fauteuil bij de open haard op.
De storm leek wel aangewakkerd tot een orkaan, maar Britta voelde zich rustig. Zolang ze niet over haar toestand nadacht, was ze heel kalm. Ze begon het boek te lezen, dat ze onderweg

gekocht had. Ze dronk de thee en at gretig de grote plakken cake. Om halfvijf keek ze instinctief op haar horloge. Ze klopte op de deur, die naar het privé-verblijf van de eigenaar leidde en toen hij tevoorschijn kwam, vroeg ze of ze mocht bellen.
„Dat hoeft u helemaal niet te vragen," zei de man lachend. „Op uw kamer staat een toestel en de gesprekken worden automatisch geregistreerd."
Britta bedankte en liep naar haar kamer. Ze draaide haar eigen nummer en ze kreeg Greetje aan de lijn.
„Gaat alles goed, Greet?"
„Natuurlijk mevrouw... Is de baby er al?"
„Dat loopt nog wel even aan," zei Britta voorzichtig.
„O ja mevrouw, meneer was uw nummer kwijt en hij vroeg of ik het u nog even wilde vragen."
Britta aarzelde, maar ze begreep, dat het niet anders kon en ze noemde de cijfers. Ze kreeg de kinderen nog aan de lijn en ze kon er niets aan doen, dat haar hele hart uitging naar kleine Tony. Nu op dit moment had ze gewild dat hij een grote jongen was, aan wie ze haar toestand en haar problemen had kunnen uitleggen. Tegelijkertijd besefte ze, dat een grote jongen zich alleen maar bemoeit met zijn eigen kring, zijn eigen meisje... Kleine Tony, door een onbekende Griekse vrouw ter wereld gebracht en nu háár kind, dat de voornaam droeg van die ene man...
Ze praatte nog even met Dénise, die bezorgd vroeg of ze lang wegbleef. Ze stelde het kind gerust en legde de hoorn op de haak. Britta ging na het eenvoudige, maar goed verzorgde diner al vroeg naar haar kamer. Ze ging ontspannen in bed liggen en liet al haar gedachten vrij over zich komen. Maar de telefoon riep haar tot de werkelijkheid. Er klonk een klik en toen was er de bezorgde stem van Harm. „Liefste, ik ben opgebeld door professor Halvertsma... Hij heeft het me verteld. Mag ik je zeggen, lieveling, dat ik er verschrikkelijk gelukkig mee ben?"
En Britta antwoordde zacht: „Dat mag je, lieverd. Begrijp je dat ik het even alleen moet verwerken? Ben ik laf? Ik heb je alles

van mijn leven verteld en ik hoop dat jij mij ook het recht geeft, om alles een beetje op een rijtje te zetten."
Harm lachte. „Ik begrijp jou beter dan je denkt en ik vind het erg goed voor je, dat je een paar dagen tot jezelf komt. Hoe heet het hotel, Britta?"
Britta noemde de naam.
„Rust maar eens goed uit van alle spanningen, Britta... Alleen... laat me niet te lang alleen, liefste."
„Dat zou ik niet kunnen," fluisterde ze bijna en heel zacht legde ze de hoorn op de haak.
Britta trok het kleine lampje boven haar bed uit en rolde zich behaaglijk op. Een paar minuten later sliep ze.

De storm wist van geen ophouden. Britta was aan haar derde dag begonnen in het kleine Bergense hotel. Na het ontbijt stapte ze in haar wagentje en reed naar zee. Op de boulevard stopte ze de wagen en ze keek ademloos naar de wild schuimende zee. Ze voelde de kleine wagen bewegen onder het geweld en zo snel mogelijk reed ze een zijlaan in en parkeerde daar.
Ze worstelde zich uit de auto en liep met haar hoofd voorover naar de boulevard. Minutenlang stond Britta in de storm; haar blonde haren als een vlag om haar hoofd, zand en bijtend zout sloegen in haar gezicht, maar het deerde haar niet. Het was alsof er iets van haar afviel; de zware druk, die op haar gelegen had sinds ze vermoedde dat ze in verwachting was, verdween. Moeizaam liep ze verder en ze ontdekte een klein restaurant, dat zowaar geopend was.
Ze deed de deur voorzichtig open en hield hem stevig vast, zodat de wind er geen vat op kreeg. De kleine zaal was leeg en Britta ging op een hooggerugde rieten stoel vlak bij het grote raam zitten.
Een rustig jong meisje kwam haar vragen wat ze wenste en Britta zei: „Cola graag." Ze wilde hier alleen maar zitten en ze had geen enkele behoefte om iets te drinken. Ze staarde weer gefascineerd naar de onstuimige zee. Ja, ze was eenzaam, eenzamer dan ooit, terwijl ze een lieve man had, die thuis op haar wachtte.

Ze pakte uit haar tas een klein boekje, dat Anthony haar eens had gegeven en waarin hij een paar regels onderstreept had. Voor de zoveelste keer las Britta ze weer en ze onderging een vreemde troost:

'Mij heb je gezien, de onbereikbare, één tel;
Van nu af aan ben ik in je verbeelding.
Soms zul je me zoeken, alsof ik tussen aardse heesters en gestalten leven kon;
Maar je zult me alleen terugvinden in je verbeelding.'

En ze vond dat gezicht van vroeger terug; trek voor trek zag ze het voor zich en het kwam Britta voor of hij haar goedkeurend toeknikte. Alsof hij wilde zeggen: „Het kind dat je gaat krijgen zal een gelukkig kind worden, want mijn gedachten zullen het begeleiden omdat het van jou is."
Britta sloot het kleine boekje en schudde het verwarde haar naar achteren. Ze vroeg zich af of Anthony op dit moment werkelijk zo intens aan haar gedacht had. Dat stond voor haar vast en weer legde ze in een beschermend gebaar haar handen op haar buik. Deze baby was ook het gevolg van haar verleden, hij maakte er deel van uit en eindelijk voelde Britta zich gelukkig. Gelukkig met het ongeboren kindje, met Harm, met Tony met de onbereikbare Anthony en ook met het moederloze kind, Dénise, dat haar zo nodig bleek te hebben.
Ze stopte het boekje weer weg en proefde van de cola. Ze keek eens om zich heen en kiepte toen de inhoud van het glas op de aarde van een grote plant in de vensterbank. Met haar lege glas liep ze naar het buffet en vroeg of ze af kon rekenen.
Ze liep naar buiten en bleef even staan. Het was als een groet aan haar onbereikbare liefde ver weg over zee.
Met de storm in de rug holde ze naar haar wagentje, stapte in en reed weg. Ze genoot van de prachtige weg, die naar Bergen-Binnen leidde en ze voelde zich evenwichtig, gelukkig. Het grootse uitbundige geluk van vroeger met Anthony had plaatsgemaakt voor een rustig evenwichtig geluk en Britta besefte, dat dit heel kostbaar was.

Toen ze haar wagen bij het hotelletje parkeerde, kreeg ze een schok... Daar stond de wagen van Harm!
Ze rende bijna het hotel binnen. De vriendelijke eigenaar zei op haar vragende blik: „Uw man is op uw kamer."
Britta liep de trap op als een hinde. Langzaam deed ze haar kamerdeur open en ze zag de trieste rug van Harm. Britta had de gave om aan iemands rug te zien hoe zijn stemming was. „Harm?" zei ze vragend.
Hij draaide zich met een ruk om en ze keken elkaar aan. De zon brak door in Britta's ogen. Ze vloog op Harm af en sloeg haar armen om zijn hals en zijn armen waren om haar nog slanke middel.
Eindelijk zei Harm: „Ik begreep het allemaal wel, maar ik was bang, dat je op de een of andere manier spijt gekregen had van de baby."
Ze keek hem recht aan. „Nee liefste, van dit kind zal ik nooit spijt hebben, maar jij begrijpt zoveel... Jij hebt ook begrepen, dat ik met mezelf tot klaarheid moest komen. Ik moest gewoon rustig mijn leven overdenken en als het ware alles zijn plaats geven... Ik kan het niet beter zeggen."
Hij kuste haar en zijn ogen stonden nu gelukkig. „Ik weet hoe je bent, Britta; ik wist dat je behalve de 'kraamvrouweneenzaamheid', meer, veel meer te verwerken had. Ik had je willen helpen, maar ik besefte dat zoiets niet kon. Je moest het zelf doen."
„Vanmorgen was ik aan zee en toen ben ik rustig en gelukkig geworden," zei Britta zacht. „Verder kan ik nergens over praten."
„Nee, dat is niet nodig, maar ik ben zo verschrikkelijk dankbaar dat je gelukkig bent met het nieuwe kind."
Hij trok haar mee naar het bed en het gevolg daarvan was, dat ze laat aan de lunch verschenen.
Ze aten genoeglijk samen en Harm had een voorstel. „Britta, ik kan best twee dagen een vervanger krijgen... Zullen we er samen twee dagen aan vastknopen?"
„Nee," zei Britta, „ik hoor nu thuis in Loenen, met jou en de kinderen."

„Dan gaan we na het diner weg," zei Harm. „Ik wil vanmiddag met je bij dat open haardvuur zitten en plannen maken."
Hij stond erop, dat ze na de lunch een uurtje ging rusten en die hele verdere middag praatten ze over het kind, dat komen ging.
„We moeten het huis grondig verbouwen," zei Harm. „We willen er beiden blijven wonen, maar het is te klein. We hebben een kamertje voor Dénise en één voor Tony en Greetje heeft die nieuwe aanbouwkamer achter het huis, maar behalve onze slaapkamer is er geen ruimte."
Britta ging enthousiast rechtop zitten. „We kunnen op die grote kamer van Greetje, waar toch een douche en een toilet bij hoort, best twee behoorlijke kamers laten bouwen. Dan hebben we nog een kamer over als logeerkamer. Ik denk dat 't het beste is als de kinderen dan in de 'nieuwbouw' gaan slapen en het kleintje vlakbij ons, in Tony's kamer. Als we eens beiden 's avonds weg zijn, kan Dénise als oudste op de logeerkamer slapen, dan heeft Greetje of haar eventuele opvolgster het oog op de kleinsten. En we gaan de keuken moderniseren. We laten een leuke eethoek maken met een beklede bank, die vast aan de muur zit en een paar losse stoelen."
Ze fantaseerden door over hun verbouwing en ineens zei Britta: „Ik heb er nog eens over nagedacht... We leven tenslotte in een moderne tijd... Ik wil niet, dat Tony ooit te horen krijgt, dat ik niet zijn echte moeder ben. Die vrouw is nooit meer te achterhalen en het zou ook geen zin hebben. Hij draagt mijn naam en ik vertel hem later, dat zijn vader zomaar verdwenen is. Vind je dat fout?"
Hij glimlachte en nam haar hand. „In jouw geval niet; laat het maar zo. Het kind zal er geen dag ongelukkiger door leven, integendeel." En Britta kuste hem om die woorden.
Bij het intieme diner bestelde Harm een flesje champagne en ze klonken elkaar toe bij het licht van de drie kaarsen op tafel.
Het was ver over tienen toen ze achter elkaar naar huis reden.
Harm reed vóór, omdat hij beweerde, dan iets van de nog steeds woedende storm op te kunnen vangen voor de kleine wagen van Britta.
Thuis zat Greetje voor de televisie te dutten en Britta stuurde

haar gauw naar bed. Nog met haar jas aan liep Britta naar boven, naar Tony's kamertje. Een ogenblik gingen zijn ogen open; hij glimlachte slaperig en zei zacht: „Mamma."
Britta bleef nog even bij zijn bedje staan, ze streelde de gitzwarte krullen en ze fluisterde: „Mijn oudste zoon."
Ze liep ook naar Dénise, die vast lag te slapen. Het gezichtje leek veel liever nu dan zo vaak overdag, als ze humeurig en onevenwichtig was. Het leek wel of ze meer op Harm ging lijken, bepeinsde Britta. Haar hand rustte op het blonde haar. Ook dit kind zou van haar zijn, alleen al omdat het haar nodig had. Langzaam liep ze de trap weer af; Harm stond onderaan en keek naar haar op. Hij strekte zijn armen uit en ving haar dicht tegen zich aan. „We praten nog heel even binnen en dan ga je onder de wol," zei hij op een dokterstoontje.
Britta glimlachte. „Wil je nog iets eten of drinken?"
„Meisje, we hebben zo meesterlijk gedineerd, dat ik nergens ook maar enige behoefte aan heb. Ik wil alleen nog even zakelijk met je praten."
Britta ging zitten en keek hem afwachtend aan.
„Ik kan me heel goed voorstellen, dat je nu niet meer je werk als kraamverpleegster wilt doen," zei hij en zijn stem had een ernstige klank. „Vergeet niet dat je nog geen drie maanden onderweg bent en dan is er altijd het gevaar voor een miskraam."
„Ik blijf gewoon werken," antwoordde Britta. „Ik wil geen piekerende zwangere vrouw worden. Ik wil zo lang mogelijk doorwerken en als het kind geboren is, ga ik na een paar maanden ook weer werken. Ik zal wat minder bevallingen aannemen en zo veel mogelijk voor mijn eigen baby zorgen, maar ik ga beslist weer werken." Ze lachte. „Vergeet ook onze verbouwingsplannen niet, die kosten geld!"
Harm zei niets meer; hij nam haar in zijn armen en kuste haar. „En nou gauw naar bed of ik verbied als medicus alles."
Britta's gezicht stond ineens ernstig. „Vergeet niet, Harm, dat geen enkele doktersvrouw zich door haar eigen man laat helpen. Je zoekt maar een geschikte vent op, die me bij alles bijstaat." Hij knikte. „Komt in orde, meisje."

Die nacht sliep Britta als een roos in haar eigen bed, met haar eigen man naast zich.
Toen de telefoon naast hun bed rinkelde en Harm om drie uur naar een spoedgeval moest, stond Britta zoals altijd ook op en hielp hem, zich snel aan te kleden. In haar duster liep ze mee naar beneden en opende en sloot de deur geruisloos achter hem.

HOOFDSTUK 7

Na de natte stormachtige winter brak een mild voorjaar aan.
Britta had op aanraden van 'haar' dokter de arts Ten Brakel uit Nieuw-Loosdrecht als behandelend geneesheer genomen en ze ging trouw naar het spreekuur en tot nu toe verliep alles voorspoedig. Begin mei kocht ze haar eerste positiekleren en tegelijkertijd begon ze aan de uitzet van de baby. De verbouwing van het huis aan de Vecht was na een soepele houding van de gemeente in volle gang en de kinderen vonden het prachtig dat ze een gloednieuwe kamer kregen. En het was juist in die dagen, dat Harm en Britta voor het eerst in hun huwelijk woorden kregen.
De avond van de elfde mei zaten ze samen rustig in de woonkamer wat te lezen en af en toe zette Harm een plaat op, die ze beiden mooi vonden. Hij trok plagend de krant uit Britta's vingers weg. „We moeten eens praten over de vakantie," zei hij, ging op de leuning van haar stoel zitten en speelde met het blonde haar.
„Dit wordt onze eerste vakantie samen," zei hij peinzend, „en jij vooral moet het ervan nemen, want begin september komt de baby. Wat zou je ervan zeggen als we er samen in juni tussenuit trokken? Greet krijgt nog vakantie, dan neem ik wel zolang een noodhulp, die geweldig voor de kinderen zorgt."
Britta staarde voor zich uit. Het kwam haar voor, of de tijd teruggedraaid werd. Ze zag zich weer in dat Griekse vondelingentehuis, gebogen over de kleine, zwakke, pasgeboren Tony. Ze zag weer hoe Anthony het kind in zijn armen gedragen

had... Zij, Britta, had dit kind van een ellendig bestaan gered en nu zou ze zelf met vakantie gaan en dit kind thuislaten? Nooit!
Ze duizelde even van woede en viel toen uit:
„Je moet niet denken, dat ik samen met jou op vakantie ga en Tony thuislaat. Wanneer ik naar m'n werk ben, ziet hij me elke dag, maar toen ik er een paar dagen tussenuit was om tot rust te komen, heeft hij mij heel erg gemist."
Hij was opgestaan en ze zag, dat ook zijn ogen kwaad stonden. „Je bent bijzonder onrechtvaardig, Britta en dat neem ik je erg kwalijk... Goed, jij wilt niet zonder Tony met vakantie; dat kan ik begrijpen. Maar over Dénise praat je niet; je neemt een houding aan van 'mijn kind', en dat andere kind interesseert je niet. Het is niet voor het eerst dat ik dit bij je merk. O ja, ik weet wel, dat je vaak probeert lief voor haar te zijn, maar je discrimineert toch."
Britta leunde verslagen achterover. „Ik? Discrimineren? Hoe kom je erbij? Ik kan niet helpen dat ik Tony bijna vanaf zijn geboorte heb verzorgd en opgevoed..."
Ze sloeg haar handen voor haar gezicht. Hield ze eigenlijk van Dénise? Ze voelde dat ze het kind accepteerde, omdat het Harms kind was, maar houden van Dénise?
„Ze is mijn dochter en ik heb niet geweten, dat haar moeder haar in de steek zou laten. Ja, ze is hier één keer geweest en ze heeft gezegd het kind terug te willen hebben. Vanmorgen kreeg ik een koud briefje van haar, waarin ze schreef, dat ze weer een nieuwe vriend heeft en dat ze nu aan Dénise nooit meer iets zal laten horen. Voel je de wreedheid tegenover mijn kleine kind? Eerst geeft ze het ineens duur speelgoed, dan heeft ze geprobeerd de gemoedsrust van Dénise weg te nemen door haar bezoek hier en nu laat ze het kind voorgoed schieten. En jij, jij bent dikwijls een moeder voor Dénise, maar toch merk ik vaak dat je haar anders behandelt dan Tony." Harm was nu kalmer geworden. Hij legde zijn hand op haar hoofd en zei zacht: „Sorry Britta, ik zeg het allemaal te scherp; ik weet dat je het altijd goed bedoelt met Dénise."
Britta schudde zijn hand af. „Jij als arts, jij moest toch een

beetje psychologisch inzicht hebben en begrijpen dat het kind nog te kort bij mij is. Tony is zijn hele kleine leventje bij mij geweest en ik houd van hem als van het leven zelf. Ik zal wel eens anders tegen Dénise zijn, maar vergeet niet dat ze ook lelijk tegen mij kan uitvallen. Dan beheers ik me en ik zeg tegen mezelf: 'Ze weet niet beter en ze is nog zo klein.' Maar zó klein is ze niet; ze probeert me soms echt te kwetsen en vooral nu ze weet dat ik een baby krijg. Ze ziet er een toekomstige concurrent in. Tony heeft ze zo'n beetje geaccepteerd, omdat hij bijzonder zacht en meegaand is, maar hoe zal ze zijn, als wij een kindje sámen hebben, dat niet zo willig is en zich niet alles door haar laat zeggen?"
Harm liep op Britta toe en trok haar uit haar stoel. Ze wilde hem wegduwen, maar hij was sterker. „Wij moeten geen ruzie maken," zei hij teder. „Ik weet dat je het goed wilt doen en ik weet, dat het moeilijk voor je is. Dat komt ook omdat je wat bevooroordeeld bent… je weet hoe haar moeder is… Je weet gewoon te veel van Dénise. En van Tony weet je niets. Je hebt noch zijn moeder noch zijn vader gekend en dat is eigenlijk ontzettend goed. Je aanvaardt het kind nu zoals het is en je koestert nooit bijgedachten. In feite is dus Tony jouw kind helemaal en Dénise zal het nooit worden." Zijn stem had een beetje een trieste klank gekregen.
Britta keek hem aan. „Dénise zal echt nog wel eens helemaal mijn kind worden, maar je moet ons beiden even de tijd laten. Ik ga geen kind aanhalen, dat er nog niet van gediend is en dat zich nog niet wil of kan uitspreken tegen mij. Maar er komt een dag dat ze in mij haar moeder vindt, daar moet je gewoon op vertrouwen en je moet niet tegen mij uitvallen als ik zoals we het nu over de vakantie hadden, alleen Tony noem. Ik moet nog veel leren en wennen."
Zijn gezicht was tegen het hare. „Dat was onze eerste ruzie, Britta."
„Geen echte, een normaal meningsverschil," zei ze zacht, maar hij voelde haar tranen.
Hij trok haar op schoot. „We gaan samen met de kinderen met vakantie. Waar zullen we heengaan, Britta?"

„Naar Terschelling," antwoordde ze prompt en lachte door haar tranen heen. „Voor de schoolvakanties is het er nog niet zo druk en het moet er een klein paradijs zijn."
„Maar zul je je niet te veel vermoeien?"
Britta glimlachte. „Greet gaat nooit met vakantie en ik had gedacht haar te vragen om mee te gaan. Ik geloof vast dat ze het heerlijk zal vinden."

Juni begon stralend en ze genoten alle vijf van de drie weken op het eiland. Tony liep elke dag weer juichend de rustige zee tegemoet; zijn grote zwarte ogen straalden en het lenige kleine lijfje was bruiner dan ooit. Dénise was veranderd; zo'n vakantie met een gezin had ze nooit meegemaakt. Omdat zij tenslotte de oudste van de twee was, mocht zij op een mooie avond met Harm en Britta het dorp in. Als een echt klein vrouwtje bleef zij bij elk winkeltje staan en bij een souvenirwinkel was ze niet weg te sleuren.
Britta boog zich naar haar over. „Wat vind je dan zo mooi?"
„Dát." Een vingertje priemde naar een schelpendoosje. Britta glimlachte; ze herinnerde zich nog de tijd dat ze daar zelf ook dol op was geweest. Harm was een eind doorgelopen en Britta trok het kind de winkel in en kocht het doosje. Ze liet het keurig inpakken en gaf het aan Dénise toen ze buiten stonden. Het meisje slaakte een juichkreet, die de mensen deed omkijken en Harm zag hoe zijn dochter Britta om de hals viel. Ze rende naar haar vader en scheurde haastig het papier eraf om hem haar geschenk te laten zien. Toen ze een rustiger laantje waren ingeslagen, sloeg Harm een arm om Britta heen en hij keek haar dankbaar aan.
Toen het kind wat vooruitgelopen was, vroeg hij: „Waarom geef je Dénise nu ineens iets, Britta? Je hebt altijd gezegd dat je haar liefde niet wilt kopen, zoals haar moeder."
Britta leunde wat zwaarder op zijn arm. „Ze is deze dagen gewoon lief, ze stelt zich niet aan en ik zag aan haar ogen dat ze juist zo'n kleinigheid graag wilde hebben. Dat is alles... Je moet niet te veel over de relatie tussen Dénise en mij praten. Het groeit vanzelf."

En Harm zei teder. „Wijze vrouw van me. Hoe voel je je?"
„Een dik vrouwmens," lachte Britta, „en ik vraag me af of ik ooit weer in m'n ouwe voegen zal terugkeren."
Harm barstte in lachen uit over deze woordkeus. „Jij wel," zei hij eindelijk, „dat zie ik aan je bouw."
„Alwetend arts," zei Britta en boog.
De vakantie kabbelde rustig en vrolijk verder en toen ze naar Loenen terugkeerden hadden ze alle vijf het gevoel dichter bij elkaar gekomen te zijn.

Britta ging nu haar laatste maanden in, maar ondanks Harms aandringen om op te houden met werken, bleef Britta haar beroep uitoefenen. Er was een kraamverpleegster bij gekomen, die in Nieuw-Loosdrecht woonde, maar van wie verwacht werd dat ze in verschillende gemeenten zou bijspringen. Tine was een vrouw van over de veertig, en Britta kon best met haar overweg.
Op de nevelige morgen van de derde augustus ging de telefoon al bijzonder vroeg; het was halfzes en Harm was al weggeroepen naar een patiënt. Britta richtte zich moeizaam op en pakte de hoorn van de haak. „Met zuster Britta."
„Kunt u meteen komen, zuster? Mijn vrouw is begonnen." De mannenstem klonk zoals gewoonlijk gehaast en zenuwachtig.
„Mag ik even de naam en het adres?" vroeg Britta een beetje plagend.
„Sorry, zuster... Ik ben ook zo in de war. De naam is Van der Kooy... Weet u het adres?"
„Ik weet alles al... Ik kom eraan."
Britta kleedde zich rustig aan; ze had zich er wel aan gewend alles een beetje rustig te doen. Ze kon nu eenmaal niet meer vlot uit de weg, maar ze vond werken beter dan thuis gaan zitten piekeren of alles wel goed zou gaan. Beneden dronk ze een glas melk en at een boterham. Omdat de zon nog in geen velden of wegen te zien was, trok ze een donkerblauw vest over haar uniform aan. Ze zegende het wijde schort, dat haar buitenmodel verpleegstersjurk verhulde. Ze was gelukkig niet zo geweldig dik geworden en de kraamvrouwen waar ze kwam,

vonden het leuk een zuster te krijgen die zelf ook haar vrachtje droeg.
Ze startte haar wagentje en dacht aan het gezin Van der Kooy. Ze hadden daar al twee vrij grote kinderen; de ouders waren van middelbare leeftijd maar ze hadden dit kindje bewust gewild, bedacht Britta. Dat was het gemakkelijke als je met de dokter getrouwd was, je hoorde nog eens bijzonderheden, die goed van pas konden komen.
De remmen van het wagentje piepten toen ze voor het kleine huis stopte. Het was een moderne eengezinswoning en Britta wist, dat vooral de vrouw blij was geweest, toen ze uit hun verzakte oude huis hierin konden trekken.
Ze hoefde niet eens op het belletje te drukken. De vader, gekleed in pyjama en kamerjas, deed al open. Zijn grijzende kuif stond strijdlustig overeind.
Britta liep op haar gemak naar hem toe.
„Dag meneer Van der Kooy, hoe is het met de zenuwen?"
„Plaag me niet, zuster... Vergeet niet, dat mijn vrouw ons laatste kind al meer dan tien jaar geleden kreeg."
Britta hing haar vest aan de kapstok; ze maakte een wuivend gebaar in de richting van de bezorgde huisvader. „Het komt allemaal wel goed. Naar boven zeker?"
„Ik zal u voorgaan," zei hij gedienstig.
Britta betrad een keurig opgeruimde slaapkamer; in het brede bed lag een nog jong uitziende vrouw met bruin krullend haar en ondeugende ogen. Ze stak haar hand uit. „Dag mevrouw, ik geloof dat uw man het moeilijk heeft."
„Hebt u het ook in de gaten? Kunt u hem niet de kamer uitkrijgen; ik word ziek van hem."
Britta lachte, opende de deur en meneer Van der Kooy blies gelaten de aftocht.
De vrouw in bed zei: „Hij is een schat, maar als ik een kind moet krijgen, wil ik hem gewoon niet zien. Het zal wel abnormaal zijn, maar hij weet hoe ik ben."
„Och," zei Britta, „er zijn meer vrouwen, die dit zaakje alleen willen opknappen. U voelt blijkbaar ook instinctief aan dat uw man er niet tegen kan."

„U raadt het… O… Ik zie dat u ook in verwachting bent?"
„Ja," zei Britta, „over een paar weken is de zuster zelf aan de beurt."
„Maar is het nu niet te vermoeiend voor u?"
„Welnee," lachte Britta, „gewoon aan de gang blijven is goed voor elk gezond mens."
Ze hielp de kraamvrouw even op een stoel en maakte toen het bed op voor de bevalling. „Waar zijn de kinderen?" vroeg Britta, toen ze de moeder weer geïnstalleerd had.
„O, die heb ik gisteravond al bij mijn zuster laten brengen. Ik voelde me niet zó bijster en ik dacht wel dat het ongeveer vandaag zou beginnen."
„Dat is ook veel rustiger voor u," vond Britta. „Ik zal de dokter nu bellen en zeggen dat hij na het spreekuur moet komen, eerder is niet nodig."
„Hoe weet u het zo," zuchtte mevrouw Van der Kooy.
„Gewoon ervaring," glimlachte Britta. „Ik ga nu even naar beneden, opbellen en een ontbijtje klaarmaken. Ik verwacht niet dat uw man dat doet en dan kan hij zich gelijk gaan wassen en aankleden."
De vrouw knikte haar dankbaar toe. „Ik hou het wel, gaat u gerust en doe voorzichtig op de trap."
Britta schaterde het uit: „De ene kraamvrouw geeft de andere raad!"
Harm kwam mooi op tijd, maar de bevalling ging traag en moeilijk. Toen alles achter de rug was en een welgeschapen zoon in de wieg lag, voelde Britta zich ontzettend moe. Ze hing de schone was nog op en ze kon wel huilen van dankbaarheid, toen de gelukkige vader vertelde, dat hij al voor het eten had gezorgd. Britta controleerde de kraamvrouw nog even, dronk een kop sterke thee en reed toen heel langzaam naar huis. Harm was er al en hij stond bezorgd in de deuropening. Hij hield haar zachtjes in zijn armen.
„Meteen naar bed, lieveling," zei hij op z'n dokterstoontje.
Britta zuchtte van dankbaarheid, toen ze tussen de koele lakens lag en Harm haar hand vasthield en het blonde haar uit haar ogen streek.

„Dit was de laatste bevalling, Britta. Je mag echt niet meer vóór ons kind komt."
Ze wilde protesteren, maar hij ging verder: „Je mag zelf je controlerend geneesheer bellen en aan hem vragen wat hij van doorwerken vindt. Het is heus onverantwoordelijk. Ik heb je gadegeslagen en je hebt je vandaag geweldig gehouden… Ik heb ook gezien dat het je een verschrikkelijke inspanning kostte. Wat had je moeten beginnen, als de bevalling eens gecompliceerd was geweest en als er geen arts op tijd was gekomen?"
Britta knikte. Ze zag bleek en er rolde een traan over haar gezicht.
„Ik heb het zo moeilijk als ik thuiszit," zei ze zacht. „Ik ga zo piekeren."
„Ben je bang voor de bevalling?"
Ze schudde verontwaardigd haar hoofd.
„Absoluut niet, maar… ik krijg de baby liever niet thuis. Ik wil niet dat de kinderen uitbesteed worden en ook al wordt het kind 's nachts geboren… Ik weet zeker dat ze iedere keer hier binnenvallen en ze zullen niet begrijpen, dat dat niet mag."
„Er is nog een reden," zei hij. Zijn ogen keken haar vol liefde aan. „En die wil je liever niet vertellen."
„Ik wil het wel," zei Britta zacht, „maar ik ben bang dat je het verkeerd zult opvatten."
Hij legde zacht zijn hand op haar mond. „Je hoeft niets te zeggen, want ik weet het. Maar ik wil er nog iets bij zeggen en je moet naar me luisteren."
Britta wendde haar hoofd af, maar haar hand bleef in de zijne.
„Je hebt hier aan de Vecht te veel herinneringen; je hebt me er iets van verteld, maar natuurlijk niet alles. Dat begrijp ik en ik kan het ook waarderen. Ons kind wordt in een neutrale kraamkliniek geboren en ik zoek een praktijk in een andere streek van Nederland. Jij moet hier weg… houd het schaarse contact met die man; je weet dat mij dat niet deert. Je zult gelukkiger zijn, als we in een nieuwe omgeving gaan wonen en dit keer zal ik echt de teugels in handen nemen. Als ik iets weet, mag jij natuurlijk zeggen of jij er wilt wonen en ik zal natuurlijk infor-

meren of er ook plaats is voor een kraamverpleegster... We doen het, Britta en je weet dat ik gelijk heb. Zeg het eens...
Het blonde hoofd draaide zich langzaam om en Harm keek in de vochtige bruine ogen.
„Je hebt gelijk, maar het doet pijn."
„Dat weet ik, lieveling."
„Informeer zo gauw mogelijk," zei ze ineens, „misschien kunnen we dan meteen na de bevalling verhuizen."
Harm zweeg en Britta keek hem vragend aan.
„We moeten vóór de bevalling hier weg en ik heb eigenlijk al een plan. Morgen ga ik op pad... Ik geef mijn werk over aan mijn collega in Breukelen. Ik weet dat ik een goede kans heb..."
„Dus je had er echt al over gesproken?"
„Ja Britta, want ik zag dat je hier toch altijd iets geremd was."
„Maar je weet dat ik van je houd?"
„Dat weet ik, anders moest ons kind nu niet komen en ik merk het aan alles. Het verleden kan niemand uitwissen en er zal altijd een draad zijn waardoor je ermee verbonden blijft, maar je moet toch ook wat je omgeving betreft opnieuw beginnen."
„Het is goed Harm, ga morgen."
„Lieveling, het komt allemaal voor elkaar. Je bent nu moe en dan ziet een mens overal tegenop. Je gaat eerst een uurtje slapen en dan breng ik je een bordje eten."

HOOFDSTUK 8

Harm was nauwelijks de deur uit of Britta sliep al als een roos. Toen ze wakker werd keek ze op haar horloge; het was al kwart voor zeven. Ze bleef nog even met haar ogen dicht liggen... Ze zou hier weggaan en de Vecht niet meer zien. Ook het Zandpad niet, waar ze zo vaak met Anthony gelopen had. Ze stond op en keek naar buiten, waar een vroege herfstnevel over het water lag en Britta nam een besluit. Ze zóu hier weggaan; het was zinloos om te veel aan vroeger te denken. Ze zou Anthony haar adreswijziging schrijven; ze zou hem vragen of

het goed met hem ging en ze zou een paar regels over kleine Tony schrijven. Ze zou niet vertellen dat ze een kind kreeg; misschien vermoedde hij het, maar ze zou er niet over schrijven. Het was beter, dat hij alleen van kleine Tony wist; het kind dat een beetje van hem was. Er stonden tranen in haar ogen.
Harm kwam binnen en nam haar zwijgend in zijn armen en Britta huilde uit tegen zijn schouder. Harm begreep, dat de baby niet alléén de oorzaak was van haar verdriet. Toen de tranen gedroogd waren, bracht hij haar weer terug naar bed en zei: „Je komt er vanavond niet meer uit, Greetje brengt het eten direct en de kinderen mogen je welterusten zeggen."
„Heb je het geregeld dat je morgen gaat?"
Harm knikte. „Als het naar je zin is, waar ik wil gaan wonen, dan bespreek ik daar meteen een plaats in een kraamkliniek."
„Nee," zei Britta zacht. „Niet als we er al wonen vóór de baby er is, want die moet dan in het nieuwe huis komen."
Hij glimlachte. „We zullen zien hoever we komen, Britta, maar dát we er komen, staat vast. Blijf van me houden."
„Je weet dat ik dat doe," zei ze.
„Ik ga nog even naar een patiënt en naar onze kraamvrouw. Blijf jij dus verder maar in bed."
Britta kreeg van Greet een klein licht maal en de krant.
„Je verwent me veel te erg," zei Britta tegen het jonge meisje.
„U hebt het best verdiend," zei ze, „enne... de dokter heeft tegen mij gepraat over eventuele verhuisplannen. Maar ik ga mee, als ik mag tenminste."
Britta ging rechtop zitten. „Kind, je had toch een vrijer hier?"
Greet kleurde. „Ik heb het uitgemaakt; het was een mispunt en hij is elke zaterdagavond dronken."
„Dan gaan we met z'n allen," zei Britta, „maar ik heb geen idee waar we terechtkomen."
„Ik wel," lachte Greetje, „maar ik mag van uw man niet vertellen waar het is. Ik vind het er vast geweldig leuk."
„Is het in een stad of in een dorp?" vroeg Britta nieuwsgierig.
„Ik zeg niks," lachte Greetje. De kinderen kwamen de trap op rennen en Britta kuste eerst Dénise welterusten en toen klom kleine Tony nog even op bed, terwijl Greetje Dénise vast ging

wassen. De kleine jongen kroop dicht tegen haar aan en ze omklemde het tengere lijfje en streelde de zwarte krullen.
„Ik ben toch van jou?" vroeg hij ineens.
„Helemaal van mamma," zei Britta. „Helemaal."
„Maar... Dénise zegt... dat pappa mijn pappa niet is."
„Dat weet je ook wel," zei Britta teder. „Dat heeft mamma je al eens verteld. Jouw pappa woont hier heel ver vandaan. Hij moet mooie schilderijen maken en grote beelden. Weet je wat een beeld is?"
Hij knikte ijverig.
„Nou, en als je groot bent, krijg je z'n horloge... dat heeft hij mamma al lang geleden gegeven voor jou, later.".
„Dus ik heb een echte pappa?"
„Ja lieverd, je hebt een heel lieve pappa, maar soms kunnen een pappa en een mamma niet bij elkaar wonen en toch houden ze allebei heel erg veel van hun kind."
Tony stak z'n duim in z'n mond en slaperig zei hij: „Maar mijn mamma blijft bij mij."
„Altijd," zei Britta beslist. „En nu ga je naar bed, loop gauw naar Greet." Ze gaf hem een zoen en het kind holde weg. Britta hoorde hem juichen toen Greet hem op haar arm nam.
Ze peinsde over de splinternieuwe verbouwing; het had aardig wat gekost en nu weer in een ander huis trekken en alles laten stofferen... Kon dat allemaal wel?"
Maar ze bedacht dat het huis hun eigendom was geworden en dat het mét de nieuwe aanbouw heel wat meer zou opleveren. Britta at haar bord leeg en begon de krant te lezen.

Harm vertrok de volgende morgen al vroeg en laat in de middag – de kinderen speelden in de tuin – kwam hij binnen, terwijl Britta ijverig aan het breien was. Hij omhelsde haar stevig en ging tegenover haar zitten. Britta keek hem vragend aan.
„Wat wil je eten of drinken?"
„Niks, eerst praten. Ik heb het in orde gemaakt, dat ik morgen met jou naar ons eventuele nieuwe oord ga. Jij moet op het eind niet te veel meer reizen en daarom gaan we zo snel mogelijk."

„Harm, heb je eraan gedacht dat we hier zoveel kosten gemaakt hebben?"
Hij lachte. „Een koper voor dit huis heb ik al en reken maar dat we uit de kosten komen, nee, dat is geen probleem. Geef je echtvriend maar een flesje bier en wacht verder rustig de dag van morgen af. Was er nog iets bijzonders?"
„Nee," zei Britta, „ik ben nog wel even naar mijn laatste kraamvrouw geweest, maar alles gaat best."
Aan tafel was het hele gezin in een vredige stemming. Greetje en Harm gaven elkaar knipoogjes en Britta zei dan lachend, dat ze wilde weten waar hun toekomstige huis stond, maar ze kreeg geen woord uit hen. Het was een zaligheid dat Harm niet gebeld kon worden en ze gingen vroeg naar bed.
De volgende morgen waren alle herfstnevels verdwenen en de zon scheen of de zomer nog moest beginnen.
Harm stuurde richting Amsterdam en toen richting Alkmaar. Bijna angstig zei Britta ineens: „Ik wil niet in Bergen wonen."
„Daar gaan we ook helemaal niet naar toe," zei hij rustig en hij pakte de kleine brede hand van zijn vrouw. Harm nam de oude weg, die naar Schoorl leidde, maar ook deze plaats lieten ze achter zich. Ze reden nog een tijd door toen Britta het bord zag van „St. Maartenszee".
„Leuke naam," zei ze. Harm antwoordde niet, maar ze merkte wel dat hij allerlei smalle zijweggetjes insloeg. De wagen stond stil voor een grote witte bungalow, die als het ware verborgen lag in een grote duinpan.
Harm sloeg zijn arm om Britta heen. „Wat vind je van dit huis, van deze eenzame plaats, waar toch zoveel mensen onze hulp nodig zullen hebben."
Britta maakte het portier open. „Het huis is leeg!" riep ze.
„Weet ik, de vorige dokter is weg en er is nog geen nieuwe. We kunnen hier zo intrekken, omdat de gemeente alleen weer een arts hierin wil hebben en er zijn nog geen andere gegadigden; ook aan een kraamverpleegster is hier behoefte. Ik heb alles geïnformeerd."
Britta keek omhoog naar de strakblauwe lucht en zag de meeuwen boven haar hoofd zeilen en verdwijnen achter de hoge

rand van een duin. „Gezegend zijn de kinderen, die hier mogen opgroeien," zei ze en haar stem klonk helder en vast.
Harm zei alleen: „Kleuterschool en lagere school zijn in de buurt. Als ze ouder zijn en naar de middelbare school moeten, kunnen ze met de bus naar Den Helder of met de auto naar Schagen of Alkmaar.
„Dat zien we dan wel weer," vond Britta en liep naar het huis toe.
„Ik heb de sleutel," zei Harm rustig. Even later liep Britta door een grote zonnige woonkamer; ze bekeek de vijf slaapkamers en de praktijkruimte. „Het is te mooi," zei ze eindelijk. „Er hangen nog mooie, nieuwe gordijnen en de vloerbedekking is ook helemaal gaaf!"
„Als je die wilt hebben, kan ik ze bij het huis overnemen."
„We kunnen er meteen in," zei Britta enthousiast.
Ze had die avond het gevoel of ze de hele dag gedroomd had; zoveel was er gebeurd. Harm had alles meteen in orde gemaakt en de volgende dag zou er een werkster gaan schoonmaken. Die vrouw had meteen beloofd, definitief bij hen in dienst te komen.

Drie weken later woonden ze in het nieuwe huis. De kinderen waren geweldig enthousiast en na schooltijd ging Greetje bij goed weer elke dag met hen naar het strand. Tony zat bij haar achterop de fiets en Dénise fietste al heel aardig op haar kleine vehikel.
Britta zat nu werkelijk dagen alleen met haar gedachten. De werkster en Greetje zorgden samen dat alles geruisloos verliep.
Britta zorgde alleen voor het eten. Het was nu drie september en Harm had, samen met de arts die bij de bevalling zou helpen, uitgerekend dat de baby niet vóór half september zou komen.
Britta voelde zich wonderlijk goed en fit; ze was al bij de buren op bezoek geweest; een jong echtpaar dat honderd meter verder een bungalowtje bewoonde. Helga en Frans waren aardige mensen. Ze werkten beiden; Frans in Petten bij de kernreactor

en Helga had een baan bij een groot hotel in Bergen. Britta vond het prettig dat er een leuk stel mensen zo vlakbij woonde, maar ze voelde wel, dat ze niet te vaak kon aankomen, want overdag waren beiden meestal weg en de avonden en de weekenden waren ze natuurlijk graag samen.
Deze middag van de derde september was Britta helemaal alleen. Ze liep het huis door, controleerde de gezellige kamers en de praktijk. Ze telde haar luiers en bekeek voor de zoveelste keer de wachtende wieg en dan bedacht ze dat ze Anthony haar nieuwe adres moest geven; het was bovendien de tijd dat ze hem altijd enkele regels schreef. Ze ging achter het antieke bureautje zitten en pakte een velletje postpapier.
Lang staarde ze naar de duinen en dan schreef Britta:

Onderaan mijn briefje vind je mijn nieuwe adres. Met Tony gaat het heel goed en ik heb hem verteld dat hij later het horloge van z'n vader krijgt. Ik ben niet van plan ooit nog over z'n Griekse afkomst met hem te praten. Volgens mij heeft het geen zin en hij is gelukkig. Ik ga hier ook weer werken, maar dat zul je wel begrijpen. Ik hoop elke dag dat je veel geluk vindt in je werk.

'Ze hebben elkaar niet bedrogen,
ze konden elkander niet zien...'
Britta

Meer schreef ze niet, ze kon het gewoon niet. Maar ze wist dat Anthony haar begreep. Ze schreef haar adres er nog duidelijk onder, deed de brief in een enveloppe en plakte de nodige postzegels erop.
Langzaam liep ze de laan uit naar de brievenbus en toen ze de brief had horen vallen, wist Britta dat het zo goed was.
's Avonds toen de kinderen naar bed waren, zei ze tegen Harm: „Ik heb m'n periodieke briefje aan Anthony geschreven; tenslotte moest hij toch mijn adres weten. Ik wil voor hem niet in de mist verdwijnen, zodat hij z'n post onbestelbaar terug zou krijgen."

„Je hoeft je niet te verontschuldigen, liefste," zei Harm en hij sloeg een arm om haar heen. „Ik weet het allemaal toch en ik heb je laatst al gezegd, dat de draad tussen jullie beiden niet verbroken wordt. Als dat het geval was, dan zou er volgens mij geen echte liefde tussen jullie geweest zijn; tenminste niet zo'n grote liefde als ik denk dat het geweest is."
Britta knikte. „Je bent een begrijpende man," zei ze en ze streelde hem liefkozend door zijn haar. Ze zaten samen heerlijk in het schemerlicht en Britta voelde zich zorgeloos en gelukkig. Ze wist wel dat het briefje aan Anthony tot haar evenwichtige gevoel bijdroeg, maar ze had hem niet verteld over het kind dat komen ging. Tenslotte moest hij alleen aan Tony denken, dat was genoeg.
Die nacht sloeg het weer om en Britta schrok wakker toen de zware storm over hun platte dak bulderde. De regen viel met stromen. Ze stond op en ging even bij de kinderen kijken of ze van het vreemde tumult niet wakker waren geworden. Beiden lagen te slapen als engeltjes en Britta dook weer haar bed in. De hand van Harm zocht onder de dekens de hare en stil lagen ze te luisteren.
De volgende morgen leek de storm nog zwaarder en Harm verbood de kinderen naar de kleuterschool te gaan. Aan de ontbijttafel zei hij tegen Greetje: „Jij moest maar gauw je rijbewijs halen, dat is altijd makkelijk met die grote afstanden."
Greet keek verbijsterd en Harm lachte: „Ja, ik betaal het lesgeld, wees maar niet bang."
„Wat zalig!" riep ze uit. „Dat heb ik altijd al willen leren."
„Grijp je kans en zoek maar een autorijschool in de buurt op," decreteerde Harm.
„Je zult met zulk weer niet veel mensen op het spreekuur krijgen," bedacht Britta.
„Maar er hebben er des te meer opgebeld," merkte Harm droog op.
„Nou ja, ik kan het mensen zonder auto ook niet kwalijk nemen; ze zijn hier echt niet zo dat ze me om een flauwekulletje aan huis laten komen, maar met dit weer kúnnen ze er gewoon niet door."

De komende dagen bleef het weer onstuimig en Britta werd in de nacht van de elfde september wakker van een soort orkaan. Harm was al eerder weggeroepen en ze wist dat hij voorlopig niet thuis zou komen. Een vreemde onrust beving haar. Ze was anders toch niet bang voor een zware storm, maar ze had wel het gevoel aangekleed te moeten zijn. Je wist tenslotte nooit wat er gebeuren ging. Om halfacht wekte ze Greetje en de kinderen.

„Greet, ga maar vroeg aan de slag. Je krijgt volgende week wel een extra dag vrij, want je begrijpt dat de werkster er vandaag niet doorkomt. Ik zou haar wel kunnen halen, maar mijn man wil liever niet, dat ik zo op het eind nog achter het stuur kruip en zeker niet met dit weer."

„Het is zo'n makkelijk huis," zei Greetje opgewekt, „en de praktijk wordt vandaag ook niet vuil."

Britta zorgde voor het ontbijt en ze beval de kinderen in de woonkamer te spelen. Tegen Greet zei ze: „Het is zulk zwaar weer dat ik liever heb dat ze beneden zijn."

„U bent bang dat het dak eraf vliegt," lachte Greetje.

„Nou, bang is een groot woord, maar er is van alles mogelijk."

„Ik snap het wel, mevrouw; ik haal wel een lading speelgoed van hun kamers en dan rommelen ze hier maar aan."

Britta bleef af en toe voor het raam staan. De lucht zag er angstaanjagend uit en de regen viel met bakken uit de hemel. Ze voelde geen angst; ze genoot bijna van het water dat tegen de grote ramen sloeg en van het helmgras op de duinen dat plat neerwoei door de wind. Tegen halfelf zette ze koffie en maakte chocola klaar voor de kleintjes. Ze zaten rustig bij elkaar toen de telefoon ging. Britta nam de hoorn van de haak en zei: „Met het huis van dokter Jaarsma."

„Woont er geen kraamverpleegster bij de dokter?" vroeg een ruwe mannenstem.

Britta begreep, tenminste… dat dácht ze.

De man ging verder. „M'n buurvrouw woont alleen, een mensje van negenentachtig. Gisteren hield ze de gordijnen dicht en toen ze vanmorgen ook niet opengingen, ben ik maar effe gaan

kijken. Ik geloof niet dat ze de avond haalt. Ik heb de dokter zien rijden, die is zeker niet thuis?"
Britta zei snel: „Ik kom zelf wel... Ik woon niet alleen bij de dokter als kraamverpleegster, maar ik ben toevallig ook met hem getrouwd."
„Neem me niet kwalijk, mevrouw. Maar zoudt u er door kunnen met dit weer? Ik heb geen verstand van dit soort zaken en ik heb geen vrouw, die naar haar kan kijken..."
„Geef me het adres en leg me uit hoe ik er komen moet, dan kom ik met m'n wagentje," zei Britta.
De man legde het moeizaam uit; ze begreep eindelijk dat ze in de buurt van Callantsoog moest zijn en dat er geen dokter of verpleegster te bereiken was, want hier en daar was ook de telefoon uitgevallen.
Ze trok haar uniform met moeite aan, nam het koffertje en vulde het aan met een paar spullen uit de praktijk, waarvan ze dacht dat ze misschien nodig waren. Ze trok haar jas aan en zei tegen Greet: „Ik ben weggeroepen naar een noodgeval. Geef dit adres aan mijn man als hij belt of thuiskomt, want het is geen bevalling."
„Zou u er nu wel doorgaan?" vroeg Greetje bezorgd, terwijl ze onwillekeurig Britta's figuur opnam.
„Help mij even met de deuren vasthouden," zei Britta alleen. Ze liep door de storm naar de garage en weer was er die vreemde kracht in haar, die gepaard ging met een merkwaardige onrust. „Zal wel van de storm komen," dacht ze gelaten. „Je kan zo'n oud mens niet alleen laten, dat mag gewoon niet."
Greetje hield de garagedeuren in bedwang en langzaam reed Britta naar buiten. Even wuifde ze nog, maar ze had alle aandacht bij haar stuur en de weg nodig. Ze reed langzaam om de kleine wagen geen speelbal van de wind te laten worden. Zo kroop ze de weg langs de duinen af; ze had de aanwijzingen van de man die gebeld had precies in haar hoofd.
Vlak voor Callantsoog sloeg ze rechtsaf en na enkele minuten stopte ze voor twee vrij vervallen arbeiderswoningen. Ze zette de wagen op de handrem en worstelde zich naar buiten.
Een oude man kwam uit één van de huisjes en wees naar het

andere. Ze knikte, want door het tumult van de storm konden ze geen woord wisselen.
Hij stopte haar een grote oude sleutel in de hand, wees naar de deur en verdween zo snel mogelijk in z'n eigen huisje.
„Held," bromde Britta tussen haar tanden.
Ze draaide de sleutel om en één tel later duwde ze met geweld de deur weer in het slot. Ze huiverde, het was hier koud.
Ze liep naar de enige deur, die ze in het schemerige gangetje kon onderscheiden en kwam in de huiskamer. Aangezien de gordijnen nog steeds dicht waren, kon ze alles moeilijk onderscheiden, maar ze zag tegen de ene muur een soort bed staan. Ze liep ernaartoe en ze onderscheidde het gezicht van een heel, heel oud vrouwtje met het witte haar warrig om het gekreukelde gezichtje. Ze had de ogen gesloten, maar Britta hoorde haar regelmatig ademhalen. Heel zacht legde ze de rug van haar hand tegen het gezicht. Ze was koud; het was hier ook steenkoud.
Zacht liep ze naar het raam aan de voorkant en deed de gordijnen open. Alles in het kleine vertrek zag er oud en vuil uit. Gelukkig zag ze een klein oliekacheltje. Als dat ding nog maar brandstof had. Ze draaide het kraantje open en even later liep de olie erin. Britta stak het voorzichtig aan. Met haar jas aan zette ze zich aan het bed op een rafelige stoel. Voorzichtig nam ze een heel oud handje in de hare. „Bent u wakker?" vroeg ze dringend. „Mevrouw, word eens wakker!" De ogen gingen half open en bijna vijandig klonk het zacht: „Wie ben jij? Er valt hier niks te halen. Laat een oud mens met rust."
„Ik ben verpleegster," zei Britta, „en ik ben gekomen om u te helpen. Wat is er aan de hand?"
Het leek net of de oude vrouw wat helderder werd; ze draaide haar gezicht naar Britta toe. „Je hebt goeie ogen," zei ze. „Jij bent geen kreng, zoals die buurman van me. Wat ik heb…? Ik ga gewoon dood, dat is alles."
„Wat voelt u? Hebt u het benauwd of hebt u ergens pijn?" hield Britta aan.
„Nee kind," zei de oude stem, „er zijn mensen die van ouderdom sterven en zo één ben ik er. Ik voel me best… Het is hier

alleen zo koud en ik heb in geen dagen iets gedronken, maar je mag rustig weggaan. Ik leef nog maar een paar uur."
Britta sprak haar niet tegen. „Het is toch prettiger dat ik de kachel heb aangestoken en ik zal iets te drinken voor u maken," zei ze.
„Je bent een lief kind," zei de oude vrouw en de gerimpelde oogleden vielen weer dicht.
Britta stond voorzichtig op en vond al gauw het kleine keukentje. Ook hier stond alles ordelijk op z'n plaats, maar overal lag zand en stof. De vrouw moest al een hele tijd nergens meer toe in staat zijn geweest.
Ze zegende haar inval, om een fles melk en wat biscuits mee te nemen. Ze had dat wel voornamelijk voor zichzelf gedaan, maar nu er hier geen kruimel aan voedsel of ook maar een druppel drinken te vinden was, zou ze het vrouwtje wat kunnen geven. Ze maakte een pannetje schoon en goot er een klein beetje melk in, dat ze op een butagasstelletje snel warmde. Ze vond een kopje en goot het erin.
Ze stond weer bij het bed en zei: „Drink wat, dan voelt u zich beter." Ze hielp met grote moeite het oude broze lijfje overeind en liet de vrouw voorzichtig een paar slokjes nemen.
„Dat was het ergste," zei het zachte schorre stemmetje. „Niemand, die naar je omkijkt en er was ook geen drinken."
„Dat is nou voorbij. Ik blijf bij u."
Er gleed iets van een wijs lachje over het oude gezicht. „Het duurt echt niet lang, kind."
„Rustig maar, dan krijgt u een kruik aan uw voeten; ik heb er één meegenomen."
Het oude mensje viel prompt weer in slaap toen Britta de kruik aan haar voeten had gelegd. Even overwoog Britta of ze schoon linnengoed zou zoeken, maar ze besefte dat ze de vrouw er alleen maar mee zou kwellen en ze zag, dat het inderdaad niet lang meer zou duren. Dit leven doofde als een kaarsvlam uit.
„Een gezegend einde," bedacht Britta. Alleen was het heel erg, dat er niemand naar die vrouw had omgekeken. Hoelang lag ze al zo? De oude hand ging tastend over het dek en Britta

begreep; de vrouw wilde iemand naast zich voelen in haar laatste ogenblikken. Hoe lang Britta zo gezeten had, wist ze niet. Het weer was nog steeds slecht en je kon niet zien of het al donker werd, of dat het vandaag helemaal niet licht werd. Haar rug ging pijn doen, maar al haar aandacht was voor de oude vrouw.
„Hoe heet je?" vroeg deze ineens.
„Britta."
„Britta is een mooie naam... Ik heet Erica... Ik ben al zo lang alleen. Mijn man liep weg toen ik vijftig was... en mijn zoon... mag hier niet komen... Die vrouw van 'm voelt zich veel meer, ik ben maar een gewoon, arm mens."
In elk ander geval had Britta de patiënt het zwijgen opgelegd, maar nu begreep ze, dat deze vrouw haar gedachten aan een andere sterveling kwijt moest. Af en toe gaf ze haar een slokje warm drinken en verder hield ze haar hand vast en luisterde.
„Als je zo oud bent en zo alleen, is het niet erg om dood te gaan," hoorde ze weer. „En jij bent bij me... nu ben ik niet alleen." Britta voelde een eigenaardige pijn in haar rug en terwijl de dag langzaam stierf en de vrouw steeds meer sliep, voelde Britta aan de weeën, dat haar kind zou komen. En zij, die het nieuwe leven ter wereld moest brengen, zat bij een stervende en niemand stond háár bij. Toen ze voelde dat het water brak, werd ze heel rustig. Het zou allemaal wel goed komen. De kamer was gelukkig goed warm geworden. Haar vingers streelden de oude hand; ze voelde iets van een zachte druk terug en ineens vond Britta dat het angstig stil was geworden in het vertrekje. Moeizaam boog ze zich weer over het oude gezichtje en toen wist Britta: ze zat naast een dode. Onmerkbaar was het leven uit het magere lichaam weggegaan en Britta smeekte in de stilte, die alleen door de storm verbroken werd, dat Harm, of tenminste iemand, op tijd bij haar zou zijn.
Ze had haar hand losgemaakt en voorzichtig legde ze het smoezelige laken over het oude gezicht. Ze zei zacht: „Het ga je goed, Erica."
Britta probeerde niet in paniek te raken; ze wist dat ze niet

meer met de auto naar huis kon, want de weeën kwamen om de zeven minuten. Ze strompelde naar de keuken en begon haar handen grondig te wassen met het stuk zeep uit haar tas. Dan pakte ze uit diezelfde tas één van de twee kraakheldere reserveschorten. Ze legde het op een oude stoel die een verstelbare leuning had. Zo kon ze enigszins liggen, als ze haar voeten op een oude stoof legde. Het feit dat er een dode in het vertrek lag, verontrustte haar niet. Die vrouw had de hele weg afgelegd en zo was het goed. Ze ontdekte in haar tas nog twee schone badhanddoeken en ze zegende het ogenblik, dat ze die erin gestopt had. Ze zocht twee vrij grote kussens en legde één doek erop, naast de stoel. Dan ging ze zo veel mogelijk ontspannen zitten en leunde voorzichtig achterover. In die zware momenten vlogen Britta's gedachten overal heen. Ze bedacht dat het goed was, dat Anthony niet wist dat ze een kind moest krijgen. Hij kon zich nu ook nergens ongerust over maken. Ze dacht aan kleine Tony... en hoe hij het zou vinden een broertje of zusje te krijgen. Ineens zag ze op het kastje naast de stoel een stukje kaars in een ouderwetse kandelaar. Ze bezat lucifers en ze stak de kaars aan. Ze probeerde bij zichzelf poolshoogte te nemen hoever ze was, maar dat lukte niet. Ze legde haar handen op haar buik en zachtjes sprak ze het ongeboren kindje toe. Af en toe sufte ze van vermoeidheid in slaap, maar een scherpe wee deed haar telkens ontwaken. Ze wist dat ze nu om de twee minuten kwamen...

En dan... ondanks het gebulder van de storm, hoorde ze een auto stoppen. Harms auto... dat wist ze zó zeker!

Hij belde aan en toen voelde Britta zich wanhopig en ze gilde: „Harm, haal een sleutel bij de buurman. Het kind komt!"

Ze had geen idee hoe luid en hoe scherp haar stem geklonken had. Een paar minuten later hoorde ze de achterdeur opengaan en in de deur verscheen de brede gestalte van Harm.

Hij knielde bij haar neer. „Britta, liefste... wees rustig, ik help je." Haastig schoof hij de gordijnen dicht en knipte het licht aan.

„Die vrouw daar is dood," zei Britta kalm, „ze heeft niet geleden, ze was alleen maar heel oud en heel alleen. Ik kan niet

meer weg, Harm, het kind wordt hier geboren." Voor het eerst was er angst in haar stem.
„Rustig lieveling, even mijn handen wassen." In een zucht was hij terug, hielp haar met haar kleren en intussen had hij nog in de keuken een grote pan warm water opgezet.
Hij zag dat Britta huilde en hij vroeg bezorgd: „Is het zo erg, lieveling?"
Ze gaf geen antwoord en hij zag dat ze vakkundig haar ademhaling regelde. Harm lag in het stof geknield en hielp haar zo goed hij kon. Eindelijk na twee zware weeën sloeg Britta haar handen voor haar ogen en Harm pakte de baby aan. Voorzichtig poedelde hij de schreeuwende baby in de grote pan warm water. Hij droogde het kind af met een groot stuk watten uit zijn tas en wikkelde het in het andere reserveschort van Britta. Ze keken elkaar aan, heel intens en dan legde hij het kleine bundeltje in haar arm.
„Ook voor jou, Britta, liefste. Een gave flinke dochter."
Angstig hield ze het kind tegen zich aan, alsof ze bang was dat iemand het haar zou afnemen. Harm hielp haar verder en toen alles weggeruimd was wat niet in de kamer hoorde, haalde hij een plaid uit zijn auto en nog meer watten. Hij vouwde een broekje voor haar van de grote plakken watten en wikkelde Britta dan in de plaid.
„Ik ga de wagen vast opendoen en dan draag ik je met ons kind in de auto. Zou je dat kunnen hebben, lieveling?"
Ze knikte dapper. Ze hoorde hem de buitendeur opendoen. Hij keerde terug met Britta's jas en wikkelde haar met het kind er helemaal in. Heel voorzichtig tilde hij haar met de baby in zijn armen. Britta hield de baby tussen hen beiden in, de schort om het kleine mollige lijfje goed vasthoudend. Eindelijk lag ze op de achterbank. Harm sloot de deur en ging meteen achter het stuur.
„Die vrouw, Harm?" zei Britta zacht.
„Ik bel de gemeente er wel over op, daar kunnen wij niets meer aan doen. We hebben nu een dochter, Britta, een kostbaar kind van ons samen."
Harm reed voorzichtig met zijn lieve last. Hij vermeed elke kuil

in de weg, bang dat Britta een vloeiing zou krijgen.
Toen ze voor hun huis stopten, zei hij: „Stil liggen, Britta, even kijken of de kinderen naar bed zijn en dan neem ik een dekentje mee voor de baby."
Ze lag stil in de comfortabele wagen. In het schemerige licht zag Britta dat de oogjes van het kind open waren. Ze kuste een klein handje en zei hardop: „Mijn dochter... Ik noem jou Erica."

HOOFDSTUK 9

Waar Harm zo gauw een kraamverpleegster vandaan gehaald had, wist Britta niet. Maar ze was er zich wel heel goed van bewust, dat ze uitgekleed en gewassen in haar eigen schone, warme bed lag en dat de baby keurig verzorgd in de boog van haar arm rustte.
„U bent ook een mooie," zei de vreemde zuster lachend. „Dat gaat er in zo'n zware storm op uit, helpt een stervend mens en krijgt ter plaatse een kind in stof en vuil."
Britta glimlachte dankbaar tegen haar. „Ik ben zo blij dat u gauw gekomen bent... Ik voel me een ander mens... Waar is mijn man gebleven?"
„Rustig maar. Hij haalt een kinderarts, want hij wil meteen weten of de baby geen schade van deze noodbevalling heeft ondervonden."
Britta streelde het gezichtje van haar dochter. „Dat heeft ze niet, daar ben ik zeker van."
„Het is toch beter dat ze even nagekeken wordt," vond zuster Truus.
Een halfuur later hoorde Britta remmen knarsen. De huisdeur ging open en Britta hoorde brommende mannenstemmen naderbij komen. De kinderarts begroette haar vriendelijk, feliciteerde haar en keerde zich dan naar de wieg. Eigenhandig haalde hij de baby, die inmiddels weer in haar eigen mandje gelegd was, onder de dekentjes vandaan.
„Zo meid," zei hij vrolijk. „Nou gaan we eens kijken of je vader

en moeder je wel goed behandeld hebben."
Britta keek toe hoe hij met behulp van de zuster de kleine op de commode van haar kleertjes ontdeed en haar bijzonder nauwkeurig onderzocht. Nog even tilde hij de blote pop omhoog en Erica krijste.
De kinderarts lachte. „Een gezond kind, het heeft geen averij opgelopen. Maakt u zich geen enkele zorg," zei hij nog even tegen Britta. Dan verdween hij met Harm. De zuster kleedde het kindje weer aan en legde het in de wieg. Zuster Truus ging naar beneden en even later kwam Harm nog weer kijken. Hij omhelsde Britta voorzichtig. „Je bent fantastisch geweest," zei hij zacht. „Hoe wil je dat ons kind gaat heten; ik wil dat jij de naam geeft."
„Ze zal Erica heten," zei Britta en haar ogen staarden het raam uit.
„Waarom juist Erica?" vroeg Harm en hij hield haar hand in de zijne.
„Ik heb haar de naam willen geven van de vrouw, die stierf in hetzelfde vertrek, waarin ons kind geboren werd. Ik heb het gevoel dat ik daar ergens iets goeds mee gedaan heb. Ze was zo alleen, die vrouw en het is goed, dat haar naam voortleeft."
„Ik geef haar morgen aan als 'Erica Jaarsma'," zei Harm.
Britta antwoordde niet. De starende blik in haar ogen beviel Harm niet, hij nam haar temperatuur op en hij schrok. Hij had wel de kinderarts voor het kleintje gehaald, maar hij had zich niet verder afgevraagd of Britta deze bevalling goed doorstaan had.
's Avonds ijlde ze en nu verscheen er een andere specialist aan haar bed.
Tegen Harm zei hij: „Ze heeft zich geestelijk en lichamelijk te veel ingespannen. Wat zíj gedaan heeft, doet geen mens ongestraft. Ze is sterk en ze zal er gauw genoeg overheen komen, maar het is toch goed dat u mij geroepen hebt. Reken er wel op dat ze nog een paar dagen flink ziek zal zijn. De zuster of u moet in haar kamer slapen."
Die nacht sliep een ongeruste Harm op een veldbed naast het grote bed. Britta sprak verward en steeds weer hoorde hij haar

praten over de storm, die maar niet ophield, terwijl het al urenlang rustig weer was geworden. En dan weer zei ze, dat Anthony geen bericht mocht hebben van de geboorte van Erica.
Overdag reageerde ze weinig; ze at wat ze voorgezet kreeg, maar ze praatte bijna niet. Ze kende iedereen, maar ze wilde de baby niet zien en geen van de kinderen trouwens.
De vijfde dag, het was in de late middag, zat Harm weer naast haar bed en sprak tegen haar: „Lieveling, nou moet je toch weer helemaal beter worden. Hoor je me?"
Ze knikte en ineens zei ze: „Ik wil Tony zien, haal hem alsjeblieft."
Verheugd stond Harm op en kwam even later met de kleine jongen in de slaapkamer. Britta maakte kenbaar dat ze met het kind alleen wilde zijn en hij verliet het vertrek.
„Tony, nou ben je weer bij mama," zei ze zacht en ze liet toe, dat hij op haar bed kroop.
„Tony mamma's jongetje?" fleemde hij.
„Ja, jij bent mijn jongen, mijn eigen zoon, dat moet je altijd onthouden."
Hij drukte zijn gebruinde gezichtje tegen het hare en eindelijk, eindelijk huilde Britta. Achteraf zei de specialist, dat dat het enige was geweest, wat ze nodig had: huilen.
Tony schrok niet van de tranen van zijn moeder: „Mamma huil je?" zei hij alleen en hij sloeg een armpje om haar hals.
Britta grabbelde naar haar zakdoek en zei tegen het kind: „Mamma doet maar raar... Ga jij nu naar pappa en vraag of hij de baby brengt."
Tony holde de kamer uit en even later verscheen een gelukkig kijkende Harm met Erica in zijn armen. Hij zag de sporen van tranen op haar gezicht, legde de baby in haar armen en zei: „De specialist had gelijk, liefste. Hij heeft me steeds verteld dat je goed moest uithuilen en dat dan pas de spanningen van je af zouden vallen." Hij voelde haar pols. „Liefste, je bent koortsvrij." Zijn stem jubelde en Britta zei nuchter: „Ik mag toch wel eens een paar dagen ziek zijn? Ik was de afgelopen dagen echt niet van de kaart, maar ik had het gevoel dat ik alles moest verwerken en dat ik dat in m'n eentje moest doen. Ik heb ontzet-

tend veel nagedacht over de afgelopen jaren en steeds weer draaide mijn geest om de elfde september, de geboortedag van Erica. Toen ik in dat oude huisje zat bij die stervende vrouw, vond ik de hele gang van zaken normaal en toen ze stierf, was ik blij voor haar, want ze heeft niet geleden. Ze was opgebrand en toen ik merkte dat de baby ging komen, bleef ik heel rustig, té rustig misschien. Pas toen ik jouw wagen hoorde, voelde ik me bijna hysterisch worden."

Hij legde zijn hand op haar haren. „Ben je nu gelukkig, Britta, met je zoon en je dochter?"

„Ja, dat weet je, Harm en roep nu Dénise."

Hij wist dat zijn kleine meisje ernaar verlangde het kleintje te zien, maar zolang Britta ziek was geweest, had hij niet toegestaan dat de kinderen de baby zagen.

„Tony van mamma?" klonk het naast haar bed.

„Tony is van mamma, voor altijd."

„Voor altijd," herhaalde de kleine jongen.

„Vind je het een lief zusje?" vroeg Britta. Zijn kleine hand pakte het babyhandje. „Lief zusje," herhaalde hij.

Harm schoof Dénise de kamer in en de kleine meid was ineens erg verlegen.

„Kom je naar Erica kijken?" vroeg Britta.

Ze knikte heftig.

„Ze is ook een beetje jouw zusje, dat begrijp jij wel en ik hoop dat jij me zal helpen met schone luiers aandoen en wassen."

Betere woorden had Britta niet kunnen zeggen, want de poppenmoeder zag de echte pop en was meteen helemaal „in". Ze praatte honderduit en toen Britta zei, dat ze over een weekje samen achter de kinderwagen zouden lopen, werd ze zó enthousiast, dat Harm de beide kinderen de kamer uitbonjourde.

„Drinkt Erica goed?" vroeg Britta bezorgd.

„Ze is niet te stuiten," lachte de jonge vader. Hij knielde bij het bed neer en sloot moeder en dochter in zijn armen.

„Britta, ik was zo bang, toen je ziek was... Je leek zo ver van me weg."

Peinzend antwoordde ze: „Hoewel alles wat er gebeurde, meestal tot me doordrong, wás ik ook ver weg; dat moest blijk-

baar zo zijn. Maar ik weet zeker dat ik binnen twee dagen m'n bed uit ben." Ze streelde zijn haar. „Arme jongen, heb je je zo ongerust gemaakt?"
„Ontzettend," zei hij en Britta zag tranen in zijn ogen.
„Maar jij als arts kunt toch wel nagaan, dat een vrouw een heftige reactie op zo'n bevalling heeft."
„Ja, dat is allemaal theorie, die ik verkondig bij een vreemde vrouw. Maar mijn eigen vrouw is mij het kostbaarste op de hele wereld." Ze kusten elkaar over het hoofdje van Erica heen.

Binnen veertien dagen was zuster Truus verdwenen; een grote bos rozen als dank onder haar arm.
Britta voelde zich weer helemaal fit en met Greetje en de werkster samen zette ze het huishouden weer normaal op poten.
Toen Erica zes weken was, zei Britta op een morgen aan het ontbijt tegen Harm: „Ik ga toch echt weer werken... Greetje is zo handig met de baby en jij hebt nu ook een doktersassistente. Tenslotte ben ik nooit lang weg, ik help alleen bij de bevallingen en de wijkzusters doen de rest."
Harm keek haar aan. „Vind je het niet prettig om alleen voor de kinderen en het huishouden te zorgen?"
Britta lachte. „Stuk antiek, denk eens goed na. De kleuters zijn praktisch de hele dag naar het schooltje. Als ik niet bij nacht en ontij uit bed gehaald word, verzorg ik Erica 's morgens zelf. Maar Greetje is er nét zo handig mee. De voeding is geen probleem en de verschoning ook niet. Greet heeft het nu gemakkelijker dan in Loenen toen ik niet elke dag een werkster had. De praktijkruimte is haar domein niet. Moet ik dan de hele dag denken, wat we 's avonds zullen eten? Ik kan niet voortdurend thuisblijven, Harm. Ik zal niet veel bevallingen op me nemen; laten we zeggen drie per maand. Dat kan gemakkelijk en niemand komt iets te kort."
„Wat een vurig pleidooi," grinnikte Harm. „Kind, ga je gang, maar wees wel zo wijs, dat je het eerlijk zegt als je de zaken niet aan kunt."
Britta grijnsde. „Dat zou jij wel willen." Ze keek om zich

heen… Greetje was al weg naar de kleuterschool en ze waren even alleen. Behoedzaam legde ze haar hand op de zijne.
„Alleen dit, Harm… Je moet weten dat het geen gebrek aan liefde is, maar ik wil na Erica geen kinderen meer. In totaal hebben we nu drie kinderen en ook al hadden we alleen deze ene van ons samen, dan zou ik er toch niet meer willen."
Zijn ogen keken recht in de hare. „Liefste, het is jouw lichaam. Dus daarom alleen spreekt het al vanzelf, dat er geen bij komt. Maar wil je me zeggen, waarom je het niet wilt?"
„Ja," zei Britta en ze keek naar de duinen. „Ja, dat kan ik je zeggen. Je weet dat ik het vooral ook in het begin moeilijk gehad heb. Dat kwam allemaal, omdat ik uiteindelijk na een een beetje triest verleden, opnieuw begon. En dat is het, Harm. In feite kan ik maar één keer echt opnieuw beginnen… anders kan ik het niet uitleggen."
„We zijn het eens," zei Harm ernstig. „Ik ben te veel geschrokken van de dagen na Erica's geboorte. Het is genoeg in deze tijd: drie kinderen! Ik ben ontzettend blij en dankbaar voor 'n kind van ons samen. Zoiets wordt in deze tijd vaak egoïstisch genoemd, maar dat zie ik anders. Als je ontzettend veel van iemand houdt, dan wil je het grootste geschenk dat de ander je kan geven; je wilt het bewijs van je liefde. En of dat nu beperkt blijft tot één of twee kinderen, dát vind ik niet belangrijk."
Britta keek hem dankbaar aan. „Dank je Harm," zei ze alleen.
„M'n eerste klanten stromen binnen," lachte hij. „Tot straks liefste."
Britta ruimde de tafel af en liep naar boven om Erica te helpen. Haar geoefende handen, die al zoveel babies gebaad hadden, waren met dit eigen kind ook heel zacht en voorzichtig. Na het badje legde ze de baby op het grote bed en verschoonde de wieg.
Erica lag driftig te brullen en Britta kwam lachend met de fles aandragen. „Kleine driftkikker, kom maar gauw."
En ze genoot als elke moeder van het kleine gulzige kindje, dat de fles bijna woedend leegdronk en dan in haar armen in slaap viel.
Heel voorzichtig veegde ze het mondje af en legde de baby in

de schone wieg. Ze ruimde haar slaapkamer op, droeg de wieg naar de babykamer en liep naar beneden.
Tot haar grote verbazing vond ze Greetje in de keuken op de punt van een stoel in tranen. „Maar Greet, wat is er aan de hand? Biecht op. Heb je zondag weer bij je ouders ruzie gemaakt?"
Greetje schudde ontkennend haar hoofd en ze huilde domweg door.
„Meid, schei uit," zei Britta kordaat, „als je die dingen samen uitpraat, lijkt het lang zo erg niet."
Greetje pakte haar zakdoek en wreef haar gezicht met geweld droog. „Ik moet het toch vertellen," zei ze. „Ik heb al een paar weken verkering en dit keer is het echt goed... We weten het allebei. Maar hij wil zo gauw mogelijk trouwen, ik ook trouwens, maar we kunnen nergens een huisje vinden. En hij gaat over drie weken weer naar zee, want hij vaart. André vindt dat we toch maar vast moeten trouwen, maar als hij thuiskomt, kan ik hem niet eens een eigen plekje aanbieden. Ik weet het gewoon niet meer."
Britta ging zitten en dacht na. „Ben je al in verwachting?" vroeg ze abrupt.
„O nee, hoor, dat zou ik anders best zeggen. Maar we zijn nog zo jong; daar willen we nog een paar jaar mee wachten en ik wil ook blijven werken. Stel je voor. Met een zeeman getrouwd, geen kinderen en dan maar alleen thuiszitten. Niks voor mij."
„Misschien weet ik een oplossing," zei Britta langzaam. „Je moet me alleen eerst eerlijk vertellen waar je wilt gaan werken."
„Waar???" echode Greetje verbaasd. „Hier natuurlijk. Ik ben stapel op de kinderen en de baby is zo'n engel enne... u weet best hoe ik over u en meneer denk."
„Dat laatste zal ik dan maar gokken," lachte Britta. „Luister nou eens goed. Hebben jullie een beetje spaargeld?"
Greetje knikte heftig van 'ja'.
„Je weet dat we hier een idioot grote lap grond om het huis hebben. Als jullie nou eens een stacaravan kochten en die

schuin achter het huis laten neerzetten. Je hebt heel leuke grote stacaravans met een zitkamer, twee slaapkamers en keuken. Jullie hoeven ons niets voor de grond te betalen en tegen de tijd dat jullie een echt huis hebben, kopen wij misschien het ding om het zelf te gebruiken als vakantiehuisje. Wat vind je van mijn plan?"
Greetje viel Britta huilend om haar hals. „Wat een geweldig idee en wat een aanbod! Vindt u het echt niet erg, dat wij dan op uw terrein zouden staan?"
„Je woont nou bij me in huis," lachte Britta, „dat is even dichterbij. Weet je wat je doet? Ga nu naar die aanstaande van je en leg hem mijn oplossing voor. Als hij er iets in ziet, dan gaan jullie meteen op zoek naar zo'n stacaravan en jullie geven aan het gemeentehuis op dat je wilt trouwen. Ik heb de eerste weken nog geen bevallingen; je neemt zo veel mogelijk vrij, laat je huis hier zetten en richt het in. Als huwelijkscadeau leggen mijn man en ik er wel het een en ander bij." Greet wilde haar weer omhelzen, maar Britta weerde haar lachend af.
„Ga naar die man van je en als ik je vandaag niet terugzie, neem ik aan dat hij het er ook mee eens is en dat jullie op zoek zijn naar een geschikt huisje."
Greet wilde snel met de vaat beginnen. Britta riep: „Nee, dat doe ik wel!" Toen Greetje haar jas al aan had, vroeg Britta: „Ik wil alleen weten of je vannacht hier komt slapen?"
„Dit is toch mijn thuis?" zei het kinderlijke Greetje naïef. Britta wendde haar hoofd af en ze kreeg tranen in haar ogen.
„Tot vanavond!" riep ze en ze bukte om de roestbruine poes op te rapen, die zich verwaarloosd voelde. Ze begroef haar gezicht even in zijn vacht en begon dan het hele huis in een sneltreinvaart aan kant te maken.

HOOFDSTUK 10

Drie weken later vertrok Greetjes zeeman en het jonge ding bleef achter in een werkelijk beeldig ingerichte stacaravan. Zelfs Harm had 's avonds vaak meegeholpen om alles op tijd in

orde te krijgen. De trouwerij was helemaal afgewikkeld zoals het jonge stel wilde, met witte jurk, de wederzijdse ouders en een feest in een zaaltje.
Greet liep nu weer in huis rond of er niets gebeurd was, maar haar gezicht stond gelukkig, ondanks het feit dat de zeeman voor drie maanden weg was.
En toen rinkelde op een morgen weer de telefoon voor Britta. Harm had de hoorn van de haak genomen, had even geluisterd en gezegd: „Een ogenblik, ik zal u de zuster zelf geven... Ja, ze woont hier, ik ben met haar getrouwd."
Lachend gaf hij haar de hoorn en Britta hoorde een nerveuze vrouwenstem vragen of ze direct wilde komen.
„Geeft u even uw naam en adres," zei Britta zakelijk, en dan: „Binnen een halfuur ben ik bij u."
Ze voelde zich gelukkig toen ze op haar slaapkamer haar uniform weer aantrok. Ze wierp nog even een blik op Erica, die ze nog zelf gebaad en gevoed had en die sliep als de legendarische roos. „Greet, je weet alles," zei Britta opgeruimd.
„Gaat u maar, mevrouw, het komt allemaal voor elkaar. En als u laat thuis bent, geef ik meneer en de kinderen vast eten."
Britta zwaaide en stapte in haar wagentje.
Ze voelde zich heerlijk zelfstandig toen ze de weg langs het duin afreed. Het was al begin november en behoorlijk koud, maar de hemel zag stralend blauw en de meeuwen toonden zich levenslustiger dan ooit.
Britta stopte bij een klein nieuwbouwhuis. Toen ze aangebeld had, deed een oude, slordige man de deur open.
„Ik kom voor mevrouw Mermans," zei Britta beleefd.
„O, die ellende," zuchtte de man nors. „Ik zeg u alvast dat ze helemaal geen 'mevrouw' is en dat mijn vrouw en ik haar maar nauwelijks dulden."
„Bedankt voor de mededeling," zei Britta kattig. „Mag ik weten waar mevrouw Mermans woont? Welke kamer?"
De man wees. „Twee trappen op en daar is maar één deur."
Britta repte zich naar boven en ze klopte op de bewuste deur. Deze werd opengedaan door een kleine mollige blondine. Ze

was helemaal aangekleed, alsof ze op het punt had gestaan de deur uit te gaan.
Britta stak haar hand uit. „Ik ben zuster Britta."
„Yvonne Mermans," zei het meisje en drukte Britta's hand. Britta betrad de kamer en ze sloeg haar handen ineen. „Kind, kind, wat heb je een rommel gemaakt," zei ze.
Yvonne ging op de rand van het afgehaalde bed zitten. „Ik ben niet getrouwd," zei ze vijandig.
„Wat kan mij dat schelen?" lachte Britta.
Het gezicht van het meisje ontspande zich wat.
„Ik verdien goed mijn brood... Ik werk op kantoor en ik heb nu verlof," zei ze zacht. „Ik had gehoopt nog vóór de bevalling de grote kamer te kunnen inrichten, die ik in Bergen gehuurd heb, maar de natuur is me te vlug af geweest. Vandaar die rommel hier."
„Ik snap het," zei Britta. „Sorry, dat ik jij en jou zeg, maar je bent nog zo'n jong ding!"
„O, dat mag gerust," zei Yvonne. „Ik haat alleen mensen, die op me neerkijken, omdat ik een kind krijg en niet getrouwd ben."
„Dat zijn dan ook domme mensen," vond Britta. „Maar laten we even zakelijk zijn. Jij moet hier je kind krijgen en ook al ga je na veertien dagen verhuizen, het moet toch even allemaal behoorlijk aan kant gemaakt worden."
Yvonne knikte hulpeloos.
„Nee, ik verlang niet dat jij me helpt," zei Britta, „dat mag niet eens. Wijs me je schone spullen, dan maak ik eerst het bed op."
Na anderhalf uur werken zag de grote kamer er gezellig uit, want Yvonne had smaak en ze bezat beslist leuke dingen.
„Op het gangetje is een wastafel met warm en koud water en er staat een elektrisch kookplaatje," zei Yvonne. Britta zag aan haar gezicht dat ze het zwaar kreeg. Ze zette de keurig beklede wieg een beetje in het zicht en zei: „Ik ga even de dokter bellen, je weet wel, mijn man."
Harm kwam al gauw en verloste Yvonne van een klein jongetje.
Daar hij haast had, vertrok hij meteen. Op het gangetje fluis-

terde Britta snel: „Zeg tegen Greet dat het nog wel even kan duren.”
Hij lachte haar toe: „Komt in orde, zuster Britta.”
Ze wierp hem een kushand toe en ging weer bij Yvonne kijken. Ze had koffie gemaakt en samen dronken ze rustig het pittige vocht.
„Ik heb dit kind echt gewild,” zei Yvonne ineens en Britta begreep dat ze haar verhaal kwijt moest. „Ik hield en ik houd nog ontzettend veel van... van de vader, maar hij durfde de verantwoording voor een huwelijk en een kind niet aan. Hij wilde dat ik het... weg liet maken. Maar dat heb ik geweigerd. Ik heb gewoon naar deze baby verlangd en ik heb... Pierre gezegd, dat hij maar weg moest gaan, dat ik het wel alleen zou opknappen. Hij stond erop dat ik het kind niet zou krijgen en om hem gerust te stellen heb ik gezegd dat het in orde kwam. Hij is naar Portugal vertrokken, samen met een vriend. Ze zwerven en maken af en toe een schilderijtje, dat ze meteen weer verkopen. Het leven boeit hem en dat begrijp ik, maar ik wil hem niet meer terugzien en dát heeft híj begrepen.”
„Zou je hem niet willen laten weten, dat zijn zoon leeft?”
„Nee,” zei Yvonne streng, „het zou hem kapot maken, want hij houdt van me en hij zou het niet verdragen als hij wist dat ik alleen met zijn kind zit. Hij zou meteen komen en met ons leven, maar daar zou hij nooit tegen kunnen en er op den duur onderdoor gaan. Ik ben het, die dit kind heel bewust gewild heeft en ik zal er ook voor zorgen.”
„Je hebt gelijk,” zei Britta. „Waarom zou een moderne, sterke jonge vrouw dit niet aan kunnen? Ik zal je mijn telefoonnummer geven, dan kun je me altijd bellen als je eens in moeilijkheden zit.”
Ze maakte nog wat eten voor de jonge moeder, waste alles af en controleerde de baby nog even. Ze rolde het vuile goed in een laken. „Dit neem ik wel mee naar huis, want die ouwe beneden krijgt een stuip, als ik vraag of ik hun wasautomaat mag gebruiken.”
Yvonne grijnsde. „Dat heeft u goed gezien. Ik ga zelf altijd naar de wasserette, maar bij de mensen waar ik m’n nieuwe kamer

gehuurd heb, mag ik alles in de keuken gebruiken. Het zijn echt fijne lui."
„Wie geeft het kind aan?" vroeg Britta. „Wil je geen kaartjes versturen of zoiets?"
Yvonne wees naar de telefoon, die op een tafeltje stond. „Ik bel een vriendin op; zij regelt het allemaal voor me en zal ook voor me wassen nu ik er zelf niet toe in staat ben."
„Bel je vriendin op en wees gelukkig met het mooie jongetje," zei Britta ernstig. „Vanavond komt mijn man nog even kijken en de wijkzuster komt tweemaal per dag." Ze zag het teleurgestelde gezicht van de jonge vrouw en ze voegde eraan toe: „Ik kom ook nog wel eens langs, maar ik heb zelf een baby van nog geen twee maanden en mijn man en ik hebben in totaal drie kinderen. Ik heb een fantastische hulp, maar ik ben toch meer aan huis gebonden en ik kan ook niet zoveel bevallingen aannemen."
Yvonne ging er gezellig voor liggen. „Wat enig dat u ook pas een baby kreeg. Wat is het... een jongen of een meisje?"
Britta glimlachte. „Een meisje en vóór ik met dokter Jaarsma trouwde had ik al een zoontje. Mijn man heeft uit zijn eerste huwelijk een klein dochtertje."
„Dus u bent al meer getrouwd geweest?"
Britta zei zonder aarzelen: „Ja, ik was tweemaal getrouwd voor ik met mijn huidige man trouwde, maar mijn zoontje heeft geen wettige vader."
Yvonne zat nu recht overeind in bed. „Wat enig... dan bent u een lotgenote!"
Britta lachte. „Ik ben best op mijn pootjes terechtgekomen en als ik niet getrouwd was, had ik me er met mijn kleine jongen ook doorheen geslagen. Een huwelijk is fantastisch, als je echt van elkaar opaan kunt, maar als je elkaar niet vertrouwt, dan kun je beter op eigen benen staan."
„Ik krijg nog levenslessen ook," grijnsde Yvonne.
„Jij weet nu, dat je beslist niet de enige in je soort bent, want ik heb mijn zoon ook heel bewust gewild."
„En de vader?" waagde Yvonne.
Britta antwoordde: „Zijn vader was mij heel lief... Nu nog...

maar dat hoofdstuk heb ik bewust af moeten sluiten. Hij woont in een ander werelddeel en heeft daar zijn verantwoordelijkheden; meer zeg ik daar niet over. Elk mens heeft in zijn hart wel een teer geheim; en dat geeft niets, als je maar op de juiste manier houdt van de man, met wie je een nieuwe verbintenis aangaat."

Yvonne knikte stil en Britta vervolgde: „Zo'n knappe meid als jij blijft echt niet alleen. Maar als je trouwt, kijk dan goed uit en verzeker je er vooral van dat die man ook van je kind houdt."

Het meisje knikte. „Ja, dat is verschrikkelijk belangrijk."

„En nou ga ik. Dag Yvonne. Bel me maar als er wat is."

Britta reed naar huis en verwonderde zich erover, dat ze niet het gevoel had gelogen te hebben tegen Yvonne, toen ze had verteld van Tony. Ze hield inderdaad evenveel van hem als van haar eigen kindje.

Ze was geen heilige en met Dénise moest ze vaak genoeg haar best doen. Ze hield van het kind, omdat het Harms dochter was; ze hoopte steeds meer, dat het kind helemaal naar haar toe zou groeien en diep in haar hart was ze daar ook niet bang voor.

Britta voelde zich echt opgewekt, toen ze voor haar huis stopte. Ze had weer gewerkt en nu wachtte haar het gezin.

Ze liep de gang in en zag Greetje staan met een behuild gezicht.

„Kind, wat is er?" vroeg Britta verschrikt. „Toch niets met de kinderen of met mijn man?"

„Nee," zei Greetje moeilijk, „iedereen heeft gegeten, en de kinderen zijn naar bed terwijl uw man nog naar een patiënt is gegaan."

Britta trok haar jas uit, pakte Greet bij een hand en trok haar de woonkamer in. Ze sloot de gordijnen en dwong het meisje te gaan zitten. „Zeg op. Wat is er hier gebeurd?" Haar stem klonk vriendelijk, maar zeer beslist.

Eindelijk bracht Greetje uit: „Die zuster van meneer is geweest. Ik vroeg, of ze voor u en de baby kwam, maar ze zei, dat ze alleen voor Dénise was gekomen. 'Dat schaap komt nu hele-

maal te kort...' Dat waren haar woorden. En omdat het tenslotte de tante van Dénise is, vond ik het goed, dat ze het kind een poosje meenam."
Britta sloeg haar handen voor haar ogen. „Dénise is toch wel teruggebracht?" vroeg ze en haar stem had een schrille klank gekregen.
„Ja, ze is terug en ligt in bed, dat mens is meteen verdwenen. Ze heeft niet eens willen wachten, om meneer te feliciteren met zijn nieuwe dochter... Maar Dénise... wat die allemaal gezegd heeft toen dat mens weg was; mevrouw, het is ontzettend!"
Britta voelde zich rustig worden. „Zeg het maar, want we zullen het toch allemaal recht moeten zetten."
„Dénise zei dat ze maar een zielig kind was – dat had haar tante gezegd – want u hield natuurlijk veel meer van uw eigen kinderen en vooral van de baby. Zelfs haar vader vond het nieuwe kind, zoals ze het uitdrukte, ook veel liever. Ze heeft gehuild, geschreeuwd en gescholden en... ze heeft geschreeuwd, dat ze hier wegwilde."
„Heb je gevraagd of die tante soms iets van haar moeder gehoord heeft?" vroeg Britta vol spanning.
„Ja, dat heb ik ronduit gevraagd, maar dat was niet het geval. Dat mens wist niet eens waar Dénises moeder nu woonde, want het kind heeft daar kennelijk zelf naar gevraagd. Ik vind het allemaal zo erg voor u en meneer," huilde Greetje.
„Kind, droog je tranen; ik ben blij, dat ik weet wat er gepasseerd is en denk eraan: praat er voorlopig niet met mijn man over. Hij heeft het al zo druk. Eerst wil ik zelf met Dénise spreken en als dat mens weer aan de deur komt en we zijn er niet, dan zeg je dat je graag had, dat mevrouw terugkwam als mijn man of ik thuis zijn. Laat nooit zomaar iemand binnen, behalve de oude vrienden uit Loenen natuurlijk, maar die ken je wel."
Greetje knikte. „Ik had haar niet in huis moeten laten, ik heb zo stom gedaan!"
„Een heel begrijpelijke stommiteit, kind. Ga maar gauw naar je mandje en je hoeft nergens meer over te tobben."

„Maar u heeft nog niet gegeten en dat is slecht na een bevalling," wist Greetje wijs.
Britta lachte hartelijk. „Ik ga me eerst douchen en verkleden en dan maak ik lekker voor mezelf een paar boterhammetjes met een spiegelei. En jij komt daar niet aan te pas. Ga maar gauw naar je eigen huis."
Schoorvoetend verdween Greet. Britta ging douchen en trok een warme, zachtroze duster aan. Het blonde haar hing nog iets vochtig op haar schouders. Ze zette alleen haar lippen even aan, want ze wilde er toch na een drukke dag voor Harm extra aantrekkelijk uitzien. Ze keek op haar horloge: vijf over halfnegen. Vastbesloten liep ze naar Dénises kamer en sloot de deur achter zich.
„Ben je nog wakker, Dénise?" vroeg Britta zacht.
Het kind gooide zich om en verborg haar gezicht in het kussen.
„Je slaapt dus niet... Dénise, je houdt van papa, dat weet ik en daarom vraag ik, of je als een grote meid even uit bed wilt komen en samen met mij in de kamer wilt praten." Een blauw oog keek even in de richting van Britta.
„Kom nou maar, dat is veel beter."
„Je houdt toch niet van me," beet de kleine haar toe.
„Daar zullen we dan over praten. Kom Dénise."
Het meisje stapte uit bed. Ze rilde en Britta had zielsmedelijden met het kind. Ze trok haar een dustertje aan, gaf haar de slofjes en nam haar mee naar de kamer.
Britta ging op de bank zitten en vroeg: „Kom je naast me zitten?"
Het kind gehoorzaamde, maar het gezichtje stond nors.
„Ik weet wat je tante vandaag tegen je gezegd heeft, maar ik vraag jou of jij denkt, dat je tante alles weet over ons hier. Wat denk je, Dénise?"
„Ze zegt dat jullie meer houden van dat nieuwe wurm." En dan begon Dénise erbarmelijk te huilen.
Ze stribbelde weinig tegen toen Britta haar op schoot trok.
„Het zou gemeen zijn tegenover je eigen moeder, als ik tegen je zei, dat je ook een beetje mijn dochtertje bent. Ik ben jouw tante Britta en omdat je moeder het niet zo goed met pappa

kon vinden en omdat ze in een vreemd land woont, kan ze jou niet bij zich nemen. Het is best mogelijk, dat ze daar verdriet over heeft, maar je pappa en je mamma hebben dit nu eenmaal zo geregeld. Toen zijn pappa en ik getrouwd; ik had Tony al en nu hebben pappa en ik samen een kindje. Betekent dat nou dat wij – en vooral ik – niet zoveel van jou houden? Ik vind het heerlijk, dat pappa al zo'n grote dochter heeft en ik had gehoopt dat jij mij zou helpen met het verzorgen van je halfzusje... Ja, dat heet zo... omdat jullie dezelfde pappa hebben. Erica is jouw halfzusje en ze heeft jou meer nodig dan Tony. Een jongen en vooral zo'n klein jongetje heeft geen verstand van babies en van meisjes. Zou je van Erica willen houden, Dénise? En van pappa? Neem mij dan maar op de koop toe als een vervelende ouwe tante."
Het blonde meisje keek haar met grote ogen aan en wierp zich dan in Britta's armen en huilde hartverscheurend.
„Het is zo moeilijk," bracht ze uit.
„Nee, dat is het niet," legde Britta geduldig uit. „Jij hebt een echt halfzusje en een pappa, die bij je in huis wonen. Zou je niet kunnen proberen om ook een beetje van Tony en mij te houden?"
„Maar jij houdt niet van mij," zei Dénise en het kleine lichaam schokte van verdriet.
„Jij bent niet mijn eigen dochter," zei Britta zacht, „maar ik geloof niet, dat ik van een eigen dochtertje, dat al zo groot is, meer zou kunnen houden dan van jou. Pappa heeft het vaak erg druk; ik niet zo erg meer. Ik heb meer tijd voor jullie en vooral voor jou omdat je de grootste bent. Als je het ergens moeilijk mee hebt, kom dan bij mij, Dénise en geloof geen mensen, die hier niet in huis wonen en die ons zo slecht kennen."
Een paar waterige oogjes keken Britta aan. „Ja, omdat je pappa's grote dochter bent, houd ik verschrikkelijk veel van je."
Dénise kroop op haar schoot en Britta sloot de kleuter in haar armen of het een baby was.
„Is nou alles weer goed?" vroeg ze eindelijk.
Dénise knikte heftig.

„Zullen we even bij je halfzusje gaan kijken?"
Weer heftig geknik en hand in hand liepen ze naar de babykamer, waar Erica vast lag te slapen. Britta nam een klein gebald vuistje in haar hand.
„Dénise, pak voorzichtig haar andere handje en laten we elkaar beloven lief voor haar te zijn en van haar te houden. Misschien heb je ook nog een klein beetje over om ook van deze tante te houden. Ik zou het zo graag willen."
Dénise keek naar het babygezichtje en ze zei: „Ik houd ook van je, tante Britta, echt waar. Ik ben alleen soms in de war en dan geloof ik niks meer."
„Als je weer eens niks gelooft, kom dan eerst bij mij, dan praten we erover," zei Britta zacht.
Het kind knikte, bukte zich over de wieg en kuste het babywangetje. Dan keek ze Britta ineens vol vertrouwen aan:
„Een halfzusje is toch eigenlijk hetzelfde als een heel zusje?"
„Ik vind van wel," zei Britta met grote overtuiging.
„Dan is alles goed," zuchtte Dénise. Britta pakte haar op en droeg haar naar bed.

HOOFDSTUK 11

Britta praatte met Harm niet over het incident met Dénise; ze wilde hem niet onnodig belasten. Ze had hem wél verteld, dat zijn zuster was geweest en dat ze het niet aardig vond, dat deze helemaal niet vooraf een seintje had gegeven en, volgens Greetje, de baby niet had willen zien. Maar Harm had zijn schouders opgehaald en gezegd: „Ik ben nooit zo gek op die meid geweest en ik maak me er niet druk over. Ze is zeker nieuwsgierig geweest naar ons leven hier met elkaar. Dat is beslist iets voor haar."
Britta besteedde nu veel meer aandacht aan Dénise en het leek wel of de gevolgen van het bezoek van haar tante helemaal verdwenen. Ze werd weer vrolijk en vertrouwelijk tegen Britta.

Het was inmiddels half december geworden en het vroor

behoorlijk. Kleine Erica lag te kraaien in haar wieg en elke ochtend stonden Harm en Britta even met de armen om elkaar heen in de wieg te kijken.
Op een koude, gure ochtend viel het antwoordbriefje van Anthony in de bus. Ongerust raapte Britta de brief op. Vreemd. Ze had nog helemaal geen antwoord verwacht. Ze opende snel de enveloppe en las de enkele regels en in een snel gebaar vouwde ze het briefje weer dicht en stopte het in haar broekzak. Daarna liep ze dagenlang als een stille schim door het huis.
Drie dagen later toen ze 's avonds bij het open haardje zaten, vroeg Harm: „Er is iets, Britta. Vertel het me maar."
„Niets bijzonders, jongen," zei ze zacht, „er was een gewoon briefje van Anthony. Het kwam alleen op een tijd, dat ik het niet verwachtte."
Hij trok haar op schoot. „Als je er niet over praten wilt, geeft het niet, lieveling. Maar misschien kan ik je helpen? Is er iets gebeurd met hem?"
Britta borg haar gezicht in zijn hals. „Nee, er is niets gebeurd en je kunt me ook niet helpen. Ik moet iets met mezelf uitmaken, wat ieder ander misschien belachelijk zou vinden. Weet je nog hoe ik was, toen ik pas Erica verwachtte?"
„Dat vergeet ik nooit," zei hij ernstig.
„Maar je begreep me."
„Volkomen," zei hij teder en streelde het lange haar.
„Ik verwacht nu geen baby, maar toch is er iets dat ik helemaal alleen moet uitdenken. Het waarom weet ik niet, maak je niet ongerust; ik weet, dat ik gauw genoeg weer helemaal mezelf zal zijn en ik ga er echt niet voor weg."
Hij kuste haar stille gezicht. „Je bent juist op deze momenten ook helemaal jezelf. Als je er overheen bent en je wilt het me vertellen, dan kun je dat doen, lieveling."
„Dat vergeet ik niet," zei Britta en haar stem had heel weinig klank.
De volgende morgen was het nog behoorlijk koud, maar de zon scheen. Britta had geen bevalling de komende twee weken en ze hielp rustig de baby en was aan het ontbijt een en al aandacht voor de kinderen.

Toen ze naar school gingen – ze gingen nu samen omdat het schooltje vlakbij was – kuste Britta hen goeiendag. Tony was het laatste aan de beurt en ze hield hem iets langer dan anders in haar armen. Maar hij spartelde los om Dénise na te rennen. Britta liep naar de babykamer en lang keek ze in de grote bruine ogen van Erica en heel, heel even schonk de baby haar het breekbare eerste glimlachje. Britta kreeg tranen in haar ogen. Ze dekte het kindje toe, trok haar jas aan en knoopte een lange wollen sjaal om haar hals.
„Ik ga even weg!" riep ze naar Greet, die ijverig de kamer deed. „Ik maak zo koffie," riep ze vrolijk terug en Britta liep over de bevroren weg, richting zee.
Ze had de wind in de rug en het rook buiten heerlijk naar zee, vorst en geluk, dacht ze. Een vreemde combinatie, maar zij vond het nu eenmaal zo.
Ze klom, bij zee gekomen, tegen een hoog duin op en ging zitten. Ze voelde de koude wind niet die haar haren in de richting van de zee woei.
Uit haar kleine tas haalde ze het laatste briefje van Anthony en ze herlas het. Er stond niets boven:

'Ze hebben elkaar niet bedrogen,
ze konden elkander niet zien...
Ik dank je voor deze woorden, Britta en ik
weet het, ook al heeft niemand me iets
verteld. Je bent zelf moeder geworden, dat
voel ik en het is goed. Ik denk aan je, Anthony'

Anthony loog niet; niemand kón hem iets verteld hebben, want Britta ging allang niet meer om met hun oude gemeenschappelijke kennissen. Ze had wat kaartjes verstuurd bij de geboorte van Erica, maar alleen aan de mensen met wie Harm en zij omgingen.
Konden gedachten zo ver dragen? Ze zou het nooit weten.
Ze keek op naar een witte meeuw, die zich tegen de heldere winterhemel scherp aftekende.
Britta scheurde het briefje in hele kleine stukjes en liet de snip-

pertjes als sneeuw door de oostenwind in de richting van de zee blazen.
Britta besloot op de gewone tijd een klein briefje te sturen en nergens over te reppen, dan alleen over Tony; meer was niet nodig. Ze voelde zich na dit besluit in de winterzon weer gelukkig worden. Het was allemaal goed; de dunne draad met het verleden en het volle heden, het volle leven met Harm en de kinderen. Ze stond op en liep naar huis, de schouders iets voorover in de harde wind.
Greetje en de werkster zaten al klaar om de koffie in te schenken en Britta liet zich koud en lachend bij hen aan tafel neervallen.
Ze liep die dag op rozen. Zo voelde ze het zelf. Het werd weer avond en weer zaten ze samen.
Harm keek zijn vrouw vragend aan. „Je bent vandaag veranderd: Is het over?"
Britta glimlachte. „Je doet net of ik de mazelen had."
Hij zag dat haar ogen iets vochtig waren. „Kleine vrouw, kom hier en zeg maar wat je kwijt wilt."
Ze legde haar hoofd tegen zijn schouder en haar stem klonk ijl toen ze zei: „Het was alleen maar zo wonderlijk. In mijn laatste briefje, maanden geleden, schreef ik alleen over Tony. Ik heb je verteld, wat ik toen geschreven heb.
Hij… hij schreef, dat hij wist… zonder dat iemand het hem verteld had… dat ik zelf moeder ben geworden.
Hij kon het ook van niemand weten en ik begrijp het niet."
„Schreef je niets méér, Britta? Je hoeft het niet te vertellen, alleen als je het helemaal wilt."
Ze sloot haar ogen en zei: „Ik schreef een paar oude dichtregels…
'Ze hebben elkaar niet bedrogen,
ze konden elkander niet zien…'
Meer heb ik absoluut niet geschreven."
Zijn mond was op de hare en hij fluisterde: „Een man, die veel van je gehouden heeft en dat in zekere zin nog doet, weet dan genoeg. Maar geldt het ook niet voor ons beiden, Britta? Diezelfde regels hadden wij uit kunnen wisselen als ik verweg

was en wist, dat ik je nooit meer zou zien.” Hij kuste haar en zei: „Maar ik bezit jouw liefde en ik heb je elke dag om me heen.”
Ze keek hem aan. „Ja, jij bezit mijn liefde en ik heb het briefje verscheurd en de snippers zijn in zee gewaaid.”
Er waren geen woorden meer nodig...

EEN STERKER BAND DOOR TEGENSPOED

HOOFDSTUK 1

Eén van de moeilijkste dagen beleefde Britta op haar drieëndertigste jaar. Ze was nog steeds een knappe, jonge vrouw met haar stralende, bruine ogen en het mooie, halflange, blonde haar.
En ze was het middelpunt van het gezin, dat bestond uit echtgenoot Harm Jaarsma, huisarts, Dénise, het bijna zesjarige dochtertje uit Harms eerste huwelijk, en haar eigen kleine Anthony, die nu bijna vier was en die ze kort na zijn geboorte uit een Grieks vondelingentehuis had gehaald. Ze had hem genoemd naar haar grote jeugdliefde Anthony, die in Australië woonde. Door een groot misverstand was ze nooit met hem getrouwd, maar hun liefde was gebleven.
Ze had hem gedurende haar eerste twee mislukte huwelijken een enkele keer ontmoet en daarna nooit meer. Harm respecteerde haar gevoelens en had er vrede mee dat ze een enkele keer een briefje schreef naar Anthony en dat ze hoogstens tweemaal per jaar een brief terugkreeg.
Maar Britta had, nu ruim een jaar geleden, tegen alle verwachtingen in, hun eigen kind gebaard: een dochtertje, Erica, en dit kind van hen samen had ook Britta vaster aan Harm „geklonken".
Haar trouwe hulp Greetje, die haar, Britta, in staat had gesteld het beroep van kraamverpleegster uit te blijven oefenen – zij het in samenwerking met een tweede kraamzuster – was veertien dagen geleden verhuisd. Ze was getrouwd en ze hadden uiteindelijk een andere woonplaats verkozen boven het vrij stormachtige St. Maartenszee. Er dwaalde nu een Marietje van zeventien door het huis, terwijl ze eenmaal per week een werkster had om nog wat extra werk te doen.
Marietje was intern, en tot grote opluchting van Britta was ze erg lief voor de kinderen.
Die bewuste dag had Britta gelukkig geen bevalling. Dat kwam goed uit, want haar auto moest nodig voor een grote beurt naar de garage en tot overmaat van ramp had vanmorgen vroeg ook Harms wagen het af laten weten. De auto was weg-

gesleept en stond trouw naast Britta's wagentje in dezelfde garage. Ze had er nog op aangedrongen een huurwagen te nemen, maar Harm had het een sport gevonden om z'n oude Harley Davidson tevoorschijn te halen.
„Maar je hebt geen helm meer," had Britta die morgen nog geroepen.
En hij had geantwoord: „Ach kind, de wegen zijn hier zo stil en vooral nu, in november. Ik rijd niet hard... heus, maak je geen zorgen."
Maar op dit moment... het was al bijna vijf uur en Harm had allang terug moeten zijn, stond Britta voor het raam en staarde naar de duintoppen in de verte waar het helmgras plat lag door de sterke wind. Het was bovendien gaan regenen en ze wist dat de wegen glad waren. Ze belde naar de garage om te vragen of beide wagens vanavond nog teruggebracht zouden worden, maar ze kreeg een vaag antwoord. Met een nerveus gebaar legde ze de hoorn weer op de haak.
Kleine Erica, in de box achter haar, huilde zacht en Dénise en Tony waren zowaar lief aan het spelen.
Ze hoorde Marietje in de keuken rommelen en ondanks al die vertrouwde geluiden bleef er een vreemde onrust in Britta's hart.
Harm had maar weinig patiënten vandaag en als hij wat later thuiskwam, belde hij altijd op.
Er brandde alleen een schemerlamp in de grote kamer voor de kinderen, maar Britta maakte niet méér licht en hield de gordijnen wijd open. Ze staarde maar naar de weg, in de richting waaruit hij moest komen en toen... rinkelde de telefoon. Britta voelde dat er iets mis was.
Ze had meteen de hoorn van de haak en bijna toonloos bracht ze uit: „Met mevrouw Jaarsma..."
En dan zei ze bijna kortaf: „Hoe erg is het? Levensgevaarlijk? Echt niet? Ik kom meteen. Tot straks."
Ze bleef even heel stil staan. Dit had ze vanmorgen verwacht. Harm was geslipt en zijn hoofd zonder helm had een stoeprand geraakt. Hij was gewond en buiten bewustzijn. Maar de arts, die haar belde vanuit het Alkmaarse ziekenhuis, zei dat er geen

levensgevaar was. Maar er kon zoveel anders zijn, dacht ze angstig.
Ze liep naar de keuken.
„Marietje, mijn man heeft een ongeluk gehad met die ellendige motor. Ik bel een taxi en ga meteen naar Alkmaar, want daar ligt hij. Zul je heel goed voor de kinderen zorgen en geen moment de deur uitgaan?"
Marietje keek haar aan. „Mevrouw, u kunt me vertrouwen. Ik zorg voor alles, gaat u maar gauw."
Britta belde een taxi en schoot vast een jas aan. Ze liep weer naar de slaapkamer en haalde toiletartikelen en een paar pyjama's van Harm uit de linnenkast; ze stopte ze in de tas, keek de inhoud van haar portemonnee na, gaf de kinderen een zoen en zei tegen de twee groteren: „Ik moet even weg en pappa komt ook heel laat thuis. Jullie moeten lief voor Erica zijn en doen wat Marietje zegt." Het tweetal beloofde het braaf, maar Britta was ervan overtuigd, dat ze ruzie zouden maken en dat Marietje haar handen vol zou hebben, maar ze dacht er verder niet over na. Ze moest naar Harm en ze voelde zich beklemd, ondanks de mededeling van de arts dat er geen gevaar was.
De taxi reed voor en Britta stapte haastig in zonder nog een blik te werpen op het grote raam, waarachter de kinderen en Marietje stonden te wuiven.
Haar gezicht stond strak en haar handen omklemden de grote tas, waarin ze Harms kleren en toiletartikelen had gestopt.
Ze zag niet eens welke route de taxi volgde. Ze had alleen maar gezegd, dat ze naar het ziekenhuis in Alkmaar moest en de chauffeur scheen automatisch te weten welk ziekenhuis. Hij was er binnen de kortste tijd.
Britta rekende af en de man vroeg alleen: „Zal ik op u wachten?"
„Nee," antwoordde ze kort, „ik heb geen idee hoelang ik hier zal blijven."
Ze meldde zich bij de portier en even later kwam een zuster haar halen.
Britta vroeg gejaagd: „Is het erg met mijn man, zuster? U kunt toch wel iets zeggen?"

„Mevrouw, de dokter wacht op u," was het enige antwoord. Britta voelde zich onbeheerst woedend worden.
Het ging toch om haar man? Dat mens kon best iets zeggen... Ze wist dat ze ongelijk had, dat de orders in een ziekenhuis nu eenmaal strikt waren... maar het ging om haar eigen man en ze wilde zo gauw mogelijk op de hoogte zijn. Ze keek eens opzij naar het gegroefde, bleke gezicht van de oudere zuster. Het was een verbeten gezicht en Britta zou nooit weten waarom dat zo was en eigenlijk interesseerde het haar niet eens.
Ze sloegen een hoek om en Britta zag een haar bekende arts naar zich toekomen.
„Britta, gelukkig dat je er bent."
„Wim... is hij..."
„Nee, niet dood en ook niet onherstelbaar, dat staat vast; ik zeg je de waarheid."
Britta hoorde wel wat hij zei, maar ze moest eerst zelf zien hoe Harm eraan toe was. De verpleegster was geruisloos verdwenen en Wim, die Britta's vertrokken gezicht had gezien, pakte haar arm.
„Houd je nou kalm, kind; hij is af en toe even bij bewustzijn en daar zijn we bijzonder gelukkig mee, want het zag er eerst anders uit... leek veel op een coma en dan weet je het nooit..."
Hij opende een deur en schoof Britta naar binnen; zelf volgde hij. De aanwezige zuster gaf hij een wenk om te verdwijnen.
Wankelend bijna liep Britta naar Harms bed. Daar lag haar man, zijn hoofd in een groot verband. Zijn benen hingen in een soort takel... gebroken, wist ze. Maar dat was nu haar grootste zorg niet, ze ging op de stoel aan het hoofdeinde zitten en pakte zijn hand.
Zacht zei ze: „Harm, lieverd, ik ben er, Britta."
De gewonde hield zijn ogen gesloten, maar Britta hield vol en eindelijk kwam er iets als een klein glimlachje om zijn mond en even gingen zijn ogen open, toen hij fluisterde: „Britta... je had gelijk... geen helm. Komt wel goed..."
En meteen vielen zijn ogen weer dicht.
Wim zei: „Hij herkent je en hij weet hoe het ongeluk is ontstaan, dat is bijzonder gunstig. Van inwendige verwondingen

hebben we nog niets kunnen constateren. Ik denk dat dat enorm mee zal vallen. Wel heeft hij gecompliceerde beenbreuken aan beide benen. Dat wordt dus een heel lange tijd in het gips en daarna zal hij loopoefeningen moeten doen."
„Hersenletsel?" zei Britta, terwijl ze naar Harm bleef staren.
„Ik zal heel eerlijk zijn, Britta. Hij zal wel een week of zes hier moeten blijven en omdat hij nu al reageert op mensen en vooral op jou en volkomen zinnige dingen zegt, geloof ik niet, dat we nog veel complicaties krijgen."
Britta keek naar hem op en haar stem klonk heel zacht toen ze zei: „En toch verzwijg je iets voor me."
Hij zag op haar neer, de schrale, lange man met het donkere haar.
„Ik weet zo goed als zeker dat alles goedkomt, Britta, maar ik zal je eerlijk zeggen dat je juist als Harm eenmaal thuis is, een ontzettend moeilijke tijd kunt krijgen."
„Maar waarom dan?"
„In de eerste plaats kan hij voorlopig absoluut niet uit de voeten en zoiets werkt op ieders humeur, en dan lopen we de kans, dat hij een tijdlang anders denkt, anders voelt."
Ze keek hem niet-begrijpend aan.
„Wat bedoel je?"
„Wel, je maakt met dit soort gevallen wel mee dat de patiënten een tijd niets van hun kinderen willen weten of onberedeneerd iets tegen hun vrouw hebben. Dat komt allemaal door de zeer zware hersenschudding. Het enige wat ik je kan zeggen: het komt goed. Maar door welke stormen je moet gaan, kan ik nu nog niet voorspellen. Misschien valt het allemaal geweldig mee."
Britta keek naar de bewusteloze man in het bed, de vader van haar Erica en ze zei zacht: „Ik ben dankbaar dat je me dit verteld hebt. Ik weet zeker, dat ik er dan tegen zal kunnen. Ik zal hem met alles helpen en als hij een onverdraaglijk humeur mocht krijgen... dan zal ik het allemaal kunnen dragen. Daarvoor ken ik mezelf goed genoeg."
Wim legde even zijn hand op haar schouder.
„Ik zal op mijn beurt jou weer helpen... behalve dat het

gewoon mijn plicht is, weet ik dat Harm één van mijn beste vrienden is en dat hij niet beter had kunnen doen dan met jou te trouwen."
Britta veegde een traan weg, even streelde ze nog Harms hand, die zo vertrouwd op het laken lag, dan keerde ze zich om.
„We gaan," zei Wim. „Reken maar op mij, het komt goed met Harm."
Op de koele onpersoonlijke gang, leunde Britta even tegen een witte muur en huilde. Wim wachtte geduldig, wetend dat die tranen goed voor haar waren.
Eindelijk bracht ze uit: „Wanneer kan ik weer komen?"
„Beste meid, ik zou tegen jou kunnen zeggen: kom wanneer je tijd en zin hebt, maar dan zou het erop lijken dat Harm doorlopend bezoek zou mogen hebben en zo'n geval is hij gelukkig niet. Kom morgen om halfdrie maar op het bezoekuur. Mocht de toestand onverhoopt verergeren, dan word je onmiddellijk gebeld. Ik weet wel zeker, dat het niet zal gebeuren; ik zie aan hem dat zijn bewusteloosheid al begint over te gaan in een normale slaap. Wees gerust, Britta, en houd je taai."
Ze bedankte hem en wilde doorlopen, maar hij hield haar even tegen. „Luister Britta, je staat nu alleen voor je gezin en dat zal wel een tijdje duren. Als je moeilijkheden hebt... dan ben ik een vriend van jullie en kom dan bij mij."
Ze glimlachte vaag met haar betraande ogen en zei: „Dank je Wim, ik zal het nooit vergeten."
Ze stopte hem het tasje met kleren en de verdere spulletjes voor Harm in de handen en liep dan fier rechtop naar de portier en verzocht deze een taxi voor haar terugweg te bellen.

HOOFDSTUK 2

Toen Britta thuiskwam, liep het al tegen negenen. Ze had verwacht dat de kinderen allang in bed zouden liggen, maar ze was vergeten dat Marietje pas zeventien was en had er niet op gerekend dat deze tegen Dénise en Tony zou zeggen dat Harm een ongeluk had gehad.

Kleine Erica sliep de slaap der onwetenden, maar de beide anderen vond Britta met witte angstige gezichtjes in de woonkamer.
Ze had eigenlijk tegen Marietje willen uitvallen, maar ze begreep bijtijds dat het meisje te jong was om tegenover jonge kinderen in een dergelijk geval juist te handelen. Het meisje keek haar bang en vragend aan, toen ze de huisdeur opende.
Britta zei alleen: „Er is geen gevaar en alles komt goed met mijn man. Ga jij maar vast naar bed... ik praat wel even met de kinderen."
En in dit geval nam Britta Dénise, het dochtertje uit Harms eerste huwelijk, op schoot en kleine Tony stond naast haar stoel en ze hield zijn ene handje vast. Ze voelde dat ze nu heel sterk moest zijn.
„Goed luisteren," zei ze zacht tegen Dénise en Tony. „Pappa is geslipt met die grote motor uit de garage en hij had geen helm op, wat heel dom was. Maar je hoeft nergens bang voor te zijn, pappa wordt weer helemaal beter. We krijgen hem over een paar weken thuis en dan zitten zijn benen nog helemaal ingepakt en dan moeten we hem met alles helpen, maar over een paar maanden holt hij weer achter je aan. Hij heeft zijn hoofd erg bezeerd en daarom moet hij ook nog een poosje in het ziekenhuis blijven. Als pappa thuis is, zal hij wel eens uit zijn humeur zijn, maar dan denken wij heel verstandig: dat komt wel weer goed. Dat mag je niet vergeten en verder mag je over een dag of twee al mee op bezoek bij pappa."
Dénise huilde en zei: „Marietje dacht dat hij dood was."
„Ik jok niet en ik ben bij pappa geweest en hij heeft ook nog even tegen mij gepraat en hij vroeg natuurlijk hoe het met jullie was."
Het kleine meisje keek opgelucht. „Echt waar?"
„Liefje, het is heus echt waar. Je weet dat je me kunt geloven. En nu ga je gauw naar je bedje. Ik ben zo bij je en dan kijk ik of je tanden wel gepoetst zijn."
Ze schoof Dénise van haar schoot en de kleine rende opgelucht weg.
Tony, die er wat verloren bij had gestaan en niet alles had

begrepen, keek haar met zijn ontroerende, grote zwarte ogen angstig aan. Ze trok hem dicht tegen zich aan.
„Zeg het maar, Tony."
„Mijn pappa ziek?"
„Nee, jouw pappa woont toch ver weg, in een heel ver land. Jouw pappa heeft geen ongeluk gehad met de motor... hij houdt van Tony en hij denkt veel aan hem."
„Pappa komt niet bij Tony?"
„Nee lieverd, dat kan niet, de reis kost zo verschrikkelijk veel centjes."
En dan vroeg het wonderlijk wijze kleine jongetje: „Houd jij toch veel van mijn pappa?"
Britta borg haar gezicht in de dichte zwarte krullen.
Ze dacht geen seconde aan de werkelijke Griekse vader en moeder van het kind. Zijzelf had hem immers als pasgeboren baby uit de grootste ellende gehaald en zijn voornaam was van Anthony en zijn achternaam was haar meisjesnaam.
En ze fluisterde zacht: „Mijn leven lang houd ik van jouw pappa en als je een grote jongen bent, krijg je zijn horloge."
De grote zwarte ogen vielen dicht van de slaap terwijl hij het woord 'horloge' goed probeerde uit te spreken.
Ze droeg hem naar zijn kamertje, kleedde hem uit en trok hem z'n pyjamaatje aan. Ze maakte voorzichtig zijn handjes schoon, de rest liet ze maar; hij sliep immers al.
Toen ze bij Dénise kwam, zag ze meteen dat de kleine meid nog klaarwakker was.
„Wat is er, kind?" vroeg ze zacht.
„Ik ben ongerust over pappa," zei Dénise. Britta dacht snel na. „Luister, je mag morgenmiddag met mij mee naar het bezoekuur en als pappa niet slaapt, mag je hem heel even zien. Maar je moet niet schrikken van het grote verband om zijn hoofd."
„Ik zal niet schrikken," zei Dénise. Ze ging liggen en viel bijna meteen in slaap.
Britta's laatste gang die avond was naar Erica, het kleintje van Harm en haar samen. Onbekommerd lag het kindje te slapen, de handjes tot vuistjes gebald boven haar hoofd.

Ze streelde even haar gezichtje en fluisterde: „Jij hebt gelukkig nog geen zorgen."
Ze sloot de deur van de kleine kamer zacht en liep traag naar beneden. Ze was doodmoe en ze had honger, maar Marietje was niet als Greetje, haar vorige trouwe hulp. Ze had er niet voor gezorgd dat er iets eetbaars voor haar, Britta, klaarstond. Ze liep naar de keuken, sneed wat brood en maakte een kop oploskoffie klaar. Zonder iets te proeven, werkte ze alles naar binnen. Ze keek op haar horloge... halfelf... dan kon ze haar collega Erna nog wel bellen.
Ze draaide het nummer en kreeg meteen te horen: „Met zuster Erna."
„Britta hier," zei ze en ze vervolgde meteen: „Erna, je moet tijdelijk een hulp zien te zoeken, want ik kan de eerste maanden niet werken."
„Ben je dan weer in verwachting?" vroeg Erna verbaasd.
„Welnee meid," zei Britta en haar stem klonk rustig. „Harm heeft vanmiddag een ongeluk gehad met die ouwe Harley Davidson... onze beide auto's waren net in reparatie. Hij had geen helm op. Hij is geslipt en ik ben dankbaar dat hij er nog zo betrekkelijk goed is afgekomen: zware hersenschudding, gecompliceerde beenbreuken. Het komt allemaal goed, zegt de specialist, maar als ik hem over een paar weken thuis krijg, zal ik wel een dagtaak aan hem hebben en nu moet ik steeds naar het bezoekuur, dat snap je."
„Natuurlijk," zei Erna. „Het is rot voor jullie, maar aan de andere kant moet je bedenken dat het zoveel erger had kunnen zijn. Ik zal zo gauw mogelijk ook eens naar hem toe gaan. Maar Britta, heb je wel bedacht dat er een vervanger voor hem moet komen? De mensen moeten toch in het dorp zelf een arts hebben... Een kraamhulp kan ik wel tijdelijk versieren. Die kan zo lang bij mij in huis. Maar voor een dokter moet jij zorgen."
„Je hebt gelijk... Ik moet hier een arts in huis hebben, die zolang in Harms praktijkruimte kan werken en ja, ik zal hem natuurlijk ook inwonend moeten hebben. Maar waar haal ik er één vandaan?"
„Bemoei jij je nu alleen maar met je gezin, ik ga er wel op af,"

zei Erna kordaat, „en ik heb zo het idee dat je momenteel doodop bent. Als ik jou was, zou ik zo snel mogelijk m'n bed gaan opzoeken."
„Je hebt gelijk," antwoordde Britta en haar stem had een flauwe klank. „Ontzettend bedankt vast voor al je hulp."
„Tot kijk, Britta en als ik even kan, ga ik bij je man langs."
Toen de hoorn weer op de haak lag, schakelde Britta automatisch het toestel over op het apparaat naast hun bed.
Ze was zó moe, dat ze geen tijd meer had om te denken; ze viel in een zware slaap.
De volgende morgen belde Britta eerst het ziekenhuis en ze kreeg de mededeling, dat Harm nu volkomen uit zijn bewusteloosheid was gekomen en een goede nacht achter de rug had.
Opgelucht repte ze zich om Erica te gaan aankleden en in de box te zetten. Marietje hielp Tony en Dénise kon het al aardig zelf.
„Ik mag vanmiddag mee, heb je gezegd," begon Dénise, „ik wil naar pappa."
In de box herhaalde een klein stemmetje: „Pappa."
„Je mag mee," zei Britta kalm, „maar je mag maar heel even in de kamer van pappa, want hij is heel gauw moe."
Bijna opgetogen zei het kind: „Vraag ik lekker vrij aan de juf."
„Dat doe jij niet, dat doet Marietje," beval Britta scherp.
Ze zou van dit kind nooit hoogte krijgen. Gisteravond leek ze één brok wanhoop en nu leek het wel alsof ze het ongeluk van haar vader misbruikte om vrij van de kleuterschool te krijgen.
Er werd aan de voordeur gebeld en een monteur kwam Britta's wagen brengen, de vorige avond waren ze er in de garage niet aan toegekomen.
Ze besloot de beide oudste kinderen zelf naar school te brengen en verslag uit te brengen.
Marietje was nog maar zo kort bij hen, dat Britta deze opdracht een beetje moeilijk voor het meisje vond.
Ze beval haar goed op het kleintje te letten en hielp de andere kinderen in de wagen.
Britta vertelde de juffrouw in korte bewoordingen wat er gebeurd was en deelde haar mee, dat ze Dénise deze middag

thuis zou houden, omdat ze naar haar vader mocht.
„En Tony dan?" vroeg de kleuterleidster verbaasd.
„Tony is in de eerste plaats te klein, maar bovendien is Tony... een kind uit een eerder huwelijk van mij," loog Britta.
„Daarom hangt Dénise bijzonder erg aan mijn man, omdat hij haar echte vader is."
De juf knikte dat ze het begreep.
Toen Britta naar huis reed, deed ze nog wat boodschappen en nog steeds een beetje verslagen kwam ze thuis, waar Erica haar kraaiend begroette.
Op dat moment belde Erna.
Bijna juichend riep ze door de telefoon: „Ik heb een vervanger voor je man, hij heet Jaap van der Heiden en hij komt morgenavond alles met je bespreken. Hij is er om negen uur, dan ben jij terug van het bezoekuur, en ik heb al een vervangende kraamhulp in huis. Een leuke meid, die net klaar is en ze doet het werk graag zolang jij niet kunt helpen."
„Je bent geweldig," zei Britta. „Het zal wel een beetje onvrij zijn, zo'n vreemde vent in huis, want ik zal die dokter hier moeten laten slapen in de logeerkamer."
„Je zou hem in een duinpan kunnen leggen, maar daar is geen telefoonaansluiting," bedacht Erna.
„Ik ben je voor de zoveelste keer heel erg dankbaar. Kom je eens gauw als je een vrije dag hebt?"
„Ik kom beslist, hou je haaks, meid."
Die middag reed Britta met Dénise naar het Alkmaarse ziekenhuis. Toen ze voor de deur van Harms kamer stonden, legde ze haar vinger op de lippen.
„Je moet even stil hier wachten, dan zal ik kijken of pappa niet te moe is om even tegen je te praten."
Het kind knikte gewillig.
Zacht opende Britta de deur en tot haar grote opluchting was er geen verpleegster aanwezig om de wacht te houden. Dat was een goed teken. Snel liep ze naar Harms bed en boog zich over hem heen. Hij lag heel stil, de ogen gesloten.
„Harm, kun je me horen? Ik ben het, Britta."
Heel, heel langzaam gingen zijn ogen open en ze keken elkaar

aan. „Dag liefste,” zei hij en Britta was dankbaar, dat ze de vertrouwde klank van zijn stem weer hoorde; ze kuste hem voorzichtig, maar hij beantwoordde haar zoen niet. Zijn handen zochten de hare en hij vroeg angstig: „Britta, ik word toch weer helemaal beter? Ik vertrouw Wim niet. Hij zegt wel dat alles in orde komt, maar wat zegt hij tegen jou?”
„Ongemotiveerd wantrouwen,” schoot het door Britta heen. Dat kwam voor na een dergelijk ongeluk en de grote vraag voor hen beiden zou zijn: hoelang zou dit wantrouwen duren? Ze ging zitten en begon vol moed: „Lieverd, ik weet het echt heel zeker; je bent ook maar kort bewusteloos geweest.”
Ze wierp een blik op zijn verpakte benen. „Die komen ook in orde, maar je weet zelf wat gecompliceerde beenbreuken zijn. Het duurt wel een tijd, maar je merkt er over een jaar zeker niets meer van.” Ze vervolgde snel: „Dénise wil je zo graag zien, ze was zo ongerust. Mag ze even bij je komen?”
Hij knikte en Britta haastte zich naar de deur.
Ze trok het kind zacht naar binnen.
„Je mag pappa een zoentje geven, maar niet tegen zijn benen leunen, daar moet je goed om denken.”
Dénise, overweldigd door de kille ziekenhuissfeer, liep op haar tenen naar haar vader en gaf hem een zoen.
Hij streelde even het blonde kind en zei: „Zul je thuis nu extra lief zijn? Mamma heeft het anders veel te druk.”
Het kind knikte ijverig en Britta, die met een kennersblik zag, dat het haar een beetje te veel werd, zei: „Volgende keer mag je wat langer bij pappa blijven, ga nu maar naar die grote wachtkamer bij de portier, weet je wel?”
Dénise knikte opgelucht, gaf pappa weer een zoentje en verdween als een haasje.
Harm zei alleen: „Jij blijft toch een poosje?”
„Als het je niet te moe maakt,” antwoordde Britta rustig.
„Nee, ik word niet moe... Hoe doe je het nu met de praktijk en met je eigen werk?”
Britta vertelde van de vervanger, die zou komen. Hij knikte en zei: „Die man ken ik niet, stuur hem in ieder geval dezer dagen even langs. We moeten toch kennismaken. Als ik een beetje

beter ben, zal ik hem alles vertellen over de moeilijke patiënten." Britta knikte.
„Dat komt allemaal in orde, Harm en ik laat de logeerkamer voor hem in orde maken, dat is wel het beste, vind je niet?"
Veel later bedacht Britta, dat er toen al een spoor van wantrouwen in Harms ogen was gekomen, maar nu, op dit moment, leek het haar onbelangrijk en ze hield aan: „Wat vind jij van de logeerkamer, Harm? Ik kan hem toch moeilijk een kamer in het dorp laten zoeken, hij moet bij de telefoon zijn."
„Ja," zei Harm en zijn stem had een zachte klank nu. „Hij moet in ons huis wonen, dat kan niet anders. Stuur hem zo gauw mogelijk hierheen. Maar jouw werk?"
„Ik zal weinig kunnen doen," antwoordde Britta. „Mijn eerste zorg ben jij nu en natuurlijk de kinderen; als het enigszins mogelijk is, wil ik geen bezoekuur voorbij laten gaan. Je weet dat we Marietje nog maar zo kort hebben, dus in huis valt er ook veel te doen. Ik heb Erna gesproken en zij heeft een vervangster voor mij in huis genomen. Ik zal af en toe wel eens bijspringen als één van hen een vrije dag heeft. Maar eerst wil ik jou een beetje vrolijker zien," zei ze ernstig. En toen hij niet antwoordde, zei Britta: „Harm, we houden toch van elkaar? Niemand weet hoe ik geschrokken ben van het ongeluk, maar we kunnen nu dankbaar zijn dat alles goedkomt. Samen komen we er wel door."
„Samen?" Zijn stem had nu een bijtende klank. „Ik lig hier met gebroken benen en met een zware hersenschudding, niet jij."
„Dat weet ik wel," suste ze, „maar je weet dat ik je zal helpen zoveel ik kan. Ik zal zorgen dat je praktijk niet verloopt en ik zal je met alles steunen en tenslotte helpt liefde je nu toch ook een beetje door deze ergste tijd heen... onze liefde..." Onwillekeurig had Britta tranen in haar ogen gekregen, maar Harm bleef nors voor zich uit staren.
„Zal ik vanavond iets voor je meenemen? Iets lekkers en wat lectuur?"
Hij knikte. „Jij weet wel waar ik behoefte aan heb."
„Ja Harm, dat weet ik en ik kom vanavond bepakt en bezakt bij je. Straks ga ik nog even met Wim praten en ik beloof je, dat

als ik dan niet meteen bij je terug kom, zijn rapport over jou gunstig is. Je móet me geloven."
Heel zacht zei hij: „Ik geloof je, Britta."
Ze kuste hem op het donkere, dichte haar, pakte haar tas, zwaaide nog even en een ogenblik later was ze verdwenen. Ze kreeg Wim te pakken, die zich over de lichamelijke toestand van zijn patiënt bijzonder gunstig uitliet.
„Alleen kwaaddenkend en humeurig, Britta. Daar zul je de komende maanden tegen moeten kunnen," zei hij en hij klopte haar vaderlijk op de schouder.
„Daar kom ik ook wel weer doorheen," zei Britta moedig, maar in haar hart zag ze de toekomst niet zo zonnig tegemoet. Ze liet niets merken aan Wim en ze bedankte hem. Ze pakte Dénises handje en samen liepen ze naar haar wagen.
„Pappa is niet zo erg ziek," vond het kleine meisje en Britta liet het maar zo. Voor het eerst merkte ze bij zichzelf dat ze een moment had, dat ze liever niet tegen Dénise sprak. Ze voelde te sterk de eigen moeder in het kind.
Ze reed te hard naar huis, leverde Dénise aan Marietje af en ging toen op jacht naar fruit, waar Harm erg veel van hield en ze kocht een paar tijdschriften.
Toen ze thuiskwam, was het alweer over vieren. Om zeven uur moest ze weer in het ziekenhuis zijn en ze zag er tegenop.
Ze ging zitten en liet zich door Marietje verwennen met thee; kleine Tony zat op schoot en Erica brabbelde haar eigen taaltje in de box. Dénise bemoeide zich moederlijk met de baby door telkens voor te doen hoe je een toren moet bouwen. Britta zei niet veel en het was of Tony het begreep; hij zat heel zoet met een autootje te spelen, af en toe keek hij haar aan en Britta kreeg dan het gevoel dat het juist hém opviel, dat ze zich ongelukkig voelde.
Ze piekerde erover of Harm weer de normale, opgeruimde man van eerst zou worden; ze wist van gevallen, waarbij het slachtoffer lichamelijk helemaal de oude was geworden, terwijl de geestelijke vermogens ook volkomen goed waren, maar ze waren zwaartillend en snauwerig gebleven. En die beide laatste eigenschappen kon Britta moeilijk verdragen. Ze hield

van Harm en ze zou erg haar best doen, maar zou ze een heel leven volhouden samen met hem als hij zo bleef? Britta vermande zich: natuurlijk werd Harm weer de oude, ze leek wel gek en juist toen ze dat dacht, rinkelde de telefoon.
Ze zette Tony van haar schoot en automatisch klonk het: „Met mevrouw Jaarsma."
„Zeg, met Erna... ik zit zwaar in de puree. Ik heb nou wel een vervangster voor jou in huis, maar ik ben zelf zo geweldig verkouden dat ik niet naar een kraamvrouw mag gaan en ik heb een spoedgeval, vijf minuten geleden werd er gebeld. Tilly is al naar een aanstaande moeder en ik weet niet wie ik nu moet waarschuwen."
„Niemand, ik ga wel. Wie is het?"
Erna zei: „Maar kind, je moet toch vanavond weer naar het bezoekuur en die bevalling kan lang duren, eerste kind."
„Ik stuur wel iemand anders," zei Britta kort. „Harm heeft in ieder geval gezelschap, daar zorg ik voor. Nee Erna, ik trek gauw m'n uniform aan en ik ben weg."
„Een pak van m'n hart," zei Erna en Britta vroeg nog snel: „Kan ik die dokter Jaap ergens bereiken? Want ik ben er vanavond dan niet."
Erna gaf adres en telefoonnummer en na een korte, hartelijke groet werd de hoorn op de haak gelegd.
Ze belde de bewuste arts en vroeg hem vanavond naar haar man te gaan.
„Tenslotte is het contact tussen u en mijn man bijzonder belangrijk en ik heb dan goede hoop, dat hij zich niet al te ongerust maakt over de gang van zaken; er doet zich opeens een spoedgeval voor en er is momenteel geen enkele andere zuster beschikbaar."
Zijn stem kwam vriendelijk over toen hij zei: „Natuurlijk ga ik, mevrouw, en ik zal hem uitleggen waarom u niet kunt gaan. Tussen twee haakjes... kan ik morgen beginnen met de vervanging?"
„Hoe eerder hoe liever," zei Britta vriendelijk, „want de telefoon staat voortdurend roodgloeiend en dan moet ik steeds maar verwijzen naar de arts in de dichtstbijzijnde plaats."

„Uw man heeft zelf praktijkruimte, heb ik begrepen," zei hij, „maar is er misschien ook onderdak voor mij?"
„Ja, natuurlijk," zei Britta vriendelijk. „Ik heb een bijzonder comfortabele logeerkamer en dat wordt uw domein."
„Gelukkig," antwoordde dokter Jaap, „ik was al bang, dat ik ergens een kamertje bij een armzalige weduwe moest zoeken."
Britta lachte. „Nee, u woont gewoon hier en u eet mee, alles is verzorgd. We hebben drie kinderen, maar er is voldoende hulp aanwezig, ook een doktersassistente. Ik zal haar bellen, dat ze morgen weer kan beginnen."
„Het klinkt allemaal volmaakt voor een arts, die tot nu toe alleen maar in een ziekenhuis gewerkt heeft," zei hij lachend.
„Zal ik dan morgen maar met m'n schamele boeltje komen?" vroeg hij nu verlegen.
„Dat is prima, alleen niet vóór tien uur 's morgens. Dan kunnen we rustig praten, de assistente is er dan ook en ik laat morgen een advertentie in ons plaatselijke blaadje zetten, dat u overmorgen begint de praktijk van mijn man waar te nemen."
„Oké," klonk het jolig. „Ik heb er echt zin in en gaat u maar gauw naar uw kraamvrouw, dan ga ik naar uw man."
„Afgesproken," zei Britta, „tot morgen." En ze legde de hoorn op de haak.
In een mum van tijd had ze haar uniform aan. Marietje, die al aardig de zaak in handen wist te houden, gaf ze het telefoonnummer, waar ze te bereiken was. Ze zette het fruit voor Harm in de ijskast... dat kreeg hij dan morgen. Even zocht ze nog tussen de papieren van Harm om wat gegevens te krijgen over de vrouw die ze moest gaan helpen... Ze las: „Negentien jaar, eerste kind, grote angst voor de bevalling, ligging kind goed. Vrouw gezond." Ze glimlachte. Dat rapport was typisch Harm, maar ze had er genoeg aan.
Ze gaf de kinderen een zoen en stapte in haar wagentje.
Ze reed vrij hard en te laat bedacht ze dat er misschien geen arts aanwezig was. De dokter uit Callantsoog moest van ver komen, liet zijn eigen patiënten voorgaan en bovendien zou hij misschien denken, dat er voor Harm al een vervanger was.
Ze dacht niet verder door, lette nauwkeurig op het verkeer, ter-

wijl ze haar snelheid opvoerde. Eindelijk stopte ze bij een gemoderniseerde boerderij. Het zag er van buiten erg leuk uit en Britta was reuze benieuwd naar het interieur.
Ze sloot de wagen af en met haar koffertje in de hand liep ze het lange pad op dat naar de voordeur leidde.
Ze had de bel nog niet aangeraakt of er stond al een lange jongeman voor haar. Z'n lange, zwarte haar zat danig in de war en hij maakte een paniekerige indruk.
„Zuster, wat ben ik blij dat u er bent, m'n vrouw is zó van streek." Britta reikte hem de hand en zei: „Ik ben zuster Britta en het feit dat uw vrouw van streek is, verwondert me niets. Een eerste kind krijgen is veel angstiger voor de moeder dan een tweede."
Ze trok haar jas uit en keek intussen rond. Ze was via de voordeur meteen in de grote zitkamer gekomen, die vol stond met grappig ouderwets meubilair en waar je ook keek, waren groene planten.
Ze keek de aanstaande vader aan: „Meneer Michels, waar is de slaapkamer?"
Hij trok haar aan een hand mee en via een klein tussenkamertje kwamen ze bij de echtelijke slaapkamer. Met een zwaai opende hij de deur en riep: „Lieverd, hier is de zuster... zij weet alles."
Glimlachend liep Britta naar het brede bed, waarin een heel jonge vrouw lag, met warrig, vlasblond haar en behuilde grote blauwe ogen.
Ze pakte de hand van de aanstaande moeder en zei vriendelijk: „Ik ben zuster Britta en ik blijf gezellig bij u tot de baby er is."
Het vrouwtje huilde. „Ik ben zo bang!"
Britta ging op de stoel naast het bed zitten, wenkte de echtgenoot weg te gaan, en legde een koele hand op het voorhoofd van de aanstaande moeder.
„Waarvoor bent u bang? Dit is toch een volkomen normale zaak? We komen allemaal zo op de wereld en ik heb in het rapport van de dokter gelezen, dat alles uitstekend met u gaat. Dus waarom de bevalling niet?"
„Ja, maar de dokter is ziek, heb ik gehoord en mijn man heeft

nu de dokter in een ander dorp gebeld en die heeft het zo druk... het kon wel even uitlopen, zei hij."
Britta glimlachte geruststellend.
„Dacht u nu heus dat wij samen dat zaakje ook niet konden opknappen?"
„Ja, maar als er complicaties komen?" weerstreefde de vlasharige.
„Die komen er niet en als ze zouden komen... wel, ik heb echt al heel wat zogenaamde complicaties alleen opgeknapt."
Er kwam een waas van rust over het gezicht van de jonge vrouw. Haar gezicht vertrok even en Britta keek beroepsmatig op haar horloge, voelde de pols van de vrouw en wachtte geduldig de volgende wee af.
Eindelijk zei ze: „Dat duurt nog wel een poosje. We gaan nu gezellig alles klaarleggen en dan zult u zien dat het zo voorbij is!"
Toen ze weg wilde lopen, greep de vrouw haar vast.
„Ik moet u iets vertellen... niemand weet het."
„Ik ben op alles voorbereid," zei Britta rustig.
„Ja, maar u zult mij slecht vinden en... ik móet het iemand vertellen. Ik wil zo graag dat iemand het weet, vóórdat het kind er is."
Britta zag dat de vrouw het beslist geestelijk moeilijk had.
„Mag uw man er niet bij, weet hij ook niets?"
„Hij mag nooit iets weten," zei de vrouw en haar stem had een lage klank gekregen.
„Zegt u alstublieft eerst tegen hem, dat hij voorlopig niet hier mag komen."
Britta was al weg, vond de echtgenoot bij een massa vuile vaat in de keuken. Ze klopte hem geruststellend op de schouder.
„Bijzonder nuttig, wat u nu doet. Blijft u voorlopig maar een poosje weg uit de kraamkamer, want uw vrouw is, als zovele vrouwen, nerveuzer als haar man bij haar is. U kunt mij vertrouwen, alles gaat heus goed en ik zal u bijtijds roepen."
Hij keek haar angstig aan en knikte als een brave schooljongen.
„Tot straks," zei Britta en verdween weer naar de slaapkamer.

Ze draaide onhoorbaar de deur op slot, maar zó, dat de vrouw in bed het kon zien. Ze knikte, dat het goed was.
Weer zat Britta naast het bed, de smalle beverige hand van de vrouw in de hare.
„Vertel maar op. Bij mij is elk geheim veilig en ik veroordeel iemand niet zo gauw."
Elke Michels keek haar nog even angstig aan, sloot dan haar ogen en zei: „Ik houd van mijn man, dat moet u geloven... maar... het kind is niet van hem. Toen ik pas met hem getrouwd was, ontmoette ik een man, op wie ik ontzettend verliefd werd... kunt u dat begrijpen?"
„Ja," zei Britta, „zoiets is menselijk en ik kan het begrijpen, vertel maar verder."
„Mijn man was veel weg voor zijn werk en tussen die ander en mij ontstond een verhouding, maar u moet niet denken dat het zomaar een goedkope verliefdheid was. We hebben beiden gedacht aan een scheiding, want hij was ook getrouwd, maar we konden het onze partners niet aandoen. Dat klinkt gek, maar het is de waarheid. We hebben elkaar beloofd, dat we elkaar nooit meer zullen zien en ik ben zo dankbaar dat hij ook niet weet dat het zíjn kind is, dat nu komen gaat. Mijn man is er heilig van overtuigd dat de baby van hem is... wat moet ik beginnen? Zal ik hem maar niet de waarheid zeggen? Dat is toch beter?"
„Luister nu eens goed naar me," zei Britta zacht.
„Wat u is overkomen, overkomt meer vrouwen. U en die onbekende man hebben besloten bij uw huwelijkspartners te blijven en de reden daarvan is, dat juist u uw man geen verdriet wilde doen en dat betekent dat u toch van hem houdt. Het is niet die grote vlam, die oplaaide tussen u en die ander; maar vergeet u niet, dat zo'n grote liefde maar weinig mensen overkomt en vaak komt die liefde, als het eigenlijk te laat is. Als u nu uw man alles ging vertellen, dan zou u hem ontzettend veel verdriet doen, want ik kan zo zien dat hij een bijzonder gevoelig mens is. Laat het uw geheim blijven en laat hem denken dat het kind van hem is. Tenslotte zal het zijn naam dragen, hij houdt van de moeder. U moet goed luisteren: wie ben ik om

iemand te veroordelen? Het is gebeurd en u moet er nu het beste van maken. U en die andere man hebben zelf het besluit genomen niet te scheiden en niet samen verder te gaan. Waarschijnlijk wist u toen nog niet dat u van hem in verwachting was?"

De jonge vrouw schudde ontkennend haar hoofd.

„Laat het dan zo, heb er vrede mee. U krijgt nog wel eens een kind en dat zal dan van deze man zijn, maar maak die jongen, die in de keuken de vaat staat te wassen met tranen in zijn ogen om u, maak die jongen niet ontzettend ongelukkig. Het is beter zo."

Britta's stem had heel rustig geklonken, maar zelf had ze niet beseft hoe ze eigenlijk voor die nerveuze man in de keuken gevochten had.

„Als u het er ooit nog eens moeilijk mee hebt – en dat geloof ik niet – komt u dan bij mij. Tenminste is er nu één die het weet en met mij kunt u altijd praten. Maar laat uw man straks gelukkig zijn met het kind, laat hem de vader zijn."

„Hij zal de vader zijn en mijn herinnering kan niemand me afnemen," zei Elke heel zacht, „en... die ander... wel die is bij zijn vrouw en ik zal hem niet meer zien. Hij woont hier ook niet in de buurt."

„We praten er niet meer over," zei Britta, „wees straks gelukkig met het kind en laat uw man ook gelukkig zijn... want dat heeft u toch gewild."

Elkes gezicht vertrok weer even, maar dapper zei ze: „Hij verdient het zo om gelukkig te zijn en ik houd echt veel van hem."

„Dat is dan het laatste woord, dat we nu over deze kwestie zeggen, ik ga alles klaarzetten en uw bed in orde maken."

Elke leunde bijna ontspannen terug in de kussens. Ze zei alleen nog: „Ik ben zo dankbaar, dat ik u in vertrouwen genomen heb, zuster Britta."

Britta, die uit de linnenkast lakens en handdoeken pakte, keek even om: „Ieder mens heeft wel een zoet geheim, bewaar het als een kostbare schat, maar doe de mensen van wie u houdt geen verdriet."

„Dat zal ik nooit doen." Elkes stem klonk bijna plechtig.

Heel zacht draaide Britta de deur weer van het slot en ze riep op de gang in de richting van de keuken: „Kunt u een beetje soep maken? Goed heet!"
Het ongeruste gezicht van de jonge echtgenoot kwam weer tevoorschijn: „Ik heb alleen een blik soep."
„Dat is best, maak het maar goed heet," zei Britta opgeruimd. Ze maakte het bed in orde voor de aanstaande moeder, legde een schone handdoek op een tafel en daarop alles, wat ze voor de bevalling nodig had.
Elkes man kwam binnen met een blad met twee koppen hete soep.
„Dat is prima," zei Britta opgeruimd. „Nu gaat u beiden een kom soep eten en ik ga verder met m'n werk."
De man keek haar verbaasd aan.
„Die tweede kom is toch voor u, zuster?"
Britta lachte.
„Ik heb totaal geen trek in eten, dat komt pas na de arbeid; maar u beiden hebt het gewoon nodig."
Ze legde een servet over Elkes schone nachtjapon en hielp haar met de soep. Haar man zat op de stoel, nam af en toe een hapje, en keek dan weer ongerust naar Elke.
Britta besloot doortastend op te treden: „Meneer, als u de soep op hebt, gaat u maar wat door het huis wandelen of de hond uitlaten, maar nerveuze vrouwen willen nooit hun man bij de bevalling en u lijkt me ook niet het type om erbij te zijn."
Will Michels keek Britta een beetje treurig aan.
„Ik vind mezelf zo'n lafaard."
„Dat bent u beslist niet; er zijn zoveel aanstaande vaders bij wie de rillingen over de rug lopen als de bevalling eenmaal goed op gang komt. Wij hebben veel liever alleen de zorg voor de kraamvrouw. Ik roep u meteen als het kindje er is en vertrouw mij maar: het gaat allemaal goed."
Hij kuste Elke teder en liep dan als een haas de deur uit.
Britta haalde de mooie wieg uit het kleine kamertje naast de echtelijke slaapkamer, maakte het bedje vakkundig op en tot slot ging er een warm kruikje in.
Af en toe wierp ze een blik op Elke en toen ze zag dat de laat-

ste weeën begonnen, waste ze voor de zoveelste keer haar handen en begon de barende vrouw te helpen.
Elke kreeg het kind niet cadeau, hoewel alles normaal verliep. Bij een bijzonder pijnlijke wee greep ze in wanhoop de arm van Britta: „Dat is mijn straf voor wat ik gedaan heb," zei ze hijgend.
„Schaap, dat je bent," stoof Britta op, „je moest je schamen. Je man was veel en lang van huis en jij ontmoette die man, die de vlam ontstak. Liefde is nooit slecht... ik kan je man net zo goed verwijten dat hij zijn jonge pasgetrouwde vrouw niet zoveel alleen had moeten laten. Dat zou ook waanzin zijn. Jij hebt die ene grote liefde, die zo kort duurde móeten beleven... dacht je dat je het kind van je man gemakkelijker op de wereld zou hebben gebracht? Vergeet het maar."
Nog één erge wee en Britta hield een klein, volmaakt geschapen jongetje in haar handen.
Elke lag uitgeput met gesloten ogen. De baby krijste.
Britta zei bijna hard: „Dit is jouw kind, het is een mooi kind, wees er je leven lang goed voor."
Bevend opende Elke haar ogen. „Is het gezond?"
„Ja natuurlijk," zei Britta verbaasd, terwijl ze het kindje afdroogde en in de kleertjes stak.
„Ik dacht... dat ik na die zonde een ongelukkig kind zou krijgen," stamelde Elke.
Britta glimlachte. „De natuur trekt zich niets van zogenaamde zonden aan. Als je niet van die man gehouden had, was het misschien een zonde geweest, hoewel ik niet van dat woord houd. Wees blij met het kindje." Britta zag dat de nageboorte niet ver meer was en na een paar minuten, zei ze tegen de bleke Elke: „Nou ga ik je wassen en wat schoons aantrekken en de boel opruimen en dan roep ik je man. Ik ben intussen jij tegen je gaan zeggen, niet alleen omdat je nog zo jong bent, maar omdat je dingen gezegd hebt, die verschrikkelijk onwijs waren. Zijn we het nu eens? Geen woord meer over het verleden?"
Elke glimlachte flauwtjes en knikte.
Toen ze in haar schone bed lag, een fleurig nachtjaponnetje

aan en het blonde haar keurig gekamd, met een tikje lipstick op de bleke mond, zei Britta: „Wil je nu je kind vasthouden en zal ik dan je man roepen?"
Er kwam een hongerige blik in Elkes ogen en ze zei: „Wil je me nu eerst mijn baby geven?"
Het kleine hoopje mens lag in haar armen en Elkes ogen straalden ineens. Dan zei ze: „Dankjewel zuster Britta, voor alles… en roep mijn man alsjeblieft."
Britta deed haar plicht, nam de vuile boel mee naar de keuken en stelde de jonge echtgenoot gerust. Hij vloog naar de slaapkamer. Britta liet hen een behoorlijke tijd samen, maar toen vond ze het toch tijd worden om de pasgeborene in zijn wieg te gaan leggen. Ze klopte vrij stevig op de deur waarop meneer Michels vrolijk riep: „Komt u maar binnen, zuster Britta."
Er viel een pak van haar hart dat de stem van die man opgeruimd klonk.
Ze deed de deur open en aanschouwde het gebruikelijke toneeltje: de man, die vrouw en kind tegelijk probeert te omarmen met een ontzaglijke voorzichtigheid en tederheid tegelijk.
Britta pakte de baby op, en bekeek hem nog eens goed.
„Het is een mooi kindje," zei ze en legde het slapende baby'tje in zijn wieg.
Britta streek haar schort glad.
„Ik haal zo de was uit de automaat en ik hang hem op. Heeft u verder nog hulp, die kan komen?"
„Ja," zei Elke, „mijn moeder komt, zodra we haar bellen en ze kan hier met een uur zijn. Ze blijft dan minstens een week."
„Bel haar maar," zei Britta, „want ik moet weg. Misschien komt de dokter, die u gewaarschuwd hebt nog langs, maar in ieder geval heeft u mijn nummer. Als uw moeder niets bijzonders aan u merkt, kom ik morgen nog even langs." Ze wenste het paar nog eens extra veel geluk met de jonggeborene, maar toen de was eenmaal hing, verdween ze bijna geluidloos.
Op weg naar huis piekerde ze over Elke. Ze voelde dat het ergens niet juist was dat die man dacht dat het kind van hemzelf was, maar wat had zij anders moeten doen? Het jonge vrouwtje leek nu toch echt van haar man te houden en elk

woord, dat maar zou duiden op de oorsprong van de baby, zou iedereen in dat mooie huis ongelukkig gemaakt hebben.
Britta slaakte een diepe zucht. Het leven kon verdraaid moeilijk zijn; haar gedachten vlogen meteen naar Harm en weer beving haar de angst dat hij zou veranderen en somber en argwanend zou worden.

HOOFDSTUK 3

De volgende morgen meldde de jonge arts Jaap van der Heiden zich. De zon scheen en Britta's grote zitkamer was gezelliger dan ooit.
Ze deed zelf de deur open, toen ze het doktersautootje had zien voorrijden.
Spontaan stak ze hem de hand toe en zei: „Ik ben Britta Jaarsma en u bent zeker dokter Van der Heiden?"
„Hoe raadt u het," lachte de jonge medicus. Britta nam zijn jas aan en snel constateerde ze dat Harm vast en zeker zijn blonde haar te lang zou hebben gevonden. Zo op het eerste gezicht leek Jaap een opgeruimde, bijna zorgeloze man met vriendelijke grijze ogen.
Toen ze tegenover elkaar zaten in de woonkamer en Erica in de box zat te kraaien tegen een speelgoedbeest, schonk Britta koffie voor hem in en reikte hem het kopje aan.
„U bent gisteravond bij mijn man geweest?"
„Ja," zei hij en zijn stem had een ernstige klank.
„Hij is er goed afgekomen en ik ben er ook van overtuigd dat alles goedkomt, maar... hij wil mij wel als zijn vervanger, alleen geloof ik dat hij me niet bijster vertrouwt als arts."
Britta glimlachte. „Dat zou hij toch met elke vervanger hebben moeten afwachten... ik praat het wel uit z'n hoofd."
Jaap stak een sigaret op, sloeg z'n lange benen over elkaar en zei: „Stelt u zich daar voorlopig niet te veel van voor. U kunt praten wat u wilt, maar hij zit nog in een heel diepe put. Het is een verschijnsel, dat vaker voorkomt bij dergelijke gevallen.

Soms kan het wel lang duren vóór de patiënt geestelijk weer dezelfde is als vóór zijn ongeval."
„Ik heb alle vertrouwen dat ik hem kan helpen," zei Britta. „Ik zal u nu de praktijkruimte laten zien en ik zal u uw kamer wijzen. Ik reken dan vanavond met eten op u."
Hij stond op en volgde haar naar de diverse vertrekken.
Toen ze weer in de woonkamer kwamen en Britta een tweede kopje koffie inschonk, zei hij: „Het klinkt in uw oren gemeen, maar ik vind het fantastisch om hier – ook al is het tijdelijk – als huisarts te beginnen. Ik vind de omgeving hier prachtig en uw huis is geweldig gezellig en wat u een logeerkamer noemt, wel dat vind ik een echt 'thuis'."
„Dank u voor het compliment," zei Britta.
Ze praatten nog even over de kinderen, maar dan stond ze resoluut op. „Ik moet nog even een jonggeborene gaan bezoeken en dan haal ik meteen daarna de kinderen uit school."
Hij stond ook op. „Ik ga mijn armzalige boeltje ophalen en dan de praktijkruimte inspecteren. Tot vanavond dus?"
Britta knikte. Ze gaven elkaar een hand en Jaap liet zichzelf uit.
Even bleef Britta peinzend staan terwijl ze op de kleine Erica neerkeek. Als Harm maar een beetje vriendelijker werd, dan zou alles goedkomen. Maar ze leek wel mal om zich daar nu al zorgen over te maken. Hij kón zich onmogelijk al hersteld hebben, dat moest ze gewoon aanvaarden.
Die middag ging ze vol verwachting naar het bezoekuur, beladen met fruit en tijdschriften.
Ze bleef even in de deuropening staan en keek naar het omzwachtelde hoofd in de kussens.
„Dag lieverd," zei ze innig.
Hij keek op en er zweemde iets van een glimlach om zijn mond. Britta's hart maakte een sprongetje... zou alles toch in orde komen? Ze hielden van elkaar, hadden samen de kleine Erica...
Ze liep naar hem toe en kuste hem teder.
„Je ziet er beter uit, daar ben ik zò blij om," zei ze.
Op slag veranderde de mildere uitdrukking van zijn gezicht. Met norse stem zei hij: „Jij denkt dat een mens maar direct

opgeknapt is, maar ik verzeker je dat het nog een hele tijd duurt."
Britta pakte zijn weerstrevende hand. „Luister nou lieveling. Ik ben toch genoeg jaren verpleegster, om te beseffen dat zoiets lang duurt, maar ik meen het eerlijk, als ik tegen je zeg dat je er beter uitziet."
Een beetje moeizaam haalde Harm zijn schouders op.
Britta maakte haar hand los en begon haar tas uit te pakken. „Hier, allemaal fruit dat je graag lust en de tijdschriften, die je graag leest."
Hij sloot z'n ogen en antwoordde: „Na zo'n hersenschudding mag een mens nog niet lezen."
Geduldig zei Britta: „Jongen, ik leg ze op het tafeltje hier, want er komt een dag dat je mag lezen en dat je er ook zin in hebt."
In haar tas had ze ook een bordje en een fruitmesje meegebracht en ze begon wat vruchten voor hem schoon te maken. Af en toe stopte ze een klein partje sinaasappel in zijn mond en ze zag aan zijn gezicht dat het hem best smaakte, maar hij zei er geen woord over.
Na een kleine pauze begon hij: „Je was er gisteravond niet."
„Nee," haakte Britta meteen in. „Erg genoeg, maar het was een spoedgeval en er was niemand, zelfs geen arts, om naar die vrouw toe te gaan. Vóór ik wegreed, heb ik het ziekenhuis nog gebeld en toen de berichten bijzonder gunstig waren, ben ik met een gerust hart gegaan en ik wist dat je afleiding had door je vervanger."
„Jaap van der Heiden," mompelde hij. „Hij is mij te jong, ik hoop dat hij het aankan."
„Zoiets heb ik direct in de gaten, ik spreek regelmatig de patiënten en ik zal ook tegen je assistente zeggen, dat ze goed oplet."
„Die knul komt regelrecht uit een ziekenhuis," mopperde hij weer.
„Maar hij is toch ook al een eindje in de dertig en in dat ziekenhuis heeft hij toch alle soorten gevallen onder zijn handen gehad," weerstreefde Britta.
Harm draaide zijn hoofd naar de muur en zei: „Maak het hem

maar niet te veel naar de zin." Hij sloot zijn ogen en zei: „Ga nu maar Britta, je hebt het al druk genoeg en ik ben moe."
Met voorzichtige bewegingen stond ze op, kuste hem en zei: „Tot vanavond Harm."
Ze keek op haar horloge... de bezoektijd was nog niet half voorbij. Hij mompelde iets, dat leek op: „Tot vanavond."
Britta verliet met een zorgelijk gezicht het vertrek. Het dikke, lange blonde haar viel half voor haar ogen toen ze haastig door de gangen naar de uitgang liep, maar ze werd stevig bij een arm gepakt.
Schuw keek ze op en zag het lachende gezicht van collega Wim, die Harm behandelde.
„Kom jij eens even mee," beval hij.
Britta liep braaf mee naar zijn kamer. Hij dwong haar te gaan zitten en begon toen: „Het gaat heus goed met je man, Britta, dat moet je van me aannemen." Ze knikte stom.
„Wat is er dan, Britta? We kennen elkaar goed genoeg en ik zal er niet met m'n vrouw over praten... want daar ben je bang voor, kom, zeg het maar."
Britta keek hem met betraande ogen aan en het viel hem op dat ze met dat prachtige blonde haar, die donkere ogen, het iets mollige figuur en het werkelijk mooie gladde gezicht, een fantastische vrouw was, een werkelijk jonge vrouw. Alleen aan de uitdrukking van haar ogen kon je soms zien, dat haar leven niet over rozen was gegaan.
„Het lijkt wel of Harm mij niet vertrouwt, ik weet het niet," haar stem had alle klank verloren.
„Ik ben dit huwelijk echt zo goed begonnen en we hebben samen Erica en vooral haar geboorte heeft ons nog dichter bij elkaar gebracht. En nou zegt hij, dat ik het zijn vervanger niet te erg naar de zin mag maken. En hij stuurde me weg door te zeggen dat hij te moe was, maar ik had toch stil naast hem kunnen blijven zitten? Nee, hij wilde me weg hebben."
Hij streelde even het blonde haar.
„Britta, luister nou. Je houdt van je man en jullie hebben een prachtig gezin. Hoelang is het helemaal geleden, dat hij dat ongeluk heeft gehad? Enkele dagen! Ik heb je gewaarschuwd

dat hij geestelijk een poos in de put kan zitten en wantrouwend kan zijn. Je moet het kunnen opbrengen om door dit alles heen te zien, je móet incasseren!" Ze knikte, veegde een traan weg. „Dat schijn ik mijn hele leven al te moeten: incasseren."
Hij vroeg niet verder, hoewel hij wel een vermoeden had van wat zich jaren geleden afgespeeld had in haar leven.
„Laat je er niet onder krijgen, Britta en vergeet nooit dat Harm alleen jou heeft. Dat wantrouwen zal heus zo erg niet worden, maar in zijn toestand komt het meer voor en daarbij moet je niet vergeten hoe zijn eerste vrouw tegenover hem gehandeld heeft... zoiets vergeet een man niet. Hij uit nu alles op de verkeerde manier... ik zal af en toe wel eens met hem praten, ook als hij weer thuis is. Kop op, Britta, je hebt jouw eigen twee kinderen en Dénise en vooral Dénise heeft op dit moment ook alleen maar jou." Britta knikte moedig.
„Sorry voor deze inzinking, maar ik zal echt volhouden. Ik ga maar," zei Britta, „het huishouden wacht..."
Hij hield haar nog even tegen.
„Denk eraan, Britta, dat je je eigen werk, waar je van houdt, niet helemaal laat schieten. Je kunt nu natuurlijk minder bevallingen aannemen, maar blijf wel aan de gang. Er is bij Harm geen spoor van gevaar."
„Dank je, Wim," zei Britta en ze liep weg.
Tegen de tijd van het avondeten ontmoette ze Jaap in de gang, hij was op weg naar zijn kamer.
„Ik zou maar meteen hier blijven," zei Britta opgeruimd, „we gaan direct aan tafel. Zullen we vooraf een glaasje sherry nemen?"
Er verscheen een glimlach op Jaaps gezicht. „Daar heb ik nou echt behoefte aan en zelf heb ik nog niets ingeslagen."
„Marietje is bezig in de keuken en straks spring ik even bij; we maken er nu een gezellig kwartiertje van met de kinderen."
In de woonkamer mocht Erica buiten de box kruipen en Tony en Dénise hadden daar het grootste plezier om. Om strijd wilden ze het kleintje vermaken met het bouwen van torens en het rijden met autootjes.

De twee groten keken vertederd naar het toneeltje en Britta hief haar glaasje sherry: „Op de toekomst," zei ze hartelijk.
„Op de toekomst," herhaalde hij, „en ik hoop zo dat uw man weer heel gauw de oude zal zijn."
Britta versomberde. „Als alles maar goedkomt," zei ze zacht.
Hij keek naar het gebogen figuurtje dat in de fauteuil voor het open haardvuur zat. Ze was gekleed in een zwarte lange broek en een zwarte coltrui. Als enig sieraad droeg ze een lange goudkleurige ketting om haar hals. Ze had haar glas neergezet en hij keek naar de slanke handen, die zich in een klein wanhoopsgebaar even ineen knelden. Hij zag de trouwring aan de ene hand en een andere, exotische ring aan de andere.
Zoals ze daar zat, constateerde hij dat ze een bijzonder aantrekkelijke jonge vrouw was, maar een vrouw met zorgen en ook hij vroeg zich af, of Britta alleen zorgen had om Harm. Via anderen had hij gehoord dat kleine Tony niet haar eigen kind was, maar een Griekse vondeling; maar hij wist ook dat ze er na een mislukt huwelijk op gestaan had dat het kind haar meisjesnaam als achternaam zou dragen en daar was in dit huwelijk geen verandering in gekomen. Het kwam hem voor dat er een groot raadsel achter Britta verscholen was, een raadsel dat ze niet zou prijsgeven, aan niemand. Misschien wist Harm er wat van. Hij was immers haar man.
„Zit niet zo te staren," mopperde Britta ineens en ze vervolgde: „Het ziet ernaar uit dat we voorlopig onder één dak zitten, zullen we dat 'dokter' en 'mevrouw' maar achterwege laten? Jaap en Britta gaat veel beter in de dagelijkse omgang."
„Graag," zei hij alleen en wendde zijn blik af.
Op dat ogenblik besefte hij als bij toverslag dat hij nooit bij deze mooie vrouw in één huis had moeten gaan wonen. Ze had zo iets fascinerends over zich, dat hij meteen verliefd was geworden. Als zijn verhouding met Hanna maar niet tot een einde was gekomen, dan had hij zich tenminste min of meer gebonden gevoeld. Maar uitgerekend had de donkere Hanna hem drie weken geleden definitief de bons gegeven. Hij betrapte zich er af en toe op dat hij niet eens meer aan haar dacht... enfin, ze had gelijk gehad, ze pasten niet bij elkaar.

Britta was intussen opgesprongen, had Erica in de box gezet en was naar de keuken gelopen.
Marietje was weliswaar handig, maar Britta moest toch vaak bijspringen.
Terwijl ze het dessert opklopte, bedacht ze dat ze er nu al tegenop zag om vanavond weer naar Harm te gaan. Dat was toch te erg... maar als hij tenminste maar een heel klein beetje lief tegen haar was...
En op dat moment rinkelde de telefoon. Britta was erbij vóór Jaap uit zijn zetel was verrezen.
„Zuster Britta," haar stem klonk zakelijk.
„Ja... wanneer is het begonnen? 't Kan dus wel even uitlopen. Ja, van de omstandigheden weet ik af, dat red ik wel. Ik ga nu eten en dan kom ik meteen. Oké. Komt in orde."
Een beetje verlegen keerde ze zich naar Jaap.
„Een bevalling hier betrekkelijk dichtbij; Erna, mijn collega hier, heeft wel een vervangster voor mij in huis genomen, maar ze is zelf grieperig en dan mag ze natuurlijk niet gaan. Ik ga na het eten meteen weg, zou jij weer naar Harm willen gaan en na afloop naar de kraamvrouw komen? Eerste kindje, dus zeker geen haast. Denk eraan, dat haar man twee maanden geleden is weggelopen met een ander en beslist niet terugkomt. Haar moeder is in huis, doe maar een beetje extra vrolijk, als het een gezond kind is."
„Komt in orde," zei Jaap, „hier, schrijf even naam en adres voor me op."
Britta deed wat haar gevraagd was, en haalde Marietje met een grote pan boerenkool naar de kamer. Zelf volgde ze met het schaaltje met twee grote rookworsten.
„We eten hier altijd erg simpel," zei ze verontschuldigend tegen Jaap, „maar ik zorg er altijd voor dat er gezond eten is."
Hij glimlachte. „Ik ben makkelijk wat eten betreft, ik vind alles lekker."
Britta tilde Erica in de kinderstoel, schepte de twee andere kinderen de stamppot op hun bord en gaf ze fijn gesneden worst erbij. Erica voerde ze tussen de bedrijven door een bordje pap.

„Wat een tempo heb jij," zei Jaap bewonderend.
„Dat leer je wel in mijn vak," glimlachte ze en ze moedigde Marietje aan nog wat te nemen. Na het dessert, dat bijzonder door Jaap geprezen werd, tilde Britta Erica uit haar stoel. Ze verzorgde de baby voor het grootste deel zelf en het ging haar aan het hart dat ze Tony niet zelf naar bed kon brengen, maar halfzeven was nog wel een beetje erg vroeg voor hem. Toen ze de baby in bed had gelegd, trok ze meteen haar uniform aan. Beneden gekomen zag ze dat Jaap zich al gereed gemaakt had om naar Harm te gaan en daarna naar de kraamvrouw.
„Ga jij maar vast," zei ze en ze duwde hem bijna de deur uit. Marietje kreeg de nodige instructies en Tony liep even later met haar mee naar de voordeur. Ze had hem daartoe geen wenk gegeven, maar ze kon altijd, bij alles merken dat hij ontzettend aan haar gehecht was. Overdag schoof ze hem vaak weg, omdat het eenvoudig beter voor hem was, maar vlak voor het naar bed gaan, zaten de tranen altijd los en zeker als hij wist dat ze wegging.
Bij de deur tilde ze hem op en begroef haar gezicht in de dichte zwarte krullen. „Mijn eigen jongetje, zul je lief naar bed gaan?"
Zijn kleine stevige armpjes klemden zich om haar hals.
„Mamma gauw terugkomen," zei hij gesmoord.
„Mamma komt altijd gauw bij Tony terug... Tony is toch van mamma?"
Hij knikte en Britta zag de zwarte ogen vochtig worden.
Snel zette ze hem neer en zei: „Marietje mag voor jullie alledrie een kopje chocola maken en daarna ga je lief naar bed."
„En als Dénise stout is?"
„Dan ben jij lief, omdat ik jouw eigen mamma ben." Ze zei het bijna gedachteloos, maar toen ze wegreed, bedacht ze dat het niet bepaald pedagogisch was; ze mocht immers niet automatisch aannemen van zo'n klein kind als Dénise dat ze stout zou worden?
Even buiten het dorp Callantsoog stopte ze de wagen voor een rijtje arbeiderswoningen, die zeker uit de vorige eeuw dateerden.

Ze belde aan en een terneergeslagen vrouw van in de vijftig deed haar open. Ze stelde zich voor als 'Mevrouw Van Stelten, de moeder van uw patiënte'.
Britta die wist waar de slaapkamer was, wilde al doorlopen toen ze haar jas had opgehangen, maar de vrouw hield haar tegen.
„U weet...?"
„Ik weet alles," antwoordde Britta luchtig en maakte haar mouw los uit het mollige handje van de aanstaande grootmoeder.
Ze kende het aanstaande moedertje aardig goed; ze was vijfentwintig, een moderne jonge vrouw, die van het bescheiden arbeidershuis een fantastisch origineel klein woninkje had gemaakt. Ze had tot zes weken vóór de bevalling gewerkt, want ze had een vaste baan als secretaresse bij het kernreactorcentrum in Petten. Haar man had Britta nooit gemogen. Hij maakte twee schilderijen per jaar en noemde zich voortdurend 'artiest', terwijl zijn vrouw normale lange dagen op haar kantoor draaide en dan nog voor het huishouden zorgde ook.
Met een onbezorgd hart liep ze de slaapkamer binnen, waar ze de jeugdige brunette rechtop in bed aantrof.
„Ha Britta!" riep de aanstaande moeder vrolijk, „blij dat je er bent."
„Hoezo, heb je het zo slecht?"
„Welnee meid, het is nog heel goed te houden, maar ik kan niet tegen m'n moeder, ik word stapel van haar. Ze klaagt voortdurend over die slechte schoonzoon, die weggelopen is en ze vindt mij zo zielig omdat ik alleen met mijn kindje achterblijf en ik voel me – behalve die gemene scheuten op het ogenblik – zalig. Zoiets van: eindelijk vrij! Jij weet dat ons huwelijk niet goed was; ik heb heel lang liefde op kunnen brengen voor alle nukken van Geert, maar je krijgt er wel eens genoeg van. En toen ik dat bij mezelf constateerde, wist ik dat de liefde het raam uit was. Hij moet dat ook gevoeld hebben, want hij is daarna verdwenen. Hij heeft nog een keer geschreven, dat hij wel terug wilde komen omdat ik een kind krijg, maar ik heb hem geantwoord, dat ik dat kind beter groot krijg zonder zijn

aanwezigheid en ik heb ook nog geschreven dat ik echt van hem hield, toen ik het kind pas verwachtte en daarom is het goed dat de baby geboren wordt. Ik meen het; ik zal er straks echt blij en dankbaar om zijn."

„Wat een woordenstroom," lachte Britta. „Kind, ik wist toch allang hoe het hier gesteld was? Jij redt je wel, maar ik begrijp dat de aanwezigheid van je moeder je drukt."

Ze ging op haar gemak zitten.

„Wat doen we eraan?"

Ineens ging Britta kaarsrecht zitten. „Je hebt toch nog een vader en minderjarige broers en zusters?"

„Schrik niet... er zijn er nog zes onder mij, waarvan vier lastige scholieren."

„Nou, dan heb ik de oplossing. Ik ga even weg, naar de dichtstbijzijnde telefooncel en ik bel je vader op. Ik leg hem de hele toestand uit en ik vraag of hij zijn vrouw hier wil opbellen om meteen naar huis te komen, omdat hij het zaakje niet aankan."

„Au!" zei Mieneke, maar ze zat weer rechtop, een hand in haar zij. „Geweldig idee, moet je meteen doen. Vader snapt mij wel."

„Ja... maar wie komt er dan zolang hier?" peinsde Britta, „want je mag de eerste dagen zeker niet alleen zijn, dat is nu eenmaal zo."

„Makkelijk genoeg," vond Mieneke. „Je zegt tegen vader dat hij Andrea, mijn zuster van zeventien moet sturen. Zij werkt in een bejaardencentrum, maar ik weet dat ze nog zeker een dag of tien vakantie te goed heeft. Vraag maar aan vader of Andrea meteen komt."

„Afgesproken, ik ga eerst even," zei Britta kort, want ze zag dat de weeën heviger werden.

Tegen de moeder van Mieneke zei ze: „Ik moet even vragen of de dokter langskomt, ik ben direct terug."

Ze sloeg meteen de deur dicht en startte zo snel mogelijk de wagen. Ze zag mevrouw Van Stelten wanhopig zwaaiend in de deuropening verschijnen, Britta grinnikte.

Ze had net gedaan alsof ze niet wist dat er in het kleine huis telefoon was en de aanstaande oma was nu natuurlijk radeloos omdat er niemand bij haar dochter was.

Britta stopte bij de telefooncel die vlakbij was. Mieneke had haar het nummer van haar vader gegeven en in een oogwenk stond ze in de cel en stopte ze de eerste munten in de gleuf.
Ze kreeg meteen Mienekes vader. Heel kort vertelde ze wie ze was en wat er op Mienekes verzoek moest gebeuren. De vader had alle begrip en riep zijn dochter Andrea aan de lijn. Weer vertelde Britta dat de moeder het huis uit moest en dat haar zuster juist haar zo graag een poosje in huis wilde hebben, en of dat te regelen was met haar baan.
„Reken maar," zei een jolige meisjesstem. „Ik bel m'n directrice en ik kom meteen; tot ziens, vanavond in ieder geval."
Britta aanvaardde zo snel mogelijk de terugtocht naar het kleine huis, waar een nog steeds wanhopige aanstaande oma in de deuropening stond.
Britta stopte de wagen en rende weer naar binnen.
„Maar zuster, u had hier kunnen bellen, er is hier telefoon," zei de vrouw en haar stem had nu echt een radeloze klank.
„Sorry," zei Britta, „dat wist ik niet, maar maakt u zich niet ongerust, alles gaat goed, en ik blijf nu bij de kraamvrouw. Wilt u vast een stel pannen water op het fornuis zetten?"
Ademloos viel Britta weer op de stoel naast Mienekes bed.
„Alles is in orde," meldde ze. „Andrea komt en je vader verzint een smoes om je moeder vanavond nog naar huis te krijgen; je zuster komt ook vanavond."
„Gelukkig," zei Mieneke en haar gezicht klaarde op.
Britta ging nu snel aan het werk en toen alles klaarstond, legde ze voorzichtig het beddengoed onder Mienekes lichaam.
Of het nou instinct was of wat anders, maar de toestand beviel Britta ineens niet. Het jonge vrouwtje zakte iedere keer weg in een onrustige slaap en als Britta haar onderzocht bevond ze de situatie waarin de baby verkeerde niet zo best.
Ze liep zacht naar de woonkamer, vroeg naar de telefoon en belde naar huis. Jaap bleek gelukkig al thuis en Britta zei alleen: „Je weet het adres, ik had graag dat je nu kwam."
Hij begreep het en antwoordde: „Ik ben er binnen een paar minuten."

„Is er iets niet goed?" vroeg de ongeruste oma. „U had toch al gebeld?"
En op Britta's gezicht verscheen de beroepsglimlach en ze antwoordde: „Ik kreeg net geen gehoor en omdat ik officieel alleen kraamverpleegster ben en geen vroedvrouw, ben ik verplicht de arts erbij te halen, ook al komt die vaak pas na de geboorte. Maar ik weet dat hij nu geen patiënten heeft, dus ik laat hem op tijd komen."
De vrouw leek voorlopig gerustgesteld en Britta verdween.
Mieneke was weer helemaal wakker en ze had het behoorlijk moeilijk.
Britta onderzocht haar nog eens goed en toen wist ze dat Mieneke eigenlijk naar een ziekenhuis had gemoeten... dwarsligging.
Ze vroeg: „Ben jij de laatste maanden wel naar de controle geweest?"
„Welnee," bracht Mieneke uit, „dat gaat wel goed hoor."
Britta antwoordde niet. Ze hoorde een auto en even later een zacht belletje. „Jaap," dacht ze opgelucht. Ze verliet de slaapkamer en ving hem vlak voor de deur op.
„Ze is de laatste maanden niet meer naar de controle geweest en het is volgens mij een dwarsligging... ze kan nu niet meer weg."
„We knappen het samen wel op," zei Jaap rustig. En dan: „Britta... jij maakt je toch niet ongerust?"
„Eigenlijk wel," bekende ze zacht. „Komt misschien door alle narigheid met Harm, maar ik zie het somber in en het zou voor haar dubbel erg zijn, omdat haar man ook al is weggelopen."
Hij legde een grote hand op haar schouder en zei met luide stem: „Kom op, zuster Britta, we zullen eens een mooi kind tevoorschijn gaan toveren."
Mieneke had zijn woorden natuurlijk gehoord, maar ze groette hem niet eens, haar handen klauwden in het laken.
„Valt niet mee, hè?" zei Jaap vriendelijk terwijl hij zich over het bed boog. De grote donkere ogen van Mieneke stonden nu angstig en ze stamelde: „Ik was... niet... bang... maar... ik geloof... dat het... niet goed gaat."

„Dat geloven alle aanstaande moeders," zei hij rustig.
Hij onderzocht haar snel, luisterde naar de harttonen van het kind – heel even knikte hij bevestigend in de richting van Britta.
Tegen de barende vrouw zei hij: „Het kan allemaal goed gaan als u flink bent. Het kindje leeft en is goed, maar het ligt verkeerd; we kunnen u nu niet meer naar een ziekenhuis transporteren, u moet gewoon heel flink zijn, bijt dat laken maar aan reepjes en zuster Britta en ik zorgen voor een levend goed kind."
Britta had intussen een badje gevuld met warm water en toen volgden een paar heel zware kwartiertjes. Af en toe moest Britta ook het zweet van Jaaps voorhoofd afvegen. Mieneke gaf geen kik, maar ze beet het laken inderdaad bijna in reepjes.
Eindelijk zei Jaap: „Rustig nou maar, ik heb het kind goed gekregen... nu alleen de ademhaling nog regelen."
Britta werkte ook hard mee en haar rug deed pijn, want de kraamvrouw had zelfs geen blokken onder haar bed laten zetten.
Ze gaf Jaap een wenk, pakte de handen van Mieneke en zei vakkundig: „Nog drie weeën, ze zijn zwaar, maar het zijn er niet meer dan drie. Doe precies wat ik zeg."
Maar bij de laatste wee slaakte de vermoeide kraamvrouw toch een doordringende gil.
„Het is voorbij," zei Britta, die meteen al gezien had dat het een flinke baby was. De pasgeborene zette het op een huilen en Jaap constateerde voldaan: „Een mooie dochter, die ons allemaal veel moeite heeft gekost."
Snel hielp hij de kraamvrouw verder en Britta waste het bijna mollige kindje, keek het helemaal na en ze voelde zich gelukkig dat het kind geen schade had ondervonden. Ze wikkelde het in een grote badhanddoek en legde het voorzichtig in de wieg bij het kruikje. Eindelijk had Jaap Mieneke afgeholpen.
„Nou jongedame, je hebt me wel voor problemen gesteld, maar je bent er zelf prima afgekomen en nou ga ik je dochter nog even nader inspecteren en dan mag je haar even hebben."
Britta zag dat hij het kleine naakte lijfje zorgvuldig onderzocht;

toen hij zich oprichtte, zag Britta dat zijn ogen straalden. „Een mieters kind," zei hij en met badhanddoek en al legde hij de baby in Mienekes arm.
„De beloning voor je zware strijd," zei hij vriendelijk en Britta kon er niets aan doen, dat ze tranen in haar ogen kreeg. Snel raapte ze de vuile boel bij elkaar en verdween ermee naar beneden.
Tegen de ongeruste oma zei ze sussend: „U heeft een mooie kleindochter, maar uw dochter heeft het wel zwaar gehad. Wilt u alstublieft niet gaan huilen of over haar verdwenen man praten? Ze mag op dit moment geen problemen hebben."
Ineens ontdekte Britta in een hoek van de keuken een jong meisje, dat op Mieneke leek. Het meisje stond op en zei zacht: „Ik ben Andrea, de zus van de nieuwe moeder. Mijn vader heeft gevraagd of ik bij m'n zuster wil blijven, want hij kan de jongens niet aan, maar nu wil mijn moeder hier niet weg."
Britta had de situatie door en ze begon: „Maar je moeder wil natuurlijk even het kleinkind zien en haar dochter gelukwensen en daarna kun jij het gemakkelijk aan. Ik ben telefonisch bereikbaar en de dokter ook. We wonen hier vlakbij. En dan komt de dokter toch over een paar uur nog even controleren. De was ga ik nu doen, dus mevrouw, waarom zou u hier niet weg kunnen? Over een halfuur gaat de laatste bus, die haalt u gemakkelijk."
Ze zette het vuile goed vast in het water en zei: „Ik zal even Mieneke wassen en een schoon bed geven en dan kunt u komen kijken, mevrouw."
Ze haastte zich naar de slaapkamer en zag dat Jaap zijn instrumenten net inpakte om weg te gaan.
„Britta, ik ga nu, over een paar uur kom ik hier controleren, dus jij kunt rustig gaan slapen." Meteen was hij verdwenen.
Mieneke lag nog steeds met het kindje in haar armen en Britta pakte het resoluut van haar weg.
„Dit kleine schaap moet in de kleren en naar bed," zei ze, „en dan ga ik jou wassen en verschonen."
Met rappe handen werkte ze alles af. Ze trok Mieneke een

zachtgeel nachtjaponnetje aan, dat haar bijzonder flatteerde.
„Eigenlijk te mooi," zei ze, „straks komt die vrijgezelle dokter weer... ik vond toch al dat hij meer naar jouw ogen keek dan naar de rest."
Mieneke glimlachte vermoeid.
„Ik voel gewoon dat ik er ontzettend uitzie, maar dat geeft niet... vind jij mijn dochter ook zo mooi, Britta?"
„Het is een beeld," antwoordde Britta, „ze lijkt nu al op jou. Verder is je zuster gearriveerd en je moeder komt even kijken en neemt dan de bus die over een krap halfuur gaat. Wees gerust en doe maar even vriendelijk tegen haar, ze bedoelt het goed."
Britta riep de nieuwbakken oma, die eerst bij de wieg stilstond en uitriep: „Wat een heerlijk kind..." en dan tegen haar dochter: „O Mieneke toch..."
Natuurlijk verschenen bij oma de waterlanders, maar Britta werkte haar met zachte hand de kamer uit.
„U kunt beter weggaan, want zij moet rusten," zei ze. Even later bracht Andrea haar moeder naar de laatste bus. Ze was in een mum van tijd terug, maar Britta had de was al gespoeld en in de automaat gestopt, die nu lustig rondwentelde. Ze zette het kleine koffiezetapparaat aan en wenkte Andrea mee te gaan naar de slaapkamer.
„Alles is prima," zei ze nog even gauw, „ze is alleen erg moe en ze zal voorlopig wel veel slapen. Kom maar."
Andrea was verrukt van het kindje en voorzichtig omhelsde ze haar zuster, die opgelucht zuchtte: „Wat ben ik blij dat jij er bent. Met moeder had ik het niet volgehouden."
„Wij redden het wel," zei de kordate Andrea. „Ik maak straks het bed op in je piepkleine logeerkamer en de dokter komt nog heel laat. Vannacht laat ik alle deuren open, dus je kunt me zo roepen. Het is hier niet zo groot," grapte ze.
„Groot genoeg," zei Mieneke gevat.
Britta liet de zusters maar even alleen en schonk koffie voor hen drieën in. Even later zaten ze rustig in de kraamkamer bij te komen met een kop koffie.

„Ik vind het zo zalig dat ik nou juist een dochter heb," verzuchtte Mieneke. Britta dronk snel haar kopje leeg, gaf de kraamvrouw een slaaptabletje en zei tegen Andrea: „Jij blijft in ieder geval wakker tot de dokter nog even langs is geweest en morgenochtend vroeg komt er een zuster... ik weet niet of ik zelf kom of een collega."
Britta schudde Mieneke nog even de hand, maar de jonge moeder bleef haar hand vasthouden en zei: „Ik had niet gedacht dat er iemand zou komen die zo fantastisch zou helpen en... ik zou je zo graag iets willen geven..."
Britta trok haar hand terug en zei vriendelijk: „Maar kind, dit is toch mijn werk? Ik ben hier toch voor?"
„Nee," zei Mieneke wijs, „in de eerste plaats ben ik zo stom geweest om alle controles te laten lopen, anders had ik nu in een ziekenhuis gelegen en hadden jullie niet zo'n geweldig karwei aan me gehad. En verder... zoals jij tegen me gepraat hebt... dat had ik net verschrikkelijk nodig."
Ze richtte zich tot Andrea en zei: „Pak dat doosje uit het bovenste laatje van de toilettafel eens."
Andrea deed wat haar gevraagd was. Mieneke pakte het aan en haalde er een zilveren speld uit.
Een beetje hees zei ze: „Die heb ik eens van iemand gekregen, het doet er niet toe wie dat was, maar beslist niet mijn weggelopen echtgenoot... wil je die van mij aannemen, Britta?"
Mieneke keek haar smekend aan.
Britta keek naar de mooie speld, waarin een bloemmotief verwerkt was. Ze wachtte even, nam hem dan aan en drukte een kus op de wang van de jonge moeder.
„Dank je wel, Mieneke, en ook al kom ik morgen niet als kraamverpleegster... je weet altijd waar mijn huis staat als je moeilijkheden hebt."
Ze zag dat het de jonge vrouw allemaal een beetje te veel werd en met een korte groet liep ze de kamer uit.
Andrea liep mee naar het gangetje en Britta voelde zich gedrongen nog te zeggen: „Houd je moeder voorlopig weg bij haar, verzin maar wat. Ze moet eerst weer de oude zijn... ze had een heel zware bevalling."

„Je kunt erop rekenen," zei Andrea, die salueerde.
Met een 'tot kijk', dat ze bijna gelijktijdig riepen, verdween Britta in haar wagentje en reed snel naar huis.

HOOFDSTUK 4

Toen Britta de deur opende, vond ze Marietje slapend aan tafel. Ze schudde haar zacht wakker en bracht haar naar haar kamertje.
„Gauw naar bed, kind," zei ze bijna bevelend.
Jaap was er niet en ze bedacht dat hij niet naar bed kon zijn, want hij moest nog naar Mieneke. Ze keek op haar horloge... bij halféén. Zo laat al... of zou hij op zijn kamer zitten wachten tot zij thuis was?
Ze sprong op en liep naar zijn kamer, even aarzelde ze maar dan tikte ze hard op zijn deur.
„Ja," hoorde ze zijn stem klaarwakker zeggen.
Ze keek even om de hoek van de deur en ze zag dat hij in een gemakkelijke stoel zat te lezen.
„Ik heb dat zaakje daar afgewerkt, vergeet jij niet om er nog even langs te gaan? Ze kan een nabloeding krijgen."
Lachend stond hij op.
„Ik bijt niet, je kunt wel binnenkomen, of is dat in dit huis niet toegestaan?"
„Doe niet zo raar, ik ben een moderne vrouw," zei Britta bits en ze liep de kamer in en sloot de deur achter zich.
„Ga zitten, krijg je van mij een glaasje sherry, dat heb je na zo'n bevalling wel verdiend," zei hij vriendelijk.
Toen ze zich op een stoel liet neervallen, voelde ze pas goed hoe moe ze was.
„Het was hard werken vanavond," gaf ze toe, „en dat lage bed was helemaal een ellende, maar... hoe was Harm?"
„Harm? Uit z'n humeur, omdat jij er niet was. Ik heb hem uitgelegd dat het niet anders kon en dat moest hij wel aanvaarden. Ik had de kaarten van de patiënten maar meegenomen en we hebben heel wat gevallen door zitten nemen."

„Vroeg hij verder nog naar de kinderen of naar mij?"
Ze zag Jaap aarzelen, maar ze hield vol: „Zeg het maar, ik weet dat hij nog lang niet de oude Harm is."
„Hij vroeg alleen naar Dénise, en hij wilde verder weten of jij vrolijk was en of je veel aanloop kreeg. Ik heb geantwoord dat alle kinderen het goed maakten, dat jij vaak zat te tobben over hem, omdat je hem graag thuis wilt hebben en ik heb gezegd dat ik gedurende de schaarse uren dat ik hier ben, geen visite heb waargenomen."
Het laatste zei hij een tikje sarcastisch en dat ontging Britta niet.
Maar ze voelde zich toch zo solidair met Harm, dat ze niet reageerde.
Ze dronk haar glas leeg, rookte een sigaret en stond dan op.
„Ik ga naar bed en jij gaat zeker naar de jonge moeder."
„Inderdaad," zei hij wat afgemeten en ook hij stond op en hield de deur voor haar open.
Over haar schouder riep Britta: „Welterusten."
„Maf ze," was het commentaar.
Ze liep door naar Tony's kamertje en toen zag ze dat de deur van Dénises kamer bliksemsnel dichtging. Met één stap was ze in het vertrekje van het meisje en knipte het licht aan.
Dénise lag in bed, de ogen stijf dicht.
„Doe je ogen open, Dénise, ik zag je heus wel! Wat spook jij uit in het holst van de nacht?"
Haar stem had streng geklonken en het kind ging overeind zitten. „Wat voerde jij uit?" vroeg Britta opnieuw.
Stotterend begon het kind: „Pappa heeft..." Verder ging ze niet.
„Wat heeft pappa?" Britta handhaafde haar strenge toon.
„Zeg ik niet," bracht het kind uit.
„Dan niet... ik vraag het wel aan pappa," zei Britta koel.
„Nee... nee... ik zal het zeggen," kwam Dénise snel.
Britta leunde in afwachtende houding tegen de muur. Op dit moment was het haar moeilijker dan ooit om liefde voor Dénise op te brengen, sterker dan ooit overheerste het gevoel dat Dénise een vreemde voor haar bleef.
„Nou?" vroeg ze scherp.

„Pappa heeft mij gevraagd of u wel eens 's avonds op de kamer komt van... van de nieuwe dokter."
„Nou ja," dacht Britta, „zo wantrouwend is hij dus al, dat hij dít aan een kind vraagt."
Ze besloot over deze kwestie met niemand te praten, niet meer met Dénise en helemaal niet met Harm of Jaap.
Met een flauw glimlachje stopte ze het kind in en zei zo neutraal mogelijk: „Ik weet niet wat pappa bedoelt, hij zal nog een beetje in de war zijn, ga maar gauw slapen, welterusten."
Heel zacht zei het kind: „Welterusten."
Britta liep langzaam naar Tony's kamertje. Ze knielde bij zijn bed neer en legde even haar handen om het slapende gezichtje. Hij was toch haar kind, al was hij dan honderd maal een Griekse vondeling. Hij was van haar en hij heette naar Anthony. Ze vroeg zich af of Anthony na een dergelijk ongeluk als Harm had gehad, ook zo verschrikkelijk wantrouwend zou zijn geworden.
Ze zag hem weer voor zich... het smalle gezicht, het blonde haar, de lichte ogen en zacht zei ze in zichzelf: „Anthony, waarom zijn we uit elkaar gedreven?"
Ze richtte zich op en verliet het kleine vertrek. Even controleerde ze Erica nog, maar die lag als een grote gezonde baby vast te slapen.
Toen ze op haar slaapkamer was gekomen had ze graag de deur op slot gedraaid. Ze zou zich willen opsluiten als een dier in zijn hol en alleen maar slapen en alles vergeten. Maar de kinderen konden haar nodig hebben. Buiten hoorde ze Jaap z'n wagen starten en Britta, de altijd zo precieze Britta, liet haar kleren vallen waar ze stond en dook ongewassen haar bed in.
Die nacht werd ze vaag even wakker toen ze de buitendeur hoorde... en ze besefte dat Jaap terug was. Ze hoorde hem langs haar kamer lopen zonder enige aarzeling en ze sliep weer in, maar haar slaap was niet droomloos.
De volgende morgen aan het ontbijt trachtte Britta tegenover Dénise volkomen onbevangen te zijn. Ze zag wel dat het kind beurtelings naar Jaap en naar haar keek, maar ze deed of ze niets merkte.

„Hoe was het met de kraamvrouw vannacht?" vroeg ze belangstellend, terwijl ze thee inschonk.
Jaap lachte.
„Ze sliep probleemloos en haar zuster kon nog maar net haar ogen openhouden. De baby was ook goed en ik heb vanmorgen vroeg in orde gemaakt, dat de wijkzuster naar haar toegaat."
„Dat is prima," zei Britta. „Ik wil vanmiddag in ieder geval naar Harm, ik pak de telefoon niet aan, je verwijst ze maar naar Erna, die weet overal raad op en bovendien zal die grieperigheid nou wel over zijn."
„Ik zal m'n best doen," zei Jaap.
Hij wendde zich tot Marietje: „Is mijn assistente er al?"
„Ja dokter, die is er altijd al om zeven uur."
Jaap keek op zijn horloge.
„Verdraaid, al bij halfacht. Ik zal moeten wennen aan die huisartsentijden. Britta, nog één kopje thee en ik ben weg."
Britta schonk hem rustig in, intussen Tony vermanend dat hij niet met z'n brood moest spelen.
Die middag was Harm norser dan ooit.
„Was ik maar weer thuis," zei hij, „dan zou alles beter gaan."
„Ik heb Wim net gesproken," zei Britta voorzichtig, „volgens hem mag je over veertien dagen met je benen in het gips naar huis. Hij zegt dat je dan met krukken al aardig zelf uit de voeten kunt. Je zou dan af en toe eens op het spreekuur erbij kunnen zitten en Jaap een beetje helpen en dan zien je patiënten je ook weer eens."
„Jij met je Jaap," zei hij nijdig.
Britta voelde zich misselijk worden van de toon, die hij tegen haar aansloeg, maar zo lief mogelijk verweet ze hem zacht: „Harm, doe nou niet zo onredelijk. Die man vervangt jou, hij is van onze leeftijd. Moet ik dan plechtig 'dokter' tegen hem blijven zeggen? Dat zou lachwekkend zijn."
Hij keek haar even wanhopig aan en Britta dacht een glimp van begrip in zijn ogen te zien, maar hij gaf geen antwoord.
Ze zwegen een poosje, eindelijk zei hij: „Ik... ik vind het fijn... als je komt... maar je moet toch... je werk maar weer zo

gewoon mogelijk gaan doen. Ik merk het wel als je niet komt, dan weet ik dat er een bevalling is."
„Maar Erna heeft toch een vervangster?"
„Zeg tegen Erna dat jij weer de dienst met haar deelt, het is beter."
Britta hield aan: „Waarom is het beter, Harm? Als ik weet wat er in je omgaat, kan ik je beter begrijpen."
„Gewoon," zei hij stug, „alles moet weer gewoon worden. Jij aan het werk wat je graag doet en ik hoop dan met veertien dagen thuis te zijn, ook al ben ik dan nog een wrak. En... ik wil ook niet dat je komt als je moe bent, Britta. Jouw werk is zwaar, dat weet ik."
Ze stond op, het bezoekuur was afgelopen.
„Als jij het liever hebt, dan ga ik weer werken, maar je weet dat ik kom, als ik ook maar even een gaatje zie en... ik had nog een plan."
„Een plan? Waarover? Waarom?" Zijn donkere ogen keken hard. Britta ging even zitten en pakte zijn hand.
„We hebben nu een leuk gezin, Harm, al is het met drie soorten kinderen. We kunnen hulp genoeg krijgen en ik wil mijn diploma als vroedvrouw gaan halen."
Hij keek haar verbijsterd aan.
„Hoe kom je daar ineens bij?"
„Niet ineens Harm... ik heb er na de geboorte van Erica steeds aan gedacht. Ze was eerst nog te klein, en mijn plan was om een huishoudster te nemen en Marietje dan alleen als hulpje overdag. Dat moet toch royaal kunnen? Maar ik wacht natuurlijk tot je helemaal de oude bent en weer zelf aan het werk bent."
De donkere ogen in het witte gezicht stonden nu hard.
„Ik wil het niet hebben, Britta. Dat je erbij werkt als kraamverpleegster is mooi genoeg. En voor het geld hoef je het niet te doen... je moest je eens wat meer met de kinderen bemoeien."
Britta beheerste zich. Stel je voor, dat ze zelf niet meer zou kunnen bepalen wat ze voor werk zou doen? Harm leek wel een huisvader uit negentienhonderd!

Sussend zei ze: „Het is nog niet zover, misschien wil ik straks niet eens meer.”

Ze gaf hem een zoen op zijn wang.

„Denk er maar niet meer aan, ik kom zo gauw mogelijk weer.”

Hij zei niets terug en ze verdween zachtjes.

Ze reed snel van het ziekenhuis weg en parkeerde haar wagen ergens in de stad.

Een beetje doelloos slenterde ze door de straten. Wat moest ze beginnen als Harm zo bleef? Ze zou hem nooit in de steek laten, dat zou laf zijn, maar wat voor een leven kreeg ze? Als ze tenminste maar eens iemand helemaal in vertrouwen kon nemen...

Toen werd de gedachte in haar geboren: Anthony! Hem kon ze schrijven. Harm wist immers dat ze dat een enkele keer deed en ze zou alleen maar haar problemen aan hem kwijt willen, gewoon een beetje uithuilen op papier tegen de man, die haar grote liefde was geweest en die dat eigenlijk toch altijd zou blijven.

Ze liep naar een kantoorboekhandel en kocht een nieuwe map met schrijfpapier en bij een stalletje kocht ze een bos oranje chrysanten.

Ineens kreeg ze haast om thuis te komen. De kinderen waren er al en Britta voelde zich voor het eerst sedert het ongeluk een klein beetje gelukkig. Ze legde de laatste hand aan het eten, voerde baby Erica vooraf en zette haar nog een poos in de box. Marietje dekte de tafel en het wachten was op Jaap.

Dénise was druk bezig met haar poppenhuis en Tony stond een beetje triest uit het grote raam te staren.

Zacht trok Britta hem naar zich toe en nam hem op schoot.

De radio stond aan, dus Dénise hoorde niet wat ze in Tony's oor fluisterde.

„Wat is er met mijn zoon?” grapte ze tegen hem. De ontroerende grote donkere ogen keken haar aan.

„Juf deed lelijk tegen mij op school.”

„Maar wat was er dan gebeurd, Tony? Had jij iets gedaan wat niet mocht?”

Hij haalde de smalle schoudertjes op. „Ik zei tegen Keesje dat

mijn vader veel liever is dan de zijne en toen... toen gaf hij me een mep en toen heb ik aan z'n haren getrokken. Keesje kreeg geen straf, maar ikke wel. Ik moest een poosje op de gang en Tony is bang voor de gang."
Britta streek over het zwarte haar en zei zacht: „Je mag nooit zeggen dat jouw vader liever is dan die van een ander kind, want elk kind vindt zijn eigen vader het liefste en aan haren trekken is eigenlijk gemeen, Tony."
Maar hij ging volkomen onlogisch verder: „Tony bang voor de gang."
„Waarom?"
Hij borg zijn gezicht tegen haar aan.
„Ik weet niet, bang."
En Britta dacht terug aan dat verschrikkelijke vondelingentehuis in Griekenland, waar ze Tony toen hij een paar weken oud was, vandaan gehaald had. Hij was heel teer en heel ziek geweest en het was onmogelijk dat een pasgeboren kind zich van zijn omgeving bewust was, laat staan dat hij het zich later herinnerde. Maar toch... Britta dacht aan de kille holle gangen in dat gebouw. Ze was er met Tony doorheen gelopen toen ze hem wegdroeg. Had zij onbewust haar afgrijzen over de omgeving en het lot van die kinderen op Tony overgedragen? Ze zou het nooit weten, haar taak was nu: de angst wegbannen.
„Luister Tony, morgen gaan we samen naar de juf en dan gaan we ook samen de gang bekijken en misschien vind je hem dan helemaal niet akelig meer."
„Ga jij heus mee?"
„Ik beloof het," zei Britta en zette hem van haar schoot af, want Jaap kwam gehaast binnen.
„Hebben jullie op mij zitten wachten?"
Britta grapte: „Wij wachten hier altijd tot halfzeven op de huisarts, is hij er dan niet, wel, dan gaat z'n maal op een zacht pitje in de oven. Jij bent net op tijd binnen."
„Gelukkig." Handenwrijvend schoof hij aan tafel, maakte gekheid met Dénise en Marietje en tot grote hilariteit van de twee oudste kinderen deed hij voor hoe de beroemde Laurel en Hardy op hun hoofd plegen te krabben. Dénise rolde bijna

onder de tafel van het lachen en ze zei: „Ik vind jou toch wel aardig."
„Dat is dan meegenomen," vond Jaap droog. Hij keek Britta vragend aan, want dat woordje „toch" begreep hij niet, maar Britta deed net of ze zijn blik niet zag.
Na het eten verdween Jaap naar een patiënt en Britta bracht de kinderen vrij vroeg naar bed.
Marietje had zich ook in haar domein teruggetrokken en Britta zat heel alleen in haar grote woonkamer. Even zette ze een raam open... als ze goed luisterde kon ze hier de zee horen ruisen. Het bracht vrede in haar hart. Ze sloot het raam en pakte de pasgekochte schrijfmap. Af en toe wierp ze een blik op de felgekleurde herfstbloemen en langzaam pakte ze een vel briefpapier en begon haar brief aan Anthony. Ze schreef eerst over Tony en ook over de kleine Erica, over wie hij een jaar geleden had geschreven, dat ze ook een klein beetje zíjn kind was omdat zijn liefde voor haar, Britta, altijd zou blijven.
Ze schreef over het ongeluk dat Harm overkomen was en over de trieste gevolgen, speciaal voor haarzelf.

„Anthony, jij kent me zo goed... zal ik het ooit op kunnen brengen om al die argwaan, al die norsheid te kunnen verdragen? Ik kan mijn leven niet nog eens opnieuw beginnen. Ik kan over dit alles met niemand praten hier, dan zou het zijn of ik mijn man zou verraden. Maar jij... Anthony... jij bent de enige tegen wie ik nu kan praten en ik hoop op een brief, die me de weg wijst."
Toen ze haar naam onder de brief had gezet, stopte ze hem in een enveloppe, plakte hem dicht en schreef het adres erop.
Ze zocht de benodigde postzegels bij elkaar en met haar jas half aan rende ze naar de dichtstbijzijnde brievenbus. Het zachte plofje van de brief gaf haar het gevoel dat Anthony haar zou helpen – hij zou haar nooit in de steek laten, ook al zag ze hem nooit meer. Langzaam, met lome voeten slenterde ze naar huis terug.
Ze hing haar jas netjes aan de kapstok en in de woonkamer deed ze het grote, felle licht uit. En bij het zachte schijnsel van

de kleine schemerlamp draaide ze het plaatje, dat ze samen met Anthony zo vaak beluisterd had en dat ze in een gesloten laatje van haar kleine bureau heimelijk bewaarde. Ze had het niet meer gedraaid sinds haar huwelijk met Harm, maar nu, nu ze zich ontroostbaar alleen voelde, dacht ze bij dat heel oude plaatje terug aan haar ontmoeting met die ene man in Loenen aan de Vecht in dat kleine café, waar een onbekende het nummer had aangezet.
En terwijl de Dave Clark Five zongen:

'Everybody knows you said goodbye,
Everybody knows we're through
Now they all can see the tears I cry
Running down my face for you...'

huilde Britta zacht, maar de tranen die over haar gezicht liepen, schonken haar een klein beetje troost.
Niemand kon haar dat ene, dat verre, ongeziene afnemen. Als Harm weer helemaal de oude zou zijn, zou ze nooit laten merken hoeveel verdriet hij haar tijdens zijn ziekte gedaan had. Want ze zou altijd beseffen dat hij nooit zo geweest zou zijn als hij dat ongeluk niet had gekregen. En mocht er nu al twijfel in haar hart gezaaid zijn... ze zou die onderdrukken en ze zou wat goeds maken van het huwelijk met de vader van haar kleine Erica. De baby in het kleine bedje was immers van hen samen en Erica, Tony en Dénise verdienden een harmonisch gezin.
Ze nam zich voor morgen weer naar Harm te gaan, sterker dan ooit, onkwetsbaar. Maar deze avond mocht ze zich laten gaan, ze deed er niemand verdriet mee.
Ze had de plaat weer opgezet en ze dronk de simpele oude woorden weer in.
Ineens keek ze op, ze had de deur horen piepen en toen stond kleine Anthony naast haar en kroop op haar schoot. Hij knelde zijn kleine armen om haar hals en samen luisterden ze naar de oude melodie. Toen de plaat afgelopen was, vroeg Britta zacht: „Wat is er, Tony? Heb je naar gedroomd?"
Britta voelde warme tranen op haar gezicht en ze hield hem even van zich af.

„Tony?" vroeg ze dringend. „Vertel mamma wat er is, je kunt het rustig zeggen."
„Gedroomd... van die gang..." was het enige wat de kleuter wilde zeggen.
Britta had hem graag mee naar haar eigen kamer genomen en in het grote bed gelegd, zodat ze vlak bij hem zou zijn vannacht.
Maar ze wist dat het fout was, ze moest Tony niet abnormaal aan zich binden.
Ze nam hem op de arm en bracht hem naar zijn kamertje. Toen ze het dekbed over hem heen vlijde, zei ze zacht: „Zal ik een klein lampje halen, dat dan vannacht blijft branden? Met een lichtje aan, blijven de dromen heus weg en morgenochtend ga ik mee naar school."
De donkere ogen stonden dankbaar.
„Ja, een lichtje," zei hij bijna blij.
Ze haalde het bedlampje uit haar slaapkamer dat anders aan de kant van Harms deel van het grote bed stond en zette het op Tony's lage tafeltje. Ze draaide het kapje zo dat het licht niet in zijn bed kon schijnen.
„Zo goed lieverd?"
Hij knikte even, en sliep al haast weer. Britta liep met langzame passen naar de woonkamer.
Ze ruimde alles op en toen ze zich eindelijk in bed uitstrekte, bedacht ze alleen dat ze vergeten was Erna te bellen, dat ze weer dienst zou gaan doen. Dat moest ze dan morgenochtend maar meteen in orde maken.

HOOFDSTUK 5

De volgende ochtend verscheen Britta rustig aan het ontbijt.
Ze had het gevoel of ze gisteravond heel even echt met Anthony in de verte gesproken had en dat was een steun voor haar. Toen ze ging zitten, wankelde ze even en ze had het gevoel dat ze wit wegtrok. Jaap, die haar gadesloeg, zei: „Hé Britta, ben je niet goed?"

Britta zat al en wreef stevig over haar wangen.
„Ik ben prima, maar mag ik ook eens een beetje een terugslag hebben van alles?"
Jaap keek kritisch en bevestigde haar uitspraak.
Britta lette verder niet op hem; ze zei tegen Marietje: „Ik breng de kinderen even naar school. Laat Erica maar in de box tot ik terug ben."
„Waarom breng je ons naar school?" vroeg Dénise nieuwsgierig.
„Ik moet even met de juf van Tony praten."
„Waarover?" drong het meisje aan.
„Ik ga zeggen dat hij liever tegen z'n zusje moet zijn," plaagde Britta en het kind schonk er verder geen aandacht aan.
Ze dronk haar thee en at een beschuitje.
„Jij eet ook niet veel," oordeelde Jaap.
„Bemoei je met jezelf," bitste Britta. „Ik heb je niet als mijn huisarts aangesteld."
Weer keek hij haar bevreemd aan, maar Britta stond op, hielp de kinderen aankleden en even later wandelde ze met aan elke hand een kind naar het schooltje.
Dénise holde al gauw naar haar eigen klas en Britta liet Tony zelf z'n jasje uitdoen en zocht de juf.
Het was een vriendelijke kleuterleidster, die haar meteen herkende.
„Mevrouw Jaarsma... dat u zelf tijd vond om de kinderen te brengen," zei ze bewonderend.
Britta glimlachte en haar ogen hadden weer dat stralende, omdat de brief onderweg was en ze ondervond daar nu al troost van.
„Kan ik u heel even onder vier ogen spreken? Het is dringend en vanmiddag moet ik weer naar mijn man."
Het meisje zette de kleuters aan het werk en ze deed dat met zoveel overwicht, dat Britta verbaasd keek hoe gehoorzaam de kinderen deden wat ze zei.
Even later stonden ze op de gang en wel zó dat de juf door het grote raam in de deur de klas toch onder controle kon houden.
„Allereerst had ik graag dat u me belooft dat alles wat ik tegen

u zeg, tussen u en mij blijft. Tony noch Dénise mogen ooit iets weten van wat ik u nu zeg en natuurlijk ook geen anderen, niemand."
„Dat beloof ik u," zei het meisje ernstig.
„Kleine Tony is niet mijn kind, hij is een Griekse vondeling, die ik toen hij nog maar een paar dagen oud was uit een tehuis in Griekenland heb gehaald. Hij was toen heel ziek en bijna verhongerd. Wel, ik heb hem opgekweekt en hij is gelukkig net als alle andere kinderen geworden. Maar toen hij gisteren stout was, heeft u hem hier een poosje in de gang gezet en hij toonde thuis dat hij een vreemde angst voor deze gang heeft. Menselijkerwijs kan het kind zich niets herinneren van de armelijke holle gangen van het vondelingentehuis en of hij een bepaalde angst van zijn volkomen onbekende ouders heeft geërfd, weten we ook niet.
Waarschijnlijk is het een doodgewone kleine kinderangst. Maar daar ik het allemaal niet weet, is mijn vraag aan u: Houdt u een beetje extra rekening met Tony. Straft u hem gerust, maar houdt hem in de klas, laat hem niet alleen in deze gang."
Het meisje stak Britta haar hand toe.
„Ik ben blij dat u me alles over Tony verteld hebt en ik zal er natuurlijk rekening mee houden en... over zijn afkomst zal ik nooit met iemand praten. Hij is nu gelukkig, en hij moet het blijven."
Britta drukte warm de haar toegestoken hand en verliet het schooltje.
Toen ze naar huis liep, overviel haar weer een vreemde duizeling; ze bleef even rustig staan, maar toen ze verder liep, was er een grote onrust in haar gekomen.
Het kón niet en het mócht niet, nu helemaal niet en ze verdrong expres elke gedachte eraan. Een mens kon zich tenslotte heel wat verbeelden.
Die middag was ze bij Harm. Ze was nog niet in het vertrek of hij vroeg: „Wanneer komt Dénise weer? Ik zie haar haast nooit."
Britta ging zitten en zei zo opgeruimd mogelijk: „Harm, het kind is nog geen zes jaar, ze kan niet elke avond zo laat naar

bed. Morgenmiddag, woensdagmiddag, dan neem ik haar mee."
„Dan zul je wel weer een bevalling hebben," schamperde hij.
Britta beheerste zich.
„Jongen, je hebt zelf gewild dat ik weer zo veel mogelijk mijn werk zou gaan doen... je spreekt jezelf zo tegen..." Hij reageerde niet en Britta vervolgde: „Ik zal blij zijn als je weer thuis bent, dan word je weer helemaal de oude."
„Wat mankeert er aan me... behalve die gebroken benen?" vroeg hij nu oprecht verbaasd.
Ze antwoordde voorzichtig: „Het is natuurlijk nu nog erg moeilijk voor je om weer de opgewekte Harm van vóór je ongeluk te zijn. Je zit gewoon nog heel erg in de put en... je denkt nog vaak het verkeerde van de mensen van wie je houdt."
Hij stak zijn hand uit en pakte de hare en eindelijk voor het eerst na alle ellende bracht hij uit: „Je weet toch dat... dat ik van je houd?"
Britta kon wel huilen van dankbaarheid om deze zo simpele woorden. Maar ze bewezen volgens haar dat hij al die andere lelijke dingen die hij gezegd had, niet oprecht gemeend had.
„En jij weet dat ik van jou houd en dat we samen van onze drie kinderen houden."
Hij knikte kort, maar zijn hand bleef de hare als om hulp zoekend vasthouden.
Toen het bezoekuur was afgelopen, kuste ze hem voorzichtig, maar hij beantwoordde haar zoen nog niet.
„Als er geen bevalling is, breng ik morgen Dénise mee, goed?"
Hij knikte en wendde dan weer z'n hoofd af alsof het hem allemaal te veel was en Britta sloop de deur uit.
Toen ze in haar wagentje stapte, voelde ze zich toch wat opgeluchter dan anders. Ze reed snel weg en in stilte hoopte ze dat er morgen een bevalling zou zijn, want een bezoek samen met Dénise leek haar nu niet zo geslaagd, maar het zat haar niet mee. Ze werd niet gewaarschuwd voor een nieuwe baby-opkomst, dus de volgende middag toog ze met Dénise naar het ziekenhuis. Ze had bloemen gekocht, die ze het kind wilde laten geven.

Tot haar grote verwondering deed Harm bijna gewoon tegen zijn dochtertje. Hij zoende het kind en Britta zag dat ze elkaar wat toefluisterden. Ze voelde zich kwaad worden... dit was raar... dat gesmoes met zo'n klein kind, dat kennelijk een soort opdracht had gekregen om op haar en Jaap te letten. Ze had die spionage van het kleine meisje eerst van zich afgezet, omdat Harm die allereerste dagen helemaal niet zichzelf was geweest, maar wat betekende dit gefluister?
Ze zei vrij hard: „Dénise, zou je de bloemen niet eens aan pappa geven? Dan kun je aan een zuster een vaas gaan vragen en dan mag je ze zelf erin zetten."
Het meisje keek kwaad op en zei: „Ik hou lekker toch alleen maar van pappa."
„Dat is best, liefje," kwam Britta, „maar verzorg de bloemen nou. Pappa wil ook wel even met mij praten."
Ze zag dat Harm het kind een duwtje gaf en gehoorzaam liep ze naar de gang om een vaas te gaan vragen.
Om alles een beetje in het rechte spoor te krijgen, zei Britta: „Het kind mist je heel erg thuis, Harm."
Hij knikte.
Ze vervolgde: „Tony is nog te klein, maar toch vraagt hij aldoor naar je... alleen het kind van ons beiden, onze Erica, leeft totaal onbezorgd. Als je het een keer niet te vermoeiend vindt, zal ik haar dan eens meenemen?"
„Alsjeblieft niet," zei Harm geërgerd, „ik kan hier geen krijsende baby hebben."
De rest van het bezoekuur praatten alleen Dénise en Harm met elkaar en Britta zat er wat verloren bij. Opeens stond ze op en verliet zonder een woord de kamer. Het tweetal merkte het niet eens. Britta zocht en vond Wim, die Harm nog steeds behandelde.
„Ik ben een beetje wanhopig," zei ze zacht tegen hem.
„Waarom meid, het komt heus wel op z'n pootjes terecht."
„Ja, maar hij doet zo lelijk tegen me, zo wantrouwend. Soms denk ik dat we elkaar weer even gevonden hebben, maar zoals vandaag alles gaat... nee, ik geloof niet dat het goedkomt. Hij wilde dat ik zijn dochtertje uit z'n eerste huwelijk meebracht...

ze is al meer geweest… en het lijkt of hij alleen tegen haar normaal doet. Hij wil ook niet onze eigen baby zien en over mijn aangenomen zoontje praat ik maar helemaal niet."
Ze pakte Wims arm.
„Gaat dat vreselijke wantrouwen echt weg, Wim? Je begrijpt dat ik je niet precies vertel hoe hij tegen mij is, maar het is soms bijna niet te dragen."
Wim bood haar een sigaret aan en hij keek nog eens goed naar het elegante figuur van Britta, die gekleed was in een zwarte lange rok en een zwarte coltrui met als enige versiering een lange zilverkleurige ketting. Hij zag het lange blonde haar, de mooie ogen, die nu treurig stonden en hij zei: „Britta, ik heb gezegd dat je geduld moet hebben, maar bijna altijd komen deze gevallen weer goed en ik heb geen enkele aanwijzing dat het bij Harm niet goed zou komen. Maar… is er iets met jou? Zelfs ik kan zien dat je onder je make-up te bleek ziet."
„Zeur niet," zei Britta. „Dit gaat me toch allemaal niet in de koude kleren zitten?"
„Toch is er iets met je, maar ik heb geen idee wat. Heb je hoofdpijn? Een kou onder de leden?"
„Nee dokter," zei Britta effen en ze liep terug naar Harms kamer.
„Waar was jij?" vroeg Harm nu nieuwsgierig.
„Ik vroeg aan Wim, wat hij van je vond en hij zegt dat je goed vooruit gaat en daar ben ik blij om."
Harm keek op z'n horloge. „Jullie moeten nu gaan, het is tijd."
Britta zei: „Jaap had een paar problemen met patiënten, mag hij vanavond komen? Ik kom natuurlijk ook."
„Laat Jaap maar alleen komen," zei Harm, „ik wil niet dat je je te moe maakt."
En Britta, die niet moe was, sprak hem niet tegen… hij vertrouwde haar kennelijk niet met Jaap en het zou nu zinloos zijn hem dit uit z'n hoofd te praten.
Harm liet lijdzaam toe dat ze hem kuste toen ze wegging, maar de omhelzing van zijn dochtertje beantwoordde hij vurig.
Met het kleine handje in de hare liep ze de bekende weg naar buiten. Ze zette het kind achter in de wagen en liet zich toen

achter het stuur vallen en juist op dát moment dacht Britta aan de houding van Harm toen ze Erica pas verwachtte. Hoe vol begrip en liefde hij toch altijd voor haar geweest was. Waarom maakte zo'n stom ongeluk dat het nou allemaal weg was?
Toen ze thuiskwam stond Marietje trouw te wachten.
„Er is gebeld door een mevrouw Jongsma of u wilde komen."
Britta knikte een beetje afwezig.
„Heb je voor het eten gezorgd, zoals ik gezegd heb?" vroeg ze het meisje.
„Ja mevrouw, de hutspot staat op een laag pitje enne... Erica zeker een blikje?"
„Ja, doe dat vandaag maar, denk ook aan het uitgeperste fruit voor allemaal."
Even liep ze de woonkamer in.
Tony kwam haar blij tegemoet.
„Ik hoef nooit meer op de gang, heeft de juf gezegd, en als ik stout ben, krijg ik strafwerk mee naar huis." Zijn hoge stemmetje klonk trots.
„Ja," zei Britta, „grote jongens krijgen strafwerk mee naar huis."
„Baby," zei Dénise smalend. „Je hebt van de week staan huilen op de gang."
„Nou en wat dan nog?" zei Britta. „Als jij straf krijgt, zul je ook wel eens huilen, dat doen zoveel kinderen."
„Ik krijg nooit straf," zei de kleine parmantig.
„Dat is dan fijn," vond Britta, „maar jongens zijn vaak ondeugender dan meisjes en de juf kan niet de hele troep op de gang hebben. Als Tony weer stout is, zal hij thuis een plakwerkje of zoiets voor de juf moeten maken en daar mag niemand hem dan mee helpen."
Tony straalde en Dénise begreep niet waarom.
Britta tilde de mollige baby uit de box en nam haar even op schoot.
„Jij bent altijd maar tevreden en je krijgt nu zo weinig aandacht," fluisterde ze in het vlassige blonde haar. Erica kraaide en mummelde: „Mammam."
Tony riep: „Ze zegt 'mamma', hoor je dat?"

„Ja," zei Britta en ze trok het donkere jongetje naar zich toe. „Je zusje gaat groot worden."
Dénise was naar Marietje in de keuken gelopen en Tony maakte van de gelegenheid gebruik.
„Mag ik een nieuwe poes hebben, mamma? De andere zijn nou al zo lang geleden weggelopen" – 'overreden' dacht Britta – „en ik wil zo graag weer een poes, maar Dénise wil een hondje."
„Jij krijgt een poes en Dénise een hond... maar we wachten nog even tot pappa thuis is. Volgende maand is het kerstmis en tegen die tijd zou het wel gezellig zijn. Maar ik moet nu gauw weg naar een mevrouw, die een baby gaat krijgen. Zul je lief naar bed gaan straks, Tony? Heel even tv kijken en dan doen wat Marietje zegt."
Hij knikte en liep naar z'n speelgoed en Britta drukte de baby nog even tegen zich aan. Ze zette haar terug in de box en repte zich dan naar haar slaapkamer om zich te verkleden.
Een laatste groet aan de kinderen, nog een paar bevelen aan Marietje en Britta was onderweg om een nieuwe wereldburger op de wereld te helpen.
Ze kende de jonge vrouw wel; ze woonde nog niet zo lang in St. Maartenszee. Maar in deze kleine gemeenschap wist je al gauw wat van elkaar af. Mevrouw Jongsma woonde in een rijtje aardige nieuwbouwhuizen en ze was getrouwd met een stuurman op de grote vaart. Britta bedacht dat haar man waarschijnlijk wel op zee zou zitten, maar dat was het risico als je met zo'n man trouwde.
Mevrouw Jongsma, een klein donker vrouwtje met gitzwart kroeshaar, deed zelf open.
„Zo, u wandelt nog rond?" lachte Britta opgeruimd.
Het knappe oosterse gezichtje van de zwangere vrouw stond ontspannen.
„Dag zuster Britta... ik ben alleen, dus ik moest zelf wel opendoen."
Britta hing haar jas weg en zei dan: „Maar als de baby er is, mag u niet alleen blijven."
„Ik heb mijn zuster in Amsterdam al gebeld," zei mevrouw

Jongsma, „ze zou zo gauw mogelijk komen en in ieder geval vanavond nog."
Ze liepen samen naar de slaapkamer, waar Britta de jonge vrouw snel hielp met uitkleden; ze trok haar een handig nachtjaponnetje aan en met een paar handgrepen had ze het bed in orde.
Toen de aanstaande moeder in de kussens lag, slaakte ze een zucht van verlichting.
„Ik ben zo blij dat u er bent," zei ze zacht.
Britta antwoordde even niet. Met haar horloge in de hand controleerde ze hoe vaak de weeën kwamen. Ze stelde een paar korte vragen, zei dan: „U had wel eens eerder mogen bellen. Dat kind komt al heel gauw... als ik de dokter maar op tijd hier krijg."
Mevrouw Jongsma lachte zorgeloos. „Mijn baby komt er wel zonder, dokter."
„Ja, dat zal best, maar ik hoor hem toch te waarschuwen." Ze draaide het nummer en ze kreeg meteen Jaap aan de lijn.
„Jaap, ik heb hier een bijzonder voortvarende aanstaande moeder... ik denk niet dat je je hutspot nu verder kunt opeten."
Hij lachte vrolijk.
„Marietje houdt het wel warm voor me... wie is de gelukkige?"
Britta noemde de naam.
„O, dat knappe donkere vrouwtje... nou, die kan het wel alleen," spotte hij.
„Je hebt maar te komen," zei Britta autoritair en legde de hoorn op de haak.
Ze kon er niets aan doen, maar ze kreeg een onbedaarlijke lachbui. En tegen de nieuwsgierig kijkende mevrouw Jongsma zei ze, wat Jaap gezegd had. Het werd een vrolijke toestand in de kraamkamer, maar Britta repte zich om alles klaar te zetten en nog vóór Jaap aanbelde, pakte ze de stevige kleine baby al aan.
Het was een schattig lichtbruin meisje met zwart haar en toen Britta de moeder het schoon gepoedelde, keurig aangeklede kindje aanreikte, zei ze eerlijk: „Ik heb zelden zo'n mooi kind op de wereld zien komen, het is net een prachtige pop."

De eerst zo vrolijke moeder, die de bevalling gemakkelijk had doorstaan, bekeek het kind dat in haar armen gelegd werd. Ze sloeg haar zwarte ogen op naar Britta en haar stem was laag toen ze zei: „Mijn baby is niet goed, zuster Britta, dat heeft u ook gezien."
Britta aarzelde niet met haar antwoord: „Ik zou niet weten wat het kindje mankeert, wat bedoelt u?"
„Het is een mongooltje," zei de vrouw somber.
Britta knielde bij het bed neer en zei: „U kunt me geloven... ik weet hoe een pasgeboren mongooltje eruit ziet, maar uw kind is goed. Vraag het straks maar aan de dokter."
Ze was dolblij toen ze de bel hoorde en ze rende naar de voordeur.
„Is het er al?" vroeg hij, hijgend van het haasten.
„Ja, maar je zult hier hard moeten optreden," zei Britta ernstig. „De moeder is ervan overtuigd dat het kind een mongooltje is en ik weet zeker van niet. Misschien kun jij al je invloed aanwenden."
Jaap liep al door en vond meteen de slaapkamer.
„Mevrouw Jongsma," zei hij hartelijk en reikte haar de hand, „dat hebt u gauw gedaan. Gisteren was u nog op het spreekuur en nu heb ik alleen maar een mooi kind te aanschouwen."
Het tengere vrouwtje in bed zei niets terug; hij hielp haar snel met de nageboorte en Britta begon daarna de vrouw te wassen en het bed te verschonen. Heel op zijn gemak liep Jaap naar de wieg en onder de ogen van de moeder pakte hij de baby op, legde het kind vakkundig op de commode en begon de kleertjes uit te trekken. Nauwkeurig onderzocht hij de baby en Britta zag wel dat hem niets ontging: hij keek in de kleine oogjes, betastte de schedel en heel handig kleedde hij het kindje weer aan.
„Mooi werk," zei hij prijzend tegen de moeder, die nu wat vermoeid in de kussens terugleunde.
Met de baby in zijn arm ging hij naast het bed zitten. Britta keek van een afstand toe.
„Mijn kind is een mongooltje," zei de jonge moeder en ze begon hard te huilen.

Tot grote verwondering van Britta werd Jaap echt kwaad. „Mens, je moest je schamen," zei hij hard, „ik weet niet hoe je aan dat bespottelijke idee komt, maar deze baby is helemaal in orde, dat zweer ik. Hoe komt u erbij om zoiets mals te denken?"
Het snikken bedaarde wat, dan zei ze: „Ik wist het van tevoren al... mijn man had een zusje dat ook zo was."
„Hè, hè," zei Jaap nu bedaard, „we zijn er en nou hebben je hele familie en je schoonfamilie en de buurvrouwen allemaal gezegd: 'Meid, begin jij maar nooit aan kinderen, want zoiets kan erfelijk zijn.' Heb ik gelijk of niet?"
Ze knikte bevestigend en stamelde eindelijk: „Toen ik pas zwanger was, wist ik me geen raad en ik was ervan overtuigd dat mijn kind nooit goed zou worden... toen heb ik het van me afgezet en pas toen zuster Britta de baby waste en bewonderde, dacht ik zeker te weten dat het niet goed was."
Jaap ging rustig verder: „Zoiets kan inderdaad erfelijk in een familie zijn en een vruchtwateronderzoek tijdens de eerste maanden van de zwangerschap kan al zekerheid geven over de toestand van het kind en bij een verkeerde uitslag... wel, dan kan de zwangerschap beëindigd worden. Zoiets moet ieder dan met zichzelf uitmaken. U bent van die mogelijkheid niet op de hoogte geweest en ik zal u nu uitleggen waaraan wij, artsen, kunnen zien of een kind goed is of niet en u zult dan niet meer twijfelen aan uw kleine meisje."
Geduldig begon hij uit te leggen, wees naar het schedeltje van het pasgeboren meisje en Britta haastte zich de kamer uit om haar karweitje in de keuken op te knappen. Toen de was draaide, ontdekte Britta in de keurige keuken een koffiezetapparaat. Ze vulde het geval meteen en zakte toen op de keukenstoel neer. Ze was moe en ze vroeg zich angstig af hoe dat kwam. Met geweld duwde ze haar ongerustheid van zich af; ze schonk drie koppen koffie in en liep ermee naar boven.
Tot haar grote verbazing zat mevrouw Jongsma nu rechtop in bed, de baby stevig in haar armen en ze luisterde met open mond naar de verhalen van Jaap.
Toen Britta binnenkwam, pakte Jaap de baby van de moeder af

en beval: „Dit wurm moet nou eens even uitrusten van de domheid van zijn moeder."
Ze dronken gezellig hun koffie op en toastten met de kopjes op de gezondheid van de baby.
Britta vloog op toen er weer gebeld werd. Er stond een vrouwtje voor de deur dat precies op mevrouw Jongsma leek; haar gezicht stond angstig toen ze zei: „Ik ben mevrouw Van der Leek, een zuster van mevrouw... is de baby er al?"
„Een heel mooie dochter is er geboren," zei Britta vriendelijk en ze sloot de deur achter de vrouw.
Ze wilde doorlopen, maar de ander hield haar tegen.
„Is... is het kind goed?"
„Ja, daar hoeft u niet aan te twijfelen. Mevrouw hier heeft verteld waar ze bang voor was en de dokter heeft de baby nog eens extra onderzocht, maar ze is helemaal goed."
Mevrouw Van der Leek stond even stil.
„Ik kan niet zeggen hoe dankbaar ik nu ben," zei ze zacht.
Britta liep door naar de slaapkamer, waar Jaap zijn tas inpakte en aanstalten maakte om weg te gaan.
De twee zusters omhelsden elkaar en de baby werd dusdanig bewonderd, dat Britta tenslotte tussenbeide kwam. Lachend zei ze: „Het is wel een gezonde dochter, maar ze is ongeveer een uur oud, dus ze moet rust hebben."
Met een beverig lachje gaf de moeder Britta haar kind.
Jaap bleef nog wat aarzelen en Britta vroeg: „Waarom ga je niet naar huis?"
„Ik sla jou een beetje gade en gedurende de korte tijd dat ik je ken, ben ik tot de conclusie gekomen, dat er meer met jou aan de hand is, dan alleen de schok, die Harms ongeluk teweeg heeft gebracht."
„Val om," zei Britta onparlementair. „Sla jij je zuster gade, zoals je het zo deftig noemt. Mij mankeert niks, ik heb alleen honger, omdat ik m'n eten misgelopen ben."
„Ik had ook nog maar net twee happen op," zei hij verongelijkt.
„Dan gaan we nu gelijk weg, want jij moet vanavond laat nog gaan controleren."
Ze namen beiden afscheid van de gelukkige jonge vrouwen en

alsof het zo hoorde, ging Jaap met zijn wagen vóór rijden. Britta voelde zich zo daverend moe, dat ze blij was de vertrouwde achterlichtjes te kunnen volgen.
Toen ze thuiskwamen, zwaaide ze op haar voeten, maar ze bereikte toch zo snel mogelijk een gemakkelijke stoel en ging even onderuit zitten.
Jaap bleef voor haar staan...
„Zou jij niet eens naar een dokter gaan, Britta?"
„Waarom?" vroeg ze verbaasd, maar haar stem had een flauwe klank. „Ik heb alleen zorgen om Harm en ik ga morgen proberen hem eerder thuis te krijgen, ik kan hem zelf verzorgen en op het moment zijn er niet veel bevallingen in het verschiet."
„Ik zou het niet doen," raadde hij. „Laat hem zijn tijd daar uitdienen; zij weten beter met hem om te gaan dan jij, juist nu."
Hij verdween naar de keuken en kwam met twee borden opgewarmde hutspot binnen. Als een waardige ober spreidde hij een papieren servet over haar witte schort en zette het bord met bestek op haar knieën.
„Lekker, dankjewel," zei Britta en ze at als een wolf.
Toen ze haar bord leeg had, zei ze: „Er zal nog wel dessert staan, neem jij maar. Ik ga slapen."
Ze bracht haar bord naar de keuken en verdween naar haar slaapkamer. Ze ging even met haar kleren aan een poosje op bed liggen en ze dacht aan Anthony. Ze rekende uit, wanneer ze op z'n vroegst een brief van hem kon krijgen.
Eindelijk kwam ze overeind, ging nog even naar de kinderen en Marietje kijken en stapte toen onder de douche. Vijf minuten later lag ze in bed en sliep bijna meteen.

HOOFDSTUK 6

Na veertien dagen mocht Britta Harm komen halen. Zijn ene been was uit het gips en met een stok wist hij zich aardig te redden. Het enige en voor haar het belangrijkste: zijn achterdochtige slechte humeur was niets verbeterd.

Maar Britta had het hele huis met chrysanten versierd; ze wilde een fijn welkom thuis voor Harm.
Toen ze hem uit de wagen hielp en hij eindelijk de woonkamer betrad, keek hij amper naar de bloemen. Moeizaam liet hij zich in een stoel zakken en zei alleen: „Zo, dat hebben we ook weer gehad," en Britta, die zich zoveel van zijn thuiskomst had voorgesteld, verdween met een triest gezicht naar de keuken om koffie te gaan zetten.
Ze had Marietje instructies gegeven om voorlopig even uit de woonkamer weg te blijven. Het was pas halfelf en de kinderen waren op school en Erica stond in de box in de keuken. Voor geen prijs wilde ze Harm nu irriteren.
Ze kwam met een blaadje met twee kopjes terug en ze zette voor hen elk een gebakje neer.
„Omdat je weer thuis bent," zei ze lief.
„Nogal wat moois wat je thuis hebt gekregen, zo'n mankpoot," mopperde hij.
Ze ging tegenover hem zitten en legde een hand op zijn arm. „Toe Harm, ik ben zo blij dat je weer thuis bent en je weet dat je been ook weer helemaal goedkomt, wees nou niet zo somber."
Hij antwoordde alleen: „Waarom heb je Dénise niet van school thuisgehouden... haar váder is toch thuisgekomen?"
Britta trok haar hand terug. „Maar lieverd, ik wilde alles even zo rustig mogelijk voor je houden, over een goed uur is ze thuis. Wil je Erica vast begroeten, je hebt haar zo'n tijd niet gezien."
Hij wuifde met zijn hand. „Straks... laat nog maar even."
Britta begon het gesprek opnieuw. „Wil je binnenkort Jaap al wat helpen in de praktijkruimte? Of is je dat nog te veel?"
Harm dacht een ogenblik na, dan zei hij: „Ik zal morgenochtend wel eens kijken, misschien ga ik zo om de andere dag vast erbij zitten."
„Wil je nog koffie?" vroeg Britta weer.
„Nee, ik heb genoeg, laat me maar rustig zitten."
Op dat moment bedacht Britta dat de post al geweest kon zijn en ze liep naar buiten, naar de kleine groene brievenbus, die

aan de weg stond. In één oogopslag ontdekte ze de brief van Anthony. Ze bleef met haar rug naar het raam van de woonkamer staan, want ze wist dat Harm haar kon zien. Ze sorteerde het stapeltje post dusdanig dat de luchtpostbrief niet zichtbaar zou zijn als ze naar binnenliep. In de hal stopte ze de brief tot een frommel diep in haar broekzak, want ze besefte dat alles wat Harm eerst gewoon had gevonden, nu een reden tot diepe verdenking zou zijn. Ze kwam onbevangen binnen en legde de post voor hem neer.

„Alsjeblieft, allemaal voor jou."

Hij pakte de eerste brief, scheurde hem open en begon aandachtig te lezen.

Britta liep langzaam de kamer uit, praatte wat tegen Erica in de keuken en dan ging ze haast geruisloos naar haar slaapkamer en draaide de deur op slot. Ze besefte dat ze nooit eerder die deur voor haar man op slot had gedaan, terwijl ze toch wist dat hij met z'n been in het gips en de kruk makkelijk in de gang gehoord kon worden.

Haastig viste ze de verkreukelde brief op, streek hem glad en scheurde hem open.

Britta las:

„Liefste,

Ik alleen begrijp hoe moeilijk je het nu hebt, houd voor ogen dat je man zo niet was en zo niet zal blijven, daar moet je maar op vertrouwen. Weet dat ik in gedachten altijd bij je ben en je troost en dat ik altijd van je blijf houden. Ik werk hard en het vreemde is, dat juist als ik met mijn werk bezig ben, ik het gevoel heel sterk heb dat jij dan naast me staat en dan zie ik je helemaal voor me en dan is het of jij me raad geeft, alsof je me bezielt.

Liefste, probeer je huwelijk weer goed te krijgen, al was het alleen maar om onze Tony, die toch in een harmonisch gezin moet opgroeien. Ik kan niets voor hem doen en de kleine Erica, jouw eigen vlees en bloed, van wie je me een foto stuurde, wel ik schreef het al eens... alles wat van jou is, is ook een beetje van mij, dus Erica ook.

Little Britta, houd moed en denk aan de woorden van de oude

Tennyson, die ik je al eens meer schreef, maar die voor ons blijvend zijn:

'Tears, idle tears,
I know not what they mean,
Tears from the depth of some
divine despair
Rise in the heart and gather to the eyes,
In looking on the happy autumnfields,
And thinking of the days that are no more?
...
So sad, so strange, the days that are no more...'
Ik wil je hiermee niet treurig maken, little Britta, ik wil alleen dat je heel zeker weet, dat ik bij jou hoor, altijd.
Anthony"

Britta bleef een paar ogenblikken roerloos zitten, de brief in haar handen.
Heel zacht zei ze: „Anthony, ik bén ook bij je, altijd."
Ze dacht aan de sombere man in de woonkamer. Met hem was ze getrouwd, van hem had ze haar kind en ze hield ook van hem, maar alleen Anthony en zijzelf wisten dat de liefde tussen de onbereikbare man en haar te groot was om ooit te verdwijnen en hún liefde kon ook haar gevoelens voor Harm niet stuk maken, het tegendeel was waar. Na het lezen van deze brief kon ze er weer tegen... ze zou Harm helpen over zijn depressie heen te komen, omdat ze van hem hield, ook al was het nu eenmaal op een andere manier dan van Anthony.
Ze zuchtte diep, vouwde de brief op en borg hem weg.
Bijna fleurig kwam ze de kamer weer in. Ze had haar haar wat gekamd en haar lippen nog eens aangezet.
Ze zag dat Harm nog verdiept was in zijn post, maar hij keek ineens op en zei: „Eet Jaap tussen de middag ook mee?"
„Ik denk het wel," antwoordde Britta, „tenzij hij natuurlijk een dringend geval heeft."
Ze zag hem verwijtend kijken en toen viel ze uit: „Lieve Harm, ik ben geen heilige, ik weet dat je het nog moeilijk hebt, maar

doe niet zo waanzinnig over Jaap. Die man vervangt jou, want dat was nodig en hij gebruikt jouw praktijkruimte. Moest ik dan tegen hem zeggen: 'eten en slapen doe je maar ergens anders?'"
Harm keek haar alleen maar aan, zei verder niets.
Britta begon de tafel te dekken en even na twaalf uur kwamen Dénise en Tony binnen. Britta sloeg alles nauwkeurig gade. Ze zag de onstuimige omhelzing met Dénise, maar ze zag ook dat hij Tony heel even naar zich toetrok en hij probeerde wat aardigs tegen de kleine jongen te zeggen.
Ze schoof de kinderstoel aan tafel en haalde eindelijk de kleine Erica, die er niets van begreep dat ze zo lang in de grote keuken moest verblijven.
Britta hield de grote baby dichter tegen zich aan. Het kleine meisje zag er schattig uit in een zachtroze vestje, een bijpassende slobbroek en aan de voetjes haar eerste schoentjes, waarop ze af en toe heel wankel ging staan. Het blonde haar viel in een sluike golf en de bruine ogen leken op die van Britta.
Ze liep op Harm toe en reikte hem het kindje... Hij pakte even een klein handje en zei: „Ze lijkt op jou." Het klonk als een verwijt voor Britta, maar ze bleef met hun kind voor hem staan. Hij liet het handje los en zei: „Zet haar maar in de kinderstoel; ik ga naar bed, ik voel me nog wat moe. Breng je me wat te eten?"
Britta zette zwijgend het kleintje in de kinderstoel, vroeg alleen: „Zal ik je even in bed helpen."
„Niet nodig," zei Harm, „dat kan ik zelf."
Even later verscheen Jaap vrolijk en wel aan de lunch.
„Mooi op tijd, hè?" vroeg hij lachend aan Britta. Ze knikte alleen.
Tijdens het eten bemoeide ze zich alleen met de baby en ze gaf verstrooide antwoorden. Daarna maakte ze een blad klaar voor Harm en verdween ermee naar de slaapkamer.
Hij zat in zijn pyjama de krant te lezen en keek op toen ze voorzichtig naar binnen liep.
Ze zette het blad op een stoel naast het bed en vroeg, zich

dwingend tot vriendelijkheid: „Wil je verder nog iets, Harm?"
Hij bleef weer naar de krant staren, zei dan: „Jaap moet hier nu niet meer slapen."
„Maar lieverd, als er dan 's nachts gebeld wordt? Jij kunt er nog lang niet op uit."
„En toch wil ik het," hield hij vol en op dit moment vond Britta hem er echt als een zieke uitzien.
„Ik zal Jaap bij je sturen, dan bespreken jullie maar hoe de regeling moet worden... ik ben tenslotte geen arts," zei ze zacht en ze verdween meteen uit de slaapkamer, maar hij riep haar terug.
„Britta, ik bedoel er niks akeligs mee, maar... als Jaap weg is, ga ik voorlopig op de logeerkamer slapen, dat is rustiger voor jou want ik lig met dat been nogal te woelen 's nachts."
„Het komt in orde," zei Britta alleen, maar op de gang leunde ze even tegen de muur. Wanneer zou deze verschrikking overgaan? Dit was de man niet met wie ze getrouwd was, hij leek een totale vreemde.
Ze liep eindelijk naar de woonkamer en zei zo opgeruimd mogelijk tegen Jaap: „Harm wil je graag even spreken, ga je zo even naar hem toe?"
Hij keek haar een moment onderzoekend aan, maar Britta tilde Erica uit de kinderstoel en ze verzocht Marietje de tafel af te ruimen en de oudste kinderen naar school te brengen.
Op de babykamer voelde ze zich wat rustiger. Ze verschoonde de kleine en legde haar in het kinderbedje. Toen ze de gordijntjes voor de ramen sloot, keek ze in de richting van de duinen. Er hing een grauwe lucht en de wind was noordoost. Sneeuw, wist Britta en ze bedacht dat het gauw kerstmis zou zijn. Met sinterklaas had ze weinig voor de kinderen gedaan, omdat Harm toen nog in het ziekenhuis lag. Ze besloot er nu een paar feestelijke dagen van te maken.
Een kerstboom en voor iedereen een paar pakjes, maar vandaag ging ze nog niet naar de stad om inkopen te doen. Ze voelde zich na alles te lusteloos. In de gang hoorde ze het gebrom van mannenstemmen in de slaapkamer; ze pakte haastig een dikke korte jas van de kapstok en een vuurrode wollen sjaal.

Om de deur van de keuken zei ze: „Ik ben even weg, Marietje. Let je op de telefoon?"
„Gaat u maar rustig," zei het meisje en ze knikte Britta begrijpend toe.
En dan stond Britta in de koude noordoostenwind en ze liep rechtdoor naar het strand. Ze liep door het mulle zand naar de natte strook vlakbij het water en ze staarde over de oneindig lijkende, wilde zee. De wolken hingen laag en het troosteloze uitzicht gaf haar juist moed. Heel ver over zee was Anthony, die ze nooit meer zou zien, maar die toch juist nu zo'n steun voor haar was, al was het alleen maar om zijn gedachten aan haar.
Zijn laatste brief droeg ze bij zich. Ze voelde dat ze koud werd en ze liep langs het wijde, verlaten strand, de wind schuin tegen.
Toen ze eindelijk omkeerde, voelde ze een hand op haar schouder en ze keek verschrikt om. „Jaap! Wat doe jij hier?"
„Ik moest je spreken na mijn onderhoud met je man en ik dacht wel dat je hier was. Luister Britta, ik ken je niet zo erg goed, maar je moet toch een paar dingen weten. Je man wil dat ik ergens anders ga slapen. Jij neemt 's nachts de telefoontjes aan en ik geef je het nummer waar ik vanaf komende nacht te bereiken ben. Dat is dus geregeld. Je moet me geloven als ik je zeg, dat Harm weer gauw de oude zal worden. Hij barst nu nog van wantrouwen; hij denkt dat ik 's nachts op jouw slaapkamer kom... hij zegt het wel niet met zoveel woorden, maar ik heb het hem ronduit gezegd... Ik heb gezegd dat hij zich als een idioot gedraagt, dat het weliswaar door het ongeluk komt, maar dat hij zich nu maar eens moet inspannen om weer gewoon te gaan worden. Ik had het gevoel dat hij zich een beetje schaamde. Maar het stelde nog niet veel voor. Britta, wees de komende dagen extra sterk... er zal, vermoed ik, een grote uitbarsting komen en dan zal hij als het ware wakker worden."
„Dat heb ik er dan wel voor over," zei Britta.
„En jij moet naar je dokter gaan; heb je niet een eigen dokter of komt Harm er alleen maar aan te pas?"
Britta dacht na.

„Ik zou niet weten, waarom ik naar een dokter moet; ik kan niet meer naar vorige artsen van mij gaan in Loenen of Amsterdam, dat zou raar zijn."
Zijn hand bleef op haar schouder.
„Britta, speel geen verstoppertje, je bent zwanger."
Met een ruk draaide ze zich naar hem om en keek hem aan. „Hoe kom je bij die waanzin?"
Hij glimlachte mild. „Ik ben toch wel al een paar jaartjes arts... ik zie het gewoon aan je."
„Nou, het is niet waar," zei Britta hard.
Zwijgend liepen ze verder. Bij de strandopgang zei Britta: „Loop jij nog even verder, ik wil alleen de weg naar huis lopen. Heb je je telefoonnummer voor vannacht ergens neergelegd?"
„Ik heb het Harm gegeven." Hij pakte haar hand. „Bedankt voor je gastvrijheid, Britta."
Ze knikte hem even toe. „Dat zit wel goed, tot ziens."
Ze liep alleen verder en Jaap, die haar gadesloeg, zag gewoon de eenzaamheid, die de kleiner wordende gestalte als het ware uitstraalde.

HOOFDSTUK 7

Britta sliep die nacht weer alleen in de grote slaapkamer. Ze had Harm in de logeerkamer geïnstalleerd.
Toen de kinderen in bed lagen en Marietje zich had teruggetrokken in haar eigen kamer, waar ze een klein tv-toestel had, liep Britta met een kop koffie naar Harms kamer.
Hij was verdiept in een medisch tijdschrift en ze vroeg: „Heb je nog iets nodig, Harm? Ik ben erg moe en ik ga naar bed."
„Nou al?" kwam hij verbaasd. „Dat is niets voor jou."
Even wilde ze uitvallen, maar ze bedacht dat hij nog ziek was. „Ik ben zomaar moe en ik wil morgen naar Alkmaar gaan om wat kerstcadeautjes te kopen. We hebben natuurlijk bijna niets aan sinterklaas gedaan, omdat jij er niet was, maar ik wil het nu voor ons allemaal zo gezellig mogelijk maken."
Ze kuste hem op de wang. „Welterusten Harm."

„Welterusten," zei hij en het leek of hij gewoon doorgelezen had.
Toen ze bij de deur was, zei hij: „Krijg je nog wel eens een brief uit Australië?"
Britta zag de scherpe blik in zijn ogen en ze zei: „Nee, dat is al bijna een jaar geleden."
Zonder verder nog iets te zeggen, want ze kón niet meer, liep ze naar haar kamer, trok haar kleren uit, nam een douche en dook met de brief van Anthony diep onder het dekbed en heel zacht huilde Britta zich in slaap.
Ze begon de nieuwe dag met frisse moed. Ze deed opgewekt tegen Harm en de kinderen; met zachte aandrang kreeg ze hem zover dat hij aan tafel ontbeet, daarna verdween hij naar de praktijkruimte, waar Jaap al bezig was.
Toen de kinderen naar school waren en Erica een ochtendslaapje deed, zei Britta ineens tegen Marietje: „Zeg jij straks tegen mijn man dat ik vanmorgen al naar Alkmaar ben gegaan om boodschappen te doen. Je hebt vandaag de werkster, denk goed om de kinderen en geef de heren artsen op tijd koffie."
„En het eten mevrouw?"
Britta keek haar een beetje verwezen aan. „Haal straks maar diepvriesboerenkool en een paar rookworsten, er is nog genoeg yoghurt... dat is wel voldoende voor vandaag. De rest weet je."
Marietje knikte. Er was iets met mevrouw en het was niet alleen omdat meneer nu zo moeilijk was. In een impuls zei ze: „Mevrouw, ik blijf de kerstdagen en oud en nieuw gewoon hier, maakt u zich geen zorgen."
Britta keek haar verbaasd aan. „Maar kind, je ouders verwachten je toch?"
„Ze hebben nog zeven andere kinderen, die allemaal komen en ik ben hier nodig... nu meneer nog niet goed is."
„Dank je Marietje," zei Britta zacht. „Als... als alles weer in orde is, krijg je tien dagen vrij, dat beloof ik je."
„Dat zit wel goed," zei Marietje en op dat moment had het er veel van weg, dat het jonge meisje de touwtjes een beetje in handen had genomen.

Britta liep naar de slaapkamer en trok een donkerrode coltrui aan, ze wist dat het ding haar niet stond, maar ze had het zo ontzettend koud... het leek wel een kou, die van binnenuit kwam. Ze trok er een lange grijze broek bij aan, schoot in het korte zwarte jasje en gewapend met een boodschappentas, groette ze Marietje nog even en stapte daarna in haar kleine wagen. In een flits zag ze Jaaps verbaasde gezicht voor een raam van de praktijkruimte, maar ze deed of ze niets zag. Het was nog vroeg, nog vóór halftien toen ze stopte voor de deur van dokter Van Delden. Ze had hem door Harm leren kennen en hij was wel eens bij hen thuis geweest. Britta kon de innerlijke spanning niet langer meer dragen en daarom had ze dit besluit genomen.

Toen ze op de praktijkbel gedrukt had, verscheen tot haar grote verbazing de arts zelf in de deur. Hij had een autojasje aan en een koffertje in de hand. Alles duidde erop dat hij zijn visites ging maken.

„Britta!" riep hij opgetogen, „dat is een onverwachte verrassing. Kom je voor m'n vrouw?"

„Nee," zei ze zacht, „ik had je willen vragen of je even tijd voor mij hebt, maar ik zie dat je weg moet..."

Hij trok haar naar binnen. „Kind, ik heb geen enkel dringend geval. Als jij iets op je hart hebt, ga jij voor."

Toen ze in de spreekkamer tegenover hem zat, zei hij: „Ik heb gehoord dat Harm nog niet de oude is, nog een tikje kwaadaardig, hè?"

„Dat is het woord niet," zei Britta, „hij is tegenover mij ontzettend wantrouwend en ik zou het allemaal nog wel kunnen dragen als ik niet zelf, lichamelijk, iets bijzonders had."

„Je bent toch niet ziek, Britta?" schrok hij. „Je ziet wel wit, wat zijn de klachten?"

Britta probeerde te glimlachen. „Ik ben ook niet ziek... ik ben zwanger... al bijna drie maanden. Ik heb eerst geprobeerd mezelf in te beelden dat het niet waar was, maar het is zo en Harm... hij is nog zo moeilijk. Maar als het waar is, wil ik toch beslist geen abortus... het kind is niet bepaald uit haat ontstaan. Ik wil van jou zekerheid dat ik in verwachting ben."

Zwijgend reikte ze hem het flesje urine, dat hij nodig had en zonder een woord verdween hij naar z'n kleine laboratorium.
Britta wist dat ze nu moest wachten en terwijl ze daar zat, had ze het gevoel dat Anthony zijn arm om haar heen had en haar moed insprak.
Ze keek op alsof ze wakker werd toen de arts weer binnenkwam.
Zijn gezicht stond ernstig. „Je verwacht inderdaad een baby," zei hij. „Mag ik je gelukwensen?"
Britta sloot even haar ogen. „Als ik maar niet zo bang was, dat Harm..."
„Wat bedoel je?"
„Nee niets," zei ze. „Dankjewel voor de zekerheid die je me gegeven hebt."
Hij keek haar bezorgd na toen ze naar haar wagentje liep. Britta ging kerstinkopen doen. Voor ieder bedacht ze iets moois en tot slot werd er een kerstboom in de achterbak geladen.
Het was al ver na lunchtijd toen ze thuiskwam. In de woonkamer vond ze Harm bij de open haard zitten. Hij rookte een pijp, één van zijn oude gezellige gewoontes en haar hart sprong op.
„Je bent laat," zei hij.
„Dat heeft z'n reden," antwoordde Britta en met haar jasje nog aan knielde ze bij zijn stoel neer en fluisterde: „Als je tenminste maar blij bent met wat ik je nu ga vertellen... het is zo verschrikkelijk belangrijk voor me."
Hij toonde nu echt aandacht en vroeg verbaasd: „Waar moet ik dan blij mee zijn, Britta?"
„We krijgen weer een baby... ik ben al bijna drie maanden heen," zei Britta en ze keek hem niet aan.
„Bijna drie maanden en je hebt al die tijd niets gezegd?" Zijn stem klonk bars. „Misschien ben je pas een maand of zes weken heen."
Ze keek hem nu recht aan. „Maar jongen, dat zou niet kunnen, je hebt toch dat ongeluk gehad en je hebt een tijd in het ziekenhuis gelegen."
„Daarom zou het toch wel kunnen..."

Er verscheen een mist voor Britta's ogen en ze fluisterde: „Dit heb ik verwacht, dit is het ergste."
En toen werd ze pas weer wakker in haar eigen bed. Ze zag dat Jaap naast haar bed stond, zijn gezicht stond ernstig.
„Waarom lig ik hier?" vroeg Britta.
Hij antwoordde eerst niet, voelde haar pols alleen.
Dan zei hij: „Je weet wat je Harm verteld hebt en ik weet van Harm, wat zijn antwoord is geweest. Toen vond ik het tijd om zo enorm tegen hem uit te vallen, dat de muren bepaald bol gestaan hebben. Ik zei het al tegen je, dat de grote uitbarsting voor de deur stond. Nou, toen ik losgebarsten was, keek hij eerst een beetje verwezen en toen heeft hij zitten janken als een kind en hij heeft alsmaar geroepen: 'Dat ik zoiets tegen mijn eigen vrouw gezegd heb, ik ben een ploert.' Toen ben ik ook wat rustiger geworden en ik heb hem zijn ziektebeeld haarfijn verteld en hij werd ineens weer de oude Harm. Hij is nu wanhopig en wil naar je toe om alles recht te zetten. Maar jij hebt een lelijke smak gemaakt toen hij al die onzin tegen je zei en ik heb hem verboden voorlopig hier te komen... je hebt iets bloed verloren, Britta, door de val. Maar het is niet erg, je moet alleen een paar dagen in bed blijven. Nee, maak je geen zorgen, we zorgen met z'n allen voor de kinderen: Marietje, Harm, de werkster en ik. Ik heb een veldbed op Harms kamer laten zetten."
Britta keek verbijsterd. „Is... Harm weer zoals vóór dat ongeluk?" Haar stem beefde.
„Helemaal Britta. Hij strompelt vertwijfeld door de woonkamer en verwijt zich van alles."
Ze keerde haar hoofd af. „Ik wil graag een poos alleen zijn; zeg hem dat ik hem natuurlijk alles vergeef, want hij kon het niet helpen. Stuur Tony straks even bij me."
„Goed, meid," zei hij hartelijk, „ik zal hem direct sturen, want ik heb je een mooie prik gegeven vóór je helemaal bij je positieven was en je krijgt straks een pracht van een slaap. Maak je nergens zorgen over, alles komt goed."
„Dank je," zei Britta, „en haal de telefoon hier uit het contact, ik pak niets aan."

Met de telefoon onder zijn arm verdween hij. Een paar minuten later kierde de deur zacht open en zonder dat Britta haar hoofd omdraaide, wist ze dat kleine Tony er was.
Ze stak haar hand uit.
„Kom maar lieverd, je voelde je een beetje alleen, is het niet?"
Ze keken elkaar aan. Hij hakkelde: „Pappa heeft gehuild."
Britta voelde de ontreddering van het kind, dat de tranen van een volwassene niet begrijpt. Ze trok hem zacht naar zich toe en zei troostend: „Ik ben jouw mamma en je kunt mij vertrouwen. Die tranen komen nog van dat ongeluk van pappa; hij zal nu gauw beter zijn en dan worden we allemaal weer vrolijk. Zeg tegen Marietje dat ze de kerstboom met jullie gaat versieren. Alles ligt in de achterbak van mijn auto. Zul je het zeggen en zul je lief zijn, Tony? Alles komt heus goed."
De gitzwarte ogen staarden haar aan. „Maar waarom ben jij dan nou ineens ziek?"
Britta glimlachte tegen hem. „Liefje, alle mensen zijn toch wel eens een keertje ziek, maar ik ben gauw genoeg weer beter, echt waar."
Ze liet zijn hand los en hij huppelde de kamer uit. Britta veegde een traan weg. Ze hield ontzettend veel van haar bloedeigen kind, Erica, maar dit kleine Griekse jongetje, dat ze in een opwelling de voornaam van die ene grote liefde had gegeven, had een aparte plaats in haar hart. Nooit zou ze die onverwachte ontmoeting met Anthony in Loenen vergeten, toen ze hem de kleine Griekse baby had laten zien en ze hem verteld had dat hij zijn naam droeg.
Ze lag stil te denken hoe een huwelijk met Anthony verlopen zou zijn, of het een sleur zou zijn geworden, wat meer vriendschap. En diep in haar hart betwijfelde Britta dat… ze zou het nooit weten… maar diep in zichzelf wíst ze. Maar ze wist ook dat ze van Harm hield, toen ze met hem trouwde en hem alles van haar leven verteld had.
Tot het ongeluk hadden ze een goed huwelijk gehad en ze besefte nu heel sterk dat ziekte, hoe onaangenaam die bij de partner ook overkwam, geen afbreuk mócht doen aan hun verstandhouding. Ze dacht aan de baby, die komen ging en vlak

vóór ze in slaap viel, hoorde ze Marietje op de gang en ze riep. Een beetje angstig keek ze om de deur. „Heeft u wat nodig, mevrouw?”
Er was vrede in Britta's hart en ze zei: „Vraag meneer of hij hier wil komen.”
Een lach verscheen op het ronde gezichtje van het meisje. „Ik ga meteen, mevrouw.”
Britta voelde zich doezelig worden, maar ze merkte toch nog heel goed dat moeizame stappen op de gang naderbij kwamen. Harm kwam binnen en Britta wees op de stoel naast het bed. „Ga zitten, jongen. Beter voor je been.”
En Harm huilde als een kleine jongen, pakte haar hand en vroeg stamelend: „Britta, ik ben zo ontzettend tegen je geweest en het ergste is, dat ik niet helemaal geloof dat het door mijn ongeluk is gekomen. Ik liet het nooit merken, maar je bent mooi en iedereen is gek op jou... je krijgt nog wel eens een brief uit den vreemde en ik bén jaloers, jaloers op elke vent, die naar je kijkt. Ik ben nu alleen doorgeslagen... ik weet, Britta, dat het kind van mij is, net als Erica. Ik weet zelfs weer dat je ongeveer drie maanden geleden een paar bevallingen achter elkaar had en toen was ik al bang dat je de pil zou vergeten en dat is twee keer gebeurd. Ik heb het gezien, maar ik dacht zelf ook dat het wel los zou lopen. Vind je het erg om nog een kind van mij te krijgen?”
Britta liet haar hand in de zijne en bijna in slaap zei ze: „Het kind is welkom en we zullen een goed gezin houden.”
„Britta,” drong hij aan en voorzover hij kon, boog hij zich over haar heen, „je weet nu dat ik toch al jaloers was, maar ik heb nooit aan je trouw getwijfeld, echt niet. Kun je nog van me houden, liefste?”
Ze sperde haar bruine ogen wijd open om de toesnellende slaap tegen te gaan: „Als ik niet van je hield, zou dit kind niet komen, wees gerust...”
En toen sliep Britta vast.

HOOFDSTUK 8

De dag vóór kerstmis gaf Jaap toestemming aan Britta om uit bed te komen. Ze voelde zich nog wat slap, maar ze was blij dat ze weer in de woonkamer was. Harm hielp haar in een makkelijke stoel en Britta besefte niet dat ze er mooier uitzag dan ooit. Ze had maar een lichte make-up opgedaan en haar lippen even aangezet, maar het lange blonde haar viel volmaakt om haar ietwat teer uitziende gezicht en haar ogen leken eens zo groot.

De boom was mooi opgetuigd en de kinderen waren gaan wandelen met Marietje; kleine Erica zat in de wandelwagen.

Stil zaten Harm en Britta bij elkaar, er waren op dit moment zo weinig woorden nodig. In Harm woedde de grote spijt om alles wat hij Britta had aangedaan en Britta moest weer wennen aan het feit dat haar man toch van haar hield en haar niet wantrouwde.

Het was omstreeks koffietijd en Britta had net opgemerkt, dat ze het koffiezetapparaat zou aanzetten, omdat Jaap wel gauw een bakje zou komen halen, toen de deur openging en Jaap een beetje opgewonden binnenkwam.

„Jongens, wat ben ik blij dat alles zo gauw is goed gekomen en… ik heb een verrassing… ik hoop, Britta, dat jij vooral er in deze dagen plezier van zult hebben…"

Hij opende de deur naar de gang en trok een verlegen jonge vrouw naar binnen.

Britta stond al op en riep verrast: „Mieneke… wat leuk!"

Ze keek Jaap ook eens aan: „Ik heb het geraden, het ligt duimdik op jullie gezicht."

„Inderdaad," zei Jaap rustig, „onze kraamvrouw wordt mijn vrouw."

Harm keek niet-begrijpend en Jaap legde snel de situatie uit.

„Nou, en haar pasgeboren dochter Anneke wordt míjn dochter," zei hij bijna trots.

Britta omhelsde Mieneke en stak Jaap de hand toe.

„Jullie zijn vast een heel goed stel," zei ze peinzend, „en de geboorte van jouw dochter, Mieneke… wel, dat heb ik aan

Jaap gezien, hij voelde alles wat jij voelde."
Ze waren allemaal weer gaan zitten en Jaap antwoordde: „Dat heb je goed opgemerkt en daarom voel ik haar kind ook als mijn kind. Zodra de scheiding van Mieneke wettig is, zouden we al willen trouwen, maar je weet, een vrouw moet nu eenmaal negen maanden wachten voor de wet. Maar ik trek dezer dagen al bij haar in."
Harm feliciteerde Mieneke en zijn collega en hij zei ernstig tegen Jaap: „Al die weken was je al verliefd op Mieneke… je begrijpt dat ik mij nu nog erger schaam."
„Waanzin," zei Jaap kordaat. „In de eerste plaats heb je dat ongeval gehad en verder ben je ook maar een mens. En iedereen, die een vrouw als Britta heeft, zal zeker zijn ogenblikken van jaloezie kennen, ook al kijkt ze geen ander aan."
Mieneke kleurde even, zei dan zacht: „Ik hoop dat jullie het niet erg vinden, maar Jaap heeft mij jullie moeilijkheden verteld en ik ben ook zo blij dat alles nog zo gauw in orde is gekomen… ik ben niet alleen met Jaap meegekomen om me als zijn aanstaande vrouw te laten voorstellen. Mijn baby is nog heel klein en geeft geen last. Mijn plan was om deze drukke week met jullie kinderen elke dag met Anneke hierheen te komen en Britta en Marietje wat te helpen in de huishouding."
Britta keek Mieneke verbaasd aan, zei dan: „Dat vind ik geweldig van je. Ik zag inderdaad nogal tegen alles op. Harm is nou wel helemaal uit het gips, maar nog niet bepaald vlug ter been en Marietje is zo lief om geen vrij te willen hebben, maar de kinderen zijn druk, dat is logisch. Waar is je kind overigens?" riep ze uit.
„In de gang, in de wagen," zei Mieneke trots.
„Haal haar gauw binnen, ik wil weten hoe ze gegroeid is," smeekte Britta bijna.
Even later had ze de kleine baby in haar armen en zacht zei ze: „Wat is zo'n pril kindje toch altijd weer prachtig… ik heb er al zoveel gezien, maar zo'n pasgeboren wezentje vind ik telkens weer een klein wonder." Mieneke pakte de baby weer aan en legde haar in de wagen, die ze de kamer had binnengereden. Britta schonk koffie in en Mieneke hielp haar erbij.

De kerstdagen werden echt feestelijke dagen. De kinderen waren blij met hun nieuwe speelgoed en kleine Erica, die een grote pop had gekregen, zat verrukt in de box te brabbelen: „Pop… pop."
Britta voelde zich weer helemaal sterk worden en de verhouding tot Harm was goed, maar nog wat breekbaar. Beiden waren bang de ander te kwetsen en Britta had hem gevraagd om nog wat dagen op de logeerkamer te slapen.
„Ik moet gewoon een beetje de oude worden," had ze verlegen tegen hem gezegd, „kun je dat begrijpen, jongen?"
Hij had haar in zijn armen genomen. „Ik verlang naar je, maar het is beter om niets te forceren. We houden van elkaar en alles komt goed."
Maar wanneer Britta 's avonds in het grote bed lag, vlogen haar gedachten nog zo vaak naar de man in de verte. Ze besloot hem niet te schrijven over haar nieuwe zwangerschap en de ellende, die mede daardoor eerst was ontstaan.
Hij zou zich maar ongerust maken en hij kon niets aan de toestand veranderen.
Vlak voor oud en nieuw had ze hem een luchtpostbrief gestuurd, waarin ze alleen maar een regel had aangehaald uit het oude plaatje: „When you were gone".
Ze had alleen geschreven: „My love for you will never end."
Alleen had ze de brief gepost en ze voelde zich niet schuldig tegenover Harm. Hij wist van Anthony af en hij had altijd gezegd, dat hij haar in dit opzicht begreep.
In de eerste week van januari, de kinderen waren alweer naar school, stond Britta weer voor het grote raam en ze keek naar de duinenrij.
Ze kon niet begrijpen dat ze zich eigenlijk nog ongelukkig voelde na de gebeurtenissen van de laatste maanden. Tussen Harm en haar was alles opgehelderd. Ze sliepen weer bij elkaar en hij was liever en zorgzamer voor haar dan ooit.
Het kind in Britta begon zich te doen gelden; sedert een paar dagen voelde ze het bekende zachte bewegen, maar het had haar een triest gevoel gegeven.
Ze vermande zich… ze leek wel gek… zij, Britta, die nooit ver-

wacht had ooit een kind te kunnen krijgen, zou nu haar tweede baby krijgen. Ze kon niet verder piekeren, want de telefoon ging en een benauwde mannenstem zei: „Met zuster Britta?"
„Spreekt u mee," antwoordde ze met haar beroepstoontje.
„Met Van Dam... u kent mijn vrouw... het is zover."
„Ik kom eraan," zei Britta rustig, „maakt u zich geen zorgen."
Marietje kreeg instructies en zelf kleedde ze zich snel om in haar uniform, dat gelukkig nog niet te strak zat.
Harm was al naar z'n patiënten en Jaap, met wie hij samen een groepspraktijk had opgericht, was ook weg.
Ze pakte haar koffertje en stapte in de wagen.
Het was niet ver, een luxe bungalow vlakbij Schoorl. De vrouw was achter in de dertig en had al vier kinderen. Britta wist dat mevrouw Van Dam de laatste maanden niet bepaald opgewekt was geweest, maar ze had dat toegeschreven aan de naderende bevalling. Er waren wel meer vrouwen, die dan een kleine inzinking kregen. Het echtpaar was een leuk stel; hij was ingenieur en zij maakte bijzonder artistieke wandkleden; soms exposeerde ze en ze verkocht haar kunstvoorwerpen aardig. Het jongste kind was acht jaar, dus Britta vermoedde dat de kleine, die nu geboren ging worden niet zo erg in de bedoeling had gelegen. Vanzelfsprekend had ze nooit ergens naar gevraagd, ze had alles als heel gewoon aanvaard.
Toen ze voor het prachtige huis stopte, zag ze dat ingenieur Van Dam al in de deuropening stond.
Britta liep zo snel mogelijk naar hem toe.
„Is er zo'n haast?" vroeg ze opgeruimd.
„Ik weet het niet, ik weet het niet," antwoordde Gerard van Dam. „Mijn vrouw doet heel anders dan bij de andere bevallingen; ze huilt en wil niets zeggen."
Britta klopte de vader op de schouder. „Laat mij maar gaan en blijft u een poosje uit de slaapkamer weg."
En inderdaad vond ze mevrouw Van Dam in tranen.
„Wat zullen we nou hebben?" vroeg Britta. „U bent toch waarachtig niet bang meer voor een bevalling? Wat is er aan de hand?"
Ze kreeg nog geen antwoord en ze controleerde de frequentie

van de weeën. Om de vijf minuten, dus nog niet zo'n erge haast.
Ze ging op de rand van het bed zitten en trok het laken recht in een gewoontegebaar.
„Wat is er?" vroeg ze zacht. „Vertel me de moeilijkheden, ze zijn minder erg als u ze uitspreekt."
De vrouw keek haar aan en Britta zag de gezwollen ogen.
„Ik durf het niet te zeggen... zoiets mág een mens niet zeggen," bracht ze eindelijk uit.
„Bij mij is elk geheim veilig," zei Britta.
Dan barstte de vrouw uit: „Ik wil dit kind niet, ik heb het aldoor niet gewild... het was een stommiteit... ik wil het niet hebben."
Een wijze glimlach kwam om Britta's mond.
„Luister nou eens naar mij en haal intussen diep adem. U heeft vier kinderen en dat vindt u meer dan genoeg... dat is heel begrijpelijk. Niet elk kind komt op een tijd dat de ouders het willen; de mens maakt nu eenmaal fouten. U bent de pil vergeten en u geloofde eerst niet dat u een kind verwachtte en toen u het zeker wist, raakte u in paniek."
Ze zweeg even, streelde het vochtige donkere haar uit het gezicht van de knappe vrouw.
„Ik weet dat u met hart en ziel van uw werk houdt en dat u het met uw gezin allemaal net aan kunt rooien. De kinderen redden zich al aardig zelf, uw man bewondert uw werk en nou deze ondeugende baby, die geboren wil worden. Ik vertel u geen praatjes, maar ik verzeker u, dat u het toch zult redden: gezin en werk. U heeft een hulpje en dit kind komt ook groot, maar wat het mooiste is en u zult me niet geloven... als straks dit kind in uw armen ligt, zult u er nog gelukkiger mee zijn dan u ooit met één van uw andere kinderen bent geweest."
„Hoe komt u daarbij?"
„Ik weet het, vertrouw me en maak uw man niet ongelukkig met verwijten en met een slecht humeur."
Ze stond op en begon haar routinewerk. De kraamvrouw leek zich te ontspannen toen Britta terloops zei: „Ontvang een kind nooit met slechte gedachten, laat het welkom zijn." De ander

zweeg en sloot de ogen als om diep na te denken.
Toen de weeën elkaar sneller opvolgden, belde Britta naar huis en ze kreeg Jaap aan de lijn.
„Mevrouw Van Dam is zover," zei ze, „ik weet niet wie van jullie kan komen."
„Harm is weggeroepen, dus je zult het met mij moeten doen," zei Jaap.
„Dan zou ik maar snel komen." Toen ze omkeek zag ze de ongeruste vader staan.
„U zegt dat de dokter snel moet komen... betekent dat... dat er iets niet goed is?"
Britta glimlachte.
„Alles gaat bijzonder goed. Ik vraag alleen of de dokter snel wil komen, omdat de baby er gauw zal zijn."
Britta keek de man eens goed aan.
„Het lijkt me beter dat u niet bij de bevalling bent... u zult uw vrouw onrustig maken."
Hij knikte. „Ik ben bang voor haar reactie... ze wil dit kind niet."
Britta knikte hem toe en zei: „Maakt u zich niet ongerust... alles wordt anders dan u denkt."
Het volgende moment was ze weer achter de slaapkamerdeur verdwenen. Jaap was op tijd en samen verlosten ze de dapper meewerkende vrouw van een zoon.
De moeder hield haar ogen gesloten, en vroeg niets. Britta fluisterde tegen Jaap: „Als jij klaar bent met de nageboorte, ga dan even de kamer uit. Ik roep je na een paar minuten."
Hij knikte. Hij wist, dat een geroutineerde kraamverpleegster als Britta wel weer iets bijzonders aan de kraamvrouw had opgemerkt. Zo snel mogelijk deed hij zijn werk, terwijl Britta het mooie jongetje baadde en aankleedde. Zwijgend deed ze haar werk, af en toe een blik op de moeder werpend. De baby had maar even gehuild, staarde haar nu met grote donkere ogen, bijna bewust, aan. Ze had hem een zachtgeel truitje aangetrokken en met de baby in haar armen liep ze naar het bed.
„Mevrouw Van Dam," zei ze dringend, „zou u blij kunnen zijn met deze kleine jongen?"

Langzaam gingen de ogen van de vermoeide moeder open; ze zag het mooie jongetje, keek heel intens en dan verscheen er een stralende lach op haar gezicht en ze strekte haar armen uit.
„Geef hem mij, zuster."
En Britta legde het jongetje in de armen van zijn moeder. Ze sloeg het schouwspel gade, ze zag hoe de vrouw het gezichtje van het kind als het ware indronk. Heel behoedzaam drukte ze het kleine wezen tegen zich aan en bijna in zichzelf zei ze: „Mijn kleine zoon, ik ben zo gelukkig met jou."
Eindelijk keek ze op en ze zocht Britta's blik.
„Hoe is het mogelijk dat u gelijk hebt gekregen," zei ze zacht. „Nooit was ik zo blij met een baby als met deze."
Britta knikte stil. Ze voelde zich ontroerd en ze vroeg zich af hoe dat kwam. Ze was toch waarachtig wel wat gewend.
Het zou haar eigen toestand wel zijn, bedacht ze. Eerst al die ellende met Harm en nu zelf ook in verwachting. Ze voelde zich eindeloos moe. Dat was eigenlijk vreemd, want bij Erica had ze toch heel lang doorgewerkt en zich fit gevoeld. Maar ze wist ook dat elke zwangerschap weer anders was, dus ze zou zich er maar niet druk om maken.
„Zal ik nu eerst uw man even roepen en dan de dokter?" De vochtige ogen van de vrouw keken haar aan.
„Haal mijn man, alstublieft, gauw."
Britta was al weg en met de nerveuze vader op sleeptouw liep ze door de gang. Ze opende de deur voor hem en zei: „Ik geef u vijf minuten, dan komen de dokter en ik."
In de woonkamer ging ze vermoeid zitten en ze merkte dat Jaap haar gadesloeg.
„Is er iets, Britta? Voel je je wel goed?"
Britta aarzelde, stak met nerveuze gebaren een sigaret op.
„Ach, ik zal wel de terugslag hebben van de moeilijkheden met Harm," zei ze en haar stem had een doffe klank. „Ik ben dankbaar dat we weer tot elkaar gekomen zijn, maar even goed was het, voor mij zeker ook, een ontzettende tijd."
Hij knikte: „Maar er is meer."
Britta keek hem recht aan. „Ja, er is meer, maar daar moet ik niet over praten, het is slecht voor mijn kind dat komen gaat."

„Zeg het toch maar, ik zal er zelfs niet met Mieneke over praten."

Britta aarzelde en ze keek het raam uit toen ze eindelijk zei: „Ik heb zo'n voorgevoel dat mijn nieuwe baby niet levend geboren zal worden."

Jaap boog zich naar haar over.

„Maar meid, dat is een normale inzinking, die zoveel aanstaande moeders hebben, en vooral na alles wat jij de laatste maanden hebt meegemaakt."

„Daar heb ik aan gedacht," zei Britta, „maar ik geloof niet dat ik dit kind levend zal zien... nou ja, laten we er maar niet meer over praten. Zwangere vrouwen doen nou eenmaal wel eens mal."

Jaap stond op en klopte haar op de schouder.

„Alles is toch goed, je voelt leven en je wordt onder controle gehouden. Maak je geen zorgen, Britta. Kom, we gaan die tortelduifjes eens storen, want ik heb nog meer te doen."

Ze liepen naar de slaapkamer, waar een innig tafereeltje te aanschouwen was.

Britta pakte de baby nu op en legde hem in z'n warme wiegje.

„Meneer, de kamer uit, ik ga uw vrouw toonbaar maken," grapte ze. De man keek naar haar op.

„Mijn vrouw is nog nooit zo mooi geweest als nu," zei hij teder.

Britta knikte.

„Maar ik moet haar wassen, verkleden en een schoon bed geven."

„Ik ga al," joelde de vader en verdween.

Jaap controleerde alles nog even en toen deed Britta haar werk.

Toen Jaap weg was, kwam de echtgenoot eindelijk met koffie aanzetten en Britta liet zich op een stoel neerzakken en zei: „Daar heb ik ontzettende behoefte aan en over uw vrouw wil ik het nog niet eens hebben."

Zwijgend dronken ze hun kopje leeg, Britta zat een beetje onderuitgezakt.

Mevrouw Van Dam, die bijna rechtop in bed zat, zei plotseling: „Zuster Britta, krijgt u ook weer een kleintje?"

Britta glimlachte vermoeid.
„Ja," zei ze, „maar ik ben pas goed vier maanden heen."
„Dat wordt toch uw vierde kind?"
„Nee," zei Britta ernstig. „Mijn derde. Dénise is het kind van mijn man uit zijn eerste huwelijk, dan is er Tony, die is van mij uit een eerder huwelijk en Erica is van ons samen... ze is nu vijftien maanden."
„Wat een gecompliceerd gezin," vond mevrouw Van Dam, „maar u rooit het aardig, geloof ik."
„Ach, als je samen maar wilt," zei Britta, „dan lukt zoiets wel."

HOOFDSTUK 9

In de dagen die volgden voelde Britta zich in een bepaald opzicht rustiger. Harm was lief en teder voor haar en bracht vaak bloemen mee. De kinderen gaven geen problemen. Dénise scheen haar aanvaard te hebben en Tony liep vaak Harm tegemoet als hij hem hoorde thuiskomen. Erica deed haar eerste wankele stapjes en allemaal waren ze dol op het kleintje.
Alleen als Mieneke van Jaap binnenkwam met haar kleine Anneke, was de hele familie in extase over de kleine baby.
Britta deed al wat minder bevallingen, maar regelmatig trok ze er toch nog op uit.
De maand januari bleef guur, weinig vorst en veel storm en regen. Op de twaalfde januari werd Britta 's morgens vroeg door haar collega Erna uit bed gebeld.
„Britta, je moet me helpen. Ik had gedacht dat het kind waar ik nu mee bezig ben, allang aan de beurt geweest zou zijn. Maar de kleine heeft zo getreuzeld, dat ik nu op jou weer een beroep moet doen."
„Zeg het maar," antwoordde Britta nuchter. „Ik ben nou toch wakker."
„Het is nogal een eind weg, maar er schijnen allerlei zusters door griep uitgevallen te zijn. Het is vlakbij Den Oever, bij de Afsluitdijk."

„Weet je nog wat leukers?” vroeg Britta. „Dat kind is al geboren, vóórdat ik er ben.”
„Welnee, meid, het is een eersteling en volgens de vader is ze nog maar net begonnen. Doe je het?”
„Geef het adres maar,” zei Britta en ze noteerde het meteen op het bloknootje.
„Goed, ik spring uit bed en ik ga,” zei ze en ze legde de hoorn op de haak.
Harm zat nu ook overeind en hij sloeg een arm om haar heen. „Je bent de laatste tijd zo moe… zal ik proberen een ander te krijgen?”
„Nee,” zei Britta flink, „gisteren was ik helemaal niet moe. Ik ga direct naar die vrouw toe, ga jij nog maar een beetje pitten,” glimlachte ze. Ze kusten elkaar en Britta trok snel haar uniform aan, na een vluchtige waspartij.
Onderweg bedacht ze dat ze geen idee had in wat voor een huishouden ze terecht zou komen. Een eerste kind was alles wat ze wist. De straatnaam zei haar niet veel, maar het was daar niet bepaald uitgebreid, dus ze zou het wel vinden.
En inderdaad, vlakbij de machtige sluizen aan het begin van de Afsluitdijk vond ze een paar nieuwbouwstraatjes en al gauw ontdekte ze het huis, waar ze moest zijn.
Een klein huis in een rijtje, een angstige, bijna te jonge moeder en een nog bangere jonge vader.
Britta bracht een grote rust met zich mee en al gauw werd de aanstaande moeder kalm en volgde ze Britta's aanwijzingen op. Britta liet de vader de dienstdoende arts bellen. Hij kwam terug met de mededeling dat de man was weggeroepen voor een spoedgeval, maar dat hij zo gauw mogelijk zou komen.
„Het oude liedje,” mompelde Britta in zichzelf. Ze vertrouwde de angst van de vader niet helemaal. Ze had toch al heel wat kraamheren meegemaakt. Toen ze in de keuken even bezig was om vast het babybadje met warm water te vullen, keek ze de nerveuze man eens van opzij aan.
Dan zei ze: „Is er iets, meneer Verwaal? U bent zo verschrikkelijk bang, dat is toch niet normaal? Uw vrouw is heel jong en sterk en het kind ligt goed.”

Hij pakte haar bij een mouw en zei, terwijl hij bijna struikelde over zijn woorden: „Ze is zeventien, veel te jong. Het is allemaal mijn schuld, maar we houden van elkaar en ze was zo blij toen het kind zich aankondigde, vóór we trouwden. Maar ze is zó jong, dat ze niet beseft welk risico ze loopt."
„Wat voor een risico?" zei Britta bijna streng.
„Mijn jongere broer is niet normaal, mongooltje, noemen ze dat. En ik meen dat het erfelijk is; maar ik heb er nooit over durven praten, niet met mijn vrouw, niet met de dokter. Niemand kent mijn broer, want hij zit in een tehuis. Mijn moeder heeft alles voor hem gedaan, maar hij werd te groot en te sterk voor haar."
Britta haalde haar schouders op.
„Ik zou er nu maar niet aan denken en kom alstublieft niet meer in de kraamkamer." Hij knikte en ging moedeloos voor het raam staan. Hij keek in het duister, want de donkere stormachtige januaridag was nog niet geboren.
Britta liep met het badje naar de slaapkamer en met één oogopslag zag ze dat het nu ernst werd. Ze had de zaak volledig in handen en de geboorte naderde snel. Ze hield de handen van de jonge vrouw vast en fluisterde haar toe. „Nog één wee, dan is het gebeurd..." en inderdaad, na één lange, pijnlijke wee hield Britta meteen het kindje in haar handen. Ze maakte de baby los, hield het kind ondersteboven en een klaaglijk gehuil was het teken dat de longen functioneerden, maar het soort gehuil beviel Britta niet. Snel waste ze het kindje en toen zagen haar geoefende ogen dat de angst van de vader gegrond was geweest. Dit kleine jongetje had de typische schedel van een mongooltje. Ze voelde zich nog kalmer worden en legde het kind in de wieg. Toen ze de moeder verder geholpen had, zei ze: „U heeft een zoon gekregen, ik heb hem in de wieg gelegd."
„Is hij lief?" vroeg het meisje op een kinderlijke toon.
„Ja, hij is lief, maar je zult later wel veel last met hem krijgen." Britta's stem bleef ernstig en het kind-vrouwtje keek haar verwonderd aan.
„Alle kinderen zijn toch wel eens lastig? Dat vind ik gewoon."
Britta knikte en zei: „Je bent jong en heel sterk en daarom zeg

ik nu vast tegen je dat je kindje verstandelijk niet helemaal normaal zal zijn. Er kan veel aan gedaan worden, maar hij zal nooit helemaal zelfstandig worden. Je man heeft je niet durven vertellen, dat hij een broer heeft, die net zo is."
„Een mongooltje," zei het meisje in bed. „O ja, zijn moeder heeft het me in vertrouwen verteld en ze heeft me ook gezegd dat ze zoveel jaren gelukkig met dat kind was geweest. Ik ben niet bang voor moeilijkheden... het is mijn kind."
„Je hebt gelijk," zei Britta moeilijk, „het is jouw kind en alle liefde die je hem kunt geven, kan alleen maar goed voor hem zijn."
Wat later reikte ze de moeder het kindje en met ongelovige ogen zag ze dat de jonge vrouw verrukt naar de baby keek.
„Ik vind hem het liefste kind van de wereld," zei ze en Britta zei: „Misschien heb je daar wel gelijk in."
Ze liep naar beneden en vertelde de bange vader dat zijn angst gegrond was.
„Maar toon uw liefde voor dit kind. Ze weet alles, ook van uw broer en ze is verrukt over haar eerste kindje. Bederf het niet voor haar, moederliefde is nooit helemaal te doorgronden en vergeet nooit dat zij dit kind met liefde aanvaardt en op haar zal het meeste van de last neerkomen." Hij knikte.
„Ik begrijp het, zuster, maar ik zal mezelf nooit vergeven, dat ik haar in het hele begin niet heb laten onderzoeken. U weet net zo goed als ik dat in het begin geconstateerd kan worden of een kind normaal is."
Britta knikte. „O ja, dat weet ik, een klein beetje van het vruchtwater brengt alles aan het licht, maar beseft u wel, dat dat niet zou hebben geholpen."
„Hoe bedoelt u dat?" vroeg hij verbaasd.
„Uw vrouw is zelf nog een jong meisje en tot elke prijs wilde ze dit kind, mongooltje of niet... ze had er nooit afstand van willen doen."
„Maar waarom niet? Als ze toch geweten had..."
Britta schudde haar hoofd.
„Dan had ze het toch willen hebben. Ze houdt zielsveel van u en ze is nog te jong om te beseffen wat haar boven het hoofd

kan hangen. Ze is gelukkig met dit kind van u en weest u het ook, al was het alleen om haar. Mocht u beiden later nog eens een kind willen, dan kunt u tevoren alles met haar bespreken… ze was er nu nog niet rijp voor. Ze kent alleen maar liefde, voor u en voor uw verstandelijk gehandicapte kindje. Ze aanvaardt het."
Op de slaapkamer liet hij zich bij het bed neervallen en Britta bleef nu in de buurt, waakzaam dat deze jonge vader niets zou bederven. Ze had hun het kindje in de armen gegeven en ze zag dat beiden de kleine iets puntige oortjes streelden en het plukje blonde haar en Britta bedacht dat deze baby misschien toch best een gelukkig kind zou kunnen worden.
Toen de dokter kwam, legde ze hem alles kort uit. De arts was een norse man van middelbare leeftijd.
„Zulke snotneuzen," barstte hij uit.
„Er is niets aan te veranderen en beiden zijn op de hoogte. U hoeft alleen moeder en kind maar na te kijken… bederf het breekbare geluk niet."
Haar toon was dermate indringend, dat de arts inbond en op de slaapkamer deed hij zijn plicht, feliciteerde de ouders en zei alleen: „U weet van de zuster dat de baby later wel een zorgenkindje zal worden?"
„Ik weet alles," zei de moeder, „maar ik houd zo van mijn baby."
De arts draaide zich abrupt om en liep de kamer uit, gevolgd door Britta.
„Waarom wordt zoiets niet gezond geboren?" bromde hij in de keuken.
„Dat weet niemand," zei Britta, „misschien maakt het de band tussen de ouders hechter."
Hij mopperde wat en was dan met een sneltreinvaart weer verdwenen. Britta had de was in de machine gestopt en maakte nu voor hen drieën een ontbijt klaar. Ze had zelf een geweldige honger en juist toen ze het echtpaar op de slaapkamer bediend had en ze eindelijk zelf een hap brood in haar mond stopte, stond er een jeugdige oma op de stoep. Het bleek de moeder van de jonge vrouw te zijn en ook zij was voorbereid geweest

op de geboorte van een niet geheel normaal kind. Ze reageerde rustig en vertelde Britta dat straks ook de andere oma kwam, zodat er hulp genoeg in huis was. Britta knikte dankbaar.
„Even een boterham en een kop thee," zei ze glimlachend.
Toen ze naar huis terugreed, had ze toch het gevoel een gelukkig gezin achtergelaten te hebben.
Bij haar thuiskomst was alles rustig. De mannen waren naar hun patiënten, de oudste kinderen naar school en Erica sliep haar ochtendslaapje.
Britta stak haar hoofd om de hoek van de deur en zei tegen Marietje: „Ik ga nog even wat slaap inhalen, let jij op Erica?"
Het meisje knikte haar vriendelijk toe.
„Gaat u maar gauw naar bed, u ziet er moe uit."
Toen ze haar hoofd op het kussen legde, dacht ze niet meer aan de gebeurtenissen van de afgelopen nacht en vroege ochtend.
Ze zag weer hoe Anthony met haar achter de kinderwagen, waarin haar kleine vondeling lag, langs de Vecht liep. Ze voelde de pijn weer om toen... beiden hadden op dat moment zo diep geweten dat ze bij elkaar hadden moeten blijven. Maar het lot had anders beschikt en ze hadden het maar te aanvaarden. Britta moest zichzelf toegeven dat ze de echte aanvaarding niet gekend had tijdens haar eerste twee mislukte huwelijken. Met Harm had ze meer gepraat over Anthony en omdat ze aldoor gevoeld had dat hij die man in de verte wezenlijk aanvaardde als een klein deel van haarzelf, had zij gelukkig kunnen worden en was Erica geboren. Alleen het ziekelijke wantrouwen van Harm na het ongeluk had haar een stuk teruggeworpen. Niet dat ze minder van Harm hield, maar het was of ze wankeler in het leven stond; ze moest oppassen dat haar gevoelens voor de onbereikbare Anthony niet die voor Harm zouden overspoelen. Ze voelde hete tranen over haar gezicht lopen.
Als ze maar een paar regels van Anthony kreeg, die haar weer moed gaven want tenslotte stuurde hij altijd een klein briefje bij de jaarwisseling.

Ze diepte zijn laatste brief op, herlas hem en stopte hem weer veilig weg, dan viel ze in slaap.
Het was bij halfdrie toen Britta wakker werd. Ze stond op, verfriste zich, trok haar zwarte lange broek aan, een coltrui van dezelfde kleur en alleen een lange ketting van jade fleurde het geheel wat op.
Ze kamde het lange gouden haar en maakte zich licht op... ze zag toch al zo wit de laatste tijd. In de woonkamer zat Marietje rustig te breien naast de box, waarin Erica voorbeeldig zat te spelen.
„Ik ga even een eind lopen," zei ze tegen Marietje. „Ik moet wat frisse lucht binnenkrijgen."
„Gaat u maar lekker even," zei Marietje zorgzaam, „we eten vanavond erwtensoep en u hoeft er niks meer aan te doen en... de post heb ik op het tafeltje in de gang neergelegd."
„Goed... ik ben over een uurtje wel terug."
Ze aaide Erica over het blonde haar en probeerde langzaam naar de gang te lopen. In een oogopslag had ze het handschrift van Anthony herkend. Hij was haar niet vergeten.
Ze trok haar korte dikke jasje aan, de rode sjaal om en stopte de brief in haar mantelzak.
Het regende een beetje, maar Britta liet zich niet tegenhouden: ze moest vandaag even de zee zien, de wijdheid.
De wind kwam pal uit zee en Britta liep met het hoofd voorover de strandafgang af. Ze liep tot ze voor de zee stond; ze hield haar hand beschermend over de dunne brief in haar zak en ze keek naar de grauwe zee.
Eindelijk haalde ze de brief tevoorschijn, scheurde hem open en ze las:
'Liefste,
Je weet dat ik je alle geluk in het nieuwe jaar toewens. Ik heb sterk het gevoel dat je het erg moeilijk hebt en ik heb niet het recht te weten wat er allemaal met je gebeurt. Ik hoop zo dat je huwelijk weer op het rechte spoor is gekomen. Misschien is dat nu wel al het geval... dat neemt niet weg dat ik vooral deze dagen en weken nog meer aan je denk dan anders.
Britta, wat er ook gebeurt, houd moed.

My love for you will never end. Don't cry, Britta, please! Anthony'

Britta bleef doodstil staan. Ze fluisterde zacht: „Ik zal niet huilen, Anthony… omdat jij het vraagt… wat er ook gebeurt."
Ze scheurde de brief aan heel kleine stukjes en ze zag hoe de stormachtige westenwind de flintertjes papier meenam en verspreidde over water en strand.
Ze liep langzaam door en herhaalde: „My love for you will never end".
Toen ze weer naar huis wandelde, voelde ze zich fitter. Het zou wel goedkomen met haar baby; ze moest niet zo somber zijn, dat was voor het kindje ook niet goed, maar toen ze vlakbij huis was, bleef ze staan en legde in een impulsief gebaar haar hand op haar buik.
Een scherpe pijn trok door haar onderlichaam en Britta wist…
Heel langzaam liep ze verder naar huis, bleef af en toe even staan. Ze zag Harm bezorgd in de deuropening staan. Was het al zo laat? Hij holde haar tegemoet.
„Lieveling, wat is er? Ben je niet goed?"
Ze bracht met moeite uit: „De kinderen… mogen niks… merken. Breng me naar… het… ziekenhuis, vlug!"
Zijn wagen stond nog voor het huis en voorzichtig hielp hij Britta in de auto. Dan stoof de wagen weg.
Britta werd op de kraamafdeling gelegd en een uur later verloor ze de baby.
Een arts en een verpleegster brachten haar naar een kamer, die altijd gebruikt werd voor de vrouwen die een miskraam hadden gehad.
Britta wist dat… men wilde niet dat een geval als het hare tussen gelukkige jonge moeders gelegd werd. Maar Britta was niet verdrietig.
Er was een vreemde opluchting in haar, terwijl ze toch wist dat ze het kindje graag had willen hebben. Het was eigenlijk alleen de gedachte dat ze aldoor gevoeld had dat het zou misgaan. Ze was dankbaar dat het kindje niet geleefd had, te klein was geweest om levensvatbaar te zijn.

De dokter verdween en de verpleegster boog zich over haar heen.
„Gelukkig geen complicaties mevrouw," zei het meisje wat verlegen.
„Gelukkig," zei Britta, „waar is mijn man, zuster?"
„Ik zal hem roepen."
Een paar ogenblikken later was de verpleegster verdwenen en zat Harm naast haar bed.
Hij kuste haar voorzichtig en hield haar hand vast.
„Britta... ik kan je niet zeggen hoe verschrikkelijk ik dit vind... ik voel me schuldig. Het is natuurlijk allemaal gekomen door die ellendige houding van mij na het ongeluk."
Britta zag tranen in zijn donkere ogen en ze zei: „Nee Harm, ik heb van het begin af aan het gevoel gehad dat dit kind niet zou leven. Misschien heeft een zwangere vrouw een zintuig meer... ik weet het niet. Vraag maar aan Jaap... ik heb tegen hem al veel eerder gezegd dat ik niet verwachtte een levend kind te krijgen. Niemand is hieraan schuldig... jij kon ook niet helpen dat je een ongeluk kreeg..."
„Het was een jongetje," zei hij zacht. En Britta zei alleen: „Ik heb al een jongetje, misschien mocht het daarom niet levend geboren worden."
Ze richtte zich half op.
„Harm, je moet gauw naar huis gaan. De kinderen en Marietje hebben geen idee dat ik in verwachting was... misschien Marietje... maar je zegt thuis dat ik gewoon een beetje overwerkt ben en dat ik een weekje moet uitrusten. Beloof je dat?"
„Ik beloof het... en ik vind je zo ontzettend dapper, liefste."
Britta glimlachte flauwtjes.
„Niet dapperder dan zoveel andere vrouwen," zei ze alleen.
Maar toen Harm 's avonds weer bij haar kwam, zei Britta: „Dat had ik niet mogen zeggen, Harm."
„Wat bedoel je, lieverd?" vroeg hij teder.
„Ik heb tegen jou gezegd dat dit kind niet geboren mocht worden omdat ik al een jongetje had, maar dat is niet waar. Ik heb er lang over nagedacht waarom het met dit kind fout gegaan is en ik geloof... het is natuurlijk alleen maar een idee... maar

misschien was de basis voor deze baby er niet. We spraken nooit over een tweede kind en jij hebt later zelf tegen me gezegd, dat je gemerkt had, dat ik de pil een paar keer vergeten was en dat je toen bang was. Dat woord 'bang' heb jij gebruikt en dat was niet goed."
Ze streek door het verwarde blonde haar.
„Ach, het is natuurlijk allemaal onzin wat ik zeg. Als een baby van het begin af gezond is en goed ligt, wordt hij goed geboren – hoe de houding van de ouders ook is. Harm, laten we er niet meer over praten. Toen ik leven voelde, verlangde ik naar het kind, echt waar. Maar laten we niet vergeten dat het niet geleefd heeft buiten mij en we hebben samen drie gezonde lieverdjes thuis en daar wil ik alleen aan denken."
Hij streelde haar gezicht.
„Je bent echt verschrikkelijk flink... je zou een poosje moeten huilen, dat is beter voor je."
Maar Britta staarde voor zich uit en zei zacht: „Ik moet niet huilen... deze baby van ons heeft niet geleden en ik moet aan ons gezin denken, dat is het enige dat erop aankomt."
Hij zei verlegen: „Ik had bloemen voor je mee willen brengen, maar dat zou je nu niet gewild hebben."
„Nee," zei Britta en ze leunde moe achterover. „Niet meer over praten en geen bloemen. Laten we maar denken dat onze tweede baby zich vergiste, dat hij niet wilde leven."

HOOFDSTUK 10

Na een week was Britta weer thuis en tot Harms grote verbazing, sterkte ze geweldig snel aan. Ze was opgewekt met de kinderen en nam al gauw weer een deel van het huishouden op haar schouders.
Ze besprak met Erna dat ze nog veertien dagen zou wachten en dan zou de eerste bevalling weer voor haar zijn.
„Kun je dat nu wel na wat je hebt doorgemaakt?" vroeg Erna, die zelf ongetrouwd was.
„O ja," zei Britta, „nu juist. Het is goed zelf alle facetten van het

geboren worden meegemaakt te hebben; je kunt dan voor een ander meer tot steun zijn. Je begrijpt het beter... Nee, ik wil graag weer aan de slag."

Erna was alleen even langs geweest, op weg naar een kraamvrouw en Britta keek op haar horloge. Nog vroeg, pas elf uur. Ze bracht Erica naar Marietje.

„Ik moet gewoon frisse lucht hebben, ik blijf niet lang weg," zei ze tegen het jonge ding.

Britta lachte.

„Maak je niet ongerust meid, ik ben oersterk."

En een halfuurtje later liep ze weer op het strand. Ze keek dit keer niet naar de zee, die lag te pralen onder een helderblauwe vrieslucht.

Britta liep gebogen en zocht. In het ziekenhuis al had ze geweldig spijt gekregen van het feit, dat ze die voor haar zo belangrijke brief aan snippers gescheurd had. Al had ze maar één heel klein verfrommeld stukje terug... ze wilde het zo graag.

Toen... ineens zag ze iets naar de duinen toe een stuk wrakhout liggen en daaronder stak een heel klein lichtblauw puntje papier uit.

Ze bukte zich en ze wist dat ze een snipper van de luchtpostbrief terug had. Door de regen en de wind was de inkt gevlekt, maar ze kon nog iets lezen...

'...never end. Don't cry, Britta please...'

Ze rechtte haar rug en ze zei zacht in zichzelf: „Ik heb ook niet gehuild, alleen omdat jij het niet wilde, omdat jij wilde dat ik sterk zou blijven... never end... nee Anthony, aan deze nu bijna onwerkelijke liefde zal nooit een einde komen. Je brief kwam op tijd om mij sterk te maken."

Ze vouwde het stukje papier zorgvuldig op, maakte met haar nagel de achterkant van haar sporthorloge open en stopte het erin. Ze knipte het dicht en deed het klokje weer om haar pols. Ze keek nu naar de zee en de heldere lucht. In haar hart treurde ze om het kind, dat ze verloren had. Alleen Anthony, die toch van niets geweten had, had haar erdoorheen geholpen. Ze liep regelrecht naar huis, zorgde voor de kinderen en het eten en ging daarna op advies van Harm nog een poosje rusten...

De vorst zette eindelijk in en Britta vond het een verademing na al die slappe winters en toen ze op de ochtend van de dertigste januari door Erna gebeld werd of ze een bevalling wilde doen, zei ze bijna blij: „Kind, ik snak naar mijn werk. Waar is het, ik ga meteen."
„Bij de familie Truyen, in Groet. Denk eraan Britta, dat het daar behelpen is. Het huisje stort bijna in, en er lopen vijf kleuters rond."
„Leven ze van de kinderbijslag?" vroeg Britta lachend.
„Nee, hij werkt hard, maakt etsen. Ik heb er geen verstand van, maar ik vind ze mooi. Die man wil niet in de contraprestatie. Hij wil echt verdienen aan wat hij maakt. Nou je begrijpt, dat een man die nog geen naam heeft, verdraaid moeilijk kan rondkomen. Ze weten alles van de pil af en hun overtuiging is ook niet tegen voorbehoedsmiddelen; ze zijn alleen zo dol op kinderen. Maar ik klets niet verder, want dat vrouwtje is er vlug mee." Ze gaf Britta het adres en hing snel op.
Britta rende naar de keuken.
„Marietje, je moet met mijn kleine Erica samen koffiedrinken, want ik ga aan de arbeid. Er wacht weer eens een vrouw in nood op me."
Marietje schaterde.
„Die nood willen ze zelf, ik heb geen medelijden," zei ze.
„Medelijden hoef je met een gezonde zwangere vrouw ook nooit te hebben, maar ik moet wel helpen. Ik ga me verkleden en je weet alles."
„Ga maar gauw, mevrouw, ik weet de weg hier zo langzamerhand wel."
Onbezorgd lachend liep Britta naar haar kamer om het uniform aan te trekken.
Onderweg naar Groet genoot ze van het mooie landschap, de duinen, de oude bomen langs de smalle kronkelige weg. Altijd kreeg ze hier een heel apart geluksgevoel en toen ze stopte bij het inderdaad bouwvallige vuilwitte huisje dat tegen de duinen aanlag, voelde ze zich ook gelukkig.
Er liep een stel kleine kinderen voor het huis, die riepen: „Hoera, de zuster is er!"

Met moeite beschermde ze haar hagelwitte schort en ze vond het een geruststelling dat ze er nog een in reserve bij zich had. „Jongens, roep je vader eens," wist ze eindelijk uit te brengen.
„M'n vader?" vroeg een klein blond meisje van hooguit zeven jaar. „Mijn vader krijgt toch geen kind?"
Britta bedwong haar lach.
„Nou nee, maar je moeder ligt toch zeker in bed?"
„Welnee... ze was net nog aan het koffiezetten."
In één run was Britta bij de achterdeur, ze stapte binnen en vond in de keuken een klein dik zwartharig vrouwtje, dat bij het fornuis in een pan stond te roeren.
Britta zag wel dat ze alleen in een felgroene duster gekleed was en dat het lange zwarte haar kennelijk die morgen niet gekamd was.
„Ben ik wel welkom?" grapte ze toen ze op de keukenmat stond.
„O, fijn dat u er bent, zuster; ja, ik ga zo liggen, maar ik moest nog wat soep maken voor vader en de jongens en dat ging best."
Ze zette de soep op een laag pitje en zei een beetje verlegen tegen Britta: „Moet ik al naar de slaapkamer?"
„Het lijkt me wel praktischer," vond Britta. „Ik moet toch weten hoever u bent."
„Ach... het is er toch zo," zei de moeder geruststellend.
„Daar twijfel ik niet aan, maar ik kom hier toch niet om niks te doen."
„Nee, dan gaan we maar." Ze drukte op een belletje dat bij het keukenraam was aangebracht.
„Mijn man zit in zijn atelier," zei ze verontschuldigend, „en ik wil dat hij de kinderen in bedwang houdt."
Britta zag door het raam van de keukendeur, dat een lange man met een woeste baard haastig aan kwam hollen. Heel ver zag ze een grote houten schuur met grote ramen, dat zou het atelier wel zijn.
Toen hij de deur opendeed en naast Britta kwam staan, zag ze dat het een grote, breedgebouwde man was. Hij was gekleed in een vrij oude bruine trui en een spijkerbroek.

Het kleine, niet meer zo heel jonge vrouwtje keek hem liefdevol aan.
„Jongen, de zuster is er... wil jij op de kinderen letten? De soep staat hier en je geeft ze er straks maar brood en melk bij. Kun je het redden?"
De grote man sloeg een arm om het slonzige vrouwtje heen, kuste haar en zei: „Lieverdje, maak je geen zorgen. Ik neem onze boeven eerst een poos mee naar het atelier, dan is het in huis rustig en heus... ik zorg voor alles. Gaat het een beetje met je?" De moeder glimlachte dapper. „Het is altijd gegaan, waarom nu niet?" Ze maakte zich uit zijn arm los en zei: „Tot straks dan."
Britta liep achter haar aan naar de echtelijke slaapkamer, die er verbazend origineel uitzag. Een bijzonder breed bed, dat wel zelfgemaakt leek.
Voor de ramen hingen geen gordijnen, maar op de verveloze vensterbanken stonden rijen hoge groene planten, de één nog mooier dan de andere.
De vrouw zag dat Britta keek en zei: „„Je kunt toch niet naar binnen kijken, heus niet."
„Daar twijfel ik niet aan," zei Britta en ze keek naar de donker gebeitste vloer die kraakhelder was, naar de grappige lamp van gevlochten riet boven het bed. Verder stonden er een klein kaptafeltje en zowaar twee Oudhollandse stoelen. In een hoek stond een ouderwetse schommelwieg met strookjes van Brabants bont... kennelijk er nieuw aangemaakt en een soort geïmproviseerde aankleedtafel waarover een felgele, heldere lap van badstof hing.
„U heeft het bed al goed gezet?" verbaasde Britta zich.
„O ja, dat heeft mijn man al vroeg gedaan vanmorgen, het zeil ligt er ook in."
„En nou gaat u erin," commandeerde Britta.
Toen de vrouw eenmaal lag, zei ze zacht: „Ik ben een rare in deze overvolle maatschappij, ik weet het. Maar we willen allebei zo graag veel kinderen."
Britta antwoordde: „Ik denk zo dat er juist voor úw kinderen wel een goed plaatsje onder de zon is."

„Dank u zuster," zei de vrouw, „ze hebben wel eens andere dingen tegen me gezegd."
„Ik meen het," zei Britta. „Het lijkt me hier zo harmonisch... het moet hier goed zijn voor een kind."
De vrouw sloot de ogen en Britta onderzocht haar snel.
Ze glimlachte. „Dat schiet geweldig op... ik zal de dokter maar vast roepen." Ze had in de gang een telefoon gezien en belde naar huis.
Ze kreeg meteen Harm aan de lijn.
„Harm, die bevalling in Groet is bijna compleet, schiet je op?"
„Ik kom meteen, houd je goed, lieverd."
Ze legde een beetje verbaasd de hoorn op de haak.
Waarom had hij dat gezegd? Dan begreep ze... hij was bang dat een bevalling haar nu na haar eigen miskraam te veel zou aangrijpen. Arme Harm, dacht ze toen ze weer naar de kraamvrouw liep.
Hij leed vast nog steeds erg onder het feit dat hun zoon niet geboren had mogen worden. Hij voelde een misplaatste schuld en ze besefte nu pas goed dat ze hem te weinig had laten merken dat hij er niets aan had kunnen doen. O ja, ze had het allemaal wel gezegd, maar ze was toch niet meer zo lief voor hem als vóór dit alles. O ja, ze sliepen weer samen en hun huwelijk was weer een echt huwelijk, maar Britta voelde nu pas goed dat ze Harm een beetje in de kou had laten staan. Ze was te druk met zichzelf bezig geweest, met de briefjes uit de verte, die haar weliswaar tot grote steun waren geweest, maar die tenslotte alleen een verre achtergrond voor haar moesten betekenen. Britta veegde snel een traan weg en ze dacht niet aan het: 'Don't cry Britta, please'.
Met rappe handen zette ze in de kraamkamer alles gereed. Ze hoefde tegen deze vrouw weinig te zeggen. Ze wist beter dan Britta wat ze moest doen.
En terwijl de vrouw haar laatste weeën kreeg, hoorde Britta Harms wagen stoppen. Ze hoorde zijn voetstappen om het oude huis en hij wist kennelijk dat hij door de achterdeur naar binnen moest. Hij kwam haastig binnen, waste zijn handen aan de vaste wastafel, boog zich dan vriendelijk over de vrouw

heen en zei zacht: „U kent het vak, het is zo gebeurd.”
Zonder te antwoorden, knikte de moeder en Britta en Harm deden hun werk zwijgend.
En dan hield Harm een flinke baby omhoog bij de voetjes. Het gevolg was een luide schreeuw. Britta pakte het kindje aan en baadde het omzichtig.
Ze hoorde Harm zeggen: „Gefeliciteerd mevrouwtje, een mooie dochter. U weet vast alweer hoe ze moet heten.”
„Natuurlijk,” was het opgeruimde antwoord. „Dit is Bernadette… mijn man en ik vonden dat zo'n mooie naam voor een meisje en tenslotte hebben we pas één meisje, dus de tweede mag wel een extra mooie naam hebben.”
Harm lachte en hielp haar verder, terwijl Britta het kindje aankleedde.
Het kleine meisje had hetzelfde zwarte haar als de moeder en ze maakte er tot slot een mooie kuif van.
Met de baby in haar armen liep ze naar het bed.
„Eerst even dit kleine schoonheidje vasthouden?” vroeg ze lief.
Verlangend strekte de moeder haar armen uit en ze streelde het kleine gezichtje en kuste de kleine handjes.
„Bernadette,” zei ze heel zacht. „Je bent zo verschrikkelijk welkom!”
Britta wendde zich even af, maar meteen had ze zichzelf weer in bedwang. Ze liep naar de keuken met het vuile goed en drukte op het atelierbelletje.
Als nou maar niet die hele horde tegelijk kwam… Maar nee, alleen de grote man kwam hollend naar het huisje toe.
Ademloos stond hij in de deuropening en keek Britta vragend aan.
„Alles is heel erg goed,” zei ze en haar gezicht had een innige uitdrukking.
„Ga maar gauw naar uw vrouw, ze wil vast alles liever zelf vertellen.”
Harm voegde zich even later bij haar.
„Ga zitten,” zei Britta, „dan zet ik even koffie. Je was al zo vroeg weg vanmorgen.”
„Je hebt gelijk,” zei hij en hij liet zich in een haveloze keuken-

stoel vallen. Hij volgde al Britta's bewegingen, pakte dan dankbaar een kop hete koffie aan.
Toen ze met een blaadje met koppen naar de deur liep om het echtpaar wat te brengen, zei hij: „Ik houd van je, Britta."
„Dat weet ik," antwoordde Britta een beetje verward.
In de echtelijke slaapkamer genoot ze van het tafereeltje.
Een man en vader die zijn vrouw en pasgeboren baby kennelijk aanbad, alsof hij zijn eersteling aanschouwde.
Britta vroeg zakelijk: „Heeft u hulp bij de andere kinderen?"
„O ja," zei de moeder blij, „mijn man roept straks de vrouw van kunstschilder Gerritsen. Die woont hier tegenover en zij doet alles voor ons. Maakt u zich geen zorgen."
„Dan gaan we maar," zei Britta, „zuster Erna, die u wel kent, komt u vanavond nog even controleren en de dokter komt ook nog een keer langs vanavond. U weet dat zuster Erna u elke dag komt wassen en dan meteen de baby verzorgt."
Britta stak haar de hand toe, die het vrouwtje even vasthield.
„Hoe heet u? Ik wil zo graag de voornaam weten van de zuster die me bij mijn kleine Bernadette geholpen heeft."
„Zuster Britta heet ik," zei Britta verlegen. „Ik hang de was nog even op en dan ben ik weg," zei ze onhandig en dan was ze uit het vertrek verdwenen.
Harm zag haar druk bezig bij de wasautomaat en zei vluchtig: „Tot straks lieverd."

HOOFDSTUK 11

De dagen, die volgden, wist Britta haar houding in huis ineens niet goed meer te bepalen.
Harm verraste haar met een prachtige zilveren armband en toen ze vroeg: „Waarom ineens zoiets moois, jongen? Ik ben niet jarig, we vieren geen trouwdag..."
Hij antwoordde alleen: „Soms heb ik er behoefte aan om je te laten merken hoeveel ik van je houd." Maar hij was meteen uit de kamer gevlucht, had geen bedankje willen afwachten en Britta piekerde. Wat was er met Harm?

Hun huwelijksleven was toch weer helemaal goed en ze dacht nog maar af en toe aan het kindje dat ze verloren had. Ook de woorden van Anthony waren niet meer dagelijks in haar gedachten; het was immers allemaal goed.
Twee dagen later rinkelde onder het avondeten de telefoon alarmerend.
„Natuurlijk weer als we eten," zei Britta berustend en ze nam de hoorn van de haak.
Met moeite herkende ze de stem van zuster Erna, die in paniek riep: „Britta, kom alsjeblieft gauw samen met Harm. Ik ben bezig met een tweeling, die verkeerd ligt, ik weet me geen raad!"
„Hou je kalm," bitste Britta, „waar ben je?"
„In Schoorldam en de dokter is niet te bereiken en..."
„Hou je rustig, geef het adres, we komen meteen," zei Britta.
Ze noteerde met vaste hand en legde de hoorn op de haak.
Ze gaf Harm een wenk, die onmiddellijk begreep dat er niet bepaald een bericht voor Marietje of de kinderen was.
„Je zorgt wel voor alles?" vroeg Britta dringend. En even, heel vlug, aaide ze Tony's ernstige gezichtje.
In de gang zei ze: „Geen tijd meer voor uniform, ik heb het koffertje, ik vertel buiten wel verder."
Toen Harm startte en met een vaart wegreed, vertelde Britta en Harm haalde mismoedig de schouders op.
„Dat kon wel eens foute boel zijn," zei hij en Britta keek naar zijn zorgelijk gezicht, dat toch nog zo jong was.
Hij was toch nog op geen stukken na veertig, maar de eerste grijze draden zag ze nu duidelijk tussen het donkere haar.
Zou dat van het ongeluk gekomen zijn?
Ze betrapte zich erop dat ze nu op dit ogenblik aan zulke dingen dacht.
Harm zei stuurs: „Ik begrijp die dokter daar niet. Hij moet toch weten dat die tweeling niet goed ligt... hij had haar bijtijds naar het ziekenhuis moeten sturen... soms vraag je je af wat voor figuren er medicijnen studeren en nog afgestudeerd raken ook!"
Britta antwoordde niet. Ze deelde zijn bezorgdheid en dat was op het moment alles.

Harm scheurde langs de weg, maar Britta was niet bang, alleen bang om die vrouw in Schoorldam.
Met piepende remmen stond de wagen voor het opgegeven adres stil.
Erna verscheen meteen in de deuropening. Het enige wat ze tegen Harm fluisterde was: „Als je die vrouw maar kunt redden, volgens mij zijn de kinderen al dood."
Harm zag een doodsbleke echtgenoot aankomen en hij zei zo rustig mogelijk tegen hem: „Gaat u nu even in de woonkamer. Ik heb twee verpleegsters en we zullen doen wat we kunnen."
Ze hoorden de man nog stamelen: „Als mijn vrouw maar blijft leven..."
Het drietal vond de jonge vrouw al half bewusteloos en Harm wenkte Britta, die begreep. Ze pakte zijn zorgvuldig steriel omwikkelde operatiehandschoenen. Hij waste zich danig en ze schoof ze aan zijn handen. De vrouw kreeg een verdovende prik en Harm deed met behulp van Britta het ellendige werk, want Erna kon zich niet goedhouden en draaide zich snikkend af.
Met veel moeite verwijderde Harm de tweelingvrucht, die nog aan elkaar gegroeid was ook. Toen hij de laatste hechting bij de bewusteloze vrouw had aangebracht, keek hij Britta aan.
„Ze haalt het wel en ik ben er zeker van dat ik het goed gedaan heb, maar die tweeling was al minstens een dag dood en misschien maar goed ook."
Britta wikkelde de te kleine baby's in een doek en bracht ze naar de keuken terwijl ze Erna wenkte mee te gaan.
„Jij brengt de tweeling naar het ziekenhuis. Je weet welke afdeling. Vraag of er meteen een vrouwenarts kan komen om te kijken of alles met de moeder in orde is."
Erna snikte af en toe nog en Britta gaf haar een stevig duwtje. „Doe niet zo flauw. Die vrouw is gered, dat is het voornaamste en je kunt niet altijd bloeiende baby's op de wereld helpen. Maar die huisarts hier kan ik wel villen."
Zwijgend nam Erna het trieste bundeltje over en legde het in haar wagen en reed weg.
Britta kwam zachtjes de woonkamer binnen, waar de jonge

man met het hoofd in de handen voorover in een stoel zat. Ze tikte hem voorzichtig op de schouder.
Hij keek op en Britta zag de verwilderde blik en ze zei zacht: „Uw vrouw haalt het, heus."
„Kan ik haar zien?" Hij stond meteen.
„De dokter is nog heel even met haar bezig, maar over een kwartier kunt u haar zien, maar bedenk dat ze nog niet bij bewustzijn is. We hebben haar moeten wegmaken, dat kunt u in dit geval toch begrijpen."
Hij knikte. „Als zij maar in leven blijft, ze is alles wat ik heb."
„Ze blijft leven," zei Britta geruststellend. „De tweeling was zeker al een dag niet meer in leven, maar uw vrouw kan altijd weer een gezond kind krijgen," wilde ze troosten.
„Nooit wil ik dit meer doormaken," viel hij uit. „Mijn Anny mag niet nog eens door zo'n hel gaan."
„Rustig," glimlachte Britta. „Dat zegt u nu, maar over twee jaar hebt u samen misschien wel andere plannen. Laten we blij zijn dat we op tijd gekomen zijn. Met een dag of tien is ze weer uit bed."
„Ik geloof u niet," barstte hij weer uit.
„Hoeft ook niet, ik ga nog even naar uw vrouw en dan mag u haar levend en wel zien... ze slaapt alleen nog, wees daar dankbaar voor." Ze hielp Harm snel met het wassen en verschonen van het vrouwtje en in het schone bed legde Harm de kussens vakkundig onder het hoofd met de wilde krullenkop.
„Ze komt zo bij," zei hij tegen Britta.
„Dan zal ik haar man roepen, die hééft het niet meer!"
Britta liep weer naar de woonkamer, pakte de man bij de hand en knikte hem geruststellend toe.
Op de gang zei ze zacht: „Doe niet opgewonden tegen uw vrouw, vooral heel rustig zijn, ze komt zo bij."
Hij zei, nu wat rustiger: „Ze wist al dat de tweeling dood was. Gisteren voelde ze zich zo vreemd en eigenlijk voelde ze al een paar dagen geen leven; ik heb de dokter toen gebeld en die zei, dat het allemaal verbeelding was. Ze heeft zich vóór de bevalling al verzoend met het feit dat ze deze keer geen levend kind zou krijgen."

Britta glimlachte, omdat de man sprak over 'deze keer'... er zou dus nog wel eens een andere keer komen...
Zacht liepen ze de slaapkamer binnen en hij knielde naast het bed, pakte haar hand en stamelde: „Anny, ik ben er... we hebben elkaar toch nog?"
Heel langzaam opende het jonge ding haar ogen. „Geen pijn meer," zei ze bijna verzaligd. Dan zag ze de bezorgde gezichten om zich heen. „Ik ga toch niet dood?"
„Absoluut niet," zei Harm, „maar we hebben wel een zwaar karwei achter de rug; u zult wel begrepen hebben dat uw tweeling niet meer leefde."
Ze knikte. „Ik wist het, maar mijn dokter wilde niet komen. 'Alle vrouwen hebben van die vreemde praatjes als ze op alle dagen lopen,' zei hij. Maar ik... wist niet dat... het zo erg zou worden..."
Ze legde haar gezicht tegen dat van haar man.
„Ik hoef deze kinderen niet te zien?"
„Nee," zei Harm, „maar de volgende baby kom ik bij u halen."
Er verscheen iets van een glimlach op haar gezicht. „Kan ik dan nog kinderen krijgen?"
„Volgens mij is alles nu in orde," antwoordde Harm, „maar voor de zekerheid hebben we een vrouwenarts laten waarschuwen en die zal u ook nog even nakijken. Zuster Erna is hem gaan halen en zij blijft de komende twee dagen bij u, dag en nacht. Maar er is volgens mij absoluut geen gevaar meer bij... u hebt elkaar... en dat is zo verschrikkelijk veel."
Zijn stem had hees geklonken en Britta keek hem bevreemd aan. Was Harm ontroerd? Hij had toch wel ergere dingen meegemaakt, ze begreep het niet goed.
Ze ging haar gewone werk in de keuken doen, zette koffie en voorzag iedereen van een sterk kopje.
Even later hoorden ze twee wagens voor de deur stoppen.
„Dat zijn Erna en de gynaecoloog," zei Harm snel en hij liep naar de voordeur.
De man, die al helemaal op de hoogte was, liep snel mee naar de kraamvrouw, groette beleefd en begon direct zijn onderzoek.

Toen hij het dek weer zorgzaam over de vrouw heenvlijde, sloeg hij Harm amicaal op de schouder. „Uitstekend werk, collega, ik had het niet beter kunnen doen."
En tegen Anny zei hij: „Als u weer eens een kind wilt, kom dan onder controle van het ziekenhuis en krijg daar uw kind. Wij zijn op alles voorbereid en kunnen al heel vroeg fouten signaleren. Maar ik weet zeker dat u een volgende keer een mooi gezond kind krijgt." Hij drukte de huilende Anny de hand, sprak op de gang nog even tegen Harm en was weer verdwenen.
Inmiddels was er een schoonmoeder gekomen, die gelukkig nogal nuchter was en die alleen tegen Anny zei: „Nou meid, volgende keer beter."
Erna had intussen haar nachtgoed en toiletspullen van huis gehaald. Ze noteerde zorgvuldig de aanwijzingen van Harm.
Ze namen afscheid en in de wagen zei Britta, die een beetje vermoeid achterover leunde: „Je hebt fantastisch gewerkt, Harm, dat meen ik."
„Dank je liefste," was het enige wat hij terugzei. Verder werd er op de terugweg gezwegen.

Het was diep in de nacht toen ze thuiskwamen.
Harm zei bezorgd: „Toe Britta, ga jij vast lekker onder de douche en naar bed. Ik moet nog even m'n krant lezen en de boel afsluiten. Ik kan na dit alles niet meteen gaan liggen."
Britta deed de ronde bij de kinderen en ook bij Marietje en met een zucht van verlichting ging ze eindelijk liggen. Slaap had ze ook niet. Het werk dat ze deze avond en een deel van de nacht had gedaan was nu niet bepaald het ideaal van een kraamverpleegster en een geval als dit had ze ook nooit eerder meegemaakt.
Ze liet het kleine leeslampje aan en lag verder maar zo'n beetje met halfgesloten ogen in het duister te staren.
Ze hoorde eindelijk Harm de deuren op het nachtslot doen en zonder enige aanleiding bedacht ze dat ze de grotere kinderen een poes en een hond had beloofd en ze was het allemaal totaal vergeten.
Ze besloot er zo gauw mogelijk werk van te maken.

Ze zou Tony een klein zwart poesje geven... de kleur van zijn ogen...
Harm kwam zacht de kamer binnen. „Ben je nog wakker, Britta?"
„Ja," zei ze, „het is mij ook niet in de koude kleren gaan zitten."
Hij antwoordde verder niet, verdween onder de douche en stapte in bed.
Hij trok haar teder in zijn armen.
„Britta... ik kan het maar niet van me afzetten... dat het verlies van ons jongetje... mijn schuld is."
Hij borg zijn hoofd tegen haar borst en door haar ragdunne nachtjaponnetje voelde Britta hete tranen.
En haar handen streelden het donkere haar en in het duister zei ze: „Het is niet waar, lieveling, het heeft er niets mee te maken en je kon het immers niet helpen dat je zo was? Ik ben nu elke dag blij dat je weer de oude Harm bent."
„Ik moet je wat vragen," fluisterde hij onder het dek, zijn armen vast om haar heen.
„Zeg het maar." Britta's stem had een tedere klank.
„Britta... komt er nog een tijd... dat we echt samen nóg een kind willen? Ik bedoel... niet de pil vergeten... maar echt dat we het bewust samen willen. Britta, wil je dat?"
En Britta antwoordde alleen maar: „Die tijd komt... en of ik het wil? Wel... het zal toch een kind van jou zijn? En het zal niet per ongeluk komen... als jij het wilt, zal ik het ook willen...!"
En heel voorzichtig bijna begon hij haar te kussen en terwijl Britta het donkere hoofd met de eerste grijze haren streelde, zag ze even, in een flits, een paar lichte ogen... heel, heel ver...

MAAR DE TWIJFEL BLIJFT

HOOFDSTUK 1

Veel, veel later bedacht Britta dat haar vierendertigste jaar wel één van de meest trieste jaren in haar leven was geweest.
Het was dat voorjaar allemaal zo goed begonnen. Harm Jaarsma, haar man, huisarts in St. Maartenszee, dat pal aan de Noordzee ligt, was gelukkig helemaal van het nare ongeval met de oude motorfiets hersteld. Aan haar vorige huwelijken dacht ze nooit meer terug. Wél aan de man uit haar jeugd, die door een stom misverstand niet met haar getrouwd was en die ze een paar jaar geleden nog ontmoet had: Anthony. Hij was de verre grote geliefde gebleven en een enkele keer per jaar schreven ze elkaar.
Hij was allang getrouwd met een vrouw, met wie hij kennelijk geen bijster goed huwelijksleven had en hij had drie dochters. Om die meisjes hield hij het huwelijk ten koste van alles in stand en Britta wist dat.
Zelf had ze eigenlijk ook drie kinderen, maar de oudste, Dénise, die nu zes jaar was, was een kind uit Harms vorige huwelijk. Kleine Anthony had ze vier jaar geleden uit een Grieks vondelingentehuis gehaald toen hij nog maar pas op de wereld was. Zij had Anthony haar meisjesnaam „Johansson" gegeven en ze had niet gewild dat Harm hem als zoon adopteerde. Het „waarom" had ze zich nooit wezenlijk afgevraagd en ze wilde er ook niet over doordenken; de buitenwereld dacht alleen maar dat Tony een kind van haar uit een vorig huwelijk was en Britta liet het zo.
In dit afgelegen zeedorp had ze nieuwe vrienden gevonden en ze had niemand bijzonderheden over haar verleden verteld.
Maart was goed begonnen... Britta liep op de ochtend van de vijfde maart om haar gezellige bungalow heen en keek naar de blauwe lucht. De krokussen stonden in volle bloei en hier en daar begonnen de narcissen al hun gele tint te vertonen.
Ze leunde behaaglijk tegen de witte muur van haar huis en ze bedacht dat alles toch goed was. De kinderen gezond, Harm weer helemaal de oude met al zijn liefde voor haar en zijzelf... ze hield van hem, ook al was er die grote, onmogelijke liefde in

de verte. Ze had het allemaal aanvaard. Ze keek naar kleine Erica, het kind van Harm en haarzelf, dat nu ruim anderhalf jaar was en voorzichtig naar de zandbak liep. Vertederd keek ze naar de wankele stapjes. Het kleine witblonde meisje was niet vroeg met lopen geweest en nu nog zette ze haar voetjes heel voorzichtig neer.

Britta's hart ging uit naar dit kind, dat ze zelf op de wereld had gezet en ze dacht aan de voorgeschiedenis... Altijd was ze ervan overtuigd geweest dat ze zelf nooit kinderen zou kunnen baren, maar Harm had haar zover gekregen dat ze een speciale behandeling had ondergaan en zij, die zoveel baby's op de wereld had geholpen, had toen het wonder zelf beleefd. Ze wist dat hij van haar verwachtte dat ze weer een kind zou krijgen, weer naar die specialist in Amsterdam zou gaan, maar Britta had nog geen besluit kunnen nemen. Uiteindelijk hadden ze samen drie kinderen en haar werk als kraamverpleegster was ze blijven doen. Een nieuw kind zou het allemaal onmogelijk maken. Maar afgezien van het feit dat ze bleef werken, wilde ze op dit moment geen kind meer. Ze had het niet aan Harm durven vertellen. Na alle moeilijkheden die ze samen overwonnen hadden na zijn ongeluk, scheen hij te denken dat ze gewoon nog een beetje „bij" wilde komen van alles. Maar ergens leek het in haar gegrift te zijn dat ze geen kind meer wilde. En terwijl ze naar het spelende kleintje in de zandbak keek, vroeg ze zich af of het kwam omdat ze misschien minder van Harm was gaan houden; maar ze besefte dat dat beslist niet waar was. Ook zag ze niet tegen de bevalling op, maar er was alleen maar verzet in haar tegen een nieuw kind. Achteloos haalde ze de schouders op. Ze liep naar de zandbak en speelde wat met de kleine. En toen gebeurde, wat zo vaak voorkwam: Marietje, haar dag- en nachthulp kwam naar buiten rennen: „Of u zo gauw mogelijk naar mevrouw Van der Ploeg wilt gaan, het is zover." Kwiek stond Britta op.
Ze besefte niet hoe mooi ze was, zoals ze daar in dat prille zonlicht stond met haar halflange, blonde haar, het slanke figuur en het regelmatige gezichtje met de grote donkere ogen.

„Marietje, pas jij op Erica? Ik ga me meteen verkleden en je zorgt wel voor de anderen als ik om twaalf uur niet terug ben?"
„Natuurlijk mevrouw," zei het wijze Marietje en ze tilde Erica uit de zandbak.
Britta holde naar de slaapkamer en stak zich in uniform. Ze controleerde de inhoud van haar tas; ze keek nog even in haar boekje om de bijzonderheden van de aanstaande moeder na te gaan. „Dertig jaar, eerste kind, alles normaal." Dat was het. Het adres was niet ver weg, een woning in een stukje nieuwbouw van St. Maartenszee.
Ze trok haar jas aan, wuifde naar Erica en Marietje en reed even later weg.
Ze stopte tien minuten later voor het bewuste huis. Ze zag witte vitrages stijf gesloten en een keurig gordijntje voor het raampje in de voordeur.
„Alles even keurig," dacht ze hardop.
Toen ze aangebeld had, verscheen een oudere dame in de deuropening. „Kennelijk een oma," dacht Britta, maar ze vergiste zich.
De vrouw stelde zich voor als: „Mevrouw Stellendam, de buurvrouw."
Britta trok haar jas uit en vroeg terloops: „Is meneer niet thuis?"
De vrouw antwoordde: „Hij werkt in ploegendienst en mevrouw verwacht hem pas om een uur of drie thuis en ze wil voor geen prijs dat hij gewaarschuwd wordt. Tussen twee haakjes… ik kan nu zeker wel gaan?"
Britta knikte haar toe. „Gaat u gerust naar huis, ik ben er nu toch!"
Met ongewone spoed was mevrouw Stellendam verdwenen en Britta zocht de slaapkamer. Eerst kwam ze in de woonkamer terecht, waar de ontbijtboel nog op tafel stond. Het hele huis maakte een rommelige indruk, alsof iemand er zo snel mogelijk nog een beetje orde had willen scheppen.
Ze liep de trap op en opende de deur waarvan ze dacht dat het de grote slaapkamer was en inderdaad vond ze de aanstaande moeder in een overhoop gehaald tweepersoonsbed.

„Goedemorgen mevrouw, ik kom u helpen, ik ben zuster Britta," zei Britta vriendelijk.
Het kleine mollige vrouwtje in bed keek haar een beetje wanhopig aan: „Het is overal zo'n troep, zuster, ik weet me geen raad."
„Dat komt allemaal wel goed," zei Britta sussend. Ze ging rustig op een stoel zitten en vroeg: „Waarom mag uw man niet bij deze gelukkige gebeurtenis aanwezig zijn?"
De vrouw aarzelde en barstte eindelijk los in een woordenvloed: „Zuster, ik schaam me, maar ik kan het allemaal niet aan... ik kan net aan het huishoudentje van ons beiden runnen en we hadden allang niet meer op een kind gerekend. We zijn al tien jaar getrouwd... Ton vindt het heerlijk dat we een kind krijgen en ik... ik ben er wel blij mee, maar ik kan het niet aan, ik..."
„Nou even stilte," zei Britta bijna streng. „Een kraamvrouw ziet de zaken nooit helemaal zitten, dat is gewoon. Ik neem onmiddellijk aan dat u het huishouden niet snel en feilloos aankunt, maar overal is een oplossing voor. Denk nou alleen maar aan het kind dat komen gaat. Ik zorg voor de rest."
Ze hielp de kraamvrouw in een stoel en maakte het bed op; ze controleerde de frequentie van de weeën en zei geruststellend: „Het duurt nog wel even. Ik zal intussen uw huis een beetje aan kant maken."
„Wat lief van u," zei de aanstaande moeder verlegen.
Britta ruimde de ontbijtboel op en waste af; ze zoog het hele huis door en zwaaide met een stofdoek. Ook de grote slaapkamer kreeg een beurt en toen ze klaar was, zette ze koffie voor hen beiden. Omzichtig schoof Britta een klein theeblad op het schone laken vóór ze mevrouw Van der Ploeg haar kopje reikte.
„Het valt me geweldig mee," zei ze eerlijk terwijl ze de vrouw recht aankeek.
„Wat valt u mee?"
„Nou... uw zogenaamd vervuilde huis. U bent een tikje slordig, maar het is overal schoon; waarom maakt u zich zo druk?"
Een verloren traan dwaalde over een mollige wang en de aan-

staande moeder zei: „Ik heb tot voor twee maanden altijd een kantoorbaan gehad en mijn man, die in ploegendienst werkt, deed samen met mij het huishouden. Ik heb nou zo het gevoel dat ik het in m'n eentje niet kan. Ik heb er nooit alleen voor gestaan en straks moet ik ook de baby verzorgen en we hebben geen geld voor een hulp."

Britta glimlachte wijs.

„U bent het zaakje hier pas alleen gaan doen toen u zeven maanden heen was. Gelooft u mij: geen enkele vrouw is dan nog vlot met haar huishouden. Als u helemaal aangesterkt bent, gaat het vanzelf. Zal ik uw man niet bellen om bij de geboorte aanwezig te zijn?"

„Nee," zei het vrouwtje een beetje triest, „daar kan hij toch niet tegen. Het is beter zo."

Britta hield haar patiënte goed in de gaten en ze zag dat het tijd werd de dokter te bellen. Ze wist niet of Harm in de buurt was. Anders moest zijn collega Jaap van der Heiden maar komen.

„Ik ga even de dokter bellen, want uw baby gaat er haast mee maken," zei ze. Ze liep naar de gang waar ze de telefoon gezien had en belde naar huis. Het was Jaap, die ze aan de lijn kreeg.

„Met Britta. Kom je een beetje gauw naar mevrouw Van der Ploeg? Je weet het adres."

„Ik ben er al," was het jolige antwoord.

Britta glimlachte toen ze de hoorn op de haak legde. Jaap was een fijne vent en ze was altijd weer blij dat hij nog maar kort geleden met Mieneke getrouwd was. Mieneke was gescheiden, omdat haar man haar in de steek had gelaten toen ze een kind verwachtte en Jaap was nu net zo blij met de baby, alsof hij de echte vader was.

Na een stevig kwartiertje stopte zijn wagen voor de deur.

„Geen bijzondere problemen?" lachte hij tegen haar toen hij uit zijn wagen stapte.

„Niets waar jij over hoeft te tobben," was het gevatte antwoord.

Samen liepen ze naar de slaapkamer en binnen het halfuur hield Jaap een kleine jongen in zijn handen.

„Mooi gedaan, moedertje," lachte hij tegen de nog onthutste vrouw.
Britta waste het kindje en toen Jaap met de moeder klaar was en het kind nog even bekeken had, pakte hij meteen zijn tas.
„Ik heb er nog één bij zuster Erna," grijnsde hij, „ik smeer 'm. Mevrouwtje... u ziet me in de namiddag nog weer even verschijnen." Hij zwaaide naar Britta en was verdwenen.
Het was Britta, die het aangeklede bundeltje in de armen van de moeder legde.
Het mollige vrouwtje huilde en Britta begreep dat alle spanningen zich even moesten ontladen. Ze ging op de rand van het bed zitten en keek op haar horloge. „Uw man zal wel gauw komen, ik ga u mooi maken."
„Ik wil de baby nog heel even tegen me aanhouden," zei de vrouw zacht en Britta begreep dat. Ze legde alvast schoon beddengoed klaar, installeerde het kruikje in de lichtblauwe wieg; ze sloeg het bekende tafereeltje gade: de moeder, die maar niet genoeg kon krijgen van het pasgeboren wezentje.
„Een mooi jongetje, vindt u niet zuster?"
„Een knappe zoon," bevestigde Britta en een ogenblik later legde ze het kind in de wieg en maakte dat de moeder in een schoon bed kwam te liggen met een schoon, grappig geblokt nachtjaponnetje aan.
Ze was nog maar net klaar toen ze beneden een sleutel in het slot hoorde. Iemand liet kennelijk een zware tas vallen en nam toen de trap met drie treden tegelijk. Een tel later stond een grote forsgebouwde, blonde man in het vertrek. Even keek hij verbouwereerd naar zijn vrouw, naar de wieg en de zuster. En met een kreet: „Betty!" liet hij zich naast het bed neervallen en Britta verdween met de vuile was naar beneden.
Toen ze haar werk gedaan had, klopte ze weer bescheiden op de deur van het echtpaar.
De man bulderde. „Kom toch binnen!"
En toen Britta binnenkwam, ontdekte ze dat de nieuwe vader nog steeds met de armen om zijn vrouw heen zat.
En Britta vroeg verbaasd: „Geen belangstelling voor uw zoon?"

„Sorry zuster… ik vind het zo erg wat Betty allemaal doorstaan heeft… ik… nou ja u begrijpt het wel."
„Volkomen," antwoordde Britta bedaard en ze liep naar de wieg en pakte het slapende bundeltje met de grote blonde kuif. Ze legde het kind weer in de armen van de moeder, want ze had voorlopig niet veel vertrouwen in de handigheid van de nerveuze vader.
Ze bleef even staan kijken hoe het echtpaar alles aan het prille kindje bewonderde.
„Hij heeft jouw handen," vond Betty. „En jouw haar… jij bent het helemaal."
Verrukt streelde de vader de handjes en Britta vroeg: „Hoe moet uw zoon heten?"
Betty zei vastberaden: „Hij wordt naar mijn man genoemd, Freek zal hij heten."
Vastbesloten tilde Britta de kleine Freek op en legde hem weer onder zijn dekentjes. Ze gaf de nieuwe moeder en vader en ook zichzelf een kop soep; want toen ze de was in de automaat deed, had ze een blik soep ontdekt en de inhoud ervan gauw opgewarmd. En nu had ze een blad met drie koppen mee naar boven gebracht.
Ze zaten eindelijk alle drie een beetje rustig de soep op te lepelen. Dan zei Britta tegen de heer des huizes: „Uw vrouw ziet erg tegen haar komende taak op; ze is bang dat ze het huishouden plus de verzorging van het kleintje niet aankan. Ik weet dat ze alles nu nog wat somber inziet, omdat ze net bevallen is, maar is er voorlopig niet een beetje hulp voor haar te versieren?"
Grote Freek keek lachend naar zijn vrouw.
„Maakt u zich niet ongerust zuster, ik kén mijn vrouw. Ze hoeft zich nergens zorgen over te maken. Er zijn weken dat ik de middag of de morgen vrij heb en al zeg ik het zelf, ik ben nogal handig met de huishouding. Ik zorg voor het zware werk; ze hoeft alleen maar te koken en voor ons kind te zorgen. De rest doe ik wel… de volgorde zal niet altijd deugen, maar ze staat er beslist niet alleen voor."
„Ja maar, Freek," begon de jonge moeder, „wat moet ik begin-

nen nu ik nog in bed moet blijven? Jouw moeder en de mijne wonen te ver weg en zijn bovendien te oud om te helpen."
Hij pakte haar hand en zei: „Deze man van je is echt niet gek. Ik heb dit ook negen maanden aan zien komen en ik heb m'n baas twee weken verlof gevraagd als het kind zou komen en die gaan vandaag in. Van de zomer heb ik dan maar één week en wat snipperdagen, maar met een jonge baby kun je toch niet weggaan. Ik help jou en de baby nu, ik kook eten en ik houd de boel schoon. Wat wil je nog meer?"
„O Freek!" jubelde de kraamvrouw en ze sloeg haar armen om zijn hals.
Britta stond op, verzamelde de soepkoppen en zei: „Ik ga beneden de was ophangen en vanavond komt in ieder geval nog een dokter voor controle en een zuster."
Ze reikte het echtpaar de hand en onder dankbetuigingen verdween ze naar de keuken, waar ze al gauw klaar was. Met een zucht van verlichting trok ze de deur achter zich dicht en stapte ze in haar auto. Ze bleef een moment stil achter het stuur zitten. Wat hadden zulke mensen toch een zalig ongecompliceerd leven... alleen maar wat gedoe over het huishouden, een gezond kindje en liefde voor elkaar.
Ze reed weg met een matig gangetje en ze vroeg zich af, wat er dan allemaal aan haar leven mankeerde. Heel wat jonge vrouwen zouden haar juist benijden en Britta besefte dat Anthony, de man op de achtergrond, toch een te grote rol in haar leven speelde, ondanks het feit dat ze oprecht van Harm hield. En dan was er Dénise, Harms kind, dat af en toe lief en volgzaam was en dan weer kuren vertoonde, die Harm aan de moeder van het kind deden denken.
Britta vond haar gevoelsleven nou eenmaal een beetje ingewikkeld. Elke dag gingen haar gedachten wel even uit naar die man in de verte en als Dénise één van haar buien had, kon ze wel huilen van ellende. Wat ze ook probeerde, ze zou het kind nooit helemaal voor zich winnen en toch moest dat, want Dénises eigen moeder liet de laatste tijd helemaal niets meer van zich horen.
Britta schudde haar gedachten van zich af en ze stopte voor

een bloemenzaak. Ze zag mimosa's in de etalage en hoewel deze lenteboden uit het zuiden van Europa maar een kortstondig leven hadden, kon ze toch niet nalaten een paar bosjes te kopen.
Met in haar armen de geurige gele donzige bolletjes nog in hun beschermende verpakking gehuld, liep ze haar huis in. Ze had de lunch net gemist. De kinderen waren alweer naar school en Erica deed haar middagslaapje. Ze hoorde Marietje zingen in de keuken; Harm was naar zijn patiënten.
Ze deed haar jas uit en zocht in een kast een pretentieloze glazen vaas op. Met een beetje geluk in haar hart zette ze de mimosa in het water en plaatste het vaasje op haar bureautje, het bureautje waarvan altijd een lade op slot was. Tegen Harm had ze gezegd, dat ze niet het risico wilde lopen dat de kinderen of Marietje erin keken, maar ze wist heel goed, dat ze niet wilde dat er ook maar iemand in keek. Ze bewaarde de laatste korte briefjes van Anthony erin, de enkele foto die ze van hem bezat en een paar grammofoonplaatjes waar ze beiden aan gehecht waren en die ze nooit zou draaien als ze niet alleen was.
Hardop zei ze: „Je bent een sentimentele idioot."
Door het raam zag ze Marietje wegfietsen om een boodschap te doen en ze kon de verleiding niet weerstaan de bewuste bureaula te openen en er één van de plaatjes uit te halen.
Ze legde het op de pick-up, ging dichtbij de mimosa zitten en wel zó dat ze buiten de nog steeds blauwe lucht en een strook duinen kon zien en ze hoorde voor de zoveelste keer.

„And the lights all went out in Massachusetts..."

Terwijl ze vol overgave zat te luisteren en haar gedachten de vrije loop liet, had ze niet gehoord dat de kamerdeur openging en ineens zag ze Harm voor zich staan.
Ze sprong op, zette de pick-up af, borg het plaatje op en zei: „Lieverd, ik wist niet dat je al zo gauw terug was. Ik ben net thuis van een bevalling. Ik zal gauw mijn uniform uittrekken en thee voor je zetten."

Zijn gezicht stond ongewoon ernstig en hij belette haar de kamer te verlaten.
„Je moet mee Britta, geen bevalling, maar in het bejaardenhuis hier in de buurt ligt een man van tweeënnegentig op sterven. Zijn kinderen en kleinkinderen hebben geweigerd bijtijds te komen en hij wil behalve mij nog iemand bij zijn bed. Bovendien is die verpleegster van dat tehuis ronduit een mispunt. Wil je meegaan, Britta?" Zijn stem klonk liefkozend en hij streelde even het glanzende, blonde haar.
„Natuurlijk," zei Britta. „Gelukkig komt Marietje er net aan, dan kan zij Erica uit bed halen en samen met haar de twee anderen uit school halen." Ze liep snel naar het jonge meisje toe en legde haar de zaak uit.
„Ga maar gauw met de dokter mee, mevrouw," zei Marietje. „Ik zorg voor alles."
En Britta stapte in Harms wagen en ze stoven weg.
De kille sfeer van het bejaardenhuis kwam haar bij de ingang al tegemoet; een oudere verpleegster verwelkomde hen. Ze zei alleen: „De oude heer maakt het niet lang meer, dus u zult uw kostbare tijd niet erg hoeven te versnipperen."
Britta keek haar verbaasd aan.
„Ik blijf net zo lang bij die man, als hij me werkelijk nodig heeft... al duurt het drie dagen," zei ze kort.
De andere vrouw week terug, zei alleen: „De dokter weet de weg."
Hij knikte en trok Britta's arm door de zijne.
„Jij bent dit werk niet gewend," zei hij aarzelend.
Maar ze glimlachte tegen hem.
„Geboorte en dood liggen zo dicht bij elkaar en ben je de vrouw vergeten, naar wie ik Erica genoemd heb?"
„Nee, dat zal ik nooit vergeten... kom Britta, we gaan die oude man rust geven."
Even later zaten ze aan het sterfbed van Frans Meertens. Ze wisten niets van hem af, niet wat hij vroeger geweest was... alleen maar dat zijn kinderen hem nu in de steek lieten en dat hij eenzaam was.
De oude man leed niet, zag Britta met één oogopslag. Zijn

zachte stem zei, toen hij haar zag: „Jij bent een goed mens, dat je bij mij komt.”
En Britta zei niet: „Dat is mijn taak.” Want in wezen was dit haar werk niet, ze had gewoon spijt een uniform aan te hebben en ze antwoordde: „Een mens moet nooit alleen zijn en zeker nu niet.”
Ze pakte zijn hand en de vreemde grijze ogen van de man letten niet op Harm, die alleen even zijn pols gevoeld had, maar hij nam het beeld van de bloeiende mooie vrouw naast zijn bed in zich op.
„Ik voel me nu rustig worden,” fluisterde hij, „de kinderen zijn er niet... doet er niet toe... en dat enge mens,... die zuster van het tehuis... gelukkig ook niet.”
„Wilt u wat drinken?” vroeg Britta lief.
Hij probeerde te glimlachen.
„Je bent nog zo jong... ik heb geen dorst meer... ik had een mooi leven... een lieve vrouw... en kinderen... ze gaan hun eigen weg. Ik heb er geen verdriet meer over... alleen voel ik me... dankbaar dat jij nu mijn hand vasthoudt... ik ben niet meer alleen.”
Na een paar uur stond Harm op en maakte Britta duidelijk, dat hij nog naar een patiënt moest. Ze knikte dat het goed was, deze man zou toch rustig inslapen.
Toen Harm al een paar uur weg was en de man haar duidelijk maakte dat hij haar iets wilde geven, schudde ze ontkennend haar hoofd.
„Niet doen, het is voor uw kinderen. Ze zullen toch al spijt genoeg hebben dat ze niet gekomen zijn.”
Hij bleef haar aankijken en ze hield nu zijn beide handen vast. Af en toe vielen zijn ogen dicht. Er kwam een diepe zucht en hij mompelde nog: „Dank je dat je bij me bleef.”
Toen viel zijn hoofd opzij en Britta wist dat het gebeurd was. Ze maakte haar handen uit de oude handen los en deed wat gedaan moest worden. De half geopende gordijnen sloot ze helemaal en ze verliet de kamer.
De verpleegster van het tehuis meldde ze, dat het afgelopen was en ze belde Harm op.

Hij verscheen vrij snel, constateerde officieel het overlijden van de oude heer en maakte de formaliteiten in orde.
Het was intussen bij zessen geworden; hij zag Britta in een kille wachtkamer zitten.
„Heb jij niets te eten of te drinken gehad? Al die uren lang?"
„Nee," zei Britta, „maak alsjeblieft geen toestand, dat kan ik nu niet hebben."
En zo verdwenen ze, nadat de directrice nog even haar dank betuigd had voor de hulp die beiden verleend hadden.

HOOFDSTUK 2

Zwijgend reden ze naar huis, beiden vervuld van hun eigen gedachten. Marietje opende meteen de buitendeur en riep: „Ik heb al met de kinderen gegeten en voor u staat er een schaal in de oven."
„Bedankt!" riep Harm en Britta liep eerst naar haar slaapkamer om zich te verkleden en te verfrissen. Ze vond nog tijd om kleine Erica zelf in haar bedje te leggen. Tony en Dénise zaten eensgezind naar de tv te kijken.
Marietje, die 's avonds vrij was, als één van hen beiden thuis was, ging naar een vriendin. Harm zette later zorgzaam het schaaltje macaroni voor hen beiden op tafel.
Britta ging automatisch aan tafel zitten, maar haar ogen hadden een starende blik.
Harm ging achter haar staan en legde zijn handen liefkozend op haar schouders.
„Lieverd, dit was te veel voor je; ik had het je niet moeten vragen."
Britta verroerde zich niet.
„Het was goed dat je het me vroeg," zei ze zacht om het de kinderen niet te laten horen. „Die oude man had me nodig en het geeft niet dat ik daar een douw van kreeg. Ik overleef het wel... kom, laten we gaan eten anders wordt het nog koud."
Harm kuste haar en ging ook zitten.
Hij schepte haar bord behoorlijk vol en Britta protesteerde:

„Jongen, ik eet nooit zo veel, schei toch uit!"
„Zenuwen moet je overeten," grinnikte hij, „dat zeggen ze hier in het dorp altijd."
Britta glimlachte.
„Ik zet me er toch wel overheen, het moet gewoon. Maar die sfeer in dat bejaardencentrum... ik vind het ontzettend. Ik geloof nooit dat ik een goede verpleegster zou zijn geworden... helpen bij het nieuwe leven, dat vind ik geweldig. Het aantal keren dat er iets fout gaat is zo klein. Maar elke dag met ziekte en dood te maken te hebben... nee, daar ben ik te laf voor."
Hij legde zijn hand op de hare.
„Je bent niet laf, dat heb je vaak genoeg getoond; je trekt je dit soort dingen te veel aan, dát is het."
Britta kon er niets aan doen, dat er een traan over haar gezicht liep.
„Huil je om die oude man?" vroeg hij teder.
Ze schudde verwoed van „nee".
Dan bracht ze uit: „Die eenzaamheid vond ik zo verschrikkelijk, maar ik ben dankbaar dat hij mij als laatste gezelschap aanvaardde. Verder wil ik er niet meer over praten."
„Doen we ook niet," zei Harm, „je bent nu eenmaal een geboren kraamverpleegster. Ik houd van je, Britta." Ze keken elkaar aan, Britta knikte alleen.
Ze hielpen na hun maal de kinderen samen naar bed en toen plofte Britta op de bank neer in de woonkamer en zei: „Ik verroer geen vin meer!"
En Harm zorgde voor thee met citroen, legde een extra kussen in haar rug en herhaalde: „Ik houd zo van je, Britta."
En Britta antwoordde: „Ik houd van jou." En op hetzelfde moment dat ze die woorden zei, ging een vreemde gedachte door haar heen. Ze hield van Harm, maar was er iets van medelijden bij gekomen? Medelijden met de nog jonge man met het moeilijke dochtertje, met de man die helemaal stapel was op haar, Britta?
Ze sloot haar ogen en verbood zichzelf verder door te denken.
Om halftien zei ze: „Sorry Harm, maar ik ga vast naar bed. Ik wil alleen maar slapen, dat is goed na zo'n ervaring."

Hij knikte haar toe. „Ik kom zo lieverd, even de krant doorkijken."
Britta knikte vaag en verdween, maar toen Harm in de slaapkamer verscheen, hield ze zich slapend. Ze was als het ware in haar eigen cocon teruggekropen. Ze wilde niet meer praten, niet meer aangehaald worden. Zo gauw mogelijk slapen...
Maar die nacht lag Britta tot haar grote verwondering urenlang wakker. Ze dacht na over het begin van haar loopbaan, over haar mislukkingen, over haar grote verdriet om Anthony... Dan weer dook het beeld van het Griekse vondelingentehuis op en ze zag al die baby's, pasgeboren, vaak al ondervoed en ziek en ze zag zichzelf weer lopen door die grote zaal om een baby uit te zoeken. Ze wist dat ze het kindje had genomen, dat de minste levenskans had gehad en dat haar ook op een andere, ontzettend emotionele wijze had geboeid. Het was geweest: dit kind en anders geen. Had ze gelijkenis met Anthony gezien? Heel bewust besefte ze nu, dat ze iets in de prille baby had gezien, dat haar aan Anthony had doen denken en daarom had ze hem ook zijn voornaam gegeven.
Ze lag te woelen en kon de slaap niet vatten.
En dan was ineens Harms sterke arm om haar heen.
„Kun je niet slapen, kleintje? Ik verwachtte het wel."
Hij begon haar te kussen en Britta zocht vergetelheid in zijn omhelzing.
De volgende morgen was Harm al vlug uit bed: het spreekuur wachtte en Britta hielp Marietje met het aankleden van de kinderen. Toen de oudsten naar school waren en Erica bij Marietje in de keuken rondkroop, zag Britta door het raam dat de postbode juist bij hun buitenbrievenbus was aangekomen en er een en ander in deponeerde.
Meestal leegde ze de bus als ze toch naar buiten moest, maar deze keer ging ze meteen de post halen. Het verwonderde haar eigenlijk niet dat er een luchtpostbrief van Anthony bij was. Ze had de laatste dagen toch al zo'n wonderlijk gevoel over zich gehad en deze brief bracht niet de normale korte groet, want daar was het nog lang geen tijd voor. Britta stopte de brief in haar broekzak, deponeerde de andere post op het haltafeltje

en verdween met die ene brief naar haar slaapkamer. Met nerveuze gebaren scheurde ze de enveloppe open en ze las:

„My dearest Britta,
Nu kom ik met mijn ellende bij jou. Ik ben in dit land gebleven en ik wilde nooit scheiden, omdat ik drie dochtertjes heb, dat weet je. De verhouding met mijn vrouw was koel, maar ik dacht wel kameraadschappelijk. Wat ik nooit verwacht had, is nu gebeurd... ze is er vandoor met een andere man én met de kinderen. Ze heeft officieel echtscheiding aangevraagd. Ik heb geen reden om die scheiding tegen te houden. Als mijn vrouw met een andere man gelukkig kan worden, heeft ze daartoe het volste recht. Maar ze heeft gemaakt, dat ik de kinderen nooit meer zal zien, omdat ze ongeveer aan het andere eind van Australië is gaan wonen. Dat betekent, dat ik de kinderen, voor wie ik alles en juist jou, Britta, opofferde, hoogstens één keer per jaar zie. Vaker is niet mogelijk, dat zie ik wel in.
Ik heb een stuk aan mijn atelierwoning, waar ik toch meestal verblijf, laten bouwen en één kamer heb ik verhuurd aan een oudere, alleenstaande vrouw, die mijn huis schoonhoudt en kookt. Daartegenover bereken ik haar praktisch geen huur. Soms heb ik het gevoel, dat ik nooit meer iets moois kan maken, maar als ik aan jou en Tony denk, dan lukt het weer. Britta, ik ga je nu iets vragen, wat heel moeilijk voor je zal zijn. Stuur kleine Tony naar mij; laat mij een half jaar van hem genieten. Je hebt hem naar mij genoemd en ik zal heel goed voor hem zorgen. Mocht hij eerder heimwee krijgen, dan laat ik hem meteen naar je teruggaan. Please Britta... één half jaar Tony. Wil je erover denken? All my love... Anthony."

Verslagen bleef Britta op de rand van haar bed zitten. Tony naar Anthony sturen... dat kon toch niet... het kind kon niet zonder haar. Wat moest ze beginnen als ze de kleine Griekse jongen niet bij zich had? Ook al was Tony niet haar eigen 'vlees en bloed', er was toch een normale moeder-kind relatie tussen

hen en ze kon zich niet voorstellen hoe Tony zich zou redden zonder haar.
Britta begon te huilen... deze tweestrijd was zo ongelooflijk moeilijk: Anthony, die ze nooit zou vergeten. Hij was alleen en vroeg haar om het kind dat ze naar hem genoemd had een half jaar af te staan. En dan haar eigen eenzaamheid zonder Tony, de angst dat het jongetje niet zonder haar zou kunnen.
Op dat moment ging de slaapkamerdeur langzaam open en Harm kwam binnen, zijn ogen één en al vraagteken.
„Wat is er met jou, lieverd? Heb je verdriet?"
Hij ging naast haar zitten en sloeg zijn armen om haar heen, borg zijn gezicht in het blonde haar.
Even aarzelde Britta, maar dan zei ze snikkend: „Je weet dat ik met... Australië af en toe contact heb, maar nu krijg ik deze brief en ik vind dat jij hem ook moet lezen."
Harm pakte het epistel aan en las, zijn gezicht stond nu ernstig. Eindelijk zei hij: „Het is een besluit dat jij moet nemen, Britta, jij op de allereerste plaats."
En de anders zo flinke Britta sloeg haar handen voor haar gezicht en huilde hartbrekend.
„Ik kan het niet... ik kan geen besluit nemen. Tony hoort bij mij... maar hij is nu zo alleen... ik weet het allemaal niet meer!"
Hij trok haar handen van haar gezicht weg. „Luister goed lieverd. Mijn raad is: doe niets overhaast. Schrijf die Anthony, dat je eerst heel voorzichtig het kind moet vragen of hij een poosje naar de man wil, van wie hij denkt, dat het zijn vader is. Hij zal dat begrijpen, daar ben ik van overtuigd. En de komende dagen of weken praat je af en toe met Tony en als je merkt dat het kind nieuwsgierig is naar een eigen pappa, wel, laat hem dan gaan. Het is toch maar voor een half jaar?"
Britta knikte. „Je zult wel gelijk hebben... Tony is meer dan een deel van mezelf en dat is niet goed. De leeftijd komt misschien waarop ik hem eerlijk moet zeggen dat zijn werkelijke ouders onbekend zijn, maar ik heb alle hoop, dat hij dan zo sterk is, dat het dan geen klap meer voor hem zal zijn."
„Een klap wordt zoiets altijd," zei Harm nuchter. „Alleen als hij

zich werkelijk een deel van jou voelt, kan hij het beter opvangen en misschien zal het dan ook helpen, dat er een man is naar wie hij vernoemd is."
Britta probeerde haar tranen te drogen, maar het wilde niet erg lukken.
Harm drukte haar dichter tegen zich aan.
„Waar maak je je meer zorg om Britta... om die man in Australië of om kleine Tony?"
En Britta antwoordde naar waarheid: „Om allebei."
Ze zwegen, elk probeerde de eigen gedachten te verwerken. Eindelijk maakte Britta zich uit Harms omhelzing los.
Ze zei: „Ik ben dankbaar dat je alles probeert te begrijpen en ik zal Anthony schrijven dat ik Tony eerst moet voorbereiden. Dat is de eerste en enige stap die ik kan doen."
Hij knikte haar toe.
„Ik ga maar weer eens naar een patiënt, maar om halfelf kom ik koffie halen, dan ben je klaar met je geschrijf."
Hij drukte een zoen op haar verwarde haar en was verdwenen.
In Britta zoemde nog na: „je geschrijf..." Uit deze twee woorden had Harm toch laten blijken dat hij het niet prettig vond, dat ze af en toe contact had met Anthony. En de angstige vraag kwam in haar op: „Zou hij daarom ook Tony niet zo graag mogen, omdat de kleine jongen naar die man heette, die het kind ook als baby al gezien had?"
Ze zette alle boze gedachten van zich af. Harm gedroeg zich geweldig sportief en ze pakte haastig uit de woonkamer haar briefpapier en ze schreef, dat ze Tony eerst moest voorbereiden en dat ze moest afwachten hoe hij op het plan zou reageren. Ze wilde nu expres geen tedere brief schrijven. Anthony was nog betrekkelijk jong en misschien zou hij daarginds wel weer een andere vrouw tegenkomen met wie hij ging samenwonen of trouwen. Ze wist wat hij voor haar voelde, maar ze wist ook dat hij heel goed besefte, dat ze nu banden had, die ze tot geen enkele prijs zou willen verbreken.
De brief was kort maar duidelijk; ze zou Tony een half jaar afstaan, als het kind het wilde. Niet langer en misschien kon hij als hij wat ouder was weer eens gaan. Ze kon niet nalaten hem

dit toekomstbeeld te schenken. Want een schenking, een gift van haar kant wás het. Ze moest er voorlopig niet aan denken, dat ze het kind niet om zich heen zou hebben. Ze schreef haastig het adres en rende toen naar de brievenbus. Toen ze met lome schreden naar het huis terugliep, wenste ze dat er nu een telefoontje voor een bevalling zou zijn, maar dat kon haast niet en eenmaal thuis, merkte ze ook dat het niet zo was. Ze werd helemaal overgelaten aan haar eigen gedachten en het regelen van het huishouden met het jeugdige Marietje.
Om even na halfelf kwamen Harm en Jaap als een paar uitgelaten schooljongens op de koffie af.
Britta en Marietje zaten al klaar bij het blad met kopjes en het koffiezetapparaat pruttelde.
„Jij hoort naar je eigen vrouw te gaan," mopperde Britta tegen Jaap.
„Je hebt volkomen gelijk," antwoordde Jaap, „maar ze is met de baby een dagje naar een vriendin. Ik ben wel geëmancipeerd, dat ik daar geen bezwaar tegen heb."
„Jij geëmancipeerd... laat me niet lachen," antwoordde Britta en ongewild had haar stem een bittere klank.
„Mieneke heeft om jou haar baan opgezegd en ze had een goede job in Petten, dat weet je zelf."
„Lieve Britta, jij weet ook, dat ze de eerste maanden zeker bij het kind wilde blijven en haar bazen hebben haar daar uiterlijk drie maanden voor gegeven en dat vond Mieneke niet genoeg. Zij is de moeder en zij moet dat vrij besluiten. Ik ben blij, dat ze dat ook volledig in vrijheid kan doen, want mijn inkomen is voldoende voor ons drietjes. Maarre... ik begrijp niet waarom je zo lelijk doet vanmorgen, Britta. Jij weet toch hoe de zaken bij ons liggen?"
„Sorry, ik ben mezelf vandaag niet," zei Britta zacht. Het zal wel door het komende voorjaar zijn, dat ik zo doe. Ik schijn er ook niet tegen te kunnen als ik weinig werk heb."
„Je bedoelt," zei Harm rustig, „als er niet genoeg bevallingen voor je zijn, want hier in huis is nog altijd genoeg werk, denk ik."
„Nou... Marietje en Lena, de werkster, kunnen het heel aardig

aan. Voor de kinderen is het fijn als ik thuis ben, maar echt werk... nee, dat zie ik niet zo bijster zitten. Ik ben te veel met mijn vak vergroeid."
„Jammer voor jou, dat de pil is uitgevonden," merkte Jaap op en Britta vertelde hem, dat ze hem echt niet geestig vond. Kortom, het werd geen gezellig koffieuurtje en Britta was blij toen de beide doktoren weer op pad waren gegaan.
Toen ze de vele groene planten water gaf, bedacht ze dat ze de kinderen had beloofd een hond en een poes te nemen, maar ze zou daar nu zeker mee wachten. Stel je voor dat ze een poes had, waar Tony zich uitzonderlijk aan zou hechten... dan zou hij beslist niet naar Anthony gaan. Nee, ze zou er voorlopig niet over spreken en met wat smoesjes zou ze die zaak uitstellen, als de kinderen er tenminste zelf over zouden beginnen.

HOOFDSTUK 3

Het was een dag of vijf later, Britta en Harm hadden samen helemaal niet meer over de kwestie gesproken, toen Britta toevallig alleen met Tony in de kamer was.
Het was woensdagmiddag en Marietje was met kleine Erica in het wandelwagentje gaan rijden en Dénise had het gezellig gevonden om mee te gaan. Tony was ijverig aan het bouwen met zijn legostenen.
Britta ging bij de open haard zitten, gooide er nog een blok hout op en zei dan zacht: „Tony, ik wil graag even met je praten, zou dat kunnen?"
De zwarte ogen keken haar fel aan en een ogenblik later zat hij op haar schoot. Hij dacht aan een gezellig knuffelpartijtje en sloeg zijn armen al stevig om haar hals, maar Britta pakte de kleine handjes. „Ik bedoel echt praten, zoals grote mensen met elkaar doen. Vind je dat goed?"
Hij knikte dapper.
Britta bleef hem aankijken toen ze verderging: „Ik heb jou al eens verteld, dat jouw eigen vader in een ver land woont, weet je dat nog?"

Hij knikte heftig.
„Ik krijg later zijn horloge," herinnerde hij zich haar belofte.
Britta glimlachte.
„Ja, dat krijg je. Maar er is nu wat anders, misschien kun je dat begrijpen. Jouw pappa voelt zich nogal alleen en hij zou het zo heerlijk vinden, als je een paar maanden bij hem kwam logeren. Dan zou je met het vliegtuig naar hem toegaan en dan staat hij daar, in dat land op je te wachten. Hij kent je, want hij heeft je als kleine baby ook al gezien. Zou je het leuk vinden om te gaan? Het hoeft natuurlijk niet. Dat begrijpt jouw pappa ook wel. Als je echt geen zin hebt, wel, dan blijf je hier."
Hij keek haar nog indringender aan.
„Tony komt wel terug bij mamma?" vroeg hij argwanend.
„Natuurlijk," kwam Britta verontwaardigd. „Je bent toch mijn jongetje en Erica is je zusje en zij zou het ook naar vinden als je te lang wegbleef."
Weer waren de zwarte ogen vast in de hare en hij verviel weer helemaal in zijn peutertaaltje toen hij zei: „Tony altijd bij mamma blijve, Tony wil wel pappa zien."
„Ja lieverdje," zei Britta en ze trok hem dicht tegen zich aan. „Het is een lange en erg dure reis en dan kun je niet na één nachtje slapen terugkomen. Als je naar je pappa toe wilt, moet je wel een paar weekjes blijven, maar je komt bij mamma terug. Eerlijk waar."
De zwarte ogen dwaalden naar buiten en Tony zei: „Alle kinderen hebben een pappa en ik weet niet hoe mijn pappa er uitziet."
Britta zette hem van haar schoot af en nam hem mee naar haar bureautje. Ze ontsloot een la en pakte er een enveloppe uit. Met voorzichtige vingers haalde ze er een foto uit.
„Dit is pappa," zei ze en ze kon er niets aan doen dat haar stem beefde. Ze vertelde het kind een leugen, maar ze hoopte zo, dat zowel Tony als Anthony met elkaar gelukkig zouden zijn. Ook al zou het kind later misschien de waarheid omtrent zijn afkomst weten. Dan kon er nu toch een band tussen die twee ontstaan, die hem later zou helpen. Ze dacht maar niet verder door en vroeg: „Vind je pappa lief?"

Hij knikte heftig.
„Tony wil naar pappa toe en dan weer terug naar mamma."
Britta borg de foto weg en zei alleen nog: „Denk er nog maar eens over wat je het liefste wilt."
„En de juf dan?" vroeg Tony ineens ontdaan.
„De juf zal het altijd goedvinden, als jij een poosje naar je pappa gaat."
Tony knikte en liep weer naar zijn speelgoed; het was voor Britta een ontzettend raadsel of het kind nog over het besprokene nadacht. Ze zag dat hij opging in zijn spel en ze benijdde hem, want zijzelf zou de komende tijd dag en nacht achtervolgd worden door de angst, dat Tony een tijd weg zou gaan.
Ze zag Marietje met de anderen aankomen en ze liep naar de deur om Erica uit het wagentje te tillen. Ze hield het mollige kleintje dicht tegen zich aan. Erica was echt een deel van haarzelf en van Harm. Waarom in vredesnaam zo'n hechte band met Tony?
Ze knuffelde Dénise ook en even later liepen ze met z'n allen de woonkamer in, waar het behaaglijk warm was.
„Ik vind het nog maar kil buiten," zei Marietje handenwrijvend.
Britta schonk thee voor hen beiden in en ze gaf de kinderen warme chocola. Ze keek het gezinnetje eens rond en kon er niets aan doen dat ze tranen in haar ogen kreeg, toen ze Tony's zwarte ogen op zich gericht voelde.
Ze verschoonde Erica, die nog moeite had met zindelijk worden en maakte met behulp van Marietje het eten klaar.
Harm was zowaar op tijd thuis en Britta wachtte hem in de gang op. Spontaan sloeg ze haar armen om zijn hals en kuste hem. Hij hield haar even stevig vast.
„Niet piekeren, liefste," zei hij zacht. „Het gaat allemaal toch, zoals het gaan moet." Maar hij voelde tranen tussen de col van zijn trui en zijn hals. „Niet huilen, Britta, het kind mag niet merken, dat je het je zo aantrekt." Hij pakte zijn zakdoek en bette haar ogen.
„Je bent lief," zei ze en met de armen om elkaar liepen ze naar binnen.
Ze zaten nog maar net aan tafel toen de telefoon ging.

„Dat is beslist voor jou," zei Britta gedecideerd.
Harm nam de hoorn van de haak en wenkte bijna meteen Britta. „Een ogenblik," zei hij door de telefoon en Britta nam gehoorzaam de nerveuze boodschap aan: „Zuster Britta? Wilt u gauw komen, het is zover."
„Ik wil toch wel graag weten met wie het 'zover' is," lachte Britta.
„Met Kees Verhoeven, u weet wel."
„Ja," zei Britta, „maar uw vrouw is dan beslist te vroeg. Heeft ze echt weeën?"
Er kwam een bijna onverstaanbaar gepraat en Britta zei: „Nou, jullie hebben zo de zenuwen, dat ik wel zal komen, maar ik geloof nooit dat de weeën al begonnen zijn. Ik ben er binnen een goed kwartier."
Ze legde de hoorn op de haak, nam nog gauw een paar happen eten van haar bord en ging zich toen verkleden.
Vóór ze vertrok, zoende ze het hele rijtje aan tafel af tot Marietje toe. Harm deed haar uitgeleide.
Bij de deur nam hij haar nog even in zijn armen.
„Nu zul je tenminste niet gaan zitten tobben," zei hij met een milde glimlach op zijn gezicht en hij kuste haar.
Dan rende ze zoals altijd naar haar wagen en wuifde nog even haar Harm.
Ze dacht nu alleen maar aan de mensen naar wie ze op weg was. Kees Verhoeven was timmerman en pas vier maanden getrouwd met een piepjong, blond bang wezeltje. Ze zuchtte eens diep. Wat maakten een massa vrouwen toch een toestand, om zoiets normaals als een bevalling. De meesten gedroegen zich of ze ernstig ziek waren, terwijl ze juist gezonder waren dan ooit.
In een beetje gelaten stemming stopte ze voor het gloednieuwe huis van de familie Verhoeven.
Zoals gewoonlijk, ging de deur al open vóór ze uitgestapt was. Ze haastte zich niet, want ze wist dat de mensen altijd overdreven. Maar Kees kwam op haar toehollen, pakte haar autosleuteltjes uit haar hand en riep: „Ik sluit de wagen wel af, gaat u maar gauw naar mijn vrouw... anders is het te laat."

Britta spurtte naar de kamer, die wel de echtelijke slaapkamer zou zijn en stapte binnen.
Even schrok ze toen ze binnenkwam. Deze vrouw lag inderdaad in de laatste weeën; er was zelfs geen tijd meer om het bed te ordenen, of ook maar iets klaar te leggen. Ze liet haar jas op de grond vallen, waste haar handen en hielp de vrouw.
„Rustig ademhalen... u bent me mooi vóór geweest... nee, geen tranen, diep ademhalen. Het is zo gebeurd. Ik maak dat het allemaal goed gaat."
Toen ze Kees hoorde binnenkomen zei ze: „Belt u dokter Van der Heiden, hij heeft dienst. Hij moet meteen komen."
Ze snauwde het hem haast toe, want ze had in de gaten gekregen dat het kind in een stuitligging lag. In gedachten schold ze op Harm en Jaap, dat die bij het periodieke onderzoek dat niet in de gaten hadden gehad, maar ze besefte, dat het niet in alle gevallen te constateren was.
De vrouw had het zwaar en Britta kon alleen maar hopen en bidden dat Jaap snel kwam, want het grote gevaar bij een dergelijke bevalling was altijd dat het kind zou stikken. Maar ze herinnerde zich tal van gevallen, waarbij ze als toeschouwster had gefungeerd, terwijl een kundige dokter er toch voor zorgde dat de baby heelhuids tevoorschijn kwam.
De jonge vrouw moest erg pijn lijden en Britta had niets bij zich om die te verzachten, bovendien was het juist zaak dat de moeder zelf heel hard meewerkte, omdat het kind zo gauw mogelijk geboren moest worden.
„Heel diep ademhalen en geweldig persen," beval ze streng, maar toen Britta de kleine baby eindelijk in haar handen hield, huilde het kindje niet. Onmiddellijk maakte ze het mondje en het neusje schoon en met alle kracht blies ze lucht in de kleine longen en na seconden die haar als uren voorkwamen kreeg het kindje een normale huidskleur.
Britta wikkelde het kleine schaapje, een meisje, ongewassen in een molton luier en legde het in de wieg, die klaarstond. De stomverbaasde vader beval ze een babykruik klaar te maken en die in een luier gewikkeld in de wieg te leggen. Dan keerde ze zich tot de moeder, die er angstig en bleek bij lag.

„We hebben het gehaald," zei Britta en in haar stem klonk blijheid. „Uw kindje lag verkeerd en u had veel eerder de dokter moeten bellen, maar alles is in orde. Het is een goed klein meisje, maar de dokter moet haar eerst inspecteren."
Ze keek nog eens goed in de lichtblauwe ogen van de jonge moeder.
„U was veel verder dan drie maanden toen u trouwde. Dit kind is een voldragen baby en geen zevenmaands kindje. Waarom hebt u ons, die u toch moeten helpen, zo voorgelogen?"
Het tengere vrouwtje snikte: „De familie vond het toch al zo erg dat ik moest trouwen en toen heb ik maar wat gelogen met de tijd, dat ik in verwachting was."
„Sufferd," zei Britta. „Wat maakte het nou uit hóever je was? Als je familie zoiets erg vindt, dan vinden ze dat ook als je een week zwanger bent."
Ze zei verder maar niets meer, het gaf toch niet en het kind was gelukkig levend.
Toen Jaap binnenkwam, nam ze hem snel even apart en legde alles uit. Hij knikte en liep eerst naar de baby. Lang en zorgvuldig onderzocht hij de pasgeborene.
„Mijn compliment, Britta," zei hij zacht, „dat moet op het kantje af geweest zijn, maar alles is nu in orde. Ik zal mammie nu even afhandelen."
Britta grinnikte om dat „mammie".
Toen Jaap verdwenen was en Britta het nu beslist mooie baby'tje in de armen van de gewassen moeder had gelegd, vroeg ze: „Zo, dat is allemaal prima gegaan en hoe heet uw dochter nou?"
De jonge vrouw nam een klein handje van haar kind in de hare en antwoordde: „Liesje vind ik zo'n mooie naam. Kees, vind jij dat goed?"
„Natuurlijk meid," zei de gekalmeerde vader en Britta had het idee dat hij op het punt gekomen was, waarop hij alles had goedgevonden.
„Zo, dan gaat Liesje nou haar mandje weer in om te slapen. Ik zal een pot thee zetten, die u zo heet mogelijk moet opdrinken en meteen gaan slapen. In de tussentijd doe ik de was."

„Ja, maar mijn zuster komt zo," weerstreefde de vrouw.
„Daar ben ik blij om, maar een kraamverpleegster hoort deze was te doen en ik vind alles wel, maakt u zich niet ongerust."
Ze verdween meteen naar de keuken en deed het routinewerk. Toen ze stond te wachten tot het theewater kookte, voelde ze pas dat ze nerveus was. Ze had alleen de verantwoording gedragen voor de geboorte van een kind dat verkeerd lag en zoiets ging haar niet in haar koude kleren zitten. Ze dacht direct weer aan Tony. Hoe hij ter wereld was gekomen, zou ze nooit weten, maar het armzalige hoopje mens van een paar weken, dat ze daar toen in Griekenland had aangetroffen, had haar ziel dusdanig getroffen, dat ze die aanblik nooit meer zou vergeten. En nu moest ze hem met een vliegtuig naar Anthony laten gaan, ze zou hem moeten missen. Maar ze dacht ook aan de tragische brief van de man, die ze nooit meer zou vergeten en ze zag hen weer samen achter de kinderwagen lopen, waarin baby Tony lag. Ze zag weer het geluk in zijn ogen, dat ze dit kind naar hem genoemd had en de tranen liepen over haar gezicht.
Als een kind veegde ze met een arm de hinderlijke waterlanders van haar gezicht. Ze bracht twee koppen thee naar boven, gaf de jonge moeder een slaaptabletje, controleerde de baby nog even en nam toen afscheid. Ze hing beneden de was op in de bijkeuken en stapte toen vermoeid in haar wagen.
Het was al laat toen ze voor de huisdeur stopte. Harm deed meteen open en omarmde haar, maar dit keer weerde ze hem af. „Ik ben ontzettend moe, Harm... Jaap zal je wel gebeld hebben over deze bevalling. Nou, het was geen pretje."
Hij trok haar de woonkamer in.
„Maar kind, ik begrijp je niet. Het was een moeilijke en erg verantwoordelijke bevalling voor je, maar moeder en kind zijn helemaal gezond, vertelde Jaap. Je hebt toch waarachtig wel voor heter vuren gestaan?"
Britta bleef staan. Ze knikte bevestigend.
„Het is me kennelijk vandaag allemaal een beetje te veel, laat me maar Harm... ik weet dat je het goed bedoelt. Ik wil gaan slapen, alles vergeten. Kun je het begrijpen?"

Hij kuste haar en zei: „Ik doe mijn best, lieveling, kruip maar gauw in je mand. Ik kom ook zo."
Op de gang bleef Britta even staan en daarna liep ze in haar eentje naar het kamertje van Erica en ze zag dat het mollige, blonde kindje als een roos lag te slapen. Dan liep ze Tony's kamer binnen en ze bleef heel lang bij zijn bed staan. Ze zag de lange wimpers op het lichtbruine gezichtje liggen. Ze vroeg zich af, of hij droomde van de onbekende vader. Ze kon duidelijk zien dat hij lang zo rustig niet was als anders. Ze legde haar hand heel zacht op zijn zwarte krullen en ze voelde hoe hij zich ontspande. Heel lang bleef ze in een bijna verkrampte houding staan, maar toen ze eindelijk in bed kroop, zag ze dat Harm al sliep. Hij moest geweten hebben dat ze bij Tony was, maar hij had haar niet bij hem weggehaald.
Voorzichtig kleedde ze zich uit bij het schijnsel van het kleine bedlampje en toen ze even later in bed schoof en het lichtje uitdeed, wist Britta dat ze die nacht niet zou slapen. Ze hoorde de hele nacht de wekker tikken en dacht na. Na uren kwam ze tot de conclusie dat Tony beslist zou gaan. Hij had al eerder gevraagd, waarom hij geen vader had en ze had hem toen verteld, dat hij er wel één had, maar dat die ver weg woonde. Alle kinderen, dacht hij, hadden een vader dicht in hun buurt en hij voelde zich tekortgedaan dat hij er geen had. Het stond bij Britta vast hoe het besluit bij Tony zou uitvallen. Eindelijk kwam er een vreemde rust in haar. Het zou allemaal gaan, zoals het moest gaan en tegen vijf uur in de morgen sliep ze droomloos in.

HOOFDSTUK 4

Het werd nu echt voorjaar en er ging bijna geen dag voorbij dat Tony niet aan Britta vroeg: „Wanneer ga ik nou naar pappa? Ik wil pappa zien!"
Het was begin april dat Britta haar besluit nam. Toen Tony haar weer vroeg wanneer hij ging, antwoordde ze: „Ik zal pappa schrijven, dat je zo gauw mogelijk komt."

Harm was naar zijn patiënten en de twee oudste kinderen waren naar school. Marietje was gaan wandelen met Erica. De rust in huis gaf Britta moed om briefpapier te pakken. Later schreef ze:

„Liefste,
Tony heeft me nu zo vaak gevraagd, of hij een poosje naar je toe mocht, dat ik hem vandaag gezegd heb, dat het goed is. Hij mag een half jaar bij je blijven en als hij eerder heimwee krijgt, laat hem dan gaan. Ik breng hem zelf, want ik wil Tony, die toch al zo gevoelig is, niet aan een stewardess overlaten. Ik zal je dus even zien, ik zal niet meegaan naar je atelierwoning en ik reken erop, dat je voor één nacht een hotelkamer voor me bespreekt. De volgende dag ga ik terug. Maak het me niet onnodig zwaar, Anthony – we zouden het beiden niet kunnen dragen en ik zou een schuldgevoel krijgen tegenover de man die met me getrouwd is. Ik heb de laatste tijd al genoeg narigheid gehad... niet nog meer! Zorg voor mijn kleine Tony... Ik weet, dat je het geweldig zult doen. Leer hem goed kennen. Ook al krijgt hij heimwee en wil hij eerder naar huis, ik zal hem, als hij wat groter is wel eens meer naar je toe laten gaan in de vakanties. Dan kan hij onder de hoede van een stewardess reizen. Ik stuur je eerst deze brief en ik telegrafeer je één van de komende dagen hoe laat en op welke dag Tony en ik arriveren. Mijn gedachten zijn bij jou,
Britta."

Ze voelde zich opgelucht toen ze de brief gepost had en toen Tony uit school kwam, tilde ze hem hoog op en fluisterde in zijn oor: „Je gaat heel gauw naar pappa."
Hij klemde verrukt zijn armpjes om haar hals. „Morgen?" vroeg hij.
„Nee lieverdje, dat kan niet. Ik moet eerst kijken, wanneer we met een vliegtuig kunnen gaan. Ik zal er vanmiddag over opbellen."
„Breng jij me weg?" vroeg hij ineens met een bang stemmetje.
„Natuurlijk, maar ik ga dan weer naar huis terug en dan zorgt

pappa een paar maandjes voor je en als je eerder naar mamma terug wilt, zeg je dat gewoon en dan komt pappa je wel brengen of ik kom je halen."

Hij knikte. „Maar jij moet niet een ander kindje in mijn bed leggen."

„Hoe kom je erbij?" vroeg Britta verontwaardigd. „Hier in dit huis woon jij toch en jouw kamertje blijft van jou en er mag niemand in jouw bed liggen."

En dan zei hij: „Maar Dénise gaat mijn speelgoed weghalen. Ze zei, dat ze het zou doen als ik naar mijn pappa was."

„Dat zal wel een grapje van haar zijn geweest," zei Britta, „maar ik doe jouw kamertje gewoon op slot als je weg bent, dan kan ik alleen erin. Is dat goed?"

Hij knikte zo opgelucht, dat Britta ervan overtuigd was, dat Dénise weer één van haar kleine venijnige meisjesstreken had uitgehaald. Het kind was nu al zo lang bij haar, maar echt kennen deed ze haar nog steeds niet.

Soms dacht ze dat ze het kind voor zich gewonnen had en dan was het meisje lief en ook aanhalig en ineens hield ze zich op een afstand, deed flemerig tegen haar vader en snauwde tegen Tony en zelfs tegen het kleine halfzusje.

Britta besefte, dat het kind het moeilijk had, omdat haar moeder nooit kwam en ook niet vroeg of haar dochtertje eens kwam logeren. Ze had met Harm afgesproken om zo min mogelijk over Dénises moeder te spreken als het kind erbij was, maar het bleef een moeilijke zaak. Britta was zich ervan bewust, dat ze liever tegen het kind moest doen, haar meer bij alles betrekken. Maar het afwerende gezichtje, dat zo sterk op dat van haar moeder ging lijken, hinderde haar vaak. Ze wist dat ze faalde tegenover Harms dochtertje, maar ze zag de oplossing nog niet.

Ze besefte de hele situatie weer des te meer, toen ze die avond allen aan tafel zaten en Tony opgewonden tegen Harm zei: „Ik ga een poosje bij mijn pappa logeren, vind je dat niet leuk?"

„Heel erg leuk," beaamde Harm en hij knikte het jongetje hartelijk toe, maar Britta zag het boze gezicht van Dénise. Haar

bloedeigen moeder vroeg nooit naar haar en dat voelde ze heel goed.
Toen ze samen na het eten een kopje koffie dronken en de kinderen nog even door het huis dolden, zei Britta: „Ik heb vanmiddag de KLM opgebeld en ik breng Tony aanstaande vrijdag naar Australië en ik kom met het eerstvolgende toestel een dag later terug."
Hij keek haar ontsteld aan. „Maar dat is toch niet nodig, lieverd. Er reizen zoveel kinderen onder de hoede van een stewardess."
„Dat weet ik," zei Britta, „en ik weet ook wat jij denkt. Maar ik lever Tony af aan Anthony, ik ga niet mee naar zijn huis, ik zie hem dan niet meer. Ik logeer in een hotel en ik reis terug. Maar ik laat Tony, die nog zo klein en gevoelig is niet die lange reis alleen maken. Marietje zorgt goed voor jou en de kinderen, dat kan ze volledig aan."
Harm staarde nors voor zich uit en Britta beroerde voorzichtig zijn hand.
„Je kunt me vertrouwen, Harm, anders zou ik niet gaan."
„Zie je die man daar lang?" vroeg hij en zijn toon was niet mild.
„Ik denk dat we hooguit met z'n drieën ergens iets eten en dat hij dan snel met Tony naar zijn huis gaat. Hij heeft me wel eens geschreven, dat het uren rijden is vanaf het vliegveld en het kind mag niet te moe worden. Ik blijf alleen in Melbourne achter en er is daar al een plaats in een hotel voor me besproken."
Hij gaf geen antwoord en weer legde ze haar hand op de zijne.
„Ik ga echt niet mee om Anthony nog eens te zien, dat heeft geen zin, maar ik wil wel zelf zien, hoe hij Tony opvangt en ik wil de eerste reactie van het kind zien. Kun je dat niet begrijpen, Harm?"
Hij knikte onwillig.
„Ach ja, maar het is toch eigenlijk allemaal maar onzin. Die man is net zomin de vader van Tony als ik en daar ik blijkbaar gefaald heb als vaderfiguur, moet jij zo nodig honderden guldens gaan uitgeven om naar Australië te vliegen."
Britta voelde zich wit worden en liep de kamer uit. Op de slaapkamer bleef ze een tijd op de rand van het bed zitten; ze

voelde zich gewoon misselijk door de houding van Harm. In feite had hij gelijk. Anthony was voor Tony maar een denkbeeldige vader, maar Harm had nooit een poging gedaan, om de plaats van de echte vader in te nemen. Hij was altijd de vriendelijke 'oom Harm' gebleven. En zij, Britta, had in haar droomwereld rond Anthony, hem als de ideale vader voor het Griekse kind uitgekozen.
Ze dacht aan haar beide vorige echtgenoten, die zo vol vaderlijke gevoelens voor de baby Tony met haar waren getrouwd. Maar ze had bij beiden al heel gauw gemerkt, dat ze het kind toch eigenlijk als een vondeling beschouwd hadden.
Harm had zich, zolang hij Tony kende, als een aardige oom opgesteld. Maar Britta kon heel duidelijk merken dat hij verschil maakte tussen Tony en zijn twee „eigen" kinderen: Erica en Dénise. Hoewel Britta ook niet de echte moeder van Tony was en wel van Erica, had ze nooit verschil kúnnen maken tussen beiden. Ze bedacht, dat Harm háár weer zou kunnen verwijten, dat ze niet lief genoeg was voor Dénise. Ze zuchtte, het was allemaal ook zo moeilijk...
De deur kierde open en Harm kwam zacht binnen, sloot de deur achter zich. Met twee stappen was hij bij het bed en nam haar in zijn armen.
„Ik vertrouw je echt wel, Britta, maar je kunt toch wel begrijpen dat het een beetje moeilijk voor me is. Het was gemeen van me, dat ik dat zei van dat geld uitgeven voor de reis... ik bedoel het niet zo, Britta. Wij hebben echt samen een kind en Tony mag van mij zijn verre vader hebben. Misschien is het voor het kind en voor die man inderdaad goed. Laten wij er niet meer over praten. Jij hebt het allemaal geregeld en ik vertrouw erop, dat je zo gauw mogelijk weer bij mij bent."
Ze keek hem recht aan.
„Je vertrouwt me eerlijk, Harm?"
„Ja, maar ik ben wel jaloers," viel hij ineens uit.
Britta zuchtte hartgrondig.
„Iedereen maakt het me zo moeilijk... maar ik kan niet anders doen dan Tony zelf wegbrengen en meteen terugkomen en je weet dat je me kunt vertrouwen."

Hij duwde haar achterover op het bed en fluisterde in haar oor. „Ik ben toch jaloers... je bent te mooi en te lief..."

Toen de dag aangebroken was, waarop Britta en Tony naar Melbourne af zouden reizen, was Britta het meest zenuwachtig van allemaal. Wel tien keer gaf ze Marietje nog de laatste instructies; ze knelde kleine Erica zo stevig tegen zich aan, dat het kind prompt in snikken uitbarstte.
Op het kritieke moment kwam gelukkig Mieneke, de vrouw van Harms collega Jaap, rustig binnenwandelen. „Jongens, houden jullie het hoofd maar koel; tot geruststelling van Britta zal ik hier die paar dagen ook regelmatig komen en Harm, zet je vrouw en Tony in de wagen en rijd hen naar Schiphol."
En inderdaad reden ze nu binnen enkele minuten weg.
Toen ze op Schiphol waren gearriveerd, zei Britta nerveus: „Harm, lieverd, wacht nou niet tot mijn toestel omgeroepen is. We zitten allebei maar moeilijk te doen en ik ben uiterlijk binnen vier dagen terug. Je weet dat het van de verbinding afhangt. Ik stuur een telegram wanneer ik aankom. Zul je verder niet piekeren, het is echt niet nodig. Vertrouw me."
Hij keek in haar bruine ogen en hij wist, dat ze nu niet loog of misschien had ze altijd een beetje gelogen. Maar in het laatste geval was ze het zichzelf nooit helemaal bewust geweest. In ieder geval zou ze hem niet ronduit met die Anthony bedriegen, zover kende hij zijn vrouw wel.
Hij kuste haar.
„Tot heel gauw, Britta, en ik weet, dat ik op je kan rekenen." Hij tilde Tony even op en zei alleen: „Zul je onderweg lief voor mamma zijn?"
Tony knikte ijverig, hij was helemaal ontdaan van de geweldige drukte, die er op een luchthaven heerst. En dan was Harm ineens weg. Britta keek beduusd om, maar ze zag hem alleen maar weghollen en ze begreep dat het hem allemaal een beetje te veel was.
Ze zette elke gedachte aan hem van zich af en ze wees Tony hoe ze straks naar het vliegtuig zouden gaan en ze vertelde dat ze straks hoog boven de wolken naar pappa zouden vliegen.

En Tony zei alleen: „We hebben niet eens een cadeautje voor pappa."
Britta trok hem mee naar een soort koffiebar, want ze hadden nog tijd genoeg en ze antwoordde: „Jij bent pappa's cadeautje. Hij vindt het zo heel erg fijn dat jij een tijdje bij hem komt logeren."
De kleine jongen keek naar haar op, hij zei niets, maar de uitdrukking in de gitzwarte ogen had Britta niet kunnen omschrijven. Ze voelde zich mateloos ontroerd en ze twijfelde op dit moment geen seconde meer aan alles wat ze op touw had gezet. Het was goed zo.
Eenmaal in het vliegtuig, heel hoog boven de donzen wolken, ontdekte Britta een wondere blijheid in haar hart... ze zou Anthony tenminste even zien. Ze dacht er niet verder over na of die blijheid zo bijzonder paste bij haar huwelijk. Ze voelde zich nu een vrije vrouw, die heel even haar geliefde zou zien.
Tony gedroeg zich rustig in het vliegtuig en viel zelfs af en toe in slaap. Bij de grote tussenlanding moesten ze overnachten in een hotel bij het vliegveld, maar omdat Britta bij hem op de kamer sliep vond hij er niets angstigs aan en ze liet hem ook niet alleen om zelf beneden nog iets te gaan gebruiken. Ze moesten de volgende morgen heel vroeg al op en dan zou ze na enkele uren Anthony zien...
De volgende ochtend vroeg, toen het kind nog sliep, nam ze gauw een douche en trok een donkerblauw effen linnen mouwloos broekpak aan. Een eveneens donkerblauw ragdun klein sjaaltje strikte ze om haar hals, die laag uitgesneden was. Ze maakte zich zorgvuldig op, want ze wilde geen dag ouder lijken dan toen hij haar voor het laatst gezien had.
Tony was inmiddels wakker geworden en Britta, die net haar sandaaltjes had vastgegespt, tilde hem uit bed, alsof hij nog een baby was en begon hem toen duchtig te wassen. Hij kreeg z'n spijkerbroek aan en daarop een helgeel T-shirt en Britta vond, dat hij eruit zag om te stelen.
Ze verorberden beiden een klein ontbijt en heel vroeg in de morgen zaten ze alweer in het vliegtuig. Britta voelde zich steeds zenuwachtiger worden en toen de stewardess haar bij

de landing hielp de veiligheidsgordel van Tony vast te maken, beefden haar handen. Ze bekeek zich snel in het spiegeltje van haar poederdoos, kamde het blonde haar nog even op en met het handje van Tony in de hare, onderging ze de landing, die ze altijd weer eng vond.
En toen ging alles heel snel; ze maakte de riemen los, pakte de twee kleine koffertjes van hen beiden, stopte haar tasje in haar eigen koffertje om de handen vrij te hebben en dan stonden ze op het vliegveld, dat in de helle zon lag te blakeren.
Ze liepen samen keurig achter de ander passagiers naar de uitgang, passeerden de douane en toen zag Britta Anthony staan. Een beetje verloren, een beetje verwaarloosd, leek het haar, maar ze zag ook de spanning op zijn gezicht en in stilte bad ze om één ding: Hij moest Tony als eerste verwelkomen en niet haar. Het kind wilde zijn eigen 'pappa' zo graag zien.
Aarzelend kwamen ze de grote deuren door en Britta bukte zich naar Tony en wees hem: „Daar staat pappa, ga hem gauw een kusje brengen."
Het was vreemd, maar de altijd een beetje verlegen Tony zag in de drukte de man, die Britta hem aanwees en zonder aarzelen rende hij naar hem toe. Hij werd opgetild en toen Britta dichterbij kwam, hoorde ze hem 'pappa, pappa', zeggen en de schorre mannenstem zei met z'n zware Engelse accent: „Mijn eigen Tony, eindelijk."
Britta bleef wat afzijdig staan en ze wist dat ze dit toneeltje nooit meer zou vergeten, het stond in haar ziel gegrift.
Anthony loodste Tony een beetje naar een stil hoekje en keek dan op naar Britta, die langzaam naderbij kwam.
Hij stak zijn armen naar haar uit: „Liefste." Dan waren zijn armen om haar heen en nog uren later voelde Britta zijn kussen.
Hij keek haar vragend aan en Britta begreep hem meteen.
„Nee, liefste, jij weet, dat ik geen twee levens kan leiden."
Hij hield haar tegen zich aan. „Ik begrijp het en ik houd des te meer van je. Ik weet, dat je niet meegaat naar mijn huis. Het is goed zo, Britta."
Hij hield de kleine jongen nu vast. „Moet je mamma niet even

goeiendag zeggen? Je komt heus gauw weer bij haar terug en wij gaan allemaal leuke dingen doen: ijs eten, voetballen, van alles."
„Voetballen?" De kleine stem had een verrukte klank.
„Reken maar, ik wil elke dag voetballen, jij ook?"
„Ja… met mijn eigen… vader."
Britta keek Anthony aan.
„Ik ga… ik vind het hotel wel. Als Tony naar huis komt, stuur dan een telegram, ik haal hem wel op."
Hij schudde ontkennend zijn hoofd.
„Dat zou niet eerlijk zijn lieveling… het is óns kind. Ik breng hem terug en eh… ga nu Britta. Het wordt te veel voor me. Wees nooit ongerust over hem. Elke dag en elke nacht zal ik bij hem zijn en ik zal nooit Engels sprekende oppassen voor hem nemen, helemaal geen oppas… ik laat hem geen uur alleen."
„Ik weet het," zei Britta zacht.
Ze bukte zich naar Tony, gaf hem een zoen en ze zei: „Zorg goed voor pappa; hij zal je ook weer naar mamma terugbrengen."
Hij knikte dapper en zijn handje schoof weer in de grote gebruinde hand van Anthony.
Britta pakte haar koffertje op, duwde dat van Tony in Anthony's andere hand en holde naar de uitgang. Ze zou buiten wel vragen waar dat Poseidon Hotel was.
Even keek ze om en ze zag de grote en de kleine Anthony naar haar zwaaien. Ze zwaaide terug en ze was blij dat ze zo ver weg was van hen, dat ze de tranen die over haar gezicht stroomden niet konden zien.
Ze hield een taxi aan, gaf het adres op en liet zich achterover vallen. Ze keek niet naar de wereldstad om haar heen, die ze toch nog nooit gezien had. Morgenochtend heel vroeg was ze hier weer weg en ze zou niet van haar hotelkamer weggaan, had ze zichzelf beloofd. Vermoeid hield ze haar ogen gesloten tot de wagen stopte en de chauffeur haar mededeelde, dat ze voor het bewuste hotel stonden.
Ze rekende af en liep het geweldige gebouw in. Aan de balie gaf ze haar naam op, ze kreeg de sleutel van haar kamer op de

derde etage en even later liet ze zich op het hotelbed neervallen en huilde ze hartbrekend.
De hele dag lag ze verder in een ragdunne duster op bed en las in een boek dat ze meegenomen had. Ze probeerde nergens aan te denken, maar tegen vijf uur ging de telefoon naast het bed.
„Hallo," zei Britta alleen en een Engelse stem deelde haar mee dat er een telefoongesprek voor haar was. Ze hoorde een klik en dan zei Tony's bekende stemmetje: „Dag mamma, ik ben nou bij pappa thuis."
Britta zat rechtop en antwoordde: „Wat heerlijk, dat je me nog even opbelt. Ik ben blij dat je er al bent en..."
Hij viel haar in de rede: „Ik heb een eigen kamertje naast pappa's kamer en hij heeft een elektrische trein voor me gekocht en we zijn al bezig en pappa heeft gezegd, dat ik als ik weer naar jou ga, de trein mag meenemen."
„Wat fijn lieverd," zei Britta. „Ga maar lekker spelen en..."
Weer viel hij haar in de rede: „Mam, pappa wil je nog even spreken..."
En de bekende stem sprak nu Engels, zodat Tony het niet zou horen en Britta huilde zacht om de lieve woorden, waar ze een heel leven mee toe moest.
Eindelijk zei hij: „Britta, ik ga Tony eten geven... don't cry and you know that I love you, you alone."
En Britta herhaalde: „I love you, you alone," en ze legde de hoorn op de haak.
Ze steunde haar hoofd in haar handen. Die laatste woorden had ze niet mogen zeggen... was het alleen maar een spelen met de zoete herinneringen uit het verleden, dat ze gezegd had dat ze alleen van hem hield? In haar hart wist ze de waarheid, maar ze dwong zich om niet meer door te denken. Ze verfriste zich wat, bestelde een lichte maaltijd en vroeg haar de volgende morgen om halfzes te wekken.
Om halfacht die avond deed ze haar deur op slot, nam een douche en ging slapen, diep en droomloos.
De volgende morgen verliep zonder moeilijkheden. Het vliegtuig vertrok precies op tijd en Britta wist, dat ze nu een betere

verbinding had, zodat ze behalve een paar tussenlandingen, geen verder oponthoud zou hebben. Ze had Harm vanaf het vliegveld getelegrafeerd, dat ze die avond omstreeks half-twaalf zou aankomen.
Ze genoot van de vlucht en het wolkenveld onder het toestel gaf haar de droomgedachte, dat ze van de ene naar de andere wereld reisde. Van de wereld waarin Anthony bestond naar de wereld van alledag, waar Harm was die van haar hield en waar haar eigen kleine Erica leefde. Tijdens deze reis miste ze Tony niet; ze had heel sterk het gevoel dat hij gelukkig was... hij had immers al zo lang over „een eigen vader" gepraat en nu was hij bij hem en hij vond hem lief.
Na het copieuze diner vielen haar ogen dicht en ze werd pas weer wakker toen er omgeroepen werd dat ze gingen landen. Verbaasd zat Britta rechtop en deed haar gordel vast. Ze had het gevoel in geen jaren zo zorgeloos te hebben geslapen. Ze kamde haar haar wat op, zodat Harm een niet al te verfomfaaide Britta te zien zou krijgen.
En toen kreeg ze het gevoel, heel even, dat het moeilijk zou zijn om straks meteen Harm om zijn hals te vallen en dat werd toch van haar verwacht...
Maar het lot was Britta in zoverre gunstig, dat niet Harm haar stond op te wachten, maar Jaap.
„Zo wereldreizigster," begroette hij haar en pakte haar koffertje aan.
„Harm had een tamelijk ernstig spoedgeval, moest mee naar het ziekenhuis en daarom staat deze onderdanige dienaar hier."
„Fijn dat jij er tenminste bent," zei Britta hartelijk. „Thuis alles goed?"
„Prima, kom maar gauw mee."
Ze praatten niet veel toen ze naar St. Maartenszee terugreden. Britta voelde nu pas, dat ze van dat gereis wel moe was geworden en Jaap had zijn volle aandacht bij het stuur nodig, want er was een behoorlijke mist komen opzetten.
Toen hij stopte voor haar huis, brandde alleen het buitenlicht. Alles was donker. Dat betekende, dat Harm nog niet thuis was,

wist Britta en dat Marietje en de kinderen sliepen. Ze bedankte Jaap en sloot de deur achter zich.
Ze haalde diep adem: nu begon het tijdperk zonder kleine Tony en ze zou zich niet laten kennen.
In de woonkamer knipte ze de grote schemerlamp aan, zodat Harm zou weten dat ze was thuisgekomen. Ze inspecteerde de kinderen, die lief lagen te slapen, maar ze kon niet laten even het lege kamertje van Tony binnen te gaan. In een gewoontegebaar sloot ze ook hier de gordijnen en diep in haar hart wenste ze hem welterusten. Ze streek even over het laken op het kleine jongensbed en vluchtte dan naar de grote slaapkamer.
Britta schopte haar schoenen uit, liet haar kleren vallen waar ze stond, glipte in haar nachtjaponnetje en dook het bed in.
En Harm vond een slapende vrouw toen hij thuiskwam. Lang keek hij op haar neer en hij zag de tedere glimlach om haar mond en hij vroeg zich af voor wie die lach bestemd was, want hij wist het niet. Hij besefte alleen dat hij van deze vrouw met al haar problemen zo ontzettend veel hield.

HOOFDSTUK 5

Het late voorjaar en de eerste zomerdagen sleepten zich voort. Britta was lief voor Harm en extra zorgzaam voor de beide kinderen. Maar tijdens de schaarse ogenblikken, dat ze helemaal alleen was, piekerde ze over de kleine Tony. Het zou tenslotte mogelijk zijn, dat hij voor altijd bij Anthony wilde blijven, dat hij beslist niet terug wilde. Ze moest er niet aan denken, want ze miste de kleine jongen met de grote melancholieke ogen elk uur. Ze liet het Harm niet merken; ze was er zeker van dat hij haar overdreven zou vinden. Regelmatig kreeg ze kleine briefjes van Anthony over de welstand van Tony. Vanzelfsprekend waren het epistels, die ze ook Harm kon laten lezen en uit elk briefje was het merkbaar dat Tony genoot. Ze praatten samen weinig over Tony, maar Britta, die schone lakens op zijn bed had gelegd, sloot elke avond de gordijnen van het kleine ver-

trek en 's morgens opende ze ze weer, alsof het kind echt thuis was en dan stond ze soms enkele minuten in het lege kamertje en in gedachten praatte ze even met Tony.
Op een ochtend vond Harm haar daar en hij keek Britta verbaasd aan.
„Wat mankeert jou? Ik merk best dat je de gordijnen hier 's morgens opent, maar je doet ziekelijk, Britta. Het kind is er niet; er zijn twee andere kinderen, die je aandacht nodig hebben en nou we het er toch over hebben... ik vind dat je te weinig van je liefde aan Dénise geeft."
Britta keek haar man in opperste verbazing aan. Ze liep het kamertje van Tony uit, alsof ze te kennen wilde geven, dat er geen onaangename woorden mochten vallen binnen die vier muren. Op de gang keek ze hem aan en haar stem had een vreemde zachte klank toen ze zei: „Ondanks alles is Tony een deel van mij en ik doe niet ziekelijk. Verder schijn je niet te merken, dat Dénise met de dag onhandelbaarder wordt. Nog niet zolang geleden heeft ze haar eigen moeder heel bewust gezien en volgens mij verlangt ze naar die moeder, die haar in de steek liet."
„Waanzin," zei hij kort.
„Nee," zei Britta, „dat is het niet."
„Volgens haar verwarde verhalen aan Marietje heeft ze haar moeder een paar weken geleden bij school ontmoet. Ik heb het eerst niet tegen je willen zeggen, omdat ik er niet zo erg veel van geloofde. Ik dacht dat het kind tegen Marietje een beetje interessant wilde doen, maar toen ik haar gisteren samen met Erica zelf uit school haalde, hoorde ik haar tegen een vriendinnetje zeggen: 'Dat mens is mijn moeder niet; die vorige week aan school was, dát was ze.' Dénise heeft geen ogenblik geloofd, dat ik haar verstaan had en ik heb niets gezegd. Wat moet ik zeggen? Ik weet het niet; ze geeft me haar vertrouwen niet, ze ontglipt me. Jij bent haar vader, praat jij eens met haar."
De donkere ogen van Harm voorspelden weinig goeds.
„Dat mens heeft hier niets te maken; Dénise is mij toegewezen."

„Dat weet ik, maar je kunt liefde nooit dwingen, zo wijs ben je toch wel?"
Harm liep met grote passen de woonkamer in, waar de kinderen met Marietje al aan het ontbijt zaten.
Hij wilde uitvallen tegen Dénise en Britta die het zag, pakte zijn arm.
„Niet op deze manier, onder vier ogen," zei ze bijna onhoorbaar en hij knikte nors.
Hij belde Jaap op, dat hij iets later op het spreekuur zou komen en tegen Dénise zei hij: „Ik breng jou vandaag naar school."
Ze keek hem aan en Britta vond dat er een brutale blik in haar ogen lag.
„Mij best," zei ze. Britta voerde Erica haar pap en lette verder niet op vader en dochter, die een paar minuten later naar school verdwenen. In een gewoontegebaar stopte ze Dénise nog gauw een appel in de hand, dan kuste ze Harm en met een eindeloos geduld probeerde ze Erica zelf de lepel naar haar mondje te laten brengen.
Na het ontbijt belde ze haar collega, zuster Erna, op om te vragen of er een bevalling ophanden was, maar Erna riep. „Hou jij je maar rustig kind, we hebben een stille tijd. Ik kom morgen wel even langs."
Britta viste Erica uit de kinderstoel en waste haar gezicht en handjes. Met het kleintje achter zich aan begon ze met Marietje het huis aan kant te maken en om halfelf zat ze klaar met de koffie, want ze wist dat Harm precies op tijd zou komen, want er waren geen spoedgevallen.
Marietje was met Erica in het wagentje wat boodschappen halen en zo trof Harm haar alleen aan.
Zijn gezicht stond nu op zware storm, bedacht Britta snel toen hij binnenkwam. Ze deed of ze niets merkte en schonk zijn koffie in.
„Dat mens is al een paar keer aan school geweest," viel hij uit.
„Dan woont ze nu kennelijk in Nederland," bedacht Britta en ze speelde met haar lepeltje.
„Volgens Dénise woont ze in Utrecht en ze zegt dat ze zo graag het kind weer bij zich zou willen hebben. Ze heeft geklaagd,

dat ze helemaal alleen is en Dénise vindt haar nu natuurlijk zielig en interessant."

„Die man, op wie ze indertijd zo gek was, kan wel weer verdwenen zijn en misschien voelt ze eindelijk iets, dat op moederliefde lijkt," opperde Britta voorzichtig.

„Uitgesloten," zei Harm bars. „Een vrouw, die een baby in de steek laat, kan nooit moederlijke gevoelens hebben."

„Ze zou veranderd kunnen zijn... in dit opzicht," zei Britta zacht.

En het onvermijdelijke verwijt kwam: „Jij wilt mijn dochter kwijt."

Britta stond op, haar gezicht strak, haar ogen één fel protest. „Ik begrijp je teleurstelling, maar ik accepteer deze woorden niet, Harm. Jij hoort, beter dan wie ook, te weten hoe ik mijn best voor Dénise gedaan heb. En toen Erica geboren was, leek het of ze echt bij ons wilde horen. Maar dat heeft maar kort geduurd. Ze houdt niet van mij en ik ben geen type, dat een kind gaat 'kopen' met cadeautjes. Het klikt gewoon niet tussen Dénise en mij. Ze is jaloers op Erica en Tony en ik kan met mijn hand op mijn hart zweren, dat ik ze alle drie gelijk behandeld heb. Ik lieg niet als ik zeg, dat ik wel voel, dat Erica mijn eigen vlees en bloed is en Tony in zekere zin ook, omdat ik hem bijna vanaf zijn geboorte heb, maar ik heb eerlijk geprobeerd jouw kind ook tot het mijne te maken en ik verdien niet, dat jij nu zegt, dat ik probeer jouw dochter kwijt te raken. Dat vind ik gemeen, Harm." Britta beheerste zich, maar hij zag wel in en hij wist ook, dat hij fout was geweest met zijn woorden.

Hij legde een arm om haar schouders. „Sorry lieveling, ik was volkomen fout. Ik had dat niet mogen zeggen, maar je begrijpt, dat ik het hier erg moeilijk mee heb. Elke dag kan mijn exvrouw schrijven of op de stoep staan en om Dénise vragen. Officieel hoef ik het kind dan niet af te staan, maar wat begin je als vader als je ziet en voelt, dat je dochtertje naar haar moeder wil?"

Hij liet zich in een stoel vallen en steunde zijn hoofd in de handen. „Ik weet het niet meer, Britta... ik voel dat ikzelf als vader gefaald moet hebben."

Britta legde haar hand op zijn schouder. „Als die moeder terugkomt... waarom zou jij dan niet precies zo'n regeling kunnen treffen als ik met Tony gedaan heb? En dan is Anthony net zomin de vader van hem als ik de moeder. Tony is ervan overtuigd en in zoverre blijft het 't zelfde. Als die vrouw serieus toont, dat ze het kind wil hebben, ga dan naar een advocaat en tref een voorlopige regeling, dat Dénise een proeftijd bij haar moeder doorbrengt. Als ze na afloop zich sterk aan haar moeder gebonden blijkt te voelen, dan moet je haar afstaan en kun je haar alleen zien in de vakanties. Het gaat om Dénise, Harm en niet om jou of om mij of om haar moeder. Begrijp dat nou eens."

Hij knikte bevestigend. „Misschien heb je wel gelijk... Dénise doet af en toe lelijk tegen onze kleine Erica en als ik haar wel eens in zo'n bui aantref, doet ze me precies aan mijn ex-vrouw denken."

„Drink je koffie op, Harm," zei Britta nuchter, „en laten we een beetje verstandig zijn samen tegenover de kinderen en laten we elkaar niets verwijten. Het is zinloos en er vált niets te verwijten. Ik kan tegen jou ook zeggen, dat je liever tegen je eigen dochtertje bent dan tegen Tony en dan zul je het heilig ontkennen, maar het is wél zo. Instinctief voel je, dat hij niet van jou is en je houding is wat koeler. Een kind merkt het en daarom verlangde Tony naar die onbekende man naar wie ik hem noemde."

Harm dronk haastig zijn kopje leeg. Hij stond op. „Je zult wel gelijk hebben, lieverd. Maar ik kan het allemaal soms niet aan."

„We wachten de zaken rustig af en we laten Dénise vooral niets merken van onze teleurstelling," zei Britta.

Hij keek haar fel aan. „Teleurstelling... voor jou dan ook?"

Ze knikte rustig. „Ja, voor mij ook. Ik dacht, dat ik het kind voor me kon winnen, maar ik heb geleerd dat je zoiets nooit kunt. Het kind kiest uit overwegingen, die we nu niet kunnen nagaan en we moeten ons daarbij neerleggen."

Harm zuchtte, drukte een vluchtige kus op haar mond en liep weer naar zijn praktijkruimte.

Britta zette de kopjes in elkaar. Sedert die nieuwe assistente er

was, was Harm veel korter bij haar dan eerst.
Het meisje maakte koffie in de praktijk, maar Harm wilde toch bij zijn vrouw de kleine pauze maken. Britta wist heel zeker dat er nu weer koffie gedronken zou worden en de drieëntwintigjarige Suzanne met haar koperblonde lokken was voor beide doktoren een verleidelijk vrouwmens. Jaap stond vaak nog op de stoep te dralen en rekte een gesprekje met haar vóór hij in zijn wagen stapte.
Britta haalde haar schouders op. Mieneke en zij hadden erom gelachen toen Suzanne een keer tussen hen beiden ter sprake kwam. Britta had gezegd: „De heren hebben nu behoorlijk vergelijkingsmateriaal in huis." Mieneke had toch een ogenblik zuinig gekeken en er was maar heel even een lachje op haar gezicht gekomen.
Nee, wat Suzanne betrof, voelde Britta zich volkomen veilig. Harm vond het meisje aardig en mooi en hij besteedde meer aandacht aan haar dan aan de vorige assistente. Een werkelijk gevaar voor haar huwelijk zag ze niet in het jonge ding.
Maar die middag wandelde ze met Erica langs het strand en ze herkende al van verre de omstrengelde figuren van Jaap en Suzanne en Britta voelde zich koud worden van woede. Mieneke had waarachtig al genoeg doorstaan met haar eerste echtgenoot, die haar in de steek liet toen ze in verwachting was. Jaap was direct stapel op haar geweest en voelde zich voor de baby een waarachtige vader en nou dit!
Britta keerde zich om met het wagentje en nam de snelste weg naar huis. Jaap zou nog wel wat visites moeten afleggen, maar Suzanne kwam altijd laat in de middag de praktijkruimte voor de volgende dag in orde maken en Britta wachtte haar kans af.
Het was bij halfvijf toen ze de wagen van Jaap voorbij het huis zag schieten en ze wist zeker dat Suzanne nu aan het werk was, hij had haar bij de ingang van de praktijk afgezet, dat was een duidelijke zaak.
Britta bracht Erica bij Marietje, die aardappelen stond te schillen.
„Let jij op haar, ik moet even weg," zei ze snel. Ze liep binnendoor naar de afdeling van de beide artsen. Ze vond Suzanne,

gekleed in het flatteuze roze jasje, druk bezig met het sterilise-ren van allerlei instrumenten.
Britta legde een hand op haar schouder. „Suzanne, ik wil graag even met je praten, kan dat?"
Koele blauwe ogen keken haar aan.
„Was er iets bijzonders, mevrouw Jaarsma?"
„Ja, ik wilde je vragen zo snel mogelijk hier te verdwijnen. Je bent druk bezig Jaap te verleiden, terwijl hij nog maar heel kort getrouwd is met een vrouw, van wie hij erg veel houdt. Ik heb met die vrouw vooral te doen, omdat ze na een ontzettend moeilijke tijd in haar leven met Jaap dacht het geluk te hebben gevonden. Je probeert elke man, die je leuk vindt om je vingertje te winden; ik heb het rustig aangezien hoe je het eerst met mijn man probeerde. Maar hij bleek je net iets te serieus, maar van de man van Mieneke blijf je af. Je trekt nu op dit moment je mooie jasje uit en je verdwijnt. Je belt vanavond mijn man op om te zeggen dat je op staande voet wegblijft."
Suzanne keek eerst brutaal, dan onthutst.
„Jaap zou wel eens van die vrouw af willen zijn, daar weet u niks vanaf."
„Genoeg en ik kan zelfs zijn kleine buitensporigheden met jou verklaren… Mieneke, zijn vrouw heeft een baby uit haar ongelukkige, eerste huwelijk en omdat ze Jaap zo dankbaar is voor al zijn liefde ook voor dit kindje, is ze nu alweer zwanger, van Jaap vanzelfsprekend. Een vrouw die zo kort na een geboorte weer in verwachting is, is dan wel eens wat depressief of een beetje kort aangebonden. Maar de liefde tussen Jaap en Mieneke is niet op de vlucht, integendeel. Jaap zoekt bij jou een beetje aandacht, een beetje compensatie voor wat hij nu thuis mist. Ik praat het niet goed maar het is begrijpelijk."
„Is… is zijn vrouw in verwachting?" haperde Suzanne.
„Ja," zei Britta nu streng. „Vooruit, pak je tas en smeer 'm." Ze had de woorden nog niet gezegd of Jaap kwam binnen. Hij had Britta's woorden gehoord en hij bleef verlegen staan. Hij reageerde niet toen Britta haar woorden tegen de assistente met klem herhaalde en toen Suzanne haar tas pakte en zei: „Dan ga ik maar."

Zonder een groet sloot Britta de deur achter het meisje.
„Sorry Jaap," zei ze tegen de collega van haar man. „Ik moest dit doen vóór er onherstelbare dingen gaan gebeuren. Suzanne is een meisje dat over lijken gaat; Mieneke is zwanger en heeft het moeilijk. Dat weet je, maar zoek niet direct troost bij een ander, wees een vent."
Hij pakte haar arm en zijn vingers deden haar pijn, toen hij uitbracht: „Mieneke zwanger? Je bent gek."
„Nee, dat ben ik niet. Ze heeft me zelfs al gevraagd of ik haar wil komen helpen als het haar tijd is. Ze heeft aldoor tegen mij gezegd, dat ze jou zo gauw mogelijk een eigen kind wil geven. Ik heb het haar afgeraden, de baby is nog zo jong..."
„Weet je het echt heel zeker, Britta? Ik begreep de laatste weken niets van haar, ze was niet meer vrolijk en ze weerde me vaak af..."
„Ik weet het zeker en ik heb dat meisje op eigen gezag ontslagen. Ze zal vanavond Harm bellen en zeggen, dat ze morgen niet meer komt. Ik zal jullie helpen tot er een nieuwe is."
„Ik schaam me, zoals ik nooit eerder gedaan heb," zei Jaap deemoedig.
„Ga naar Mieneke en zeg haar dat ik aan jou verraden heb, dat er een baby bijkomt en over de rest zwijgen we beiden."
Jaap pakte haar handen... „Britta, je bent een..."
„Laat maar zitten," zei Britta droog. „Ik maak de boel hier even af en jij smeert 'm."
Na het eten rinkelde de telefoon en toen Harm opnam, probeerde Britta argeloos met Erica te spelen.
„Je komt niet meer terug? Wat is dat voor waanzin? Je hoort behoorlijk op te zeggen," hoorde ze Harm tot haar grote opluchting zeggen. „Kun je niet tegen het werk? Nou, daar heb ik dan niet bepaald iets van gemerkt, maar ik zie zulke mensen als jij liever gaan dan komen." Met een klap gooide hij de hoorn op de haak.
„Die schoonheid zijn we tenminste kwijt," zei hij tegen Britta en hij keek haar recht in de ogen.
„Dat hoor ik," zei Britta. „Je zult een advertentie moeten zetten voor een ander, lijkt mij."

„Dat zal ik wel doen ook, maar de eerste dagen zitten we mooi in het schip.”
„Dat valt wel mee,” zei Britta. „Toevallig belde ik vanmorgen Erna nog en er zijn deze weken maar weinig kinderen te verwachten. Ik help jullie wel tot je een ander hebt.”
Zijn gezicht lichtte op.
„Ik weet, dat ik een fantastische vrouw heb,” zei hij, maar toen hij haar even omhelsde, zag Britta voor het eerst iets van haat op het kindergezichtje van Dénise.
„Ik moet nog even naar een patiënt,” zei Harm, „tot straks.” En Britta was alleen met Harms dochtertjes, waarvan er één ook van haarzelf was. Ze keek Dénise aan en ze zei zacht: „Waarom heb je een hekel aan me? Ben ik niet lief genoeg voor je? Ik kan het toch niet helpen, dat jouw mamma jaren geleden wegging?”
Dénise draaide zich om en holde naar de keuken.
Britta zuchtte. Je kwam er met dit kind toch niet uit, dat wist ze nu wel zeker. En in haar hart hoopte ze, dat die moeder maar eens op kwam dagen en zich een werkelijke moeder van Dénise zou tonen. Het was zo ook geen doen meer hier in huis.

HOOFDSTUK 6

Britta hield zich de komende dagen met de praktijk bezig. Met geen woord repte ze over het gebeurde met Suzanne. Ze bedacht, dat ze tot voor kort zoiets wel tegen Harm gezegd zou hebben, maar ze vond zo'n houding nu een blijk van onzelfstandigheid. Ze zag Jaaps gezicht weer gelukkig en tevreden en ze besefte, dat Mieneke haar geheim aan hem had toevertrouwd.
Britta was blij dat ze naast het huishouden nu druk werk als assistente had. De eerste weken waren er geen bevallingen in zicht en ze had snel de neiging tot piekeren over Tony. Maar ze was pas twee dagen bij Harm en Jaap aan het werk toen de bom barstte.
Zoals steeds had Britta zich gehaast om zelf voor de lunch te

zorgen. Harm was al aan tafel gegaan en Erica zat aan tafel met een vorkje te zwaaien.
„Ik begrijp niet dat Marietje nog niet terug is met Dénise," kwam Britta ongerust.
„Ach, ze komen zo wel," suste Harm. „Schenk mijn thee maar vast in."
Maar Britta liep naar het raam en zei: „Er klopt iets niet... ze zijn al twintig minuten te laat..."
Toen stopte voor de deur een felrode auto en Britta zag Dénise uitstappen en een jonge, witblonde vrouw... de moeder van Dénise.
Britta kon even geen woord uitbrengen. Ze stootte Harm aan en wees alleen.
Zijn gezicht verstrakte en hij stond op en liep naar de deur. Dénise holde op hem af en Britta hoorde haar zeggen: „Ik mag bij mijn eigen mamma gaan wonen."
„Zwijg en ga naar binnen," beval Harm streng en tegen de vrouw: „Wat wil jij? Je hebt bij herhaling getoond het kind niet te willen hebben. Moet je dan onrust blijven zaaien?"
Het vermoeide gezicht van de vrouw was een en al emotie. „Kan ik je even onder vier ogen spreken?"
„Het spijt me; dat gaat niet. Mijn vrouw heeft alle recht om bij ons gesprek te zijn; zij heeft al zo lang moeder voor jouw kind moeten zijn."
Britta was erbij komen staan. Ze keek Harm aan en zei: „Ik ga met de kinderen in de keuken eten, Marietje komt er al aan. Dit is inderdaad een gesprek dat jullie alleen aangaat." Ze wenkte de vrouw binnen te komen, pakte Erica uit de hoge stoel en met haar andere hand trok ze Dénise mee naar de keuken.
„Ik wil erbij zijn," blèrde het kind.
„Dat zal niet gaan. Je vader en je moeder moeten samen praten en het gaat verder niemand van ons wat aan."
Britta zegende op dit moment dat ze een paar maanden geleden, tegen Harms wil in, een kleine keukenbar had laten maken. Hij hield er niet van op een hoge kruk gauw iets te eten en hij noemde de bar veelbetekenend „de trog".
Britta zette verse thee, zette bordjes en brood neer. Marietje

wilde zich verontschuldigen voor het feit dat ze Dénise niet mee had kunnen krijgen, maar Britta gaf haar een stille wenk dat ze moest zwijgen.
Dénise begon weer: „Mijn moeder zei…"
Britta beval: „Eet je boterham op en houd je mond, Dénise, wacht maar rustig af en vertrouw erop dat je pappa en mamma allebei het beste voor jou willen."
Erica liep een beetje verloren rond, omdat ze haar eigen stoeltje niet had, maar telkens als ze langskwam, stopte Britta haar een stukje brood in haar mond.
Een beetje moe leunde ze op de eetbar. Die vrouw zou haar zin krijgen en het kind meenemen. Het stond voor háár vast. Ze vreesde het humeur van Harm en de onredelijke uitvallen, die mogelijk kwamen. Waar had ze dit gezin voor opgebouwd? Haar eigen Tony wilde een vaderfiguur en had die gevonden in Australië en ze zag hem voorlopig niet terug en áls hij terugkwam, zou hij misschien voortdurend terug willen; Dénise was al verloren voor dit gezin en dan bleef alleen hun eigen kleine Erica, die het allemaal gelukkig nog niet begreep, over.
Ineens stond Harm in de keuken en zei tegen Marietje. „Wil jij zo goed zijn om Dénises kleren even in te pakken? Dan kan ze zelf nog een koffer vullen met haar speelgoed."
Dénise sprong tegen haar vader op.
„Ik mag met mamma mee?"
Hij streelde het haar van zijn oudste dochtertje en zei zacht: „Als je het graag wilt, mag je gaan en je mag ook altijd komen logeren of helemaal terugkomen."
Het jonge kind scheen iets te beseffen van het verdriet van haar vader, want ze stond hem even stil aan te kijken, dan rende ze naar haar kamertje om het geliefde speelgoed bijeen te rapen.
Britta keek Harm vragend aan. Hij zei alleen: „Ze zegt, dat ze nu pas beseft, dat ze een kind heeft en dat ze helemaal alleen is. Ze schijnt echt naar het kind te verlangen; ik heb haar gezegd dat ze het een jaar mag proberen en dat Dénise elke maand een dag hier moet komen. Ze is ermee akkoord gegaan. Ik weet niet wat me nog anders te doen staat."

Britta was gaan staan en even beroerde haar hand zijn gezicht. „We hebben samen alles gedaan om Dénise een deel van ons gezin te laten zijn, maar... ik heb haar moeder eens goed aangekeken... ze lijkt veel op haar en ik vermoed, dat het niet alleen de buitenkant is. Je moet doen wat voor het kind het beste is en altijd, altijd onze deur voor haar openhouden."
Hij knikte.
Alles ging toen heel snel; Harm laadde twee koffers in de rode auto, gaf zijn ex-vrouw een hand en tilde Dénise op en kuste haar. Britta zag dat hij haar kennelijk vroeg of ze niet iedereen even wilde gedag zeggen, maar het kleine gezicht werd strak en ze schudde van „nee". Hij hielp het kind achterin de wagen en even later was Dénise met haar moeder uit het zicht verdwenen.
Harm had zo lang mogelijk zijn kind nagestaard en toen hij binnenkwam, leek hij een geslagen man.
Britta was in de kamer gekomen en schonk hem thee in. Schijnbaar diep in gedachten bleef hij in het kopje roeren en hij zei: „Dat ik toch ooit met die vrouw getrouwd geweest ben... ik kan het zelfs niet eens meer begrijpen en Dénise... ja, ze lijkt alleen maar háár kind te zijn." Hij keerde zich naar Britta en legde zijn hand op de hare. „Lieverd, ik zal de komende weken wel eens een rare opmerking maken, maar ik meen het nooit. Ik weet wat je allemaal voor mijn dochter gedaan hebt en ik weet ook dat het je niet ten onrechte wel eens heel moeilijk viel."
Hij pakte kleine Erica op en zei een beetje triest: „Zij is onze dochter en niemand kan haar afpakken."
Britta wilde de trieste sfeer een beetje verbreken; ze stond op, streelde even door zijn donkere haar. „Niet zo in de put zitten, jongen. Misschien komt ze wel gauw terug en in de vakanties zal ze er altijd zijn. Probeer de lichtpuntjes te zien."
Hij trok Britta en Erica samen op schoot.
„Jullie zijn de enigen, die blijven," zei hij. En Britta dacht aan Tony, over wie hij niets zei, kennelijk niets hoopte en ze zag het gelukkige gezicht van Anthony weer voor zich toen hij haar in zijn armen sloot.

Ze legde even haar arm om Harms schouders. „Alles gaat, zoals het gaan moet en denk vóór alles aan het geluk van het kind." Britta liet hem zitten met Erica op schoot en begon de tafel af te ruimen. Ze was alleen om kleine Tony een beetje wanhopig. Maar toch vertrouwde ze erop, dat hij graag weer bij haar terug zou komen. Nog twee maanden en dan was het half jaar om.

Britta zuchtte nog eens hartgrondig, droeg Marietje de zorg op voor Erica en ging in de praktijkruimte hard aan het werk.

Tegen halfzes liep ze met trage passen naar de woonkamer. Marietje was met het kleintje weg en Britta wist dat ze vandaag laat zouden eten, omdat Harm voor een speciaal geval naar Alkmaar was. Ze ging zitten en leunde vermoeid achterover.

Idioot was het dat ze moe was van het beetje werk, maar ze miste Tony en alle werk viel haar nu dubbel zo zwaar.

Om zichzelf te troosten pakte ze het kleine, oude boekje met de gedichten van Tennyson, dat ze lang geleden van Anthony had gekregen en ze zocht naar regels, die ze eens samen hadden gelezen. En voor de zoveelste keer fluisterde ze de regels:

„Let the sweet heavens endure,
Not close and darken above me
Before I am quite, quite sure
That there is one to love me;
Then let come what come may..."

En zacht herhaalde ze de regels in haar eigen taal:

„... dat er iemand is die mij liefheeft;
laat dan maar komen wat er komen moet..."

Ze veegde een traan weg en borg het boekje weer op. Ze bleef nog even zitten en ze dacht aan Harms herhaalde aandringen om samen nog een kind te nemen. Britta dacht aan de komst van Erica... nee, voor de geboorte zelf was ze niet bang, maar als Tony terugkwam... zijzelf had genoeg aan Tony en Erica. Ze bedacht, dat Harm na het weggaan van Dénise sterker dan ooit zou aandringen op een nieuw kind van hen samen. Er was een innerlijk verzet in haar tegen nóg een kind en zolang dat verzet er was, peinsde ze er niet over. Een kind moest je beiden van harte willen...

Die nacht waren Harm en Britta sinds lange tijd dicht bij elkaar. In het duister van hun slaapkamer huilde hij om het dochtertje dat hem verlaten had en Britta wist zo weinig om hem te troosten en weer smeekte hij: „Britta, liefste, laten we samen nog één kind nemen. Je hebt het me een poos geleden beloofd, laat die pil nou liggen. Ik wil zo graag nog een kind van jou."
En in hun omarming loog Britta: „Vanaf morgen zal ik hem niet meer nemen, dan moeten we maar afwachten." Ze had met zichzelf afgesproken, dat ze pas over een nieuw kind zou gaan denken, als kleine Tony weer helemaal bij haar was. Haar leugen was niet zo erg groot, troostte ze zichzelf en ze wond haar lange, blonde haar om zijn gezicht.
De volgende dagen was het stil in huis, alleen het klaterende stemmetje van Erica vrolijkte af en toe het gezin op en Harm toonde zich een liever en zorgzamer vader dan hij ooit geweest was. Erica kraaide het uit als ze zijn wagen voor het huis zag stoppen en strekte haar kleine armpjes al naar hem uit nog vóór hij in de kamer was.
Na een week kreeg Harm een kaart van Dénise, waarop ze met moeite en kennelijk met hulp haar naam gekrabbeld had. Haar moeder schreef dat ze naar school ging in Utrecht en dat ze het samen heerlijk hadden. Ze stelde voor het kind over een week of drie voor het eerst een weekend te sturen, maar ze weigerde zelf iedere keer aan hun deur te komen en ze vroeg Harm zijn dochter op vrijdagavond van het station in Alkmaar te halen. Zij zou dan bij het meisje blijven tot hij er was.
„Ze schijnt het te menen," zei hij tegen Britta.
En vanaf die dag verstopte Britta het doosje met 'de pil'; ze wilde Harm niet nog meer pijn doen. Maar zelf wilde ze er eerst zeker van zijn dat ze echt nog een kind erbij wenste.
Harm en Jaap hadden inmiddels een struise, jonge vrouw aangesteld als de nieuwe assistente en met de beste wil van de wereld kon Britta geen gevaar voor Mieneke in haar zien.

Op de ochtend vond Britta weer de bekende luchtpostbrief van Anthony in de brievenbus. Haar hart bonsde toen ze hem in de eenzaamheid van de slaapkamer opende en ze las:

„Liefste,
Tony begint erg naar je te verlangen en ik geloof dat het beter is, dat ik hem een dezer dagen naar je toebreng. Het is niet zo, dat hij de hele dag zit te treuren, maar als ik hem naar bed breng, ligt hij vaak nog uren wakker en gisteravond hoorde ik hem huilen: 'Ik wil naar mamma.'
Ik heb een heerlijke tijd met hem gehad en ik voel me helemaal zijn 'echte pappa'. Ik heb met hem gepraat en hij viel me om m'n hals toen ik zei dat hij weer naar jou terugging. Misschien vind je het goed dat hij over een jaar alleen in de grote vakantie een paar weekjes naar mij toe komt, als hij het zelf ook wil. Ik betaal die reizen, dat is niet meer dan logisch en hij is dan wel zo ver, dat hij onder geleide van een stewardess kan reizen. Want, Britta... ik zie jou nog één keer, als ik Tony nu terugbreng. Daarna zie je me niet meer... ik geloof niet dat ik het nog eens kan verdragen en jij ook niet. Ik hoop zo, dat je het met mij eens bent. Ik zal je nog één keer omhelzen en ik zal de uitdrukking van je gezicht dan nooit meer vergeten. Al worden we ouder, jij zult altijd jong voor mij blijven. Tony blijft onze band en ik zal je, zoals de laatste jaren, tweemaal per jaar een levensteken sturen en ik verwacht dat ook van jou.
Volgende week dinsdagavond, omstreeks halftien, kom ik met Tony aan. Ik telegrafeer nog even de juiste tijd en ik reken erop, dat juist jij hem komt afhalen.
I love you as ever,
Anthony."

Britta bleef lang met die brief in haar hand zitten. In haar hart was een overweldigende blijheid, dat Tony naar haar terugverlangde maar er was tegelijkertijd een gevoel van grenzeloze eenzaamheid, dat ze nu zeker wist Anthony nog maar één keer in haar leven te zien. Het kon niet anders, dat begreep ze. Maar

het was zo hard om het zwart op wit te zien.
Ineens sprong ze op... het was nu al zaterdag en Tony kwam dinsdag. Haar eerste impuls was om Harm te gaan vertellen, dat haar jongetje terugkwam. Het was een diepe teleurstelling voor Harm geworden; hij had gehoopt, dat ze een beetje blij en gelukkig zou zijn, als ze bij haar vader was. Maar het kind had zich nukkig gedragen en het was voor allemaal een opluchting geweest, toen hij de kleine die zondagavond kon terugbrengen naar het station in Alkmaar, waar haar moeder wachtte.
Britta had niets gezegd, ze had alleen maar haar armen om hem heen geslagen. Ze voelde dat hij het had aanvaard, maar het verdriet was gebleven.
Marietje had een vrij weekend en Britta zat om één uur met Erica op Harm te wachten met de lunch. Hij zou verder vrij zijn, want Jaap nam de rest van het weekend de praktijk waar.
Toen Harm rustig was gaan zitten, Britta en Erica omhelsd had, zei Britta terwijl ze haar ogen neergeslagen had: „Ik ga dinsdagavond Tony van Schiphol halen. Ik kreeg vanmorgen een brief, waarin stond dat hij heimwee had; hij huilt 's avonds in bed en Anthony heeft verder alleen gevraagd of Tony over een jaar of zo alleen met de grote vakanties bij hem mag logeren, als het kind dat zelf wil natuurlijk. Hij betaalt de reizen en hij vindt dat Tony dan wel onder de hoede van een stewardess kan reizen."
Harm keek naar het gebogen hoofd van Britta. „Waarom kijk je me niet aan, lieveling?"
„Ik vind het zo rot voor jou," barstte Britta los. „Maar ik geloof dat echte bloedverwantschap niet altijd de grote band tussen ouders en kinderen hoeft te vormen; Tony houdt van mij, dat voel ik en dat is het enige. Misschien komt de tijd, dat Dénise zich van haar liefde voor jou bewust wordt."
Harm nam haar gezicht in zijn handen: „Lieverd, ik ben blij voor je, dat Tony naar je terug wil en ik vind het heus gezellig als hij weer bij ons is, maar troost me niet met toekomstgedachten over Dénise. Ik geloof er niet in en voor mij staat het

wel vast dat ze alleen nog maar beleefdheidsbezoekjes hier komt brengen, omdat ik haar opvoeding betaal. Ach... als ik alles geweten had..."

Hij stond op en ging voor het raam staan en staarde voor zich uit.

Britta zweeg, elk woord zou nu verkeerd zijn.

HOOFDSTUK 7

Dat weekend was het prachtig weer en Harm zat buiten, terwijl de kleine Erica in de zandbak speelde, maar Britta liep onrustig heen en weer naar het kamertje van Tony. Ze had weer schone lakens op het bed gelegd, omdat ze de andere te stoffig had gevonden. Ze zette een paar bloeiende plantjes op de vensterbank en de nieuwe speelgoedauto stond op het tafeltje naast zijn bed te pronken.

Ze stond 's middags voor de zoveelste keer in het kamertje te controleren toen Harm van buiten riep: „Britta, kom nou eens rustig zitten; ik wil met je praten, het is toch mijn vrije weekend?"

Haastig liep ze weer naar hem toe. „Ik moest nog even wat doen en morgen heb ik er geen tijd voor, want dan verwacht ik een bevalling."

Hij trok haar op schoot. „Britta, ik moet je wat vragen en ik wil een heel eerlijk antwoord."

Ze streek het verwarde goudblonde haar uit haar ogen en keek hem verbaasd aan.

Hij wierp even een blik op de zoet spelende Erica.

Britta zweeg en speelde met zijn gebruinde vingers.

„Je neemt de pil nog steeds, terwijl je beloofd had het niet meer te zullen doen. Als jij nu jouw verhaal vertelt, waarom je het toch doet, zal ik je het mijne vertellen."

Britta keek ver weg naar de rand van de duinen en ze zei: „Als je een kind wilt hebben, moet je er beiden zeker van zijn, dat je ernaar verlangt en zolang Tony weg is en zeker toen ik nog niet wist of hij wel heel erg aan mij hing, was ik er gewoon niet aan toe om zelfs maar met de gedachte aan een nieuw kind te spelen. Ik had je dat eerlijk moeten zeggen, maar ik dacht dat het alleen maar een klein uitstel zou worden en dan was die leugen toch niet zo heel erg?"

Hij legde haar hoofd tegen zijn schouder. „Ik ben dankbaar dat je het gezegd hebt en ik kan je gedachtegang respecteren. Ik zal je nu mijn ellende vertellen. Ik heb het heel lang willen geloven, maar ik moet wel... Dénise is niet mijn eigen kind..."

Britta stond met een ruk rechtop.

„Wat zeg je nou, Harm?"

Hij dwong haar weer rustig te gaan zitten.

„Luister, toen ik met haar moeder getrouwd was, wist ik al heel gauw, dat ze niet zo eenkennig was, maar ik vond het alleen maar een vorm van oppervlakkigheid. Toen ze zo gauw na de geboorte van Dénise met die ander het land verliet, vond ik haar alleen maar een slechte moeder en dat nog wel van mijn bloedeigen dochter. Ze is nu wat rustiger geworden en je weet, dat ik twee keer met haar gepraat heb. Ze heeft me verteld, dat ze indertijd naar de echte vader van Dénise gevlucht is. De man hield niet van kinderen en daarom liet ze Dénise bij mij achter. Die minnaar is er al betrekkelijk gauw weer vandoor gegaan met een ander en zij is over Dénise gaan nadenken. Ze is teruggekomen, nu voorgoed, naar Nederland en ze heeft een baan als cheffin in een groot modehuis. Ze woont in een behoorlijk huis en ze kan hulp betalen, die ook op het kind let als ze moet werken. Ze mag dan misschien niet zo slecht zijn als ik dacht... het was allemaal meer een wanhoopsdaad van haar... maar ik ben niet de vader van Dénise. Ik heb met haar moeder afgesproken, dat we het voor het kind niet moeilijker zullen maken en ze mag de waarheid nooit weten. Maar jij weet het nu en ik, ijdele man, ben de vader van maar één kind. Ik begrijp mezelf niet, dat ik daar zo'n zaak van maak in een tijd dat tal van echtparen helemaal geen kind willen. Maar ieder heeft zo zijn dromen en als jongen zag ik natuurlijk eerst de ideale vrouw voor ogen – en dat ben jij echt geworden – en dan heb ik altijd twee kinderen gewild. Je zult zeggen dat Tony er is in dit gezin, maar hij zegt „oom Harm" tegen me; ik wil graag goed voor hem zijn, maar er is geen sterke band, zoals jij met hem hebt. Ik houd van jou, Britta, met al die moeilijke en verdrietige jaren achter je, met die liefde voor die man in de verte; ik accepteer het, want ik weet, dat jij me nooit zult bedriegen."

Hij legde haar hand even tegen zijn ogen en zei dan: „Kun je het begrijpen, Britta, dat ik van jou zo ontzettend graag nog een eigen kind wil?"

Het was een ogenblik stil; kleine Erica zat gezellig babytaal te murmelen en gooide intussen handenvol zand over haar blonde haartjes, maar haar ouders deden er niets tegen. Britta sloot haar ogen, maar ze voelde, dat Harm haar nu aankeek en ze zei zacht: „Ik ben nog jong; ik wil eerst zien hoe Tony tegen mij is, of hij weer helemaal mijn eigen Griekse jongetje is en ik denk dat ik nog één keer in mijn leven Anthony zal ontmoeten... als hij Tony brengt. Ik kan en wil niets zeggen vóór Tony weer zijn eigen kamertje bewoont."

„Bedoel je... bedoel je dat de mogelijkheid bestaat dat je naar die man teruggaat?" Zijn stem klonk haperend en heel donker.

„Nee lieverd, ik ga nooit meer naar hem terug. Ik zie hem alleen even op Schiphol en dan nooit meer. Dat blijft een zware opgave voor mij... ik bedoel: het weten dat je iemand heel waarschijnlijk nooit meer zult zien. Ik had liever gehad, dat hij daar nooit over geschreven had en dan had ik evengoed geweten dat er van een ontmoeting geen sprake zou zijn. Maar... het moet allemaal achter de rug zijn en dan pas kan ik me gaan concentreren op de gedachte aan een nieuw kind... van jou."

Hij streelde haar blonde haar en zei: „Ik wist, dat ik een moeilijke vrouw trouwde, maar ik begrijp je en ik kan wachten, omdat ik van je houd."

Hun monden vonden elkaar, maar Erica begon te krijsen en Britta vloog overeind.

De kleine had een hap zand genomen en dat was haar niet best bekomen; ze probeerde met een modderig handje het zand te verwijderen en dat lukte niet erg. Ze huilde tranen met tuiten.

„Ach lieverdje toch, kom maar gauw. We waren je gewoon vergeten," zei Britta en haar stem klonk teder.

„Harm, laat even gauw het bad vollopen, ik krijg haar anders nooit schoon."
En Britta kleedde haar dochter uit en samen met Harm ontdeed ze haar in bad van alle zand. Britta droogde haar af en deed haar een schoon jurkje aan, de kleine voetjes staken in witte sandaaltjes. Ze keek op haar horloge. „Harm, het is bij halfzes; ik ga zo koken en dan moet ze toch meteen naar bed. Ga jij nog even een eindje met haar wandelen. Ze is zo trots dat ze zo goed kan lopen en dan wordt ze vandaag tenminste niet meer vuil."
„Oké," zei Harm, nam zijn dochter onder de arm en liep met haar naar buiten. Door het raam van de badkamer zag Britta de lange man met het zo heel kleine kindje wegwandelen. Ze maakte het bad schoon en ruimde de vuile kleertjes op.
Even liep ze naar Tony's kamer. Ze bleef zomaar staan en borg haar gezicht in haar handen en de tranen kon ze niet langer bedwingen. Tegen niemand kon ze praten over haar gevoelens, alles moest ze alleen uitvechten. Maar Britta wist dat het 't beste was om Anthony nog maar één keer te ontmoeten. Ze had voor Harm gekozen en voor geen prijs zou ze hun gezin kapot willen maken. Ze moest zich ermee verzoenen, dat die ene man, die grote jeugdliefde, onbereikbaar was voor haar. Ze had aldoor gedacht, dat ze zich ermee verzoend had, maar eerst nu voelde ze dat ze toch nog heel bewust moest kiezen.
Toen schrok ze op door de telefoon. Britta nam op en hoorde de drukke stem van haar collega Erna zeggen: „Meid, ik moet je uit je huiselijk leven sleuren. De bevalling, die jij morgen zou krijgen, is nu aan de gang, maar jij had je vrije dag en dus ben ik er. Het lijkt wel of ze het expres doen, maar dat vrouwtje van groenteman Van der Hoek heeft net naar mijn huis gebeld, dat ze begonnen is. Ik werd door mijn hospita hier weer opgeroepen en nou zit ik."
„Klets niet zo lang over een eenvoudige zaak," zei Britta lachend. „Ik ga naar de vrouw van de groenteman, want als die belt is het zaak om te gaan. Die slaat nooit te vroeg alarm."
„Ik ben blij, dat je het allemaal begrijpt," zei Erna. „Sterkte."
Harm kwam net weer thuis met hun kleine dochter en Britta

zette snel het schaaltje eten uit de oven op tafel. Met een paar woorden stelde ze Harm op de hoogte en hij zei vriendelijk: „We hebben momenteel maar één kind, dus Marietjes afwezigheid is om overheen te komen. Ga maar gauw, lieverd. Ik zorg wel voor de rest."
Britta was al op de slaapkamer om zich te verkleden en tien minuten later reed ze weg, nagezwaaid door man en kind.
Het was gelukkig vlakbij, maar toen ze voor de kleine groentezaak stopte, zag ze aan het gezicht van de man, die in de deur stond, dat ze niet veel langer had moeten wegblijven. Dat kleine, mollige mevrouwtje Van der Hoek was al moeder van drie kinderen en Britta had de bevalling van de laatste twee meegemaakt en ze had er versteld van gestaan hoe precies op tijd deze vrouw wist dat ze hulp moest hebben.
Britta was haar wagentje al uit en stapte door de winkeldeur naar binnen. Ze keek naar het bezorgde gezicht van de echtgenoot.
„Wat kijkt u ongerust? Uw vrouw is toch zo'n ideale kraamvrouw?"
„Ik weet het niet zuster, maar ik vertrouw het deze keer niet."
Britta was al doorgelopen naar de slaapkamer en ze vond de kleine vrouw in het keurig opgemaakte bed. Met één oogopslag zag ze, dat alles al klaarstond. Ze ging rustig zitten en zei tegen de jonge vrouw: „Waarom doet uw man zo schichtig? Alles gaat toch goed?"
De vrouw wachtte kennelijk even een wee af, dan verscheen een glimlach op haar gezicht. „De vorige keren dat u me hielp, was het een doordeweekse dag," zei ze, „hij wist toen niet, dat ik al bezig was. Maar nu is hij thuis en doet hij of hij zelf moet bevallen."
Britta lachte hartelijk.
„Dat komt meer voor," zei ze. „Maar laat ik eerst eens kijken, hoever u bent..."
„Nou," zei Britta eindelijk, „dat kind maakt haast. Ik zal intussen de dokter even bellen." Ze liep meteen door naar de winkel waar ze de telefoon wist. Ze belde Jaap, die beloofde zo gauw mogelijk te komen.

Maar zoals zo vaak gebeurde, was de baby de dokter te snel af en Britta hield al gauw een brullende, gave baby in haar handen.
„Een fijn jongetje," zei ze tegen de moeder, die moe, maar rustig toekeek.
„Ik wilde juist zo graag een jongen erbij," zei ze een beetje verlegen. „Ik weet wel, dat wij voor deze tijd misschien een te groot aantal kinderen hebben, maar we vonden allebei vier kinderen zo leuk, een kwartet."
Britta hielp moeder en kind snel en toen Jaap binnenkwam, was alles al op orde, lag de baby heerlijk in de arm van de kleine moeder en stond de verlegen vader een beetje schuchter toe te kijken.
„Een moeiteloze bevalling," vond Jaap. „Zo moesten ze allemaal gaan, wat zouden we dan een rustig leventje hebben."
De vader van de nieuwe zoon scheen eindelijk tot actie te kunnen overgaan en hij bood de dokter en de zuster iets te drinken aan.
„Geen alcohol," zei Jaap lachend. „Wij mogen nooit met een drankadem bij een patiënt aankomen, maar een kop thee lust ik wel."
Britta was even gaan zitten en keek vergenoegd om zich heen. „Hè ja, dan kan ik meteen daarna de was ophangen."
Ze lachten allemaal om deze komisch aandoende woorden. Britta kleurde. Ze had willen zeggen: „Dan heb ik nog een stukje avond met mijn man samen, want ik heb het gevoel, dat we nog zoveel moeten praten samen en morgen heeft hij weer dienst." Maar zoiets kon ze niet zeggen. Ze stond op, haalde de baby bij de moeder weg en legde hem in de wieg. Zorgzaam streek ze het lakentje glad en even keek ze nog naar het kindje. Alleen Jaap hoorde haar zacht zeggen: „Het is iedere keer toch weer een wonder, zo'n gaaf wezentje."
En even zacht zei hij tegen Britta: „Ben jij soms zelf ook weer in verwachting? Ik ben dergelijke woorden van jou niet zo gewend."
Ze keek hem van opzij aan. „Nee, ik ben beslist niet zwanger... maar daarom mag ik toch wel zeggen, dat het een wonder is?"

„Gerust," zei Jaap, „maar er is toch iets bijzonders met jou aan de hand."
Britta glimlachte ineens heel blij: „Tony komt dinsdag terug, dat vind ik zo heerlijk."
Jaap pakte haar hand. „Britta, wat ben ik daar gelukkig mee. Jullie gezin is gewoon niet compleet zonder dat kleine jong."
Ze knikte en pakte de thee van de nieuwbakken vader aan. Zo snel mogelijk dronk ze het hete vocht op en ging toen de was ophangen, heerlijk buiten aan de lijn. Dan wist de hele buurt meteen dat de baby geboren was, bedacht ze.
Intussen had de handige vader zijn vrouw al wat eetbaars gebracht en Britta zei alleen nog: „De dokter komt vanavond laat nog even en ik controleer morgen. Uw moeder komt zeker weer?"
De vrouw in bed knikte. „Ja zuster, dat is allemaal geregeld, zoals altijd. De andere kinderen blijven de hele week bij mijn zuster. Dus er zijn geen problemen."
Na een hartelijke groet verliet Britta het huis van de groenteman en via een omweg, langs de duinen, reed ze langzaam naar huis. Het was bijna negen uur toen ze de wagen in de garage zette. Harm had de deur al geopend en ving haar in zijn armen op.
„Alles goed?"
„Ja, prima baby. Jaap gaat vanavond laat nog even en ik morgen."
„Ik heb nog wat eten voor je warm gehouden in de oven; je hebt vast nog geen boterham gehad."
Britta aarzelde; ze had geen trek meer in eten.
Ze kon natuurlijk zeggen, dat ze bij de kraamvrouw al voldoende getrakteerd was, maar ze had er een hekel aan om nu te liegen.
„Het is erg lief van je, Harm, maar ik ben gewoon over m'n honger heen. Slaapt Erica al?"
„Onze dochter is een voorbeeldig kind," zei Harm trots, „en ik weet wel wat je nu lust. Ik zeg niks, ik ga het even klaarmaken."

Britta had alleen haar schort afgedaan en liet zich op de bank neervallen. Ze hield zichzelf voor: „Niet doordenken, alleen maar blij zijn met een lieve, attente man."
Even later kwam Harm binnen met een grote kan koffie, kopjes en alles wat erbij hoort en een grote schaal toastjes met kaas. „Dit is gezond en je lust het graag," zei hij en hij ging naast haar zitten.
Zorgzaam schonk hij haar kopje vol en hij bood haar een toastje aan.
Britta lachte tegen hem. „Je begint de moeilijke gebruiksaanwijzing van je vrouw aardig te kennen."
„Ik ken je zelfs beter dan jij vermoedt," zei hij ernstig.
Britta voelde zich kleuren en zweeg. Ze was blij toen hij zacht de radio aanzette. Ze wilde zoveel tegen hem zeggen, maar ze wist ook dat het niet kon. Er waren nu eenmaal dingen, die ze zelf moest verwerken. Vanmiddag had ze eigenlijk al te veel laten merken, vond ze.
Om tien uur zei Britta, dat ze een geweldige slaap had. Harm bleef nog even wat medische tijdschriften doorlezen.
Toen ze naar de slaapkamer wilde gaan, ving hij haar even in zijn armen en hij zei: „Je hebt gekozen, Britta, niemand heeft je gedwongen."
„Dat weet ik," antwoordde ze, „maar er zijn nog wel eens tijden dat ik het met mijn hele leven erg moeilijk heb... er is zoveel gebeurd en ik wil het allemaal goed doen."
Hij hield haar een ogenblik dicht tegen zich aan. „Ik houd van je, zoals je bent en dat weet je, Britta."
„Maar wéét je hoe ik ben?" Haar stem klonk een beetje wanhopig.
Hij dwong haar hem aan te kijken.
„Ja, dat geloof ik wel, Britta." Hij kuste haar. „Ga maar gauw slapen en probeer alles van je af te zetten."

HOOFDSTUK 8

Britta belde die maandagmorgen meteen Schiphol op, om te informeren hoe laat Tony's toestel precies zou landen de volgende dag. Dat was tien over halftien 's avonds als er geen vertraging zou ontstaan.

Ze zag Harm weinig die dag, want hij had het erg druk. Aan tafel speelde ze met Erica en Marietje gaf de neutrale toon aan. Ze spraken niet over de dingen waarover Britta piekerde.

Dinsdagmorgen liep de wekker om kwart over zes af, zoals gewoonlijk.

Harm kuste zijn vrouw en zei: „Ik rijd je vanavond als je Tony gaat ophalen; je bent zo geëmotioneerd, dat ik het niet goedvind, dat je alleen gaat."

Britta schrok, maar ze beheerste zich toen en zei: „Jongen, dat had ik allang bedacht, want ik ga met de trein en de bus naar Schiphol en ik neem een taxi terug, hierheen. Dan kan ik lekker ontspannen met Tony praten."

Harm keek bezorgd. „Als je in vredesnaam maar niet zelf gaat rijden."

„Nee, dat beloof ik je, het toestel komt even na halftien aan. Met een taxi ben ik gauw genoeg hier. Jij hebt het al druk genoeg en je weet niet of je weg moet voor een spoedgeval. Nee... ik red me wel."

Hij knikte. „Goed, daar reken ik dan op, kind."

De dag verliep, zoals zoveel andere dagen en Britta probeerde met alle geweld heel rustig en normaal te doen.

's Morgens ging ze met Erica in het wagentje boodschappen doen en voor de lunch had ze iets extra lekkers klaargemaakt, waar Harm dol op was.

Om vijf uur belde hij haar op, dat hij niet op tijd voor het avondeten kon zijn en dat Marietje maar iets warm moest houden. Een gewone mededeling, die wel vaker kwam.

Britta voelde zich ineens een beetje bevrijd. Ze droeg Marietje op om de kleine naar bed te brengen en samen met haar te eten, want ze moest vroeg weg, om Tony te halen.

Op haar slaapkamer stond ze lang stil voor haar klerenkast. Ze

zou Anthony vandaag definitief voor het laatst zien en ze wilde alleen maar mooi voor hem zijn. Ze trok makkelijke kleding aan en kamde het gouden haar dat vanzelf volmaakt op haar schouders viel en ze deed makkelijke schoenen aan.
Haar bagage bestond uit een leuke rieten tas.
Hoewel ze pas om halftien op Schiphol hoefde te zijn, verdween Britta om zes uur.
Aan de ene kant had ze spijt niet met haar wagen te zijn gegaan, dan had ze haar aandacht bij het verkeer moeten houden. Maar nu fladderden haar gedachten door haar hoofd. Nog één keer Anthony zien… had hij dat maar niet zo verschrikkelijk zwart op wit gezet. Ze wist tóch wel dat hij in zekere zin alleen maar bij haar verleden hoorde…
Britta was blij toen ze bij de drukke luchthaven arriveerde; ze werd nu tenminste een beetje afgeleid door al het geroezemoes om haar heen.
Ze keek op de klok… halfnegen… nog één uur moest ze wachten. Ze besloot eerst te informeren of het bewuste toestel tot nu toe al vertraging had opgelopen en ze kreeg een ontkennend antwoord van het volmaakt gekapte en geklede meisje achter de balie.
Ze liep naar het kleine restaurant en bestelde koffie. Intussen probeerde ze zich te concentreren op de vele buitenlandse gesprekken om haar heen. Ze ving de woordenstroom op van een rad pratende Fransman achter haar en ze testte haar eigen kennis van die taal. Ze moest zichzelf bekennen, dat ze de man beslist niet kon volgen.
Ze bestelde nog een glas koude tonic, iets dat ze eigenlijk helemaal niet lustte en daarna rekende ze af en liep ze langzaam naar de aankomsthal. Ze had niet meer in een spiegel gekeken, het eigenlijke wachten was voor haar nu begonnen. Ze was op een bank gaan zitten en ze sloeg de steeds aanzwellende stroom mensen gade, die naar buiten kwam. Ze hoorde de aankondigingen als er weer een nieuw toestel geland was. Ze hoorde de passagiers oproepen, die een haar onbekende weg zouden gaan in een vreemd land. Maar ze stelde zich daarbij niets voor. Britta wachtte…

Heel langzaam draaiden de wijzers van de grote klok en toen het eindelijk halftien werd, stond ze op en ze begon zenuwachtig heen en weer te lopen.
En nog tien minuten later hoorde ze eindelijk de onbewogen stem door de luidsprekers het bewuste toestel aankondigen.
Britta bleef nu vlakbij de glazen deuren staan. Ze voelde dat ze doodsbleek was geworden, haar handen beefden, maar ze wilde zich tot elke prijs beheersen. Even vroeg ze zich nog af hoe Anthony zich nu zou voelen. Maar ze wist, dat ze zich dat niet hoefde af te vragen... hij zou er net zo aan toe zijn als zij...
Heel ver in de douanehal zag ze hem ineens staan, de kleine jongen op zijn arm.
Het duurde voor Britta nog een oneindigheid, maar dan gingen de deuren open en vloog Tony op haar af.
„Mamma, mamma, Tony is weer bij jou!"
Ze kuste hem en hief hem hoog in haar armen.
„Mijn eigen kleine jongen," zei ze zacht. Dan voelde ze een arm om haar middel en ze werd meegevoerd naar een betrekkelijk stille hoek van de aankomsthal. Als vanuit de verte hoorde ze Anthony zeggen: „Tony, even heel stil op deze bank blijven zitten, dat heb je beloofd." En toen was ze in Anthony's armen.
Hij kuste haar ogen, haar mond. En in zijn met Engels doorspekte Hollands, fluisterde hij: „Ik zal je nooit meer zien, je zult altijd jong en stralend blijven zoals nu. Liefste Britta, het is zó goed. Stuur Tony met de vakanties als hij wil komen en ik zal gelukkig zijn als je hem laat gaan. Ik betaal al zijn reizen en wij... wel, wij spreken elkaar een enkele keer op papier, meer niet. Ik kan niet, Britta. Dit is ons afscheid."
Hij nam haar nog eens in zijn armen en Britta sloeg bijna vertwijfeld haar armen om hem heen.
„Je bent en blijft de enige voor mij, Britta, don't forget."
„Ik zal het niet vergeten, nooit en jij weet hoe ik was, hoe ik ben en wat je voor mij betekent. Vaarwel Anthony."
„Vaarwel Britta, I love you so much."
Hij liet haar zo plotseling los, dat ze bijna viel. Hij bukte zich snel naar Tony, kuste hem en zei: „Je mag altijd met vakantie naar pappa komen, dag jongen van me."

En vóór het kind iets had kunnen terugzeggen, was Anthony al weggehold. Hij rende naar de hal voor de vertrekkende passagiers. Britta keek de blonde man met de lichte ogen na, maar ze maakte geen beweging om hem na te lopen. Ze keek alleen; ze zag, dat hij zich niet omdraaide en daar was ze dankbaar voor. Ze hield het kleine handje van Tony omklemd. Het kind begreep niet precies wat er gaande was, maar instinctief zweeg hij zolang Britta naar de verdwijnende figuur staarde. Eindelijk was Anthony in de menigte opgegaan en Britta kon hem niet meer zien.
Ze tilde Tony op terwijl de tranen over haar gezicht liepen.
„Mijn kleine jongen, ik ben zo blij dat je weer bij me bent."
Hij keek haar ernstig aan en zei: „Is pappa nou verdrietig, dat Tony naar jou wilde?"
Britta schudde ontkennend haar hoofd.
„Welnee Tony. Pappa wist toch dat je weer naar mij zou teruggaan en hij weet ook dat je elke zomer in de grote vakantie bij hem mag logeren als je dat wilt. Pappa begrijpt Tony heel goed."
„Waarom huil je, mamma?"
Britta zocht haar zakdoek en veegde de tranen weg en ze zei: „Soms huilen grote mensen, omdat ze gelukkig zijn."
„En jij bent... dat omdat Tony weer bij jou is," zei hij en hij keek haar vragend aan.
„Ja," zei Britta. „Kom, geef je koffer maar hier, dan gaan we samen een taxi zoeken, die ons naar huis brengt."
Met behuilde ogen, het kind aan haar hand, liep Britta naar buiten en ze zocht een taxistandplaats. Ze had er net één ontdekt toen ze een bekende wagen zag aankomen. Ze bleef bijna ontsteld staan.
De wagen stopte vlak voor hen en Harm stapte uit.
„Ik ben je maar gauw komen halen, die taxi's, dat is niks. Gaan jullie maar lekker achterin zitten, dan kan Tony wat vertellen van alles wat hij beleefd heeft." Hij gaf de jongen een zoen en hij zei opgeruimd: „Oom Harm is blij, dat er weer een mannetje bij is in huis. Al die vrouwen, jongen, dat is maar niks."
Tony lachte verlegen; hij begreep het niet helemaal. Achterin

de wagen kroop hij dicht tegen Britta aan. Ze vroeg hem niets en hij zei weinig, want Britta zag dat hij doodmoe was.
„Sigaret, Britta?" vroeg Harm halverwege de rit.
„Graag," zei ze hees en ze pakte de aangestoken sigaret aan. „Dank je, Harm." En verder werd er niet meer gepraat. Tony sliep in de armen van Britta.
Thuisgekomen droeg Britta zelf het slapende kind naar zijn kamertje, trok hem z'n kleren uit en schoof hem handig in een pyjamaatje. Ze legde hem in bed en trok het dek over hem heen. Ze had nog gauw zijn lievelingsbeest uit zijn koffertje gehaald en naast hem neergelegd. Ze drukte een kus op het zwarte haar en fluisterde: „Welterusten, mijn eigen kind."
Met een gelukkige blik in haar ogen sloot ze zacht zijn kamerdeur.
Een beetje aarzelend liep ze naar de woonkamer waar Harm was. Ze had zelf niet in de gaten dat ze er uitzag als een schuldig, behuild kind.
Ze ging in haar eigen zwartleren fauteuiltje zitten en zocht nerveus naar een sigaret.
Harm was even naar de keuken gelopen en kwam terug met een glas sherry.
„Drink dit op. Britta, dan kom je een beetje bij." Zijn stem klonk zorgzaam. „Je ziet nog zo vreselijk wit."
Zwijgend pakte ze het glaasje aan en dronk er wat van.
„Britta, ik weet dat je moe en ontdaan bent, maar ik wil toch met je praten vóór we gaan slapen," begon Harm.
„Ik dacht niet dat er nu veel te praten viel," zei Britta zacht. „Ik heb naar Tony verlangd en hij was zo gelukkig dat hij me weer zag... hij hoort echt bij me."
En toen zei Harm: „Dat heb ik allemaal gezien."
Britta zat ineens kaarsrecht.
„Ben je daarom naar Schiphol gekomen... om mij te bespioneren?"
Hij glimlachte een beetje triest. „Nee, dat was mijn bedoeling niet. Ik wilde je verrassen door jullie op te halen. Ik was wat vroeg en ik was ook in de aankomsthal..."
Britta hield even haar adem in.

„Ik heb gezien, dat die man van je houdt en dat jij ook van hem houdt... op een wanhopige manier... ik ben niet gek, Britta."
„Je weet dat het een afscheid voor altijd was," zei ze moeilijk.
„Ja, dat heb je me gezegd en ik geloof je wel. Maar doe je er goed aan, Britta? Die man is nu vrij en als jij niet kunt loskomen van hem, zou het dan niet beter zijn dat je voorgoed naar hem gaat? Ik zal je Erica nooit afnemen, dus daar hoef je niet bang voor te zijn."
Britta zat hem verstard aan te kijken.
„Harm... is er iets gebeurd, wil jij je vrijheid terug? Zeg het dan eerlijk."
Hij had een ernstige blik in zijn ogen. „Britta, ik zag die omhelzing... ik kon er niets aan doen. Jij houdt nog van die man..."
Britta staarde naar het plafond en blies een rookwolk uit. „Ja, Harm, ik houd van hem. Maar dat wist je al vóór we getrouwd waren, maar ik zal hem toch nooit meer zien."
Ze boog zich voorover.
„Ik zal proberen het je uit te leggen. Ik heb je indertijd verteld dat het tussen Anthony en mij door een misverstand uitgegaan is."
Hij knikte bevestigend.
„We hebben elkaar daarna nog een enkele keer ontmoet, maar sinds ik met jou getrouwd ben, heb ik hem niet meer gezien. Ik wist natuurlijk niet, dat zijn vrouw en zijn kinderen van hem zouden weggaan en dat hij weer alleen zou komen te staan, maar dat maakt niets uit. Mijn liefde voor hem was naar mijn gevoel volmaakt en dat was wederzijds. Na al mijn mislukkingen daarna, heb ik eerlijk voor jou gekozen en jij weet dat ik van jou houd, maar het is een liefde, die als het ware elke dag beleefd wordt met alle ups en downs. Anthony is mijn verleden en alleen mijn gedachten aan hem zijn het heden en zo moet het blijven. Ik ben hier niet uit een gevoel van medelijden met jou, nee. Wij hebben een sterke band, die wel eens behoorlijk op de proef gesteld is; wij hebben samen Erica... Ach, Harm, ik kan het allemaal niet zo goed zeggen, maar vanavond heb ik nog eenmaal het verleden omhelsd. Ik zal nog vaak aan hem denken en ik blijf hem tweemaal per jaar een briefje schrijven,

maar iets dat volmaakt in je gedachten is, moet je niet meer proberen te verwezenlijken. Ik houd van jou en Anthony heeft me gemaakt tot wie en wat ik nu ben en toen ik het verschrikkelijk moeilijk in mijn leven had, brachten zijn brieven liefde, troost en wijsheid voor me." Ze zuchtte heel diep. „Als jij morgen van mij weg zou gaan, dan zou ik toch niet naar Anthony terugkeren."
„Waarom niet?" Zijn stem klonk gespannen.
„Dat kan ik niet goed verklaren," zei Britta, „ik denk, dat ik een voor mij volmaakte herinnering niet de kans wil geven om tegen te vallen."
„Ben je dan bang, dat Anthony in het dagelijks leven tegen zou vallen?"
„Nee, dat niet. Maar ik weet dat zijn ex-vrouw en drie kinderen ergens zijn. Ik zou geconfronteerd worden met allerlei problemen. Dat wil ik niet. Dit hoofdstuk is afgesloten in mijn leven; ik ben met jou getrouwd en ik hoop, dat je toch een beetje gelukkig met mij bent."
Hij antwoordde niet direct, stak met veel omhaal een sigaret op. „Jij bent een vrouw van wie ik altijd zou houden, ook al zou ik weten dat je me ontrouw was. Zoiets klinkt gek, als ik dat zeg, maar het is de waarheid. Ik ben nou eenmaal wanhopig aan je verknocht en jij... ja, ik weet dat je van me houdt en ik weet ook dat die man in de verte altijd ergens bij je is... misschien houd ik daarom nog des te meer van je."
Hij stak zijn hand uit en zij legde de hare erin. „Alsjeblieft Britta, laat Anthony niet tussen ons staan."
„Dat heeft hij nooit gedaan," zei ze hees. „En laat me nou naar bed gaan, ik kan niet meer."
Hij knikte en liet haar hand los.
„Ik zal proberen een goede oom voor Tony te zijn."
Britta keek hem even verward aan en vluchtte dan bijna de kamer uit. Ze stond even voor de spiegel en haar vinger gleed langs haar mond, de mond die deze avond alleen door Anthony gekust was. Ze gooide haar kleren op een stoel en kroop ongewassen tussen de lakens.
Toen Harm naar bed kwam hield ze zich slapend, maar ze

hoorde hem duidelijk fluisteren: „Je slaapt niet echt, maar ik kan je begrijpen." En Britta vroeg zich af, óf Harm haar ooit helemaal zou kennen.
De volgende morgen vroeg stond Tony aan hun bed met verbaasde ogen en al zijn krullen heerlijk in de war. Hij trok aan Britta's arm.
„Mamma, ik heb niet eens gemerkt, dat ik weer hier in mijn bed lag en toen… toen ik wakker werd, was ik zo blij… maarre… ik mag toch volgend jaar weer naar pappa?"
Britta, nog helemaal suf van de slapeloze nacht, ging rechtop zitten en trok de kleine jongen naast zich.
„Natuurlijk mag jij weer naar pappa in de volgende grote vakantie, dat hebben we toch afgesproken?"
Harm was ook wakker geworden.
„Wil je wel een poosje bij je ouwe oom zijn?" vroeg hij plagend.
„Tuurlijk," zei Tony. „Hier woon ik enne… mamma… je hebt me al zo'n poos geleden een poes beloofd en Dénise een hond… mag dat nou?"
Britta en Harm keken elkaar een beetje vertwijfeld aan en het was Britta, die zei: „Die poes heb ik beloofd en we nemen er beslist één. Dénise woont op het ogenblik bij haar eigen mamma. Ik denk niet, dat ze voorlopig hier komt, dus aan dat hondje begin ik nog niet."
„Haar eigen mamma?" Tony had kennelijk moeite met al die moeilijke familiebetrekkingen.
„Ja, dat weet je toch," hielp Britta.
Tony knikte… „Maar Erica is toch helemaal van ons, hè?"
Britta voelde, dat ze tranen in haar ogen kreeg en ze zei hees: „Erica is van ons allemaal. Ik ben haar mamma en oom Harm is haar pappa en jij bent haar broertje en ze zal het heerlijk vinden, dat jullie samen in de zandbak kunnen spelen."
Tony sloeg zijn armen om de hals van Britta en zuchtte van genot. „Bij pappa kreeg ik een kom met visjes. Die verzorgt hij als ik er niet ben. Dat is niet zo lastig als hij eens weg moet."
„Dat begrijp ik," mengde Harm zich in het gesprek. „En wat zou je ervan zeggen als wij als mannen onder elkaar eens een mooie poes gingen uitzoeken vandaag?"

Tony sprong bijna naar Harm toe. „Vandaag? Maar dan moeten we ook een mandje en een etensbakje en...”
„Rustig aan, Tony. Het komt allemaal in orde, denk een beetje om je arme mamma, die is nog niet eens helemaal wakker.”
„Kom,” zei Britta, „we moeten eruit, denk om je spreekuur, Harm.”
Met Tony samen ging ze Erica uit haar bedje halen. Het kleintje kraaide verrukt: „Tony, Tony.”
Toen ze aan het ontbijt zaten met Marietje, ging de telefoon. En voor het eerst in haar loopbaan als kraamverpleegster zei Britta: „Hè, nou alsjeblieft niet.”
Ze nam de hoorn van de haak en haar stem klonk koel, toen ze zei: „Goed, ik kom, maakt u zich geen zorgen.”
Tegen Harm zei ze: „Erna is al bij een ander geroepen, dus ik zal wel moeten.”
Ze stond op, streelde Tony over z'n haar. „Mamma is gauw weer terug.”
Hij knikte tevreden. „Ik ga met Erica in de zandbak.”
Britta ging zich in haar uniform steken en toen ze wegreed, voelde ze zich niet zo opgeruimd als anders. Altijd had ze het weer een prachtige verrassing gevonden als er een nieuwe wereldburger kwam, maar nu had ze het gevoel dat haar hoofd er niet naar stond.
Toen ze voor het huis stopte waar een kind geboren zou worden, vermande ze zich.
Ze stapte uit en drukte op de bel.
Het was een mooi, vrij groot huis dat een prachtig uitzicht op de duinen had. Ze wierp een blik door een groot raam dat kennelijk van de woonkamer was en ze ijsde van het interieur. Wat een smaak hadden die mensen... maar ja... als ze zich er gelukkig in voelden... De deur ging open en de heer des huizes verscheen. Hij stelde zich voor: „Verhoog is mijn naam... we hadden de andere zuster verwacht, maar zij schijnt weggeroepen te zijn.”
Britta glimlachte haar beroepsmatige glimlach en zei: „Ik ben zuster Britta en ik zit zeker zolang in het vak als mijn collega, dus maakt u zich geen zorgen.”

In de haast had ze vergeten aan Harm of Jaap bijzonderheden over de aanstaande moeder te vragen en toen ze aan het bed kwam van een al grijzende vrouw, vroeg ze beleefd of er al meer kinderen waren.
Mevrouw Verhoog keek haar kil aan. „Weet u dat niet eens, zuster? Dit wordt mijn eerste kind na een huwelijk van bijna vijftien jaar."
Britta onderschepte een minachtende blik naar haar echtgenoot.
„Nou, dat is dan toch een fijne verrassing geworden," zei Britta zo opgewekt mogelijk, terwijl ze alles klaarzette.
„Zegt u dat wel… verrassing…" zei de vrouw en er was iets van zelfbeklag in haar stem.
Britta bedacht, dat ze had kunnen zeggen, dat de vrouw ontzettend gelukkig zou zijn als het kind er eenmaal was, maar ze kon de woorden niet door haar keel krijgen. Ze deed plichtmatig haar werk, terwijl haar gedachten bij Anthony waren. Als hij maar eenmaal weer geschreven had, zou ze misschien innerlijke rust krijgen. Komende zondag zou Dénise op bezoek komen en ze was bang voor de verhouding tussen Harm en zijn kind. Hij zei zo gauw te veel en het meisje kon er toch allemaal niets aan doen.
Plichtsgetrouw belde ze de praktijk van de beide artsen en ze kreeg Jaap aan de lijn. Ze deelde hem mee, dat het tijd werd om naar mevrouw Verhoog te komen.
„Gaat alles goed?" vroeg Jaap grinnikend.
„Waarom niet?"
„Ze is moeders jongste niet bepaald meer," antwoordde hij grinnikend en Britta legde de hoorn op de haak. Die toon van Jaap irriteerde haar; tenslotte wisten ze niets van deze mensen af. En in hoeverre ze zich een houding aangemeten hadden, omdat ze op vrij hoge leeftijd een kind kregen, wist niemand. Het echtpaar woonde hier pas een paar maanden.
Toen Britta na een vrij zware bevalling een klein gaaf meisje in de armen van de moeder legde, zag ze de strakke lijn om de mond verzachten en de vader legde een bevende hand op een pasgeboren handje.

Britta ging verder met haar werk en ze was blij, dat ze toch nog niet al te laat in de middag thuiskwam.
Tony begroette haar als vanouds en hij en Erica waren gezworen kameraadjes. Ze bewonderde de poes, die Tony met oom Harm uit het asiel in Alkmaar gehaald had. Het was een klein spierwit katertje, dat zich spinnend door het huis bewoog. Hij ging braaf in zijn bak en het kattenbrood smaakte hem kennelijk verrukkelijk.
Britta zat een poos peinzend met het dier op schoot en ze streelde de witte vacht.
„Zul je goed voor hem zorgen, Tony?" vroeg ze dringend. „Ik zal je alles leren wat je leren moet, maar jij bent zijn baasje, dus jij moet het echt doen."
Hij knikte ijverig en zijn rechterhand streelde de kleine witte oortjes.
Ineens zei hij: „Zou pappa al thuis zijn?"
„Misschien wel," zei Britta, „anders is hij er morgenochtend. Hij heeft beloofd je onmiddellijk een mooie kaart te sturen, dus je hoort het gauw genoeg."
Bijna op hetzelfde moment was Tony alweer met zijn auto's bezig en Britta was dankbaar dat het kind kennelijk genoot van zijn thuis.

De weken gingen voorbij. De zomer was al vroeg afgelopen, want begin september werd het weer al slecht. Er was een mooie ansichtkaart voor Tony gekomen uit het verre Australië, maar Britta hoorde zelf niets en ze was bang dat Anthony nu ook deze schriftelijke band tussen hen verbroken had.
Tegenover Harm probeerde ze zo lief mogelijk te zijn, maar beiden voelden dat er soms iets gedwongens tussen hen was en Harm zag het befaamde doosje met de pil elke dag staan en hij zag, dat Britta geen dag oversloeg. Hij sprak er niet meer over, maar hij werd wat stiller.
Britta was vaak zo in gedachten verdiept, dat ze er bijna geen erg in had. Ze deed haar best als Dénise een dagje kwam. Het was op één van die eerste dagen van september, dat ze tegen Harm op een avond zei: „Jouw ex-vrouw heeft jou nu blijkbaar

verteld, dat Dénise niet van jou is, maar ik heb het kind goed gadegeslagen. Die vrouw liegt. Ze heeft het misschien gezegd om jou sneller afstand van het meisje te laten doen en ik kan het haar niet kwalijk nemen, omdat haar leven me niet bepaald geslaagd lijkt. Dénise is wel van jou; je moet eens opletten hoe ze haar wenkbrauwen optrekt, als iets haar niet bevalt en de inplant van haar haar en ze heeft een bepaalde manier van lopen... alles precies als van jou."

Harm haalde zijn schouders op. „Je kunt best gelijk hebben, maar ik ben het kind kwijt, omdat het duidelijk voor haar moeder gekozen heeft."

„Iets wat kinderen vaker doen," merkte Britta droog op.

Het gesprek stokte en Harm zette de tv aan. Ze keken beiden naar een programma, waar ze vóór alle problemen nooit naar gekeken zouden hebben.

In bed nam hij haar, zoals zo vaak vast in zijn armen en Britta gaf zich over terwijl ze dacht: „Waar blijft de brief?"

Op de elfde september zag Britta terloops de postbode aankomen en ze was hem vóór. Hij hoefde niets in de bus te doen, want ze pakte het stapeltje post al aan.

Er was een brief bij voor haar en ze stopte hem snel in de zak van haar spijkerbroek. Ze keek op haar horloge... halftien... Ze liep naar Marietje en zei: „Ik moet een paar boodschappen in Alkmaar doen, dat was ik helemaal vergeten. Zorg jij voor de koffie? En vergeet niet Tony uit school te halen... Erica is toch aldoor bij je en die neem je dan maar even mee."

„Best mevrouw," zei Marietje. „Het komt vandaag toch goed uit, want de werkster komt straks ook. Bent u met de lunch terug?"

„Nou... nee," aarzelde Britta. „Ik heb nogal een lijst en dan pak ik zelf wel een broodje ergens in Alkmaar. Mijn man is al weg... jij geeft de boodschap wel door?"

„Ga maar gerust, mevrouw, ik zorg voor alles."

Britta reed weg, gekleed in haar spijkerbroek met daarop een coltruitje en een spijkerjasje. Ze had deze week geen dienst en dan droeg ze de kleren, waarin ze zich het lekkerst voelde.

Toen ze wegreed, huiverde ze even. Ze had beter een jas aan

kunnen trekken, het was killer dan ze gedacht had. Ze haalde haar schouders op... tenslotte had ze maar een enkele boodschap te doen. Verder zocht ze alleen nog een rustig plekje, waar niemand haar kon storen, om de brief van Anthony te lezen.
In Alkmaar haalde ze een paar boodschappen, die ze eigenlijk niet eens nodig had en dan reed ze langzaam weer naar huis. Het was hard gaan regenen en de wind was in een flinke storm veranderd. In Schoorl parkeerde ze haar wagen bij een grote oude boerderij, die bijzonder sfeervol als restaurant was ingericht.
Het was er binnen bijna altijd half duister en Britta zocht doelbewust die donkere ruimte om haar brief eindelijk te gaan lezen.
Een beetje huiverend in haar spijkerjasje kwam ze binnen. Een enkele, eenzame figuur zat bij de kleine raampjes, maar vóór het open houtvuur zat niemand. Britta ging daar zitten en staarde in de vlammen. Ze schrok op toen een meisje kwam vragen wat ze wenste te gebruiken.
Zonder erbij te denken, zei ze: „Koffie graag."
Toen het dampende kopje gebracht was, haalde ze de brief tevoorschijn. Pas nu had ze in de gaten dat de brief zwaarder was dan gewoonlijk. Haastig scheurde ze de dunne enveloppe open. En Britta las:

„Mijn liefste,
Je was bang, dat ik nooit meer zou schrijven, maar dat zal ik tot mijn of jouw laatste snik blijven doen en ik reken ook op jouw regels, tweemaal per jaar. Tony was mij een grote troost en ik zal dankbaar zijn, als hij weer met vakantie wil en mag komen. Hij kan dan alleen reizen. Jou blijf ik voor me zien, zoals de laatste keer, onvergetelijk, lieflijk. Ik houd van je, maar ik wil, dat je weet dat onze liefde niets maar dan ook niets te maken heeft met jouw liefde voor je man. Want die bestaat, anders had je nooit je dochtertje gekregen... daar ken ik je goed genoeg voor. Onze liefde was te groot om voorgoed verwezenlijkt te worden. Ik ben niet jaloers, omdat

ik meer zou willen dan je man krijgt en, zoals ik al schreef, ik troost me ermee dat onze liefde te groot is. Daar moet jij ook aan denken en het nooit vergeten.
Ik stuur je hierbij een klein bundeltje verzen van een groot Nederlands dichter en ik heb enkele regels onderstreept, voor jou en mij.
Anthony"

Britta zat heel stil met het kleine blauwe boekje in haar handen. Anthony had gelijk… een liefde kon té groot zijn.
Ze staarde weer in de vlammen, die door de storm in de schoorsteen hoog oplaaiden.
Eindelijk sloeg ze het boekje open en ze zocht naar de enkele onderstreepte regels.
Britta las:

„Ik kon vannacht niet slapen, zo heb ik gesmacht naar de enige aardse stem die mij nog kan verlossen.
Maar heeft de nachtwind ooit een balling troost gebracht?"

En ze luisterde naar de storm, die in een orkaan leek te veranderen. Haastig stopte ze ineens brief en boekje in haar tas, rekende af en rende naar haar wagen.
Dit weer was niet gewoon. Hoewel het nog volop middag was, zag de lucht zwart en ze moest heel voorzichtig rijden om niet door de orkaan omvergeblazen te worden. Het regende zo hard dat haar ruitenwissers het bijna niet aankonden. Haast alle verkeer was van de weg verdwenen. Soms hoorde ze een boom krakend tegen de grond slaan, maar er was geen angst in haar. De brief van Anthony had haar zo'n geweldige levensvreugde gegeven, een oplossing als het ware voor al haar gepieker van de laatste maanden.
Ze keek op haar horloge. Ze móest op tijd bij school zijn om Tony op te halen en vandaar Marietje bellen niet door dit weer te gaan.
Ze hield het stuur met beide handen vast omklemd en het lukte! Om klokslag halfdrie stond ze voor het schoolplein. Ze

zag het licht in de lokalen branden. Ze worstelde zich uit de auto en met moeite bereikte ze de schooldeur, die ze met beide handen moest vasthouden om 'm niet kapot te laten slaan. Regelrecht liep ze naar Tony's klas. Ze zag de 'juf' een beetje bleek, maar toch beheerst voor de kinderschare staan.
Ze zei: „Ik mag Tony zeker wel vast meenemen? De andere kinderen zullen ook wel gehaald worden met dit weer, maar laat u ze niet gaan als er geen ouders komen."
„Dat was ik ook niet van plan," zei Tony's juffrouw. „Het is noodweer."
Met Tony aan de hand verliet Britta het lokaal. Over haar schouder vroeg ze nog of ze even naar huis mocht bellen. De juffrouw knikte dat het goed was en Britta draaide in de gang snel haar huisnummer. De stem van Marietje klonk ongerust.
„Marietje, ik ben al op Tony's school, ga niet weg met Erica, voor geen prijs. Blijf ook weg uit de woonkamer... dat grote raam op het westen is nou gevaarlijk. Houd Erica bij je in de keuken of in de gang... ja, ik begrijp dat mijn man niet thuis is. Ik kom zo snel mogelijk."
Ze trok Tony z'n jasje aan en ze zei: „Houd mijn jasje stevig beet, want ik heb allebei mijn handen nodig om de deur niet te laten schieten."
Het kind knikte bang en even later sloeg Britta de grote deur goed in het slot. Ze pakte Tony weer bij de hand en samen holden ze naar de auto.
Ze haalde verlicht adem toen ze in het wagentje zaten.
Tony keek naar haar op. „Ben jij bang?"
Britta kon bijna ontspannen lachen. „Welnee, je moet alleen met dit weer voorzichtig zijn, anders word je omvergeblazen."
Ze startte de wagen en het kwam haar voor dat de lucht nog zwarter was geworden. Het bliksemde af en toe, maar het rollen van de donder was door het stormgeweld niet te horen.
Heel langzaam reed Britta naar huis. Ze parkeerde voor de praktijkruimte, omdat ze wist dat de deur daar niet in de wind lag. Ook de wagen stond nu enigszins beschut; ze durfde hem niet in de garage te zetten, omdat de grote deuren zoveel wind vingen.

Hand in hand liepen ze via de lege praktijkruimte naar de deur, die in de keuken uitkwam. En daar zat Marietje angstig op een kruk met Erica in de armen, het kleintje jammerde zacht.
Britta deed kalm Tony's jasje uit, hing het op in de gang. Ze pakte Erica op en zette haar op de grond.
„Marietje, stel je niet zo aan; het is wel eens meer slecht weer," zei ze bijna streng. Ze gaf het meisje een knipoog, zodat die zou begrijpen, dat ze die toon expres aansloeg om de kinderen niet nog banger te maken.
„Marie, maak jij eens een lekker kopje chocola voor ons," zei ze rustig. „Ik ga in de woonkamer de luxaflex neerlaten, dat is beter tegen de wind, dan breng ik wat speelgoed voor de kinderen hiernaartoe." Ze voegde er snel aan toe: „Denk eraan Tony, niet in de woonkamer komen en jij moet ook op Erica letten."
Hij liep haar even na in de gang, met Marietje achter zich aan.
„Is het echt gevaarlijk, mevrouw?" vroeg het jonge meisje.
Britta antwoordde: „Het zal wel weer minder worden, maar de kans bestaat dat de grote ruit, die uitzicht op de duinen geeft, inwaait en dan vliegen de scherven in het rond. Niks bijzonders, een nieuwe ruit krijgen we altijd weer."
„Als het dak er maar niet afvliegt," zei Marietje zacht.
„Dan verwaaien onze haren," zei Britta droog. „Vooruit, naar de keuken jullie. Let op Erica en jij Marietje, maakt vier kopjes chocola."
Britta ging de woonkamer binnen en ze stond even ontsteld te kijken. Het uitzicht was werkelijk angstaanjagend. Die pikzwarte lucht boven de nu vreemd lijkende duinen. Bliksemstralen volgden elkaar snel op en toen ze dichter bij het raam kwam, voelde Britta hoe het glas in de sponningen bolde.
Snel liet ze de luxaflex zakken, nadat ze het grote aantal planten ergens beschut in de hoek van de kamer had gezet.
Toen ze weer op de gang stond, draaide ze de kamerdeur op slot, ook al liet ze de sleutel in het slot zitten. Erica zou nu niet binnen kunnen, die kon nog niet bij de sleutel en Tony was wel zo verstandig dat hij in de keuken bleef.
Britta voegde zich weer bij de anderen; ze pakte haar tasje en

verdween naar het toilet. Daar pakte ze de brief van Tony en het kleine, dunne boekje. Beide stopte ze in haar diepe broekzak waarop een rits zat. Voor geen prijs wilde ze in haar leven deze twee verliezen en met dit weer kon van alles gebeuren; dat besefte ze maar al te goed. Het huis was betrekkelijk nieuw en had nog niet veel stormen doorstaan. En nu woedde er nog wel een orkaan. Ze voelde zich ongerust worden en hoopte dat Harm gauw thuis zou komen. Stel je voor, dat hij met z'n wagen in het Noordhollandsch Kanaal zou waaien... ze wist, dat hij ver weg was, dus het was mogelijk.
Maar toen ze weer in de keuken kwam, zette ze met moeite die angst van zich af. Ze gingen met z'n allen om de lage keukentafel zitten en Britta deed of ze het warme vocht met genoegen opslurpte. Haar schijnbare rust maakte de anderen toch ook rustiger. Erica frutselde wat aan het jurkje van haar lievelingspop en Tony kreeg ineens aandacht voor één van zijn dierbare auto's.
Marietje wierp haar angstige blikken toe, maar Britta beduidde haar stil te zijn.
En toen kwam er een enorme windstoot... even hield Britta haar adem in, maar dan hoorde ze de grote ruit in de woonkamer aan gruizels gaan.
„Zo, dat is tenminste gebeurd," zei ze tegen de twee angstige gezichten. Kleine Erica had het te druk en begreep ook niets van het gevaar dat dreigde.
Na een goed uur vond Britta dat de lucht iets minder zwart werd en dat het onweren afnam. De orkaan woedde nog wel in volle kracht voort, maar toen Britta door het keukenraam naar buiten keek, zag ze tot haar grote opluchting Harm aankomen. Ze rende naar de deur van de praktijk en hield hem stevig vast toen hij naar binnenkwam.
„Britta," zei hij alleen, „ik was zo ontzettend bang om jou, om de kinderen, om ons huis. Ik kon niet eerder weg... wat is er gebeurd dat je zo wit ziet?"
„Het grote raam van de woonkamer is ingewaaid," zei Britta hees. „Ik had de luxaflex al laten zakken en de planten opzij gezet. Tony heb ik heel vroeg al van school gehaald en ik heb

ze allemaal bevel gegeven om alleen in de keuken en in de gang te komen."

„Je bent geweldig flink," zei hij. „Nooit heb ik zulk noodweer pal aan zee meegemaakt." Hij hield haar dicht tegen zich aan. „We zijn er allemaal nog," zei hij, „ik was zo bang dat er iets met jou of de kinderen gebeurd was..."

Britta legde haar hoofd tegen zijn schouder en ze zei: „Die orkaan is nog steeds aan de gang en onze woonkamer is natuurlijk een grote puinhoop, al dat glas is naar binnengewaaid en wat er voor schade is, dat kunnen we wel raden."

Hij hield haar even van zich af. „We richten de woonkamer helemaal opnieuw in, helemaal naar jouw smaak. Van de verzekering krijg ik allicht een behoorlijk bedrag terug."

Hij zweeg, want opnieuw klonk een ratelende donderslag.

„Zouden we niet beter allemaal in jouw wagen kunnen wegrijden, naar een meer beschutte plaats?" vroeg Britta angstig.

Harm keek zorgelijk.

„Daar heb ik over gedacht... maar dat is nog gevaarlijker. Overal waaien bomen en telegraafpalen om en het dak van een auto kan niet veel hebben. Ik geloof echt, dat we hier in deze hoek van het huis nog het beste zitten."

Ze liepen naar de keuken, waar Tony en Marietje als angstige vogels in elkaar gedoken zaten, terwijl Erica luid liep te zingen. Britta zette thee voor Harm en juist toen ze zijn kopje volschonk, klonk er een daverend geraas op het dak en een harde klap.

Britta verloor bijna haar zelfbeheersing; ze keek nu echt bang, Marietje gilde en Tony klemde zich aan Britta vast, terwijl Harm zijn kleine dochter op de arm nam.

Hij zei kalm: „Dat was de schoorsteen, die is omgewaaid, verder niks aan de hand."

Hij sloeg een arm om Britta heen. „We wachten alles maar rustig af en ik stel voor dat Marietje en mijn vrouw samen een maaltijd klaarmaken. Zulk weer kan ineens weer omslaan."

Britta herstelde zich. „Je hebt gelijk, kom Marie, we gaan iets eetbaars klaarmaken."

„Ik kan niets door mijn keel krijgen," steunde het jonge meisje.
„Doe niet zo mal," berispte Britta haar met een veelbetekenende blik op de kinderen en ze haalde een pakje rijst en een paar blikjes ragoût tevoorschijn.
„Zo, dit is gemakkelijk en gauw klaar," zei Britta. „Maak jij vast de blikjes open, dan begin ik met de rijst."
Ze had de woorden nog niet gezegd of de telefoon ging. Vóór Harm bij het toestel was, had Britta in de gang al opgenomen. Een ratelende donderslag deed haar vragen: „Wat zegt u? Ik kan u niet verstaan..." „De weeën begonnen? Maar het is nog lang niet haar tijd... om de twee minuten... Nou, rustig maar, ik kom."
Ze legde de hoorn op de haak, liep naar de slaapkamer, pakte haar koffertje en duwde er twee schone schorten in.
Harm ging voor haar staan.
„Laat mij maar gaan... jij kunt er met dit noodweer niet door!"
„Het móet Harm en eh..." ze liet haar stem dalen, „ik vertrouw het dak hier niet nou die schoorsteen is omgewaaid; jij moet bij de kinderen blijven, je móet! Ik doe die bevalling alleen, want Jaap mag er alleen in uiterste nood uit, Mieneke is immers ook in verwachting. Kom, houd jij de deur vast, dan stap ik zo in m'n wagen."
Heel even borg hij zijn gezicht in haar haren. „Ik ben zo bang, dat je iets overkomt, Britta..."
Ze streelde het donkere haar en zei: „Laat je niet kennen, Harm en zorg alsjeblieft voor de kinderen. Op Marietje kun je niet rekenen, die is helemaal van de kook."
Zo opgewekt mogelijk om de kinderen, ging Britta weg. Harm hield de buitendeur van de praktijk voor haar vast en hij hielp haar ook in de wagen.
De regen viel met bakken uit de lucht, die nu loodgrijs was geworden. Britta zwaaide even naar Harm, die haar als verloren in de storm stond na te staren.
Britta reed langzaam en lette voortdurend op allerlei obstakels die overal over de weg waren gewaaid. Ze nam de oude weg naar Schoorl, omdat ze bang was dat ze op de rechte snelweg

te veel wind zou vangen. Achteraf had ze spijt, want op een gegeven moment kon ze op het nippertje nog remmen voor een krakend neerstortende grote tak van een boom. Ze wist, dat wat ze nu deed, bijzonder gevaarlijk was, maar ze stapte uit en met al haar kracht worstelde ze de tak naar de kant van de weg, zodat niemand zich hiertegen te pletter zou kunnen rijden.

Buiten adem kroop ze weer in het wagentje, nam niet eens de tijd om haar smerige handen ergens aan af te vegen. Ze moest zo snel mogelijk naar de kraamvrouw en ook zo snel mogelijk bij die gevaarlijk zwaaiende bomen vandaan.

Tussen Schoorl en Bergen moest ze zijn bij een beeldig landhuisje, dat betrekkelijk eenzaam tegen het hoge duin aan lag.

Ze reed het lange oprijpad in en ze zag meteen al dat ongeveer alle dakpannen van het huis verdwenen waren. Ze zette haar wagen op een zo beschut mogelijk plaatsje, pakte haar koffertje en worstelde zich naar buiten. Ze nam maar niet de moeite om de auto op slot te draaien.

Ze had net haar eerste stappen in de richting van het huis gedaan toen een geweldige bliksem de grauwe omgeving in een fel blauw licht zette, direct daarop knalde de donderslag.

Britta voelde zich ellendig worden van de schrik; ze holde zo hard ze kon naar het huis.

Kennelijk had de aanstaande vader door het ruitje van de voordeur gekeken en hij trok haar haast naar binnen.

„Daar ben ik dan," hijgde Britta en ze probeerde zo opgewekt mogelijk te kijken.

De nog vrij jonge man, een begaafd kunstschilder, klampte zich bijna aan Britta vast.

„Wat moeten we beginnen?" fluisterde hij. „Ik geloof nooit, dat het dak het houdt en mijn vrouw is doodsbang."

Britta voelde de angst verdwijnen.

„Dat aangebouwde atelier van u, is dat niet sterker dan het huis? Ligt het ook niet beschutter?"

Hij keek haar even aan, kennelijk dacht hij diep na.

„Het ligt uit de wind en het heeft een plat dak, waar niets vanaf

kan waaien en het grote raam op het noorden ligt ook veilig, want de orkaan is zuidwest."
„Dan verhuizen we de kraamvrouw zo snel mogelijk naar het atelier."
Britta liep naar de slaapkamer en ontdekte een doodsbange, barende jonge vrouw.
„Wat zullen we nou hebben?" riep ze boven de storm uit. „Een bange kraamvrouw? U hoort toch wel eens meer storm of onweer?"
Het kleine, blonde vrouwtje waagde haar hoofd boven dek. „Zulk noodweer hebben we nog nooit meegemaakt... het huis houdt het niet en het kind komt al gauw... Ik voel het."
„Geen paniek," zei Britta streng, „uw man en ik brengen u naar het veiligste deel van het huis: naar het atelier. Daar kan niks van afwaaien, want het ligt uit de wind."
Ze onderzocht de vrouw even.
„Het schiet al lekker op, maar we hebben nog volop de tijd."
Ze wendde zich tot de bleke vader: „Maakt u ruimte voor het bed en voor een tafel en stoel, meer hoeft niet."
Hij verdween als een haas.
Britta ging alleen naast de aanstaande moeder zitten om te proberen haar het noodweer te doen vergeten. Maar bij elke donderslag of geweldige windvlaag kromp de vrouw in elkaar.
„U moet zich ontspannen, dat is beter voor de baby," zei ze ernstig. „Bovendien is de lucht al aan het lichter worden, het ergste hebben we gehad," loog Britta.
Ze haalde uit de linnenkast een washandje en een handdoek en verfriste het gezicht en de handen van de aanstaande moeder.
„Hè, dat is heerlijk," zei de jonge mevrouw Klein dankbaar.
Britta hield haar hand vast, zolang ze het natuurgeweld nog zo verschrikkelijk hoorde.
Eindelijk kwam de jonge vader binnen. Een beetje hulpeloos keek hij Britta aan. „Er staat alles, wat u gezegd hebt en ik heb mijn spullen aan de kant geschoven."
Met vragende ogen keek Britta hem aan en hij begreep.
„Het is daar een stuk rustiger dan hier."
„Dan gaan we nu aan het werk," zei Britta opgeruimd. „Ik ga

het bed opmaken, de tafel afboenen en alles klaarzetten. En ik kom u halen, zodra alles klaar is," zei ze bemoedigend.
„Duurt het nog lang?" jammerde de vrouw.
„Ach welnee, het is zo gebeurd."
Ze pakte het zeil, lakens en een kussen met sloop, dekens en sjouwde dat eerst naar het atelier. Toen ze de deur met haar voet openstootte, vond ze wel dat het er geweldig naar verf en terpentijn stonk... nou ja, dat was zo erg niet.
Ze veegde eerst de tegelvloer wat aan, boende de tafel schoon en begon het bed op te maken. Zo snel mogelijk repte ze zich terug naar de aanstaande moeder.
„We moeten haar samen dragen," zei ze tegen de man. „Ze mag voor geen prijs meer lopen."
Heel voorzichtig droegen ze haar naar het atelier en Britta legde haar in bed en dekte haar toe.
„Nou?" vroeg ze.
„Hier hoor je lang zo veel niet van de storm."
Elly Klein hief tussen twee weeën haar hoofd op, legde het dan diep in het kussen.
„Het is hier minder te horen," zei ze, „maar het blijft gevaarlijk."
„Hier is geen gevaar," zei Britta resoluut.
Ze haalde de wieg ook naar het atelier en onderzocht de vrouw weer.
Britta schrok.
Duidelijk een dwarsligging, waar een dokter bij moest komen. In deze toestand ook dát nog.
Ze wenkte de kunstschilder mee te komen en ze fluisterde. „Bij welke dokter was uw vrouw?"
Hij noemde een naam van een arts in Bergen.
„Heeft hij nooit gezegd, dat het kind niet goed ligt?"
De man werd nog witter dan eerst.
„Nee, ik ben bij alle controlebezoeken mee geweest, maar ik heb er nooit iets over gehoord."
„Ik zal hem moeten bellen... voor het ziekenhuis is het te laat en ze zou toch niet door dit weer kunnen," zei Britta als tegen zichzelf.

Hij gaf haar het nummer en wees de telefoon.
Britta nam de hoorn van de haak en meteen hoorde ze het... er was geen verbinding meer, kabel gebroken natuurlijk, of iets kapot aan de centrale.
Ze trok de man nog verder van het atelier vandaan.
„Luister goed," zei ze. „Het is niet goed met uw vrouw en de telefoon is door het noodweer uitgeschakeld. Bij buren hoeft u het ook niet te proberen. Deze hele streek is natuurlijk getroffen. Ik moet het alleen doen, maar u moet me helpen. Kunt u dat?"
„Is... is er kans dat ze doodgaat?" vroeg hij ademloos.
„Het kind ligt totaal verkeerd en dat kan zowel voor de moeder als voor het kind gevaar opleveren," zei Britta eerlijk. „We kunnen niet anders... u móet meehelpen, en... wat bijzonder belangrijk is: ze mag niet weten, dat er gevaar bestaat. Kunt u zich beheersen?"
„Voor Elly kan ik alles," zei hij.
„Kom mee," beval Britta.
In het atelier was gelukkig koud en warm stromend water. Even keek ze door het grote raam. Het onweer leek voor de zoveelste maal af te nemen, maar de orkaan niet. Op dát moment hoorde Britta een ruit kapot gaan.
Elly gilde.
„Dat is niks, kind," zei haar man, „het raam van de woonkamer ligt precies in de wind. Er kan niks gebeuren, want ik had alles al opzij gezet."
„Mevrouw, u moet goed luisteren. Bij elke bevalling komt de dokter ook. Ik kan geen arts bereiken, omdat de telefoon buiten gebruik geraakt is. U moet het doen met mij en uw man zal me helpen."
Haar donkere ogen dwongen de vrouw bijna om rustig te worden. En het leek of Elly zich overgaf.
Britta gaf de echtgenoot aanwijzingen en ze haalde haar instrumenten tevoorschijn, die uitgekookt en wel in een volmaakt steriel trommeltje verpakt zaten. Ze bond haar schort voor en deed de man het andere voor. „Eerst handen grondig wassen," beval ze.

Toen ze hun handen afdroogden, jammerde Elly: „Ik wist niet dat het zo erg zou worden."
„Nee," glimlachte Britta rustig, „dat zeggen er meer. Een lolletje is het nooit, maar wel een gezonde zaak."
Heel omzichtig begon ze de baby in het lichaam van de moeder te keren… het kon nog net.
Elly gilde en wilde haar handen grijpen, maar op een wenk van Britta hield haar man haar handen vast.
Na hard werken, slaakte Britta een diepe zucht. Ontsluiting tien en volgens haar kennis, lag het kind nu goed.
Ze liep naar het hoofdeinde en zei vriendelijk: „Het ergste hebt u gehad… nu precies doen wat ik zeg en niet gaan huilen of gillen, dat maakt het alleen maar erger."
Buiten klonk weer een ratelende donderslag, maar Britta sloeg er geen acht meer op. Ze maakte weer een washandje nat en legde dat op het voorhoofd van de vrouw. „Dat helpt een beetje," zei ze zacht.
Met een hoofdgebaar dwong ze de echtgenoot weer de handen van de jonge moeder vast te houden en toen klonken streng haar bevelen: „Adem vasthouden… persen! Denk eraan: niet huilen!"
De vrouw voelde instinctief dat ze moest doen wat Britta zei en na drie kwartier verscheen het hoofdje van de baby.
„Nog even goed volhouden," commandeerde Britta en nu verscheen de hele baby na een paar zware weeën. Ze maakte het kindje snel los, bekeek het oppervlakkig vóór ze het neusje en het mondje ging schoonmaken en riep boven het gebulder van de storm tegen de moeder. „Een goeie dochter, knap gedaan!"
Zorgvuldig verzorgde ze de schreeuwende baby, kleedde haar aan en legde haar in de wieg.
„Alles echt goed?" bracht de moeder met moeite uit.
„Ja, maar met u ben ik nog niet klaar. Eerst de nageboorte en dan een paar hechtingen."
„Kunt u dat ook allemaal?" vroeg de vader nu echt angstig.
Britta wist een lachje op te brengen. „Ik heb er altijd bij gestaan en ik heb alle spullen ervoor, dus waarom zou het niet

lukken? Mevrouw moet nog een kwartiertje heel flink zijn en u moet haar handen vasthouden."

Het kwartiertje werd een klein halfuur en toen zei Britta, die op haar benen stond te beven: „We hebben het er goed afgebracht. Ik ga u nu wassen en meneer, maakt u voor uw vrouw een geklutst ei met een scheut cognac klaar. Dat heeft ze beslist nodig."

De man verdween naar de keuken en Britta waste heel voorzichtig de totaal uitgeputte vrouw en verschoonde haar nachtjaponnetje en het bed. Ze had een ontzettende pijn in haar rug gekregen, omdat ze voortdurend diep had moeten bukken. Dit provisorische bed had niet op blokken gestaan en ze had volgens haar gevoel nog nooit zo'n zware en langdurige bevalling gehad, waarbij ze als arts had moeten optreden in een gevaarlijke situatie.

De jonge vader, die nog geen blik op de baby had geworpen, kwam de cognac met ei brengen en Britta hielp de vrouw het op te drinken.

„Ik voel me niet zó beroerd meer," zei de jonge moeder toen ze het ophad.

„Dat kan kloppen," zei Britta nuchter, „een arts heeft allerhande opwekkende spuitjes bij zich in deze gevallen, maar daar beschik ik niet over. U hebt het achter de rug, de orkaan neemt nu duidelijk af en ik laat u even de baby zien."

De kleine, witte hand van de vrouw streelde het gezichtje. „Ik ben zo dankbaar, dat het zo'n mooi, goed kindje is geworden," fluisterde ze en er kwamen tranen in haar ogen.

„Vanavond mag u haar even in bed hebben, maar u moet nu rusten. Ik ga de was doen en kijken of er iets eetbaars is."

Ze had de baby nog niet in de wieg gelegd of het licht viel uit.

„Hoe kan dat nou?" jammerde de kraamvrouw klagelijk.

„Met zulk weer is veel mogelijk," zei Britta moedig. „Meneer, wilt u zo veel mogelijk kaarsen hier brengen en geef mij er ook een paar in de keuken. Ik kan de was niet normaal doen, omdat uw wasautomaat ook uitgevallen is, maar ik kan alles vast spoelen."

De jonge man kwam met zes kaarsen in goede, stevige houders aandragen.
Britta wees, dat hij er vier op de tafel bij zijn vrouw moest aansteken en zijzelf nam er twee mee naar de keuken. Bij normaal weer zou het nog lang niet donker geweest zijn, maar de lucht was nog steeds donkergrijs.
In de keuken stak Britta de beide kaarsen aan, zette de vuile was in een grote teil in de week en zeeg dan neer op een keukenstoel. Wat was ze moe, onvoorstelbaar moe! En ze kon niemand bereiken. Harm en Jaap konden haar niet vinden, want ze had niet eens het adres van de vrouw opgegeven en bovendien stond de jonge moeder niet in hun kaartsysteem. Ze bleef even zitten, de ogen dicht. Ze bedacht, dat ze hier niet weg kon gaan; de bevalling was té kritiek geweest en ze kon niemand vragen om de dienst van haar over te nemen. Ze moest blijven slapen en Harm en de kinderen zouden misschien in de zenuwen zitten.
De jonge vader kwam binnen, legde een hand op haar schouder en zei: „Wat zult u moe zijn en wat ben ik u verschrikkelijk dankbaar. Mijn vrouw en mijn kind hadden het zonder u niet gehaald."
Britta haalde haar schouders op en zei alleen: „Ik moet vannacht hier blijven. Ze kán een nabloeding krijgen na zo'n zware bevalling. Maar... mijn man en kinderen zitten in ongerustheid. Ze weten niet waar ik blijf en mijn man denkt natuurlijk aan een ongeluk."
Britta beet op haar nagels van de zenuwen.
Maar nu was de jonge kunstschilder weer op dreef. „Maakt u zich niet ongerust, zuster Britta. De orkaan is nu sterk afgenomen en ik hol zo naar de buren. Ik weet, dat hij een sportieve vent is en ik vraag hem naar uw huis te rijden en te vertellen dat u helemaal in orde bent. Geef uw adres gauw."
Britta weifelde toen ze het gezegd had: „De oude weg is gevaarlijk met al die bomen."
„Hij rijdt via de grote weg en hij heeft een zware Mercedes. Ik weet, dat hij dit voor ons doet. Ik ga nu meteen, maar zeg niet tegen mijn vrouw dat ik even weg ben."

Meteen was hij de deur uit en Britta liep schuifelend, met een kaars in haar hand naar de jonge moeder.
Ze sliep niet en Britta nam haar temperatuur op. „Gelukkig geen verhoging," zei ze. „Bent u nog erg moe?"
„Het is alweer een stuk beter," zei het vrouwtje dapper, „maar één ding weet ik wel: „Ik wil nooit meer een kind."
„Dat zou kunnen," zei Britta voorzichtig, „maar vergeet u niet, dat u het ontzettend zwaar had, omdat de baby verkeerd lag en omdat het zulk noodweer was."
Ze gaf haar een slaaptabletje en zei: „Ga nou eerst eens heerlijk slapen. Ik blijf vannacht ook en ik zorg voor alles."
Britta wierp nog even een blik op de gezonde baby, die heerlijk lag te slapen. Ze zette de wieg zo, dat de moeder haar kind kon zien. Daarna verdween ze weer naar de keuken en zocht met de meegenomen kaars naar de etensvoorraden in de kasten. Ze vond een paar blikken ravioli, die ze meteen openmaakte. Ze zette de inhoud op een klein pitje en ze ontdekte in de bijkeuken een ouderwetse wasketel. Het uitgespoelde goed zette ze met waspoeder in goed heet water in het onhandige, grote ding en pootte dat met al haar kracht op het fornuis. Ze zou gewoon de was uitkoken. Dat werd vroeger ook gedaan, dus waarom nu niet?
Britta was ontzettend blij toen ze de kunstschilder, die kennelijk met de buurman mee was gegaan, terug zag komen.
„Alles is in orde," riep hij. „Uw man was verschrikkelijk dankbaar dat ik hem kwam vertellen, dat alles goed met u is. Ik moest u zeggen, dat het huis geen verdere schade heeft opgelopen en dat met man en kinderen alles prima gaat. U hoeft zich geen zorgen te maken en ik moest ook nog zeggen, dat hij de kinderen alleen in uiterste spoedgevallen bij het meisje laat."
Britta zeeg op de keukenstoel neer en veegde even een traan weg. „Sorry," zei ze. „Ik jank nooit bij een bevalling, maar ik was ontzettend bang voor uw vrouw en kind, want het was allemaal puur specialistenwerk en ik was ook bang voor het verschrikkelijke weer."
Die avond stapte Britta in het wankele logeerbed van de fami-

lie. Ze wist de kraamvrouw goed verzorgd, evenals de baby. De echtgenoot sliep op gezag van Britta op een veldbed naast zijn vrouw.
Ze ging weer op de rand van het bed zitten, want ondanks het feit dat ze doodop was, voelde ze geen slaap. Haar gedachten tolden door haar hoofd. Ze zag Harm weer voor zich tijdens het noodweer. Hij had zijn grote liefde voor haar sterker dan ooit doen blijken, toen ze wegreed.
Nóg zag ze de blik in zijn ogen. Ze voelde de handjes van Tony, die haar angstig had vastgehouden en het verstilde gezichtje van Erica zag ze weer... het gezichtje van een heel jong kind, dat voelt, dat er iets aan de hand is, maar dat de volle omvang niet begrijpt.
Ze steunde het gezicht in haar handen en ze bedacht dat het goed was dat ze nu helemaal alleen sliep. Geen gesprekken met Harm, alleen met zichzelf en haar gedachten.
Ze haalde uit haar spijkerbroek de brief van Anthony tevoorschijn en ze herlas en herlas hem. Britta huilde, omdat ze besefte, dat hij gelijk had: hun liefde was té groot, zoiets bestond... Ze zou hem nog wel een regel terugschrijven, maar niet meteen. Ze vouwde de kostbare brief op en stopte 'm met het kleine boekje weer veilig weg.
Ze kroop tussen de lakens... Ze had een nachtjapon van de kraamvrouw aan, maar toch huiverde ze van de kou. September was kil begonnen en er lag geen dakpan meer op het huis en Britta voelde af en toe een koude wind.
Ze dook diep onder de vracht dekens en sliep meteen in.

HOOFDSTUK 9

Toen Britta de volgende dag wakker werd, keek ze door een paar kieren in het dak, naar buiten. Ze zag, dat de lucht staalblauw was, maar warm was het niet.
Ze hoorde de heer des huizes ijverig timmeren. Die was zeker bezig planken voor zijn gebroken raam te slaan, want het zou natuurlijk wel even duren vóór er een mannetje beschikbaar

zou zijn, die een ruit kwam inzetten. De schade zou overal groot zijn.
Ze stapte uit bed, waste zich huiverig aan de wastafel en trok haar kleren aan. Ze liep naar de grote slaapkamer, die nog verlaten was en zocht in de linnenkast naar een schoon schortje. Ze vond een wuft gebloemd geval en deed het aan. Ze liep daarna snel naar het atelier, klopte aan en op een opgeruimd „Kom er maar in," zag ze de kraamvrouw met een gezonde kleur op haar wangen en met de mollige baby naast zich in bed.
„Zo, ik hoef geen goedemorgen te wensen, want die geweldige morgen is er al," lachte Britta.
Elly stak een hand uit en Britta ging naast haar zitten.
„Ik kan nog niet begrijpen hoe je het allemaal gered hebt," zei ze verlegen, en ze tutoyeerde Britta meteen als een heel goede vriendin. „Mijn man vertelde me hoe zwaar jij het gehad hebt."
„Jij had het ook niet bepaald gemakkelijk," lachte Britta, „laten we er niet meer over praten. Het is gebeurd en alles is goed."
Ze waste de kraamvrouw en verschoonde en baadde de baby. Inmiddels was de nieuwbakken vader op het dak geklommen en hij begon vakkundig nieuwe pannen te leggen.
„We hadden nog een hele voorraad in de schuur," zei Elly, „en hij kan het gelukkig zelf. Als het even meezit, zet hij ook nog een ruit in de woonkamer."
„Handig, zo'n man," zei Britta, terwijl ze Elly's ontbijt neerzette. „Als hij klaar is, help ik jou met zijn hulp weer naar de slaapkamer. Dan kun je er als een prinses bij liggen en eh... wanneer kan er iemand in huis komen om naar je te kijken?"
„O, dat heb ik nog niet eens verteld, maar mijn moeder woont in Bergen. Ze is verschrikkelijk ongerust geweest, maar mijn man kon haar vanaf het postkantoor bellen en de buurman gaat haar straks halen."
Ineens floepten de lampen aan en Britta draaide snel de schakelaars om.
„Dan kan ik tenminste die was van jou nog even overdoen," zei ze, „maar dan ben ik weg... naar man en kinderen."
Het ging allemaal nu vrij snel. Elly werd voorzichtig overgedragen naar het echtelijke bed. Manlief had de slaapkamer al

vol met bloemen gezet. De wieg werd in een rustig hoekje gezet en Britta gaf de jonge vader ook snel een ontbijt in de keuken. Zelf at ze aan een hoekje van de keukentafel gauw een boterham en goot een kopje veel te hete thee naar binnen. De was draaide volop en hing korte tijd later buiten aan de lijn in de nog straffe wind.
Britta deed het geleende schortje af, pakte al haar spullen in haar koffertje, wierp snel een blik in de spiegel en liep dan naar de slaapkamer om afscheid te gaan nemen.
Het echtpaar verwachtte haar kennelijk, want ze keken haar verwachtingsvol aan.
Britta stak haar hand uit en zei: „Ik ga naar mijn gezin. Ik zal de wijkzuster waarschuwen voor controle en het lijkt me in ieder geval goed als meneer vanaf het postkantoor jullie eigen arts nog even belt. Dat hoort er nu eenmaal bij."
Elly sloeg haar hand weg. „Even wachten... we weten dat dit je beroep is en dat je je geld krijgt. Hoewel deze hulp met geen goud te betalen is. Maar mijn man... wel... hij heeft nogal naam als kunstschilder en hij wilde je een van zijn zeegezichten geven als een klein stukje dank..."
„Maar dat hoeft toch niet," wierp Britta tegen. „Niemand kon er wat aan doen dat het noodweer was en dat dit prachtkind zo verkeerd lag..."
„Nee," zei Elly, „maar je hebt je fantastisch gedragen en dat is iets, dat wij nooit meer zullen vergeten, enne... ik hoop, dat je nog eens langskomt... als heel goede vriendin."
„Graag," glimlachte Britta en de heer des huizes reikte haar een slordig verpakt schilderij, dat Britta voorzichtig van het omhulsel bevrijdde.
Ze keek naar een uniek zeegezicht... een grauwe lucht, een wilde zee... door zoveel schilders al afgebeeld, maar hoewel ze een leek op het gebied van de schilderkunst was, kon ze toch zien dat dit een bijzonder kunstwerk was.
„Wat ben ik daar blij mee," zei ze zacht. Ze gaf Elly een kus en schudde haar man de hand. „Ontzettend bedankt jullie allebei en ik kom echt gauw weer eens kijken. Dan breng ik misschien man en kroost mee."

Toen ze eindelijk wegreed stond de man en vader in de deur haar na te kijken.
Britta was nog heel voorzichtig, want lang niet alle obstakels waren al van de weg geruimd. Met een kalm gangetje reed ze tot voor haar huis. Ze pakte het kleine schilderij en haar koffertje en stapte uit. Ze zag, dat er al mannen op het dak bezig waren om de schoorsteen te vernieuwen en in een mum van tijd verscheen Harm in de huisdeur en holde naar haar toe. Zijn armen waren om haar heen en zijn mond zocht de hare.
„Britta... ik ben zo ontzettend bang geweest om jou. Wat had ik moeten beginnen als jou iets gebeurd was? Ik kan niet leven zonder jou... Ik..."
Britta zette voorzichtig haar schilderij en het koffertje op de stoep en sloeg op haar beurt haar armen om hem heen.
„Ik ben verschrikkelijk angstig geweest, het was allemaal zo erg," zei ze haperend. „Dat gruwelijke weer en het kind lag totaal verkeerd, geen dokter... ik was zo bang dat moeder en kind zouden sterven..."
Zwijgend stonden ze zo even tot Tony met Erica aan de hand naar buiten kwam rennen.
„Mamma, mamma."
En Britta knielde bij hen neer en ze huilde alsof ze niet meer op kon houden.
Harm maakte korte metten. Hij greep haar bagage onder één arm en met de andere leidde hij Britta naar binnen. Tegen Tony zei hij: „Mamma komt straks in de keuken, gaan jullie maar even naar Marietje."
En samen op het bed gezeten vertelde Britta van haar ervaringen. Harm vloekte, toen hij hoorde, dat de behandelende arts niet gezien had, dat de vrouw al minstens een week in het ziekenhuis had moeten liggen.
„Je bent een geweldige vrouw en ik ben zo verschrikkelijk gelukkig met je."

Toen Britta eindelijk met Harm in de woonkamer kwam, kon ze wel huilen. De komende dagen werd alles aan het huis hersteld wat de orkaan vernield had. Overal in de vaste vloerbe-

dekking staken splinters glas. Van het behang viel ook niets goeds meer te zeggen. De regen had zijn sporen goed nagelaten. Haar kleine bureautje dat ze gelukkig nog een eind naar achteren had geschoven, was niet bedorven, maar de planten en het bankstel, en veel meer meubilair zagen er gehavend uit.
„Niet huilen, Britta," zei Harm. „Ik krijg een behoorlijk bedrag van de verzekering en ik zou het heerlijk vinden, als jij deze kamer helemaal ging vernieuwen... je moet niet mijn mening vragen... ik... wil gewoon gelukkig zijn in een omgeving, die jij gekozen hebt. Kijk dus niet op geld... ik kan er altijd nog zelf wat bijleggen."
Britta knikte. „Het is wel ontzettend, zoals alles vernield is," zei ze zacht.
Maar de volgende dag al belde ze een stoffeerder, die alles weg begon te halen wat te erg bedorven was. En Britta was blij toen de vloerbedekking eruit was, want ze was steeds als de dood geweest dat de kinderen onverwacht zouden binnenglippen en de fijne glassplinters waren bijzonder gevaarlijk geweest.
Britta winkelde in Alkmaar en Amsterdam en het resultaat was een heel eigen sfeer... tenminste, dat vond ze zelf. Op de vloer liet ze blank parket leggen. In de zithoek kwam een driezitsbank met donkerbruine ribfluwelen kussens, een langwerpige lage tafel van bielzen en twee fauteuils die bij de bank hoorden. Op de lage tafel kwam een hypermoderne kleine schemerlamp te staan van melkwit glas. De draden had ze allemaal uit het gezicht laten vastleggen. Haar bureautje paste er wonderwel bij en de eethoek had ze laten vormen door een grote, ronde tafel en stoelen met grappige gebogen ruggen als in grootmoeders tijd. Bij de open haard lag een verzameling kussens van allerlei kleur en overal waren er groene planten. De meeste had ze kunnen redden, maar ze had er toch wat bij gekocht.
Het kleine zeegezicht, dat ze bij haar laatste bevalling bij de familie Klein had gekregen, was het enige, dat aan de muur hing behalve natuurlijk het schilderij van Tony. Naast de open haard stond een nieuwe kattenmand voor de witte kater, die zich er onmiddellijk in thuisvoelde.

De muren had Britta zachtgrijs laten verven en op de grond lag een heel groot, langharig, Marokkaans kleed.
Harm had niet willen gaan kijken voor alles klaar was en op een zaterdagmiddag, toen hij thuiskwam van zijn visites, pakte Britta zijn hand.
„Jij bent de eerste, die het zien mag," zei ze, „kom mee, alles is klaar."
Toen ze de deur opengegooid had, bleef hij verrast staan. „Ongelooflijk gezellig... helemaal jouw stijl, jouw sfeer, Britta," zei hij zacht en hij legde een arm om haar middel.
„Als jij je er nou ook maar thuisvoelt," zei ze.
„Ik zou niet anders kunnen," antwoordde hij.
Britta draaide zich meteen om en riep de kinderen en Marietje. Tony ging uit enthousiasme languit op het kleed liggen en Erica was kennelijk alleen maar blij, dat ze weer in de kamer mocht. Marietje sloeg haar handen in elkaar en zei: „O mevrouw, wat is het hier gezellig."
„Harm, steek jij de open haard eens aan, dan gaan Marietje en ik iets lekkers halen."
Ze zetten citroenthee en maakten voor de kinderen een beker chocola, voor de groten had ze een schaal gebakjes en voor Tony en Erica elk een handvol lollies.
Britta zag Harm bedenkelijk kijken naar die laatste lekkernij, maar ze merkte alleen op: „Zo'n enkele keer doet het hun gebit geen kwaad. Het moet een beetje feestelijk voor allemaal zijn!"
Ze stak een grote kaars aan, die in een antieke koperen kandelaar op de lage tafel stond en de radio werd zachtjes aangezet.
Britta liet zich op de kussens bij de open haard zakken en zei: „Nou is het een echt thuis."
Ze bleven die avond laat op, Britta en Harm. Ze draaiden platen en praatten over hun leven. Harm merkte ineens op: „Toch houd jij van Anthony."
Britta staarde in de dansende vlammen, die haar haren een goudkleur gaven. Ze zei zacht: „Niet elke liefde is te verwezenlijken en soms is dat ook beter."
Hij pakte haar hand. „Meen je dat?"

Britta dacht aan Anthony's laatste brief over hun liefde, die te groot was. „Ja, ik meen het," zei ze en ze keek hem vol aan. „Wil je een bewijs?" vroeg ze en even haperde haar stem.
„Dat hoeft niet," zei hij.
Britta pakte haar tas en haalde het prozaïsche doosje met de bekende pil eruit.
„Kijk maar en ik heb geen ander doosje in huis."
Harm opende het en hij zag met één oogopslag dat Britta al in geen dagen de pil meer had gebruikt.
Zijn armen waren om haar heen. „Je doet het niet om mij alleen?" vroeg hij dringend.
Haar stem kwam heel zacht: „Voor ons allemaal en ik weet, dat je nog altijd van Dénise houdt met alle onzekerheid van het vaderschap en ook daarom wil ik dat we nog een kind samen zullen hebben, een kind waar jij zeker de vader van zult zijn."

Op de kille ochtend van de vierde november voelde Britta zich bij het opstaan ontzettend beroerd. Ze was duizelig en ze had totaal geen trek in haar ontbijt.
Toen ze aan tafel verscheen, zei ze een beetje kort tegen Harm: „Als er vandaag voor mij gebeld wordt... ik voel me niet goed. Waarschuw Erna, dat ze een vervangster opsnort."
„Heb je koorts, lieverd?" vroeg hij bezorgd.
„Nee, dat geloof ik niet," antwoordde ze aarzelend, een blik op de kinderen werpend.
Na het ontbijt ging ze huiverend bij de verwarming zitten in de woonkamer en ze staarde naar de duinen waarboven zich een grijze regenlucht spande.
Harm kwam nog even de kamer in. Kennelijk hoorde of zag ze hem niet; ze was in diepe, hem onbekende gedachten verzonken.
Hij knielde bij haar stoel neer, pakte een koude hand en warmde die. „Zeg het maar," drong hij aan.
Britta haalde diep adem en dan vond haar blik de zijne. „Het is zover," zei ze.
Er kwam een glans van laaiende vreugde in zijn ogen, toen hij uitriep: „Britta, ben je er zeker van?"

Ze knikte en staarde weer naar buiten. „Ja, we krijgen een kind. Ik heb Jaap de proef laten nemen en hij zou tegen iedereen zwijgen, ook tegen zijn vrouw."
Zijn armen waren vast om haar heen. „Heb je spijt, Britta?"
„Nee... maar ik wil na de geboorte geen kraamverpleegster meer zijn. Met drie kleine kinderen heb ik eigenlijk een dagtaak. Ik heb het eerder nooit zo beseft, maar de eerste jaren zeker zal ik niet buiten de deur werken."
Harm keek haar verbaasd aan. „Ik vind het natuurlijk prima, fijn zelfs dat je thuis bent als ik naar huis kom, maar... het is niets voor jou."
„Je zult me misschien verwijten, dat ik wel werkte toen Dénise hier nog woonde," zei ze zacht. „Maar het was een zelfstandig kind en ze was ook de oudste. Maar als ik er een pasgeboren baby bij heb en Erica is amper een peuter en je weet hoe Tony aan mij hangt... nee, vóór deze baby naar de kleuterschool is, wil ik niet buiten de deur werken. Als het kind vier jaar is, zal ik wel weer een deel van de bevallingen op me gaan nemen. Ik vermoed, dat ik het dan toch niet kan laten... maar zeker weten doe ik het nu niet, dat kun je toch begrijpen?"
Hij knikte, een gelukkige blik in zijn ogen. „En tot wanneer wil je nu nog werken, Britta? Ik zou het liefst hebben dat je er na deze maand mee ophoudt."
Ze knikte bevestigend... „Er komen hooguit nog twee bevallingen voor mij en dan stop ik echt."
Ze streek door het blonde haar. „Vandaag werk ik beslist niet, bel alsjeblieft Erna, zeg haar maar wat er aan de hand is. Ik ben niet elke morgen zo beroerd, dus ik hoop die twee bevallingen nog te kunnen doen."
Hij trok haar overeind en sloot haar heel voorzichtig in zijn armen. Met zijn gezicht verborgen in het dichte haar van Britta, zei hij gesmoord: „Ik had nooit durven dromen, dat je nóg eens een kind van mij zou willen hebben."
Britta antwoordde niet, haar armen waren om hem heen en het was goed zo.
Eindelijk zei hij: „Ga nog even liggen, als je je niet lekker voelt."

„O nee," weerde Britta af, „ik ben niet ziek! Om halfelf staat de koffie voor jullie klaar en ik zal wel seven-up drinken, want ik moet niet aan de lucht van het brouwsel voor jullie denken."
Ze lachten nu beiden.
„Zullen... zullen we het al aan de kinderen vertellen?" vroeg hij.
„Maar lieverd, het kind komt pas in juni... vind je het niet erg voorbarig? Nee, over een week of zes geven we er pas ruchtbaarheid aan en eh... jij weet beter dan wie ook, dat een arts nooit zijn eigen vrouw helpt bij de bevalling en Jaap is me te bevriend. Ik wil een vreemde arts."
„Maar bij Erica was ik er toch ook?" wierp hij tegen.
„Erica had zo'n haast, dat ze al geboren was vóór jij er was en bovendien gebeurde het onverwachts in dat huisje van die oude vrouw."
„Ik zal een geschikte dokter hier in de buurt voor je zien te vinden," zei hij en hij liet zijn spijt niet merken, dat Britta niet door hemzelf geholpen wilde worden. Hij kuste haar nog heel teder en zei: „Mijn klanten wachten, lieverd. Pas goed op jezelf."
Ze knikte, ging weer zitten en staarde weer naar de duinen. Ze herinnerde zich, dat Harm haar na de stormramp gevraagd had, of ze liever meer in het binnenland wilde gaan wonen, maar ze had pertinent geweigerd. Ze had gezegd: „Stel je voor dat alle artsen en kraamverpleegsters hier een beetje gingen vluchten. En wanneer komen er nou weer zulke ontzettende stormen? Nee, ik ben niet bang en ik voel me hier best, dichtbij de zee."
Ineens gingen Britta's gedachten naar Mieneke, de vrouw van Jaap. Eind van de week zou haar tweede baby komen en Britta had beloofd, dat ze haar zou helpen en ze was vast van plan haar woord te houden.
De week kabbelde rustig voorbij. Harm was teder en lief voor haar en ze zag in zijn doorgaans ernstige ogen voortdurend een gelukkige blik.
Uitgerekend zaterdagmiddag belde Mieneke: „Britta, je hebt me beloofd me te helpen, als het zover was en... het water is

al gebroken en Jaap en Harm zijn naar een ernstig zieke patiënt... wat moet ik beginnen?"
Britta haalde diep adem en zei: „Meid, houd je kalm, niks aan de hand. Marietje is dit weekend hier en zij zorgt voor de kinderen. Ik kom eraan."
„Je bent geweldig, Britta, maar kom wel gauw."
Britta voelde zich op slag weer misselijk worden, maar ze vermande zich. Ze kleedde zich om en waarschuwde als gewoonlijk Marietje.
„Ga maar gerust, mevrouw, het werk is toch aan kant en ik ga lekker met de kinderen in de kamer spelen."
„Je bent een reuze meid," zei Britta en een paar minuten later reed ze naar Mieneke. Onderweg bedacht ze, dat de jonge vrouw wel verschrikkelijk snel na haar eerste kind haar tweede kreeg. De ander kon amper lopen, maar ze wist, dat ze het kleintje zou uitbesteden bij een schoonzuster in Den Helder en ze kon alleen maar hopen, dat de kleine al in veilige handen was.
Mieneke opende zelf de deur, ze zag bleek en haar haren zaten verward.
„Waar is je andere kind?" vroeg Britta eerst.
„Net gehaald door m'n schoonzus," zei Mieneke tussen twee weeën in.
„Je schijnt haast te hebben, kom gauw mee naar bed," beval Britta.
Mieneke had het bed al vakkundig opgemaakt en de wieg stond klaar. Britta ging op de rand van het bed zitten en voelde de pols en telde de minuten tussen de weeën. Eindelijk zei ze: „Dat die echtvrienden van ons nou juist weer op pad zijn. Jij hebt geen vreemde dokter genomen?"
„Nee hoor," zei Mieneke dapper. „Maar ik had zo gehoopt, dat Jaap op tijd beschikbaar zou zijn."
„Zal ik nog een ander zien te bereiken?" vroeg Britta.
„Waarom? Jij bent mans genoeg, ik vertrouw jou volkomen."
Britta slikte een opkomende misselijkheid weg en ze zei: „Ik moet je eerst wat vertellen, zodat je niet van me zult schrikken. Ik ben een week of zes in verwachting en bij vlagen ben ik zo

onpasselijk als een kat. Dus als ik af en toe even wegloop, dan weet jij waarom het is."
Ondanks het feit, dat Mieneke het al behoorlijk zwaar had, trok ze Britta's gezicht naar zich toe en kuste haar. „Ik vind het zo fantastisch voor jullie. Maar wees voorzichtig, vooral tijdens die eerste weken."
„Toevallig heb ik van deze zaken een beetje verstand," glimlachte Britta.
De weeën werden feller en Britta steunde Mieneke in de rug en vertelde haar hoe ze haar adem moest regelen.
Na een dik halfuur zei Britta: „Een moment, ik ben direct terug." Ze rende naar het toilet en ze kwam bleek maar opgelucht weer binnen. Precies op tijd, want Mieneke beet zó verwoed in het laken dat Britta onmiddellijk wist: nou komt het, en een paar minuten later hield ze een gaaf jongetje in haar handen. Het gewone ritueel van kindje verzorgen en aankleden, de moeder afhelpen was allemaal gebeurd, toen er een wagen met knarsende remmen voor de deur stilstond.
„Die is gewoon te laat," zei Britta droog.
Mieneke lag met het evenbeeld van Jaap in haar armen, haar haren keurig gekamd en haar gezicht een beetje opgeknapt.
Jaap holde naar binnen en riep: „Mieneke!"
Britta deed kalm de deur van de slaapkamer achter hem dicht. „Maak je niet druk, je bloedeigen zoon is zo-even geboren en alles is goed."
Jaap slaakte een onderdrukte kreet en knielde bij het bed neer. Britta liep naar de keuken met het vuile bundeltje onder haar arm. Ze voelde zich weer misselijk, maar ze was dankbaar dat het achter de rug was en ze wist nu met grote zekerheid dat ze geen bevallingen meer zou doen vóór haar eigen kind kwam. Het was net of ze er niet meer tegen kon.
Ze deed de was en zette de gebruikelijke koffie. Na een minuut of vijf kwam Jaap weer naar haar toe.
„Britta, dat jij toch gekomen bent, terwijl je zelf zo beroerd bent."
Britta haalde haar schouders op. „Als ik iets beloof, kom ik het na en bovendien was ze helemaal alleen. Doe me een plezier

en bel een ander voor de verdere nazorg van Mieneke, want ik ben constant misselijk. De was draait en die walgelijke koffie is gezet. Jij doet de rest, want Harm heeft nu vanzelfsprekend jouw weekenddienst. Bel Erna of een ander, want ik kan echt niet meer."
Ze liep naar Mieneke en zei: „Jij was voorlopig mijn laatste kraamvrouw en ik ben zo blij, dat je een mooi jongetje hebt. Jaap heeft het weekend vrij en regelt verder alles."
Mieneke pakte haar hand en zei: „Ik zal nooit vergeten, dat je onder deze omstandigheden gekomen bent."
Britta probeerde te glimlachen. „Dat zit allemaal wel goed... ik ga naar huis en kruip in bed, dan zakt het wel weer en ik ga een hele fles seven-up opdrinken."
Ze lachten elkaar toe en Jaap hielp haar zorgzaam in haar wagen. „Toch geen pijn of andere klachten, Britta?" vroeg hij bezorgd.
„Nee, dokter," antwoordde Britta braaf, „alleen maar gewone verschijnselen. Veel geluk met je zoon."
En dan reed ze weg.
Thuis wierp ze even een blik in de woonkamer waar lief gespeeld werd en tegen Marietje zei ze: „Als mijn man komt, zeg dan dat ik even ben gaan liggen."
Op de slaapkamer deed ze haar uniform uit, stopte het in de wasmand, en ze trok een luchtig nachtjaponnetje aan, pakte een spannend boek en strekte zich met een zucht van verlichting uit. Ze dacht even aan Anthony, die ze gisteren een enkele regel gestuurd had. Ze had alleen maar geschreven: „Je hebt gelijk, blijf aan me denken zoals ik aan jou, Britta."
Toen ze een poosje gelezen had, viel ze van vermoeidheid in slaap. Ze werd pas wakker, toen ze de voordeur hoorde en de bekende stem van Harm tot in de slaapkamer doordrong.
Met een paar grote stappen was hij in hun kamer. „Britta, lieverd... heeft het je niet te erg aangepakt? Je was zo beroerd."
Britta ging behaaglijk op haar rug liggen en ze zei: „Ik heb heerlijk geslapen en ik merk verder niks bijzonders. Je weet, dat ik bij deze zwangerschap erg veel misselijk ben en dat gebeurde ook, toen ik bij Mieneke was. Ik voel me een beetje trots, dat

ik het allemaal zelf voor elkaar gekregen heb en ik heb Jaap gezegd verder alles te regelen, ook een nieuwe kraamhulp. Want ik schei er nu echt mee uit."
Hij vouwde zijn handen om haar gezicht. „Ik hoef niks te zeggen, je begrijpt me... en alsjeblieft Britta, neem geen verdere risico's. Ik wil dat kind van jou hebben, doe het rustig aan, met alles."

HOOFDSTUK 10

De maanden, die volgden, gingen rustig voorbij. Britta bleef 's morgens wat langer liggen op bevel van Harm en ze stond verder onder controle van een dokter uit Bergen.
Erica werd al een echt meisje en Tony bleef, zoals altijd, ontzettend aan haar gebonden.
Ze had de kinderen verteld, dat er een nieuw kindje kwam; Erica nam het voor kennisgeving aan, maar die avond was Tony uit zijn bed geglipt en was naar Britta gehold, die al vroeg naar bed was gegaan. Hij had alleen gezegd: „Als het nou een jongetje wordt, ga je dan minder van mij houden?"
En Britta had hem naast zich genomen in het grote bed en ze had gezegd: „Er is een groot geheim tussen ons, onthoud dat goed. Natuurlijk zal ik verschrikkelijk veel van de nieuwe baby houden, maar mijn kleine Tony heb ik het langst; wij weten samen van jouw pappa in Australië en misschien houd ik wel altijd het meest van jou... maar het is natuurlijk niet eerlijk."
Hij was gauw teruggevlucht naar zijn kamertje en Britta voelde niet dat ze iets verkeerds gezegd had. Alle kinderen werden een beetje jaloers als er een nieuwkomertje bijkwam en Tony voelde zich ondanks de liefde van oom Harm altijd een beetje meer verlaten dan Erica. Zijn pappa was zo ver weg.
De winter werd echt gezellig, zoals Britta 'm altijd gewenst had. Er was zowaar sneeuw met sinterklaas en met Kerst en Oudejaar vroor het stevig.
De dag na Nieuwjaar ontving Britta een klein briefje van Anthony, waarin hij haar weer vroeg of Tony de komende

zomervakantie mocht komen en waarin hij haar al het mogelijke geluk voor het komende jaar toewenste en het woord 'mogelijke' had hij onderstreept. Hij tekende met:
„All my love for you alone,
Anthony"

Britta antwoordde nog diezelfde dag en schreef, dat tot nu toe Tony op gezette tijden zei, dat hij in de grote vakantie 'naar pappa' wilde en ze tekende met de woorden:
„Denk aan mij, Anthony."
Ze vertelde hem niet van de nieuwe baby... dat was tenslotte een zaak tussen Harm en haarzelf.
Langzaam maar zeker naderde het voorjaar en Britta bekeek bijna dagelijks haar vernieuwde baby-uitzet. Ze had de wieg van Erica zelf opnieuw bekleed. Harm en zij hadden besloten, dat het kindje de eerste twee maanden op hun slaapkamer zou verblijven en later naar de kamer van Erica zou verhuizen, als het tenminste een meisje was. Als ze een zoon kregen zou Tony zijn kamer moeten delen... ze hadden niet meer ruimte, maar Harm had gezegd, dat hij het plan had om mettertijd een kamer aan het huis te laten bouwen. Dat was echter allemaal van later zorg.
Als Britta in de spiegel keek, vond ze zichzelf afgrijselijk van afmetingen worden.
Mieneke die vaak met haar kinders kwam, lachte haar uit en hield vol dat ze nog altijd „een den" was.
Het kindje werd begin juni verwacht en de Bergense dokter, die haar onder controle hield, had haar de zevende mei verzekerd, dat het kind echt niet vóór juni zou komen.
Maar de avond vóór de dertigste mei voelde Britta zich niet erg lekker. Harm was weggeroepen en Marietje was gaan fietsen met een vriend.
Ze stopte de kinderen vroeger dan anders in bed en ze kroop er zelf al om acht uur in.
Ze kreeg een vreemd onrustig gevoel. Als Harm maar gauw kwam! Ze voelde zich zo ellendig eenzaam. En die dokter in Bergen bellen was je reinste waanzin, want ze had geen weeën

of andere symptomen dat de baby in aantocht was.
Ze verdiepte zich in een boek en viel tenslotte in slaap. Maar middenin de nacht, schoot Britta overeind. Ze keek meteen naast zich en ze zag tot haar grote geruststelling, dat Harm heerlijk lag te slapen.
Even hield ze zich nog in, dan schudde ze aan zijn arm. „Harm... Harm! Word alsjeblieft wakker... het is zover."
Alsof hij erop gewacht had, zo snel was hij overeind. Hij sloeg zijn arm om haar heen. „Heb je niet gedroomd? Weet je het heel zeker?"
Britta knikte en zei: „Om de twee minuten, ik heb op mijn horloge gekeken. Harm, bel die dokter in Bergen en zuster Erna."
Hij keek haar doordringend aan bij het gelige schijnsel van het bedlampje. Dan sprong hij het bed uit en liep naar de telefoon. Na minuten, die uren leken te duren, kwam hij terug en hij zei rustig tegen Britta: „Dat doktertje van jou is naar een andere bevalling en bij Erna meldt het antwoordapparaat dat ze weggeroepen is. Zullen we het samen opknappen, Britta?"
Hij zag haar aarzelen en tegelijk zag hij hoe haar ene hand in de deken klauwde.
Ze knikte kort en hij trok snel de hoogstnodige kleren aan, haalde zijn instrumententas uit de praktijk en begon toen vakkundig het bed voor haar op te maken. Toen hij haar weer voorzichtig neerlegde, waste hij liefderijk haar vochtige gezicht af. „Je hebt het zwaar, lieverd, dat zie ik aan je. Erica was een vlug kind, maar je zult zien, dat het nu een trage jongen wordt."
Britta mompelde tussen de weeën door: „Ik weet zeker, dat we een dochter erbij krijgen."
Harm had de slaapkamerdeur op slot gedraaid, zodat geen onverwachte bezoeker kon binnenkomen en de telefoon had hij omgeschakeld op Jaap.
Geen dokter had Britta zo voorzichtig, zo teder kunnen helpen als Harm.
Na een uur zei hij zacht: „Je houdt je zo goed, liefste, nog een paar minuten en dan is het er."

Ineens trok Britta zijn hand naar zich toe en ze keek hem smekend aan: „Dit kind mag niet doodgaan, Harm, ik ben zo bang."
Hij lachte haar geruststellend toe. „Ons kind is springlevend, ik houd het hartje voortdurend in de gaten en alles gaat goed. Denk om je adem, Britta, doe wat ik zeg."
En na twee verscheurende weeën, waarbij Britta geen kik gaf, hield hij een mooi klein meisje in zijn handen. Hij maakte het kind snel los en zei tegen Britta: „Je hebt gelijk, we hebben een mooie dochter erbij. Ik zal haar even snel afpoedelen." Na een oppervlakkige beurt rolde hij de baby, die bepaald krijste, in een flanellen luier en legde haar in de wieg. Hij hielp Britta verder en eindelijk, om halfzeven in de morgen, was alle leed geleden.
„Ik was zo bang," zei Britta nog gespannen. „Is dat gek, Harm?"
„Heb jij wel eens een ontspannen kraamvrouw gezien?" lachte hij. Hij kuste haar mond. „Je hebt het fantastisch gedaan, de kinderen zijn niet wakker geworden. Ik ga je gauw zelf wassen en verschonen en dan ons nieuwe wurm."
„Wij hebben geen wurm," protesteerde Britta, „ik heb haar nog niet gezien, maar ik weet dat ze mooi is."
Hij waste haar handig, trok de vuile lakens onder haar uit en kleedde Britta in een flatteus nachtjaponnetje. Daarna streek hij het laken rimpelloos glad onder haar.
„Je bent een geboren kraamverpleegster," glimlachte ze moe. „Maar nu moet je het kind verzorgen en aankleden. Ik wil het bij me hebben."
„Rustig maar, ik haast me een ongeluk," spotte hij, maar zijn ogen stonden zacht.
Britta zag hem de kleine baby afdrogen en wegen. Over zijn schouder riep hij: „Bijna zes pond, goed gewicht."
En dan trok hij de pasgeborene de kleertjes aan, die Britta al zo lang geleden klaargelegd had. Ergens zong een leeuwerik uitbundig en met het kind in zijn armen trok Harm het gordijn open, want buiten scheen al een stralende zon.
Voorzichtig legde hij de baby in Britta's arm.
„Je tweede dochter, lieveling," zei hij, „en mijn eigen dochter, die ik zelf gehaald heb."

Tranen welden in Britta's ogen en hij zei zacht: „Huil maar, dat is goed voor je!"
Maar Britta veegde de tranen weg en ze zei: „We hebben het er nog helemaal niet over gehad hoe ons kind zal heten en nu het een dochter is, wil ik, dat jij het zegt."
Hij kamde de goudblonde haren van Britta en hij zei: „Ik houd van je, meer misschien dan jij van mij, maar dat geeft niet. Je bent soms onbegrijpelijk, maar juist dan heb ik je meer lief dan ooit... ik wil dat deze dochter van ons Britta zal heten en niet anders."
Er viel een zonnestraal over de beide Britta's en de leeuwerik buiten jubelde.